U0513921

中日历代名诗选

东瀛篇

李寅生　宇野直人　编著

图书在版编目(CIP)数据

中日历代名诗选·东瀛篇／李寅生，(日)宇野直人编著.—上海：上海古籍出版社，2016.6
ISBN 978-7-5325-7950-1

Ⅰ.①中… Ⅱ.①李… ②宇… Ⅲ.①汉诗—诗集—日本 Ⅳ.①I22②I313.2

中国版本图书馆CIP数据核字(2016)第019854号

中日历代名诗选·东瀛篇

李寅生 [日]宇野直人 编著

上海世纪出版股份有限公司
上 海 古 籍 出 版 社 出版

(上海瑞金二路272号 邮政编码200020)

(1)网址:www.guji.com.cn

(2)E-mail:guji1@guji.com.cn

(3)易文网网址:www.ewen.co

上海世纪出版股份有限公司发行中心发行经销

浙江临安曙光印务有限公司印刷

开本890×1240 1/32 印张15 插页2 字数376,000

2016年6月第1版 2016年6月第1次印刷

印数:1—1,500

ISBN 978-7-5325-7950-1

I·3008 定价:48.00元

前　言

在世界文明历史的长河中，中华民族是一个具有五千年悠久历史的文明古国，自古以来便是以文学家之众、文学作品之多而著称于世。即使是从《诗经》中的民歌算起，中华民族诗歌的历史至少也三千余年了。虽然说每一个时代都有它自己的代表性诗歌，但是，那些优秀的、脍炙人口的诗歌却是贯穿于整个历史之中的。千百年来，许许多多的优秀诗歌作品，鼓舞着人们的志气，启迪着人们的智慧，丰富着人们的思想。因此，无论是古代还是现在，人们都把学习优秀的诗歌作品当作提高自身修养的一个重要手段。

而在中国古代的历史上，也没有哪个国家像日本那样与中国联系密切。在中国古代的正史中，有诸多关于日本情况的记载。从《汉书·地理志》到《新唐书·日本传》，中国人对日本的了解越来越多，并且对这个国家的记载也越来越详细。由于地缘上属近邻，两国自古以来就有着友好交往的历史，而尤以文化上的交流更为引人注目。自隋唐以来，日本开始大量派遣留学生和学问僧，有计划、有目的地学习先进的中华文化。在此之后的一千多年间，中日两国的学者、诗人互相学习，共同为繁荣两国的文化做出了各自的贡献，促进了两国人民之间的文化交流，加深了两国人民的友谊。两国文化上的友好往来也必然反映在文学作品中，日本汉诗就是受中国古代传统文化影响而产生出来的文学作品形式。

所谓日本汉诗，就是日本人用古代汉语和中国旧体诗（古诗体裁）创作出来的文学作品。汉诗与其他国家的诗歌不同，它是日本文学、特别是日本古代文学的一种样式和组成部分,是中日文化交流的重要成果。

由于文化交流频繁,中日两国间存在着与其他国家不同的文化现象,两国语言虽异,但文字的部分却是相通的。因而中国古典诗歌这种艺术形式能够在日本得以风行,从7世纪中叶近江时代兴起,到明治维新时代走向衰落,前后约有一千余年的历史。在这一千余年的历史中,汉诗不仅在朝野广为传诵,而且普通百姓也群起应和,抒情言志,运用自如,诗人辈出,卓然成家,构成世界文学史上鲜有的奇观。这是国际文化交流史上非常值得珍视的现象,也是一衣带水的两个邻邦在源远流长的文化交往中结出的丰硕成果。在这千余年间,具有专集问世的作家不下数千人,其诗作有数十万首。

中日两国都是世界上文化历史悠久并且有国际影响的大国,文化上的交流源远流长。在学习先进科学技术知识的同时,更要发扬本国民族的优秀文化传统,为此笔者选编了这本《中日历代名诗选》,目的是让年轻一代了解自己国家的历史和文化,吸收其中的精华,并结合时代的特点加以发展,推陈出新,使其不断发扬光大。愿中日两国的汉诗在今后的传承和发展中能够相互影响、共同借鉴,成为中日文学史上新的佳话。

由于篇幅所限,本书所选只是这些优秀诗歌中的一些代表作品而已,还远不能反映整个时代诗歌的全貌。本书将中日两国中的优秀诗歌熔作一炉,纵横贯通,注释赏析。全书共收录中日历代优秀诗歌各400余篇,为了方便读者阅读和理解诗歌的主题思想,本书在每一篇诗歌的后面都增加了注释和赏析,在诗歌的原文和注释处还对一些疑难生僻字加注了拼音。本书正文中作家的排列,以作者的出生年代为顺序,同一生年者,以卒年为主;生卒年代不详者,酌情排列。全书参考历代其他重要注家的成果和当代学人的研究,对中日两国各400余篇诗歌进行了现代学术观点的诠释。书中所收的作品均从通行本,一般不出校记。书中所涉及的历史纪年，一般用旧纪年，并夹注公元纪年，括号内的公元纪年省略“年”字。对书中容易产生歧义的字，酌用繁体字或异体字。对前人校理中的错误和不足之处，本书在编撰过程中也都作了核查和补充，以便使读者更为准确地理解作品的思想内容，把握好诗歌的主题。

本书分为上下两册，上册为“中华篇”，赏析的是中国诗歌；下册为“东瀛篇”，赏析的是日本汉诗。全书共约60万字，在中国和日本同时出版。目前已经确定日本的出版社是“日本明德出版社”，中国的出版社是“上海古籍出版社”。

本书内容的编撰，中国诗歌由日本共立女子大学宇野直人教授负责撰写，由李寅生教授翻译成汉语；日本诗歌由中国广西大学文学院的李寅生教授负责撰写；由宇野直人教授负责翻译成日语。中日两国的诗歌分别由对方学者负责完成，从异国学者的角度来赏析、解读对方国家的诗歌作品，体现的是中日两国学者对对方文学作品的理解和解读。这种不同的赏析方式，对理解对方国家的诗歌是一种崭新的尝试。由于国籍的不同，作者对对方国家诗歌的理解也存在着与自己国人不同的见解。《诗经》上所说的“它山之石，可以攻玉”，便是这个意思。

本书在编撰过程中，承蒙上海古籍出版社及其编辑李鸣先生、张千卫先生、闵捷女士对本书策划、修改提出许多宝贵意见，在此谨致谢意。

中日两国古代的名诗佳作，其内容博大精深，历史文化的内涵极为丰富，而笔者的理解能力和赏析水平有限，对原著的注释和理解恐怕也存在一些不妥之处，因此，衷心地希望广大读者和专家予以批评指正。

李寅生　宇野直人

2016年2月2日

目　录

大友皇子(一首)

大友皇子(648—673),天智天皇长子,又称为弘文天皇、伊贺皇子,是日本第39代天皇。他博学多识,有文武才干,深得天智天皇的宠爱。天智十年(671),任太政大臣,控制近江京,总揽朝政。后因与其叔父大海人皇子争夺皇位,在壬申之乱中战败自缢而死。明治三年(1870),明治天皇追谥其为弘文天皇。

侍 宴

皇明(1)光日月,帝德载天地(2)。三才(3)并泰昌,万国表臣仪(4)。

【注释】

(1) 皇明:皇帝的明德。

(2) 载天地:覆盖天地万物。

(3) 三才:指天、地、人。

(4) 表臣仪:表现出作为臣下的礼仪。

【赏析】

唐朝之时,由于中日文化交流的进一步扩大,日本汉诗便也在这一时期内产生了。日本汉诗主要产生于天智天皇在位时期(662—672)。这一时期正是中国唐朝武则天执政时期,现存最早可考的汉诗是大友皇子即弘文天皇在二十一岁时所写的两首诗,其中之一便是这首《侍宴》诗。

此诗收录于《怀风藻》。《怀风藻》为奈良时代的日本诗歌总集,成书于天平胜宝三年(751),是现存最早的汉诗集。诗集共一卷,编者不详。选录了从天智天皇至圣武朝六十四位诗人的一百二十首诗作,其诗以五言居多,句式虽求对偶而不全近于音律。作者多为皇族、朝臣和僧侣等。

天智六年(667)三月,天智天皇迁都近江。翌年正月三日,举行了即位典礼。这首诗是在正月七日的宴会后,大友皇子有感于天皇之德而写的。全诗写得雍容华贵,颇具太平盛世的帝王气度。大友皇子可以算得上是日本汉诗的始祖了。在此之后,日本的汉文学体系开始建立起来,并且成为了日本文学的一个重要组成部分。

河岛皇子(一首)

河岛皇子(657—691),天智天皇皇子。他性格敦厚,志趣高雅。始与大津皇子为莫逆之交,后朱鸟元年(686)因大津皇子谋逆,他转而告发。朝廷嘉奖其忠正,而朋友则薄其寡情。持统五年(691)病逝,时年三十五岁。《万叶集》卷一收录其汉诗一首。

山　斋

尘外年光(1)满,林间物候(2)明。风月澄游席(3),松桂期交情。

【注释】

(1) 尘外:远离世俗的地方。　年光:这里指春光。

(2) 物候:季节性的风物。

(3) 游席:心游尘外的宴席。

【赏析】

河岛皇子就其本性而言,也是一位性情中人。他虽然贵为王子,在锦衣玉食的生活中长大,但向往的却是那种隐居山林的恬淡生活。这首诗描写的是山中书斋的淡雅情趣,语句平淡,风格清雅,表现了作者对隐逸生活的企慕之情。

此诗收录于《怀风藻》中。

大津皇子(一首)

大津皇子(663—686),天武天皇第三子(一说第四子),母为天智天皇之女大田皇女,娶天智天皇之女山边皇女为妻。他状貌魁梧,聪明武勇,器宇峻远。幼年好学,博览典籍,擅长汉诗、和歌。壮年爱武术,力大而善击剑,性颇放荡,不拘法度。由于能礼贤下士,一时人多依附。朱鸟元年(686)九月,天武天皇病逝,草壁皇子继位,大津皇子以谋害皇太子之嫌,被捕入狱。十月三日自杀,时年二十四。大津皇子对日本汉诗、和歌的兴盛贡献较大,故《日本书纪》有"诗赋之兴,自大津始"之说,《怀风藻》、《万叶集》中收有其不少诗作。

临　终

金乌临西舍(1),鼓声催短命(2)。泉路(3)无宾主,此夕离家向。

【注释】

(1) 金乌:太阳的别称。　临西舍:阳光照在西面的建筑物上。

(2) 短命:残余的生命。

(3) 泉路:死亡的路。

【赏析】

在争夺权力的斗争中,大津皇子无疑是一个失败者。尽管天武天皇为使自己死后能保持国家的太平,曾与草壁、大津等六位同父异母皇子共同盟誓,要互相协助而不生间隙,但在天武天皇死后,大津皇子仍未摆脱被杀的下场。

这首诗为大津皇子在自杀之前所作,也是他的绝笔诗。在即将告别人世的时候,大津皇子发出了对生命无限眷恋的感叹。全诗不假雕琢,直抒胸臆。在淡淡的哀伤中,体现的是一种悠悠无奈的情怀。

此诗收录于《怀风藻》中。

文武天皇(二首)

文武天皇(683—707),天武天皇之孙,草壁皇子之子,母为天智天皇之女即后来的元明天皇。在位期间,于大宝元年(701)完成了《大宝律令》,并于次年施行,它标志着"大化改新"加强皇权的成果法律化、制度化的最后完成。此外,文武天皇还废止了混乱的冠位制,制定新的官位制。大宝时代以前,日本只有零散的年号记录,大宝年间,日本年号制度成形了。《怀风藻》收录其三首汉诗。

咏　月

月舟(1)移雾渚,枫楫泛霞浜(2)。台上澄流耀(3),酒中沉去轮(4)。水下斜阴(5)碎,树落秋光新。独以星间镜(6),还浮云汉(7)津。

【注释】

(1) 月舟:像月亮一样的小船。

(2) 枫楫：用枫树制成的船桨。　霞浜：形容月下的云彩。

(3) 台：平而高的建筑物，便于在上面远望。　流耀：流动的月光。

(4) 去轮：消失的月光。

(5) 斜阴：斜月发出的光。

(6) 星间镜：闪耀在星星之间的月光。

(7) 云汉：天河。

【赏析】

文武天皇喜好中华文化，他在位之时正是中国的大唐武则天的时代。看到欣欣向荣的大唐气象，文武天皇非常羡慕，于是他着手恢复了中断三十三年的遣唐使派遣工作，直接汲取具有悠久历史的中华文明。

文武天皇对汉诗的创作也表现出了极大的兴趣，《咏月》是其中具有代表性的作品。此诗在早期的日本汉诗中，也是最富诗情画意的一首。它将月比作舟，将月下云霞比作舟楫，想象自然，比喻贴切，尤其是“酒中沉去轮”一句，优雅而有余韵，反映了早期日本汉诗所特有的艺术魅力。

此诗收录于《怀风藻》中。

述　怀

年虽足戴冕(1)，智不敢垂裳(2)。朕常夙夜念(3)，何以拙心匡(4)。犹不师往古(5)，何救元首望。然毋三绝(6)务，且欲临短章(7)。

【注释】

(1) 戴冕：即指天皇之位。

(2) 垂裳：典出《易经·系辞下》“黄帝尧舜垂衣裳而治天下”，

意指无为而治。

（3）夙夜念：指时时刻刻在想着先贤们的治国安民之策。

（4）匡：补正。

（5）往古：指黄帝尧舜文武之时的理想治世。

（6）三绝：即指“韦编三绝”。此语最早见于《史记·孔子世家》。是说孔子读《易》次数之多，竟把编联简策的编绳翻断了多次。

（7）短章：短诗。此指《述怀》这首诗。

【赏析】

文武天皇于697年即位，时年十四。作为一位少年天子，他所面临的政治局势十分地复杂，国内各种矛盾较多。《述怀》一诗，反映了即位后如履薄冰的心情。诗中的主题表现了既要勤于政事，又要虚心学习古代圣贤治国方略的志向。

这首诗被称为汉诗的“五古之祖”，是日本五言古诗的开山之作。

此诗收录于《怀风藻》中。

长屋王（二首）

长屋王（684—729），日本天武天皇之孙，高市皇子第一子，奈良时代的皇族、公卿。养老五年（721）藤原不比等死后，充任右大臣。神龟元年（724）圣武天皇即位后，改任左大臣，成为对抗藤原氏的势力。作为皇族势力的巨头，他是当时日本政界的重量级人物。天平元年（729），由于对立的藤原氏的阴谋，被人诬告“私学左道，欲倾国家”，在邸宅被迫偕妻自杀。《怀风藻》一共收录其3首汉诗。

绣袈裟衣缘

山川异域(1),风月(2)同天。寄诸佛子(3),共结来缘(4)。

【注释】

(1) 异域:不同的疆域。

(2) 风月:清风,明月。这里指自然景物。

(3) 佛子:指受戒的和尚。又为菩萨之通称。

(4) 来缘:佛家用语,指来世的缘分。

【赏析】

本诗收录于《全唐诗》卷732—11,其下注云:"长屋,日本相国也。"是作者汉诗中较好的一首。长屋王喜好佛法,唐玄宗之时,中日佛教界交往密切。长屋王自造千条袈裟,来施中华名德。在袈裟边上,他便绣下了这首诗,借以表达中日之间的友好情谊。唐代高僧鉴真大师知道后,深为感动。当日僧荣叡、普照请鉴真大师东渡日本传戒时,许多弟子俱有"难色",大师便以长屋王的袈裟诗来劝服他们。

长屋王的这首诗虽然是从佛家广结善缘的角度而言的,但它所表现的却是希望中日两国人民之间长期友好的愿望。全诗篇幅不长,仅有短短的16个字,但含义深邃,在中日文化交流史上具有重要的意义。

于宝宅宴新罗客

高旻开远照(1),遥岭霭浮烟(2)。有爱金兰(3)赏,无疲风月筵(4)。桂山余景(5)下,菊浦(6)落霞鲜。莫谓沧波隔,长为壮思(7)篇。

【注释】

(1) 高旻:高远的天空。　远照:遥远的日光。照,照耀。

(2) 浮烟：飘荡着的烟雾。

(3) 金兰：指像金子一样坚固、像兰花一样芬芳的亲密友情。

(4) 风月筵：泛指在美好的景色中举行的宴会。

(5) 桂山：生长着桂树的山，引申为美丽的山。 余景：傍晚时模模糊糊的日光。

(6) 菊：菊花。 浦：水边。

(7) 壮思：内心深切的思念。

【赏析】

新罗，7世纪时朝鲜半岛上的一个国家。时日本与新罗通好，作者便于自己的宅邸——作宝(一作佐宝)楼宴请新罗使者，并在席间写下了这首诗。全诗先从宴席周围的风景写起，以“金兰”、“风月”等语，来表现长屋王与新罗使者之间的友谊，最后的“莫谓沧波隔”二句，既表达了长屋王对新罗使者的思念之情，也体现了日本与新罗之间的友好关系，这首诗也是古代日本与朝鲜半岛国家友好交往的见证。

此诗收录于《怀风藻》中。

藤原宇合(二首)

藤原宇合(694—737)，亦作藤原马养。奈良初期的公卿，藤原不比等的第三子。初名马养，养老元年(717)，任遣唐副使，同多治比县守等人访唐，朝拜大唐后，改为“宇合”。归国后，任常陆守、式部卿。神龟元年(724)任虾夷征讨、难波宫营造等职，天平三年(731)任参议，其后又任西海道节度使兼太宰帅，官进正三位。天平九年(737)染流行疾病而死。藤原宇合虽是一位政治家，但却有较好的文学修养。《万叶集》收其短歌六首，《怀风藻》收其汉诗六首，《经国集》收其赋一篇。

游吉野川

芝蕙兰荪[1]泽，松柏桂椿[2]岑。野客初披薜[3]，朝隐暂投簪[4]。忘筌陆机[5]海，飞缴张衡林[6]。清风入阮啸[7]，流水韵嵇琴[8]。天高槎路[9]远，河回桃源[10]深。山中明月夜，自得幽居[11]心。

【注释】

(1) 芝蕙兰荪：这四种植物均指香草。

(2) 桂：香木。　椿：一种长寿的灵木。

(3) 野客：在野的人。　披薜：穿着薜衣的人。薜衣，隐者穿的用薜萝之类的植物制成的衣服。

(4) 朝隐：处于高位但保持隐者之志的人。　投簪：拔下冠上的簪子。这里指辞官。

(5) 忘筌：忘记了捕鱼的工具。筌，捕鱼的竹器，指为了达到目的而忘记了手段。　陆机：西晋文人，字士衡，其才华如海，故有此说。

(6) 缴：系在箭上的丝绳。　张衡：东汉著名的文学家。林：比喻作品内容丰富。

(7) 阮啸：三国时的阮籍(210—263)，经常发出长啸，声音响彻百步之外。

(8) 嵇琴：三国时的嵇康(223—263)，擅长弹琴，《文选》卷十八收有其《琴赋》。

(9) 槎路：乘竹筏可以通过的路。张华的《博物志》曾记载有乘竹筏上天河的故事。

(10) 桃源：桃花源，指理想的仙境。典出陶渊明《桃花源记》。

(11) 幽居：隐居，不出仕。

【赏析】

吉野川，流经奈良县吉野町附近入和歌山县称为纪之川的河流。现在的吉野町边有离宫,当时附近有桃源乡,许多诗歌都对之有所吟咏。

作者的这首诗,为游吉野川时所作。诗中描写了吉野川附近的景色,并联想到了中国历史上的一些隐逸之士,从而表现了对山居生活的向往之情。全诗虽多处使用中国文人的典故,但却用得非常贴切,表现出作者对中国历史十分浓厚的兴趣。

此诗收录于《怀风藻》中。

奉西海道节度使之作

往岁东山役(1),今年西海(2)行。行人(3)一生里,几度倦边兵(4)。

【注释】

(1) 东山役:指担任东山道节度使。东山道:日本古代地区名,即今滋贺、岐阜、长野、群马、福岛、青森等县地区。《诗经·豳风·东山》有"我徂东山,慆慆不归"、"我东曰归,我心西悲"之句,此暗用其意。

(2) 西海:日本古代地区名,即今九州岛。

(3) 行人:行役之人,此为作者自比东奔西走的人。

(4) 边兵:边境上的军事行动,指征战戍守之类。

【赏析】

藤原宇合是日本的贵族公子,曾在唐玄宗开元五年(717),以遣唐副使的身份到过中国,直接受惠于华夏文化的浸润。而西海道为日本古代地区名,即今九州岛。藤原宇合担任过西海道节度使,深知兵役、徭役给百姓带来的痛苦。他的这首诗虽只短短四句,却也写尽了人们厌战的心声,内涵极为深刻,其作品完全可以和初、盛、中唐时期的诗歌大家相媲美。

道慈(一首)

道慈,生卒年不详,俗姓额田,添下(今奈良市)人。少小出家,聪敏好学,英材明悟。大宝元年(701)来唐朝留学。在唐期间,他"历访明哲,留连讲肆,妙通三藏"(《怀风藻》之语),以学业颖秀闻名于时。特选请入宫后,讲《仁王》、《般若》二经,受到唐玄宗的欣赏。道慈在唐留学十六年,日本养老二年(718)回国,受到元正天皇的嘉奖,拜为僧纲律师(僧官)。但由于他性格耿直,为时不容,便解任归游山野。后到京师平安城,受命建造大安寺。道慈依据在长安描绘的西明寺图样,构造形制皆遵其规模。他当时虽已年逾七十,但大安寺建成后,"所有匠手,莫不叹服"。道慈是日本三论宗的名僧,也是智藏大师的佛学继承人,他为中日佛教交流和日本佛教的发展做出了巨大的贡献。

在唐奉本国皇太子

三宝(1)持圣德,百灵(2)扶仙寿。寿共日月长,德(3)与天地久。

【注释】

(1) 三宝:佛家以佛、法、僧为"三宝"。佛:指释迦牟尼,也泛指一切佛;法:指佛教的教义;僧:指继承宣扬佛教教义的僧众。

(2) 百灵:指天地间的各种神灵,即百神。也指人民。

(3) 德:圣德,即高尚的道德。

【赏析】

道慈在唐朝时,曾为日本皇太子写过一首颂歌,这便是《在唐奉本国皇太子》。在这短短的四句诗中,道慈对皇太子大加讴歌。诗中的第一节是说佛家的"三宝"是具有圣德的;第三句承第二句,意思是正因为皇太子有百神扶助,所以寿命能与日月共长;第四句承第一句,言正是由于皇太子有"三宝"的保护,故才德配天地,长久永存。全诗对仗精工,是日本汉诗中律绝的典范之作。

此诗收录于《怀风藻》中。

释弁正(二首)

弁正(一作辨正),生卒年月不详,俗姓秦。他少年出家,性格滑稽,善于谈论。武则天长安年间,到唐留学。因善围棋,受到时为临淄王李隆基的赏遇。弁正娶唐女为妻,生子朝庆、朝元。弁正及朝庆逝世于唐;朝元回到日本,官至大夫。圣武天皇天平年间,朝元被拜为入唐判官。唐玄宗因其父的关系,赏赐优厚。还日本后不久,朝元逝世。

在唐忆本乡

日边(1)瞻日本,云里望云瑞(2)。远游劳远国,长恨苦长安(3)。

【注释】

(1) 日边:天边,此指长安。

(2) 云瑞:云头。

(3) 远游二句:意思是说从日本远渡海洋,来到中国游学访道,辛劳奔波,令人长恨的是长期孤苦地留住长安,不能回到故乡。

【赏析】

弁正于大宝年间(701—704)入唐,并在唐朝娶妻生子,后又魂归唐土,可见他对唐朝的感情是多么地深厚了。但即使是这样,思乡思国之情仍不时地萦绕在他的脑海中,《在唐忆本乡》便是他这种感情的真实写照。全诗以“忆”为主。前两句通过“瞻”、“望”的动作,将诗人的思乡之情形容尽致,而“日”、“云”的重叠使用,增加了艺术感染力。三句是四句“恨”、“苦”思想感情之根。四句点明当时自身居处及当时之情。前两句虽是叙事,但在叙事中又饱含深情;后两句虽为抒情,但在抒情中又包含有叙事。叙事与抒情巧妙地融合在了一起,而每一句中叠字的运用,更增加了全诗的艺术感染力。

此诗收录于《怀风藻》中。

与朝主人

钟鼓沸城闉(1),戎蕃预国亲(2)。神明今汉主(3),柔远静胡尘(4)。琴歌(5)马上怨,杨柳曲(6)中春。唯有关山月(7),偏迎北塞(8)人。

【注释】

(1) 钟鼓:乐器,这里指音乐的声音。 闉(yīn):古代城门外层的曲城。

(2) 戎蕃:泛指归顺唐朝的各附属国。 蕃:同“番”。 预:参与,通与。 国亲:皇帝的亲戚。

(3) 汉主:这里指唐帝。

(4) 胡尘:胡沙。这里代指当时的突厥族。

(5) 琴歌:琴曲。古代琴曲有《昭君怨》,这里以昭君和蕃来说明中外通好,戎蕃才成为了国亲。

(6) 杨柳曲:琴曲,指《折杨柳枝》。北朝乐府《鼓角横吹曲》中有此曲,因歌辞中提到行人临别折柳,而青青杨柳枝又是春天的景物,故把此曲与春天联系了起来。

(7) 关山月：汉横吹曲名。

(8) 北塞：指北方。

【赏析】

这是一首表现中外友好往来并体现唐朝皇帝与其他少数民族和睦相处的颂歌。诗题的《与朝主人》,是指送给朝谒皇帝的人。诗中对能"柔远静胡尘"的神明汉主(唐朝皇帝)作了高度的赞扬,但同时诗中也寄予了作者伤别怀乡的感情。篇幅不长,但所包含的内容却是极为丰富的。

此诗收录于《怀风藻》中。

境部王(一首)

境部王,生卒年月不详,天武天皇之孙,穗积皇子之子。《皇胤绍运录》记载其为长皇子,养老元年(717)一月被任命为从四位下之职,养老五年(721)六月又被任命为治部卿。又据《怀风藻》中的小传载,境部王所任之职为从四位上,其人二十五岁时病逝。《万叶集》中收入其短歌一首。

宴长王宅

新年寒气(1)尽,上月霁光(2)轻。送雪梅花笑,含霞竹叶清(3)。歌是飞尘曲(4),弦即激流(5)声。欲知今日赏,咸有不归(6)情。

【注释】

(1) 寒气：阴阳之气交替时所产生的凉气。

(2) 上月：一月。　霁光：春天晴朗的阳光。

(3) 竹叶清：酒名，亦称竹叶青。

(4) 飞尘曲：飞跃梁上之尘的名曲。《文选》卷十八《啸赋》李善注引"《七略》曰：汉兴，善歌者鲁人虞公，发声动梁上尘。"

(5) 激流：这里用的是俞伯牙弹琴，钟子期听琴的故事。以此来形容宴会上宾主之间的心心相通。

(6) 不归：因酒醉而不能回家。典出《诗经·小雅·湛露》："厌厌夜饮，不醉无归。"

【赏析】

此诗为境部王在长王宅邸出席宴会时所作。长王，即长屋王，日本天武天皇之孙，汉学造诣较高，为当时诗坛上的盟主。诗中描写了新春宴会时的欢乐气氛，并把席间宾主的亲密无间细腻地展现了出来，是日本早期宴会诗的代表作。

此诗收录于《怀风藻》中。

山田三方(一首)

山田三方，一作山田御方，生卒年月不详，有学者认为是魏司空王昶之后代。初为僧，游历新罗，持统天皇年间还俗，持统六年(692)十月授务广肆。和铜三年(710)正月，升从五位；四月，任周防(今山口县)守。养老五年(721)，为文章博士。山田三方是奈良初期的儒官，在和歌和汉诗方面均有极高的造诣，是古代日本诗人中成就较高的一位。其和歌被收入《万叶集》中，《怀风藻》收其汉诗三首。

七　夕

金汉星榆(1)冷，银河月桂(2)秋。灵姿(3)理云鬓，仙驾度潢流[4]。窈窕[5]鸣衣玉,玲珑映彩舟[6]。所悲明日夜,谁慰[7]别离愁。

【注释】

(1) 金汉:金,五行之一。古代以阴阳五行解释季节变化,秋属金。金汉,即秋汉。汉,指云汉,即天河,亦称银河。　星榆:指天上群星罗列,如榆树林立。古乐府《陇西行》:"天上何所有?历历种白榆。"后用"星榆"指群星。

(2) 月桂:神话传说里的月中桂树,此借此月亮、月光。

(3) 灵姿:指仙姿。此指织女。

(4) 潢流:指天河。潢,积水边。

(5) 窈窕:美好的样子。典出《诗经·周南·关雎》:"窈窕淑女,君子好逑。"

(6) 彩舟:漂亮的船。这里指织女乘坐的交通工具。

(7) 慰:安慰,劝慰。

【赏析】

牛郎和织女是中国古代传说中的人物,关于他们的故事在《诗经·小雅·大东》中就已有所记载。七月七日牛郎织女相会的美好传说,不仅深受中国人民的喜爱,也同样受到日本民族的推崇。山田三方的这一首《七夕》诗以牛郎织女的传说为诗歌题材,把神话故事写得文情并茂,表现了作者高尚的审美情趣。

此诗收录于《怀风藻》中。

石上乙麻吕(二首)

石上乙麻吕(?—750),左大臣石上麻吕第三子。神龟元年

(724)官居从五位下,天平十一年(739),因事被流放土佐(今高知县),四年后遇赦归京。天平十八年(746),石上乙麻吕被任命为遣唐大使,后因故中止。此次遣唐使鲜见著录,国内的著作和论文中不见提及,但《怀风藻》所载《石上乙麻吕传》、《正仓院文书》所收《经师等调度充帐》却对此有所记载。天平二十年(748),官至从三位,任中纳言兼中务卿。有《衔悲藻》二卷(已佚)。《怀风藻》收其汉诗四首,《万叶集》收其短歌二首。

飘寓南荒,赠在京故友

辽敻(1)游千里,徘徊惜寸心(2)。风前兰送馥(3),月后桂(4)舒阴。斜雁(5)凌云响,轻蝉抱树吟。相思知别恸(6),徒弄白云(7)琴。

【注释】

(1) 辽敻:遥远的地方。当时的南海道位于边远的土佐,故有此说。

(2) 寸心:指渺小的生命或者心意。

(3) 兰、馥:两种香木。

(4) 桂:指月中的桂树,此借此月亮、月光。

(5) 斜雁:斜着排列的飞雁。

(6) 别恸:离别时的恸哭。

(7) 白云:距京城较远如同被白云阻隔的地方。

【赏析】

日本奈良初期的公卿藤原宇合在天平九年(737)不幸染流行疾病而死,其后石上乙麻吕与其寡妻久米若売产生了恋情,为此他受到弹劾被流放到了边远的土佐之地。此诗是石上乙麻吕在土佐时,为留守在京城中的朋友而作。诗中表达了作者在边地时的孤寂之情,叙述了身处异乡对友人的深切思念。全诗感情真挚,不假雕琢,是一首表达个人真实情感的抒情之作。

秋夜闺情

他乡(1)频夜梦,谈与丽人同。寝里(2)欢如实,惊前(3)恨泣寒。空思向桂影(4),独坐听松风。山川险易路(5),展转(6)忆闺中。

【注释】

(1) 他乡:这里指被流放到的土佐。

(2) 寝里:梦里。

(3) 惊前:睡梦时突然惊醒。

(4) 桂影:这里指月光。

(5) 险易路:艰险的道路。

(6) 展转:躺在床上翻来覆去睡不着。

【赏析】

这首诗表现了作者秋夜对情人的思念。"闺",是指妇女的闺房,这里借指情人。"闺情",一般所表达的是妇女对男子的思念之情,但在这首诗中表达的却是石上乙麻吕对情人久米若売的真挚恋情。全诗直抒胸臆,辞虽短却情无限,较好地表现出了作者缠绵悱恻的真实情感。

阿部仲麻吕(二首)

阿部仲麻吕(701—770),全名阿倍朝臣仲麻吕,亦名朝臣仲满,大和(今奈良)人,奈良时代的遣唐留学生。养老元年(717)与吉备真备、玄昉同至唐朝。入唐国子监,后进士及第,被唐玄宗赏识,在唐为官,任左散骑常侍安南都护,他留唐54年,并改汉名晁衡,与当时的大诗人王维、李白等人都有交往。唐代宗大历五年(770),阿部仲麻吕病逝于长安。阿倍仲麻吕是中日文化交流的杰出使者,代宗追赠他为潞州大都督。

衔命使本国

衔命将辞国(1),非才忝(2)使臣。天中悬明主(3),海外(4)忆慈亲。伏奏违金阙(5),骈骖去玉津(6)。蓬莱(7)乡路远,若木故园邻(8)。西望怀恩日,东归感义辰。平生一宝剑,留赠结交人(9)。

【注释】

(1) 衔命:奉命。　辞:离开,辞别。　国:指中国。

(2) 非才:不才,自谦之词。　忝:忝任,自谦不能胜任。

(3) 天中:天的正中,这里指中国。　明主:英明的君主。

(4) 海外:国外。这里指日本,因为日本在东海之处。

(5) 伏奏:跪奏。　违:离别。　金阙:这里指宫门。

(6) 骈骖:古代的车一车四马,中间的两匹马驾辕,为服马,两边的马叫骈马,也叫骖马,这里指疾行的意思。　玉津:日本的和歌山,这里代指日本。

(7) 蓬莱:古代传说中的仙山。这里指日本。

(8) 若木:仙山名,典出《列子·汤问》。一说神话中的树名,指太阳落山的地方。　邻:一作“林”。

(9) 平生二句:这里用春秋时季札挂剑的典故,说明阿部仲麻吕不忘唐朝的老朋友。

【赏析】

阿部仲麻吕来到唐朝之后,因其出众的才华而深得唐玄宗的宠信。唐天宝十二年(753)十月十五日,日本第十一次遣唐使藤原清和、副使吉备真备等返回日本。阿部仲麻吕被任命为唐朝的使节回聘日本使节,故诗题名为《衔命使本国》。

这首诗收录于《全唐诗》中,是阿部仲麻吕在离唐赴日前所作。诗中通过"辞国"使日,以及"悬明主"、"忆慈亲"、"违金阙"、"去玉津"、"怀恩"、"感义"等语,将诗人恋唐忆亲及临别酬友的复杂矛盾心情表达得淋漓尽致。"西望"、"东归"二词,更是当时恋唐情态的真实描摹。最后所用"季札挂剑"的典故,更增添了全诗的艺术感染力。

这首诗是古代中日友谊颂歌中的上乘之作。

望 乡 诗

翘首(1)望长安,神驰奈良(2)边。三笠(3)山顶上,想又皎月圆。

【注释】

(1) 翘首:抬头。

(2) 奈良:指日本的奈良,为当时的首都。

(3) 三笠:日本奈良的三笠山。

【赏析】

这是阿部仲麻吕于开元五年(717)随同日本第九次遣唐使来唐留居明州(今浙江宁波市南)时写下的望乡诗。诗中强烈地表现了他神驰奈良、眷恋故国的感情。诗风虽与唐代大诗人李白的《静夜思》颇多相似,但又明显地表现出了日本汉诗的风格,由此亦不难看出中日两国文学之间的联系是多么地密切。

此诗见日本学者依田义贤著《望乡诗》引自《百人一首》中。

刀利宣令(一首)

刀利宣令,曾任伊豫(今爱媛县)掾,其人主要生活于奈良时代(710—784)。元正天皇养老(717—723)年间,任辅佐东宫太子之职。其诗歌收录在《怀风藻》中。

秋日于长王宅宴新罗客,赋得"稀"字

玉烛调秋序,金风扇月帷(1)。新知(2)未几日,送别何依依(3)。山际愁云断,人前乐绪(4)稀。相顾鸣鹿爵(5),相送使人(6)归。

【注释】

(1) 玉烛二句:均指秋天。 玉烛:其典出《尔雅·释天》:"四气和谓之玉烛。"意为四时风调雨顺,冷暖和序。 金风:秋风。 月帷:月光照着的帷幕。

(2) 新知:新结交的知心朋友。

(3) 依依:恋恋不舍。

(4) 乐绪:欢乐的情绪。

(5) 鸣鹿爵:告别宴会上的酒杯。 鸣鹿:即鹿鸣,《诗经·小雅》中的篇目,这里代指宴会。

(6) 使人:指新罗使臣。

【赏析】

本诗选自《怀风藻》。《怀风藻》诗集中较为优秀的代表作,便要数《秋日于长王宅宴新罗客,赋得"稀"字》的这首诗了。

长王宅,指长屋王宅。时长屋王任左大臣,而全盛时期的新罗也派使者到日本。在宴请新罗使者时,刀利宣令也在座陪客,并于席间写下了押"稀"字及与"稀"字相同韵的这首诗。全诗不仅具有

齐梁遗韵,同时也颇有初唐标格,堪称扶桑五言诗的先驱。

元开(一首)

元开(722—785),又称淡海三船、淡海居士。弘文天皇的曾孙。初为诸王(一世二世未做亲王未给姓者),称三船王。出家后改名元开,孝谦天皇胜宝三年(751)奉敕还俗,赐姓淡海真人。元开对唐朝文化十分仰慕,他本想入唐学习,但因病而未能成行。曾任国司、文章博士、大学头等职,因善作汉诗文,故有"文人之首"的美誉。元开对鉴真和上非常崇敬,曾赋诗作序对其东渡进行赞扬。光仁天皇宝龟十年(779),元开应鉴真弟子思托的请求,撰写了著名的《唐大和上东征传》,对鉴真的东渡给予了高度的赞扬。相传神武天皇以后历代天皇的汉式谥号是由元开所撰。著有《唐大和上东征传》,《经国集》中收有其诗。

初谒大和上二首　并序

闻夫佛法东流,摩腾入于伊洛(1);真教南被,僧会游于吴都(2)。未丧斯文,必有命世(3);将弘兹道,实待明贤(4)。我皇帝据此龙图(5),济苍生于八表(6);受彼佛记,导黔首于三乘(7)。则有负鼎掷钓(8),虽比肩于降阙(9);而乘杯听铎,未连影于玄门。爰有鉴真大和上(10),张戒纲而曾临;法进阇梨,照智炬而戾止(11)。像化多士,于斯为盛;玄风不坠,实赖兹焉。弟子浪迹嚣尘,驰心真际(12);奉三归(13)之有地,欣一觉之非遥。欲赞芳猷(14),奋弱管云尔。

一

摩腾游汉阙,僧会入吴宫。岂若真和上(15),含章渡海东(16)。禅林戒网密(17),慧苑觉华丰(18)。欲识玄津(19)路，缁门得妙工(20)。

二

我是无明(21)客，长迷有漏津(22)。今朝蒙善诱，怀抱绝埃尘。道种将萌夏(23)，空华(24)更落春。自归三宝德(25)，谁畏六魔瞋(26)！

【注释】

(1) 摩腾：指迦叶摩腾。他与竺法兰都是印度高僧，于东汉明帝永平十年(67)来到洛阳，从事《四十二章经》的翻译。　伊洛：指河南西部的伊河与洛河。

(2) 僧会：指康僧会，他于三国吴赤乌十年(247)入吴都建业弘法。　吴都：三国时吴国的都城建业，即今南京。

(3) 命世：著名于当世。

(4) 明贤：圣明的贤者。

(5) 龙图：指国土、版图，古代传说中称龙马从河水中背出的图。

(6) 八表：指八方以外极远的地方。

(7) 黔首：指黎民百姓。　三乘：指声闻乘、缘觉乘和菩萨乘。这里泛指佛法。

(8) 鼎、钧：在这里均指重任之意。

(9) 阙：宫门。

(10) 大和上：用以称年高有德的佛教僧人。

(11) 戾止：暴戾罪过等停止消失。

(12) 真际：指真谛之际，即佛法。

(13) 三归：佛家称归依佛、归依法、归依僧为三归。

(14) 芳猷：犹美德。

(15) 真和上：亦指鉴真和上。

(16) 含章：包孕美质之意。 海东：指日本。

(17) 禅林戒网密：这句是说禅院的戒律极为严密。

(18) 慧苑觉华丰：智能之苑所开的觉悟之花非常茂盛。

(19) 玄津：玄妙之津途，指佛法。

(20) 缁门：佛家语，指佛门。 妙工：指善于陶冶雕琢的良工。

(21) 无明：佛经以痴为无明。其义有两种解释：一是认为痴暗之心体无慧明，故叫无明。一是言无真正的慧明，故叫无明。这里是用前一种意思。

(22) 有漏津：佛家语，即指有漏之津。犹言烦恼之渊，生死之海。由于迷于有漏之津，则不能达到涅槃之彼岸。有漏，有烦恼。漏，指烦恼。

(23) 萌夏：和尚在佛寺坐夏三月，用功学佛，便使道种发芽，故叫萌夏。

(24) 空华：即空花。佛家把一切生死烦恼视作空华。空华落掉，就可得道。以上两句是说：道种会因坐夏而萌发，空华也会逢春而落掉。

(25) 三宝：佛家以佛、法、僧为"三宝"。

(26) 六魔：指六欲天主。佛经谓欲界有六天，其最上一天为欲界主。有欲求佛者，此天主便来作障，佛经称之为天魔。 瞋：因愤怒而瞪大眼睛。以上两句是说：自从皈依三宝之后，仗三宝功德，便不再畏惧六欲天魔来作障了。

【赏析】

《初谒大和上二首并序》收录于元开所撰《唐大和上东征传》中。鉴真东渡，对日本佛教产生了极为重要的影响。元开的序文对鉴真大师赴日弘法的目的做了说明。第一首诗高度赞扬了鉴真东渡日本传经的卓越功绩，认为东汉时的印度高僧迦叶摩腾、三国时到吴地传法的外国沙门康僧会的贡献也比不上鉴真大师对日本佛教的贡献。诗中的“渡海东”、“戒网密”、“觉华丰”、“得妙工”等颂词，是元开对鉴真大师推崇备至的赞语。第二首诗表明作者在鉴真大师的耐心教诲之下，立志弃绝尘世，皈依佛门。

作者撰写《唐大和上东征传》，目的是“扬先德，流芳后昆”。而《初谒大和上二首并序》，便较好地反映了作者的这种思想。它不仅是元开对鉴真大师功绩的赞扬，也是日本人民对这位“日本文化恩人”的歌颂，这首诗也是中日友好交往历史的颂歌。

贺阳丰年（一首）

贺阳丰年(751—815)，平安时代初期杰出的汉诗人。历任东宫学士、式部大辅、播磨(今兵库县)守护等职。任东宫学士时，与著名学者小野岑守编纂《凌云集》，收录平安时代优秀汉诗，为日本文化的发展做出了贡献。他的汉诗意境深远，文辞绮丽，在当时颇有影响。《凌云集》中收入他的汉诗十三首。

别诸友入唐

数君为国器(1)，万里涉长流(2)。奋翼鹏天眇(3)，轩翥(4)鲲海悠。登山眉目结(5)，临水泪何收。但此迁天(6)处，空见白云浮。

【注释】

(1) 数君：指渡唐的几位作者友人。其中包括菅原清公、上毛野颖人、朝野鹿取等。　国器：国家的栋梁人物。

(2) 长流：这里指海流、大海。

(3) 鹏天眇：鹏飞向天空。这里的“鹏”与下一句的“鲲”，均指遣唐使一行。眇，同“渺”，遥远。

(4) 轩：举起。 鬐(qí)，古通“鳍”。是一种平板状的肢、尾或其他构造，用于水中或其他液体中的游动，许多不同的生物皆演化出鳍，尤其是大多数的鱼类。

(5) 眉目结：这里指望不到友人而感到忧愁。

(6) 迁天：升到天上。这里指到达异国。

【赏析】

这是贺阳丰年为送别遣唐使友人而作的一首诗。唐代是中日两国频繁友好往来的时代。在这一时期，日本先后十九次向唐朝派遣遣唐使(其中成行十三次)，大规模地吸收先进的中华文化。贺阳丰年是平安时代初期的汉学家，他对唐朝文化十分仰慕，当他的友人菅原清公、上毛野颖人等入唐时，贺阳丰年写下了这首饱含着对友人深情的赠别诗。诗中表达了作者对友人的依依惜别之情，希望他们的入唐，能像传说中的鲲鹏那样迅速而顺利。全诗的篇幅虽然不长，但作者对友人的依依深情却表达得十分细腻、深刻。

藤原冬嗣(一首)

藤原冬嗣(755—826)，平安初期的公卿，通称闲院左大臣。内大臣内麻吕第二子。藤原冬嗣文武兼备，曾在平城、嵯峨天皇身边多任要职，并深得嵯峨天皇的信任。弘仁元年(810)，在藏人所成立的同时被任命为藏人头，兼任东宫大夫和式部大辅。翌年成为参议。藤原冬嗣的女儿顺子嫁给皇太子正良亲王(后为仁明天皇)为妃，其子良房与嵯峨天皇的女儿源洁姬成亲，双方形成了牢固的姻戚关系，奠定了藤原氏摄关政治的基础。他设立劝学院、施药院，在普及文化、救济民生方面做出了贡献。受命修撰《弘仁格式》、《内里式》。其作品多保留在《敕撰三集》中。去世后赠正一位，称闲院大臣。

奉和圣制宿旧宫，应制

林泉旧邸久阴阴(1)，今日三秋锡(2)再临。宿植(3)高松全古节，前栽细菊吐新心(4)。荒凉灵沼龙(5)还驻，寂历(6)棱岩凤更寻。不异沛中闻汉筑(7)，调歌滥续大风音(8)。

【注释】

(1) 阴阴：阴气沉沉的样子。这一句暗示天皇不便于行幸。

(2) 三秋：秋天的第三个月。　锡：赐给。这里比喻天皇。

(3) 宿植：过去种植的。

(4) 新心：刚长出的花蕊。

(5) 灵沼：原是周文王离宫中的水池。这里指宽大漂亮的池子。　龙：与下一句的“凤”，均指天子。

(6) 寂历：寂寞的样子。

(7) 沛中：地名。在今江苏沛县，为汉高祖刘邦的故乡。　汉筑：刘邦统一天下后，回到家乡宴请父老时，击筑高唱《大风歌》。

(8) 大风音：指刘邦所作的《大风歌》。

【赏析】

这是藤原冬嗣奉和御制《宿旧宫》的一首诗。诗中表现了由于天皇的到来，从而使旧宫的气象为之焕然一新的喜悦之情。由天皇行幸旧宫，进而想到汉高祖刘邦回到故乡时的情景，作者的思绪产生了连续性的飞跃跳动，于是有感而作此诗。虽为奉和之作，但作者的创作格调却是相当地高雅。

菅原清公(二首)

菅原清公(770—842),平安时代公卿、学者。自幼喜爱中国文化,广泛涉猎经史,尤喜爱唐诗。延历(782—805)中对策登第,为大学少允。延历二十三年(804)七月,与空海、最澄等随藤原葛野麻吕率领的遣唐使船渡海赴唐。在唐期间,学习诸家经集、汉赋唐诗。翌年回国后,先后任大学头、主殿头、文章博士、侍读等职。任侍读时,为桓武天皇讲解萧统编选的《文选》,研究中国自周至南北朝时代的名家名篇。大力提倡吸收唐代礼仪、风俗,为推动中日文化交流做出了贡献。他是奈良时代汉诗佳作集的《凌云集》、《文华秀丽集》的编者之一,有集六卷。

冬日汴州上漂驿逢雪

云霞未辞旧,梅柳忽逢春。不分琼瑶屑(1),来沾旅客巾。

【注释】

(1) 不分:不料,不意。　琼瑶屑:这里是对雪的美称。

【赏析】

这是菅原清公作为遣唐使在中国汴州游历时所作的一首诗。汴州,即今河南开封。菅原清公为遣唐使时,曾途经此地。汴州与日本不同的冬日雪景,给菅原清公留下了极为深刻的印象。看到这北中国特有的风光,诗人不由得诗兴大发,于是提笔写下了这首描写冬日汴州景色的诗。全诗篇幅不长,全部内容仅有二十个字,但用笔却处处转折。虽是一首小诗,但却给人留下了无尽的回味。

赋得司马迁

汉史唯司马(1),高才为代生(2)。龙门(3)初降化,禹穴(4)渐研精。续孔《春秋》(5)发，基轩(6)得失明。三千(7)犹在眼，五百(8)但嫌情。实录传无堕，洪漪(9)逝不停。终令万祀(10)下，兴作百王桢(11)。

【注释】

(1) 司马：司马迁。

(2) 高才：才能高超。　代生：旷代之生。即见识深远的人。

(3) 龙门：山名，在陕西省韩城县东北。

(4) 禹穴：大禹的墓穴，在浙江省绍兴会稽山上。

(5)《春秋》：孔子据鲁国的历史而整理编撰的编年体史书。

(6) 基轩：指人和事物的最根本的、原始的东西。

(7) 三千：三千年，自黄帝至汉武帝，约三千余年。

(8) 五百：五百年，自西汉至东汉的历史实约四百年，这里虚指五百。

(9) 洪漪：大水的波纹。

(10) 祀：商代称年为祀。

(11) 桢：支柱。

【赏析】

司马迁(前145—前90)，西汉史学家、文学家。字子长，左冯翊夏阳(今陕西韩城西南)人。司马迁撰写的《史记》，是中国第一部纪传体通史，对后世史学影响深远。《史记》语言生动，形象鲜明，既是史书，也是优秀的文学作品。司马迁是中国历史上伟大的史学家，他因直言进谏而遭宫刑，却因此更加发愤著书，创作了在古今中外有着深远影响的史学巨著《史记》，为中国人民和世界人民留下了一笔珍贵的文化遗产。

司马迁的为人及他所创作的《史记》，对日本的文学和史学也产生了较大的影响。自《史记》由日本圣德太子派出的第一批遣隋使带到日本之后,立即在政坛上产生了影响,日本许多汉诗人以此为题来写作汉诗。而在研究方面,泷川资言的《史记会注考证》及水泽利忠的《校补》、小仓芳彦的《史记私议》、竹内照夫的《司马迁史记入门》等,都对中国学者研究《史记》有很大的促进。

菅原清公的《赋得司马迁》,便是这方面最早的代表作。凡摘取古人成句为诗题,题首都冠以"赋得"二字,这首诗也不例外。诗中表达了作者对司马迁的高度赞许,认为司马迁的精神和他所创作的《史记》,足以成为千秋万代的楷模,字里行间流露出了对司马迁的钦佩之情。菅原清公生活的时代,大约为中国的中唐之时。当时的遣唐使频繁地往来于中日之间,中国大量的文化典籍也得以传播到日本,菅原清公的汉诗能够如此熟练地运用汉文典故,足见汉学已在日本获得了进一步的普及和提高。

平城天皇(一首)

平城天皇(774—824),桓武天皇长子,是日本第51代天皇,806年至809年在位。大同元年(806)即位后,因身体病弱等原因,两年后即禅位其弟嵯峨天皇。弘仁元年(810),因藤原药子之乱而出家。其后住在平城宫,弘仁十二年(821)受空海和尚灌顶之戒。平城天皇的汉风谥号"平城天皇"与平城京有关。平城天皇于824年过世,由于他深爱着平城京,故被称为平城天皇。今《凌云集》存其诗二首,《经国集》存其诗四首。

梅花落

二月云过半,梅花始正飞。飘飖投暮牖[1],散乱拂晨扉[2]。萼[3]尽阴初薄,英疏馥稍微。再阳犹未听，谁为恪(4)芳菲。

【注释】

(1) 牖：窗户。

(2) 扉：本义为门扇，引申义为屋舍。

(3) 萼：花蕾。

(4) 恪：恭敬。

【赏析】

《梅花落》属中国汉乐府的“横吹曲”。按照《乐府解题》中所说：汉“横吹曲”共二十八解，李延年制。魏晋以后唯传十八曲，《梅花落》即其一。平城天皇的这首《梅花落》，以中国乐府的旧题，来描写日本的风景，确实是难得的一种尝试。在春风和煦的季节里，梅花绽放，春意盎然，一派生机勃勃的景象。作者看到醉人的美景，犹如喝下了一杯香醇的美酒，不知不觉地沉浸于其中了。

空海(四首)

空海(774—835)，俗名佐伯真鱼，密宗灌顶法名遍照金刚，谥号弘法大师，日本平安朝前期最负盛名的高僧之一。十八岁时他开始大量修习汉籍，后专研佛典，并入山修行，二十岁为僧，于日本延历二十三年(804)与最澄法师随遣唐使入唐研修佛典并致力于诗学。入唐之后，辗转到长安(今西安)，后访寺择师，在翌年的三月，投青龙寺惠果法师门下，得到惠果法师的倾囊相授，同年十二月，惠果法师圆寂，空海于是四处参学，唐元和元年(806)十月回国，留唐达二年多。回国时携回大量佛教经典，是日本佛教真言宗的开山祖师，对日后日本佛教影响甚大。又因其书法功底深厚，而被称为"五笔和尚",与嵯峨天皇、橘逸势合称平安时代三笔,著名作品为《风信帖》。他常与唐诗名家往来唱和,表现出很深的汉诗功底。

后夜闻佛法僧鸟

闲林独坐草堂晓(1),三宝(2)之声闻一鸟。一鸟有声人有心,声心云水俱了了(3)。

【注释】

(1) 晓:天亮。

(2) 三宝:指佛教中的佛、法、僧。

(3) 了了:即了悟、悟入、明白之意。

【赏析】

空海法师的这首《后夜闻佛法僧鸟》诗是一首颇具禅味的作品。诗人闲林独坐,在鸟声与人心及山林云水相融合的寂静之中,悟得禅宗真境,即悟得事物的真实状况、真实性质。空海入唐求法时,曾与多位唐朝的诗僧有过密切交往,写下了不少的唱和之作,这首诗深得禅家之妙旨,其中也可看出唐代佛教对其产生影响的痕迹。

南山中新罗道者见过

吾住此山(1)不记春,空观云日不见人。新罗道者(2)幽寻意,持锡(3)飞来恰似神。

【注释】

(1) 此山:这里指比睿山。

(2) 道者:修行佛道的人。

(3) 持锡：禅林用语，又称留锡，即悬挂锡杖之意。昔云水僧行脚时必携带锡杖，若入丛林，得允许安居时，则挂锡杖于壁上之钩，以表示止住寺内。挂锡一语，现特指禅僧至修行道场之住宿。

【赏析】

这是空海在南山(比睿山)居住时接见新罗道者来访时所作的一首诗。收录在《经国集》卷十中。诗中表现了佛家的空寂之情，于不知不觉中透露出了淡淡的禅意。空海来过大唐，在青龙寺居住时，曾认真研读过佛法，对禅学也有很深的研究。唐代王维诗佛家的禅味，在这位日本高僧的诗中得到了具体的体现，诗风有一种空灵的境界。这首诗也可看作是空海学习唐诗的典范之作。

在唐观昶法和尚小山

看竹看花本国(1)春，人声鸟哢汉家(2)新。见君庭际小山色(3)，还识君情不染尘(4)。

【注释】

(1) 本国：这里指日本。

(2) 哢：鸟吟。　汉家：这里指唐朝。

(3) 君：指昶法和尚。　小山色：指小山清雅洁净的自然景色。

(4) 识：知道。　染：习染。　尘：尘埃，这里指世俗习气。

【赏析】

这是日本高僧空海在唐朝留学期间所作的诗歌之一。昶法和尚是唐代的僧人，其人生平事迹不详。在诗中，空海大师表达了他对中国的深厚感情，同时也赞美了昶法和尚高洁的情操。首句写他身居中国看到的竹翠花发的春景，进而想到的是日本的春天。次句写出了人声鸟语的春意，而却意识到这里是新春的中国。

三、四句写"见君庭际"的山景与"识君情"，以小山清新的景色，比喻昶法和尚不染世俗的高洁品格。全诗触景生情，情景交融，浮想联翩，情意悠悠，是一首中日佛教界友好交流的颂歌。

别青龙寺义操阿阇梨诗

同法同门(1)喜遇深，游空白雾忽归岑(2)。一生一别(3)难再见，悲梦思中数数(4)寻。

【注释】

(1) 法：指佛法。　同门：旧时称同学为同门。

(2) 归岑：即归山，这里指空海回到本国寺院之意。　岑，小而高的山。

(3) 一别：这里指和义操的分别。

(4) 数数：频频。

【赏析】

青龙寺是唐朝著名的寺院，遗址在今西安市城南的乐游原上。义操，是青龙寺慧果和尚的高足，他曾与空海一同学习佛法。阇梨，为佛教用语，是阿阇梨的简称，即僧徒的师父，是对高僧的敬称。

这首诗是空海和尚于元和元年(806)将要离开青龙寺回国时给青龙寺僧友义操阿阇梨写的一首惜别诗。由于唐朝时交通极为不便，这一别之后相见可能遥遥无期，因而诗中表现了同门僧友之间的深厚友谊以及别后难逢的悲哀。此外，诗中还用了不少重复字，如"同法同门"的两个"同"字，说明中日僧友间一切皆同，感情深厚。"一生一别"，用了两个"一"字，说明了一生中只有一别，因而更突出了"难再见"的悲哀。虽然用了重复字，但读后不仅无重复累赘之感，反而给人一种强烈的艺术感染。

朝野鹿取(一首)

朝野鹿取(774—843),早年任嵯峨天皇的侍读。延历二十一年(803),作为遣唐准录事入唐。在仁明天皇时,任式部大辅、民部卿等职。弘仁中,补藏人。朝野鹿取后来一直当到从三位任参议,是一位文才出众的人物。

奉和春闺怨

妾本长安恣骄奢(1),衣香面色一似花。十五能歌公主第,二十工舞季伦(2)家。使君南来爱风声(3),春日东嫁洛阳城(4)。洛阳城头桃与李,一红一白蹊自成(5)。锦褥玳(6)筵亲惠密,南鹣东鲽(7)还是轻。贱妾中心欢未尽,良人(8)上马远从征。出门唯见扬鞭去,行路不知几日程。尚怀报国恩义重,谁念春闺愁怨情。纱窗闭,别(9)鹤唳。似登陇首(10)肠已绝,非入楚宫(11)腰忽细。水上浮萍岂有根,风前飞絮奈无带。如萍如絮往来返,秋去春还积年岁。守空闺,妾独啼。虚坐尘暗,室阶草萋。池前怅看鸳比翼,梁上惭对燕双栖。泪如玉箸流无断,发似飞蓬(12)乱复低。丈夫何时凯歌归,不堪独见落花飞。落花飞尽颜欲老,早返应看片时好。

【注释】

(1) 恣:随意,无拘束。　骄奢:放纵,奢侈。

(2) 季伦:东晋富豪石崇的字。石崇在洛阳郊外建别墅金谷园,极尽奢华。

(3) 使君：地方长官。　风声：歌伎，妓女。

(4) 洛阳城：洛阳的街市。相对于西都长安而言，洛阳在东，故曰东嫁。

(5) 蹊自成：脚下形成一条小路。典出《史记·李将军列传》："桃李不言，下自成蹊。"

(6) 玳：玳瑁。动物名，类似海龟，甲片可做装饰品。

(7) 南鹣：南方的比翼鸟。　东鲽：东海的比目鱼。

(8) 良人：古时妻子对丈夫的称呼。

(9) 别：这里指与丈夫的分别。

(10) 陇首：陇山(位于陕西省和甘肃省境内)的山顶。

(11) 楚宫：楚国的宫殿。楚灵王喜欢细腰的美女，宫女们多为此节食，以至于有人饿死。见《韩非子》。

(12) 飞蓬：被风吹动的枯草。这里形容纷乱的头发。

【赏析】

春闺怨，中国古词牌名，主要表现思妇闺怨的内容。这首诗虽是奉和之作，但作者却抓住了思妇的感情脉络主线，抒写了思妇对征夫的思念。全诗以春天中的景物为意象，表达出主人公内心的孤独。正是抓住闺中少妇心里发生微妙变化的刹那，这首诗才使读者从突变联想到渐进，从一刹那窥见全过程。从句式行文、抒情主人公的角度来看，明显地模仿了唐代刘希夷《代悲白头吟》一诗。日本古典诗词中的怨妇形象还有很多，但都离不开孤独与寂寞，它或许反映了在所谓盛世之下另一群女子的不幸遭遇，这类诗歌也是汉诗中较为有特色的一种。

小野岑守(二首)

小野岑守(778—830)，平安时代的贵族。曾任嵯峨天皇的侍读，后任式部少辅、内藏头、参议兼大宰大贰等职。弘仁五年(814)，与菅原清公等奉敕撰《凌云集》，并参加了《内里式》、《日本后纪》的编撰，是当时日本著名的文学家。

远使边城

王事古来称靡盬[(1)]，长途马上岁云阑[(2)]。黄昏极嶂[(3)]哀猿叫，明发[(4)]渡头孤月团。旅客斯时边愁断[(5)]，谁能坐[(6)]识行路难。唯余敕赐裘与帽，雪犯风牵不加寒。

【注释】

(1) 靡盬：没有停息的时候。化用《诗经·小雅·采薇》："王事靡盬，猃狁之故。"

(2) 阑：残，尽，晚。

(3) 极嶂：极为险峻的山峰。

(4) 明发：天亮。

(5) 断：达到极限。

(6) 坐：副词，表示无缘无故。

【赏析】

这是作者为远使边城的友人所作的一首诗。前两句先写国事的艰辛，以至于才有了友人的远使边城。三、四句写出了想象中友人出使边城的孤独。五、六句表现了友人远离后个人的寂寞之情。末两句是个人的自我安慰之词。全诗于孤独中表现了作者的旷达，于淡淡的忧伤中，体现了一种洒脱的情怀，是汉诗中具有代表性的送人怀远的典范之作。

留别文友

一朝从吏十年许[(1)]，文友存亡半是新。固为同道[2]无新旧,但悲我作万里人。

【注释】

(1) 十年:指作者从最初任职的延历二十二年(803)至弘仁六年(815)的十余年间。　许:表示概数。

(2) 同道:志同道合的朋友。

【赏析】

这是作者为友人赠别时所作的一首诗。诗中流露出了对宦途的无奈和对人生终极的一些思考,说出了内心的一些想法。虽有一些悲伤之情包含于其中,但也流露出了作者豁达的心态,表现了平安初期汉诗作者含蓄的审美观。

良岑安世(一首)

良岑安世(785—830),桓武天皇(781—805)之少子,赐姓良岑。他少好习武,及长曾任平城、嵯峨、淳和三朝的大纳言。良岑安世是日本平安时代著名的汉学家,他善诗文,通音律,其诗作被收录在《凌云集》、《文华秀丽集》等日本古典文学名著中。除了编撰《日本后纪》、《内里式》之外,还编纂了《经国集》。

暇日闲居

暇日除烦想[1],春风读《楚辞》[2]。轩[3]闲啼鸟唤,门掩世人稀。初笋篁[4]边出,游丝柳外飞。寥寥[5]高枕卧,庭树落花时。

【注释】

(1) 烦想:烦恼忧愁。

(2)《楚辞》：书名。战国时楚国屈原及其门人所作，此外还有汉代淮南小山、东方朔、严忌、王褒、刘向、王逸等人的作品也收录其中。相对于《诗经》为代表的北方文学而言，《楚辞》是南方文学的代表。

(3) 轩：堂前屋檐下的平台。

(4) 篁：竹林，泛指竹子。

(5) 寥寥：寂寞安静的样子。

【赏析】

这是一首描写个人闲适之情的诗。诗中表现了闲暇之日作者轻松自得的心情，从中亦可看出高人的雅怀。就其表现的意境而言，足可以与王维的《竹里馆》同读。这首诗应该算得上是汉诗中较有雅趣的一首典范之作。

滋野贞主(一首)

滋野贞主(785—852)，平安前期的儒者、汉诗人。从大同二年(807)任内少记起，先后担任图书头、内藏头、兵部大辅等职，承和九年(842)任参议。曾奉天皇之命，参加了《秘府略》、《经国集》的编撰。滋野贞主天性慈善，雅量有度。他尊崇佛教，创建了日本的慈恩寺。

春夜宿鸿胪馆简渤海入朝王大使

枕上宫钟传晓漏(1)，云间宾雁送春声。辞家里许不胜(2)感，况复他乡客子(3)情。

【注释】

(1) 漏：古代滴水计时的器具。这里指时间。

(2) 许：语助词,少许。 胜：尽,任。

(3) 他乡：异乡。这里指日本。 客子：旅客。这两句是说：离家园不远,已感慨不尽,而何况又加上他乡作客所引起的乡情。

【赏析】

这是作者在鸿胪馆为渤海大使王文矩所作的一首诗,大约作于嵯峨天皇弘仁十三年(822)。

鸿胪是中国古代的官名,掌管朝贺庆吊等相礼之事。唐代设有鸿胪寺,官员掌管少数民族和外国朝贡等事。日本仿效唐制,设置鸿胪馆,与唐朝的鸿胪寺相似,主要招待外国使者和友好人士。在这首诗中,作者先从宫钟报晓和宾雁送春来点明时间,次以“不胜”、“况复”将双方之间的访问与答谢之意,一层胜似一层地表达出来。“宾雁送春声”,语意双关,耐人寻味。

嵯峨天皇(八首)

嵯峨天皇(786—842),名神野,809年至823年在位,是日本第52代天皇,桓武天皇的第二子,平城天皇的同母弟。他少时聪颖,极好读书。及长,精经史,擅诗文,工书画,妙草隶,诗赋、书法、音律都有相当的造诣,是弘仁、天长时期屈指可数的诗人之一。在位十四年,大兴唐风,改革朝仪,极力鼓吹唐代文化,从礼仪、服饰、殿堂建筑一直到生活方式都模仿得惟妙惟肖,特别是对白居易的诗歌尤为欣赏,为日本能诗文的“平安三笔”之一。其诗文、墨迹今尚有遗存,敕撰有《凌云集》、《文华秀丽集》。

神泉苑花宴,赋落花篇

过半青春(1)何所催,和风(2)数重百花开。芳菲(3)

歇尽无由驻,爰唱文雄(4)赏宴来。见取(5)花光林表出,造化宁假(6)丹青笔。红英(7)落处莺乱鸣,紫萼(8)散时蝶群惊。借问浓香何独飞,飞来满坐堪袭衣。春园遥望佳人在,乱杂繁花相映辉。点珠颜、缀髻鬟(9),吹入怀中娇态闲。朝攀花、暮折花,攀花力尽衣带赊(10)。不厌芬芳徒徙倚(11),留连林表晚光斜。妖姬(12)一玩已为乐,不畏春风总吹落。对此年美(13)绝可怜,一时风景岂空捐。

【注释】

(1) 过半:指春天的时间过半。 青春:春天。

(2) 和风:温暖的春风。

(3) 芳菲:(花草)芳香而艳丽。

(4) 文雄:诗文创作有杰出才能的人物。

(5) 见:看见。 取:汉语中的虚字。

(6) 假:凭借。

(7) 红英:红色的花瓣。

(8) 紫萼:紫色的花瓣。

(9) 髻鬟:女性丰满蓬松的发髻。

(10) 衣带赊:衣带渐宽的意思。这里指人变得消瘦了。

(11) 徙倚:彷徨,徘徊不定。

(12) 妖姬:妖艳的女子。

(13) 年美:一年中最美的季节。

【赏析】

这是嵯峨天皇在神泉苑举行宴会时所作的一首汉诗。神泉苑是当时平安京的一座御苑,主要用来作为游宴、羽猎的场所,现在在京都市中京区还保存着神泉苑内的小池。诗中描写了春天百花盛开时神泉苑中的美丽风景,对大自然的景色做了不事雕琢的刻画。全诗由景及人,比喻贴切,刻画细腻,不用刻意摹写,全凭个人的感觉而作。是日本汉诗中较早的乐府体杂言诗代表作。

秋日入深山

历览那逢节序[(1)]悲,深山忽感宋生词[(2)]。半天极嶂[(3)]烟气入,暗地幽溪日影迟。听里清猿啼古木,望前寒雁杂凉飔[(4)]。炎氛[(5)]盛夏风犹冷,况是高秋[(6)]落照时。

【注释】

(1) 节序:这里指秋天的季节。

(2) 宋生词:指宋玉《九辩》中"悲哉秋之为气也! 萧瑟兮草木摇落而变衰"的内容。

(3) 半天:空中。 极嶂:极为险峻的山峰。

(4) 凉飔:凉风。

(5) 炎氛:暑气。

(6) 高秋:天高气爽的秋天。

【赏析】

这是一首描写秋日入深山游历的七言律诗。诗中所描绘的山居秋景,是作者的亲身所感所见,不免有些悲凉之感,使人似乎觉察到了作为一代英主的嵯峨天皇,其内心深处也有一种常人所具有的悲秋之思。

全诗对秋天独有的感受,使作者对宋玉的《九辩》有了一种更为深刻的理解,可见在悲秋这一主题上,中日两国的诗人在感受方面也有着更为深刻的默契,他们对秋天的感觉有着不少相通之处。

江头春晓

江头亭子人事睽[1],欹枕唯闻古戍鸡[2]。云气湿衣知近岫[3],泉声惊寝觉邻溪。天边孤月乘流疾,山里饥猿到晓啼。物候虽言阳和[4]未,汀洲春草欲萋萋[5]。

【注释】

(1) 江头一句:意思是江边亭子与纷繁的世界远离。　江:这里指淀川。　头:江边。睽:乖违。

(2) 古戍鸡:指古代边防城堡中的鸡鸣声。

(3) 岫:山中洞穴。

(4) 物候:景物,风物。　阳和:和暖的春天。

(5) 汀洲:水边的陆地。　萋萋:草木茂盛的样子。

【赏析】

这是嵯峨天皇创作的一首七言近体之作。诗中将山中景色描绘得清新流利却又不失真实,远远超过了当时一味模仿唐诗的那些浅白之作。全诗既无豪言壮语,也无忧国忧民的情怀,只有一副清闲、淡泊的口吻,丝毫没有东洋之味。全诗清新秀雅,有超然脱尘俗之感。在日本写出这么地道的汉诗,是非常难得的。此诗收录于《文华秀丽集》。

王昭君

弱岁辞汉阙[1],含愁入胡关[2]。天涯千万里[3],一去更无还[4]。沙漠坏蝉鬓[5],风霜残玉颜[6]。唯余长安月,照送几重山。

【注释】

(1) 弱岁:年少。　汉阙:汉朝的宫阙。

（2）胡关：胡地的关口。这里指匈奴。

（3）千万里：这里指从长安到匈奴之间的距离。

（4）还：回来。这里指回到汉朝。

（5）蝉鬓：古代妇女的一种发式，望之如蝉翼，故曰蝉鬓。

（6）玉颜：形容美丽的容貌。多指美女。

【赏析】

这是一首吟咏王昭君的诗。王昭君在中国是一个家喻户晓的人物，古往今来，人们对昭君出塞有种种不同的议论。这种不同的议论不仅中国人有，就连日本人也对此有着不同的看法。日本古代汉诗人多认为王昭君出塞不是自愿的，嵯峨天皇便是这种观点的代表。他认为昭君出塞实属无奈，故诗中多有哀怨之词。作为一个日本人，对中国历史典故能达到如此熟悉的地步，嵯峨天皇的汉学水准堪称是一流的。

河阳十咏·河阳花

三春二月河阳县(1)，河阳从来富(2)于花。花落能红复能白，山岚频下万条斜(3)。

【注释】

（1）河阳县：原指中国河南省孟州市附近地区。这里指日本淀川北岸的山崎（京都府乙训郡大山崎町附近）地区。

（2）富：盛产。

（3）万条斜：形容山脚下的袅袅炊烟。

【赏析】

这是一首奉和之作。时左大将军藤原冬嗣作《河阳作》一诗，嵯峨天皇便作了这首和诗。诗以河阳花为题，借用晋代潘岳任河阳县令时广植桃李，人称“河阳一县花”的故事，来表现日本的风物。全诗观察自然景物细腻入微,借用中国的典故,体现了诗人独到的体悟中国文学的能力。

早春观打球

芳春烟景(1)早朝晴,使客乘时(2)出前庭。回杖(3)飞空疑初月,奔毬转地似流星(4)。左承右碍当门竞(5),分行群踏乱雷声(6)。大呼伐鼓催筹(7)急,观者犹嫌都易成(8)。

【注释】

(1) 烟景:形容春光的美丽。

(2) 乘时:乘机,趁势。

(3) 杖:毬仗。

(4) 流星:本指一种天文现象。这里指毬的转动速度很快。

(5) 左承一句:这一句是说打毬的队员分成两队,相互竞争的情况。 承:迎,接。 碍:阻碍。

(6) 分行一句:形容群踏声如万壑奔雷。

(7) 伐:击。 催:催促。 筹:筹码,计算之具。

(8) 观者一句:这一句是说打毬表演结束得太快,观者有观之未能尽兴之感。 犹:还,仍。 成:毕,终。

【赏析】

这首诗的题下原注是“使渤海客奏此乐”。渤海国使臣王文矩于嵯峨天皇弘仁十二年(821)出使日本,第二年正月,王文矩打毬,嵯峨天皇到场观看,于是便写下了这首诗。

诗中先写了春天的景色,写明了观打毬的时间,接着写表演者毬艺的高超,又接着写双方激烈的竞争场面,以及观众的反应。全诗的描写栩栩如生。通过对打毬场面的具体描写,诗人具体而形象地描绘了唐代中日两国体育文化交流的盛况。

此诗见金毓黻撰《渤海国志长编》。

秋千篇

幽闺人[1],妆梳早。正是寒食节[2],共怜[3]秋千好。长绳高系芳枝[4],窈窕翩翩仙客[5]姿。玉手[6]争来互相推,纤腰结束[7]如鸟飞。初疑巫岭[8]行云度,渐似洛川[9]回雪归。春风吹休[10]体自轻,飘摇空里无厌[11]情。佳丽以秋千为造作[12],古来唯惜春光过清明[13]。踏云双履透树着[14],曳地长裾[15]扫花却。数举不知香气尽,频拉宁愿金钗[16]落。婵娟[17]娇态今欲休,攀绳未下好风流[18]。叫人把着忽飞去,空使伴俦[19]暂淹留。西日斜,未还家。此节犹传禁火,遂无灯月为灯。秋千树下心难歇,欲去踟蹰[20]竟不能。

【注释】

(1) 幽闺人:这里指闺中少女。

(2) 寒食节:亦称"禁烟节"、"冷节",在夏历冬至后一百零五日,清明节前一二日。最早为纪念春秋时期晋国的名臣义士介子推,在后世的发展中逐渐增加了祭扫、踏青、荡秋千等风俗,寒食节前后绵延两千余年,后来又传入日本。

(3) 怜:喜爱。

(4) 芳枝:对树枝的美称。

(5) 窈窕:形容身材美好。　翩翩:运动自如、轻疾的样子。　仙客:仙人。

(6) 玉手:美人的手。

(7) 纤腰：细腰。　结束：装束，打扮。

(8) 巫岭：这里指巫山之岭。

(9) 洛川：位于中国陕西省中部，延安市南部。

(10) 吹休：风儿停止吹拂。

(11) 飘摇：飘荡，飞扬。　无厌：不满足，没有限止。

(12) 造作：指制作物。

(13) 古来一句：这一句是说，一过了清明，春天便已经结束，因此令人感到惋惜。

(14) 着：踩着。

(15) 曳地：拖地。　长裾：长裙。

(16) 金钗：妇女插于发髻的金制首饰，由两股合成。

(17) 婵娟：美女，美人。

(18) 风流：风度，仪表。

(19) 伴俦：伴侣，同伴。

(20) 踟蹰：徘徊不前的样子，缓行的样子。

【赏析】

这是嵯峨天皇写的一首打秋千的诗。寒食节之时，正是一年中春光明媚的季节。在这春暖花开的时候，少女们荡着秋千，尽情享受着初春的美好时光。作者从生活的角度描写少女们荡秋千的情景，观察细致，描摹细腻，真实地再现了当时宫廷的一些情景。从这首诗中也可以看出，寒食节在嵯峨天皇之时已经传入日本了，两国文化上的交流确实是有着悠久的历史。

渔歌每歌用“带”字

其　一

江水渡头(1)柳丝乱，渔翁上船烟景迟。乘春兴，无厌时(2)，求鱼不得带风吹。

其　二

渔人不记岁月流[3]，淹泊沿回老棹舟。心自效，常狎鸥[4]，桃花春水带浪游。

其　三

青春林[5]下渡江桥，潮水翩翩[6]入云霄。烟波客[7]，钓舟摇，往来无定带潮落。

其　四

溪边垂钓奈乐何[8]，世上无家水宿[9]多。闲钓醉，独棹歌，浩荡[10]飘飘带沧波。

其　五

寒江春晓片云晴，两岸花飞夜更明。鲈鱼脍[11]，莼菜羹，餐罢酣歌带月[12]行。

【注释】

(1) 渡头：码头。
(2) 无厌时：这里指兴趣很高。
(3) 岁月流：这里指光阴逝去。
(4) 狎鸥：与海鸥为伍。
(5) 青春林：生长时间不长的树林。
(6) 翩翩：潮水连绵不断的样子。
(7) 烟波客：指江湖中的隐士。
(8) 奈乐何：乐得不行，形容非常快乐。
(9) 水宿：指在水面上居住的人，即渔民。
(10) 浩荡：巨浪。

(11) 鲈鱼脍：与下一句的“莼菜羹”，典出《世说新语·识鉴》：“张季鹰辟齐王东曹掾，在洛见秋风起，因思吴中菰菜羹、鲈鱼脍，曰：‘人生贵得适意尔，何能羁宦数千里以要名爵！’遂命驾便归。俄而齐王败，时人皆谓为见机。”这两句有时也喻思乡赋归。

(12) 带月：顶着月亮奔走。形容早出晚归或夜行。

【赏析】

渔歌，也称作“渔歌子”。在唐代有人认为是诗，也有人认为是词。如果按词来说的话，这五首词是日本填词的滥觞，它是嵯峨天皇模仿张志和的五首《渔歌子》而写成的。张志和的词作于大历八年(773)，而嵯峨天皇的这五首词作于弘仁十四年(823)，两者相差不过五十年，可见日本填词历史的久远，与中国文人填词之始几乎相差无几。嵯峨天皇的这五首词表现了渔人的钓鱼之乐，以及渔人的生活环境，并有一种对隐逸生活的向往。虽是仿照张志和的词而作，但它们之间有许多惊人的相同、相近、相似之处，如表现手法相同、韵律相近、命意相似等，词中有一种高雅冲淡的意趣，能够吸取张志和词原作的精髓。

巨势识人(二首)

巨势识人(795—827?)，是继体天皇御世大臣巨势男人的后裔，平安初期嵯峨天皇时代文坛的汉诗人，弘仁十四年(823)二月，官至从五位上。《凌云集》、《文华秀丽集》等均收有其诗。

秋日别友

林叶翩翩秋日曛(1)，行人独向边山云。唯余天际(2)孤悬月，万里流光远送君。

【注释】

(1) 翩翩：飘然的样子。　曛：黄昏，傍晚。

(2) 天际：肉眼能看到的天地交接的地方，古代指天空。

【赏析】

这是巨势识人所作的一首送别诗。在秋日的黄昏，友人离开作者走向远方，而作者却有些恋恋不舍。首句点出送别的季节时间，二句写送别友人的去向。三、四句，写送别的场景：目送孤帆远去，只留一江秋水。全诗以绚丽斑斓的秋色和浩瀚无边的江水为背景，极尽渲染之能事，绘出了一幅意境开阔、情丝不绝、色彩明快、风流倜傥的诗人送别画面。与李白《送孟浩然之广陵》"孤帆远影碧空尽，唯见长江天际流"的诗意相近。诗人寓离情于写景，峰棱挺拔，一泻直下，快船快意，令人神远。

嵯峨院纳凉，探得"归"字，应制

君王倦热来兹地(1)，兹地清闲人事稀(2)。池际追凉依竹影，岩间避暑隐松帷(3)。千年驳藓(4)覆阶密，一片晴云亘岭归。山院幽深无所有(5)，唯余朝暮泉声飞(6)。

【注释】

(1) 君王：这里指嵯峨天皇。　兹地：这个地方。

(2) 人事稀：指远离人烟。

(3) 松帷：松树的树荫。

(4) 驳藓：色彩斑驳的苔藓。

(5) 无所有：什么都没有，这里指没有迷失心灵的俗物。

(6) 飞：这里指泉声传过来。

【赏析】

这是巨势识人所作的一首应制诗。嵯峨院是嵯峨天皇的别墅,又称嵯峨山庄、嵯峨别馆等,位于京都市右京区嵯峨大觉寺附近。嵯峨天皇经常来这里,召集文人雅士在此赋诗聚会,为当时一个重要的文学创作场所。这首诗虽然是应制之作,但却反映了巨势识人对官场的厌恶之情。全诗并未引用太多的典故,而是运用写实的手法,通过对山庄中自然景物的描写,来表现自己恬淡自适的情怀,体现出了与众不同的艺术风格。从作诗的情况来看,应制诗在当时已从唐朝传入日本,并且在宫廷中流传开来。

藤原常嗣(一首)

藤原常嗣(796—840),平安初期的公卿、政治家藤原葛野麻吕的第七子,日本著名的汉学家,官至从三位、参议。曾编纂《令义解》,研读过《史记》和《汉书》,因精研《文选》而深得天皇的赏识。日本承和元年(834),任最后一次遣唐使。归国后,任从三位之职。《经国集》收其汉诗一首。

秋日登睿山,谒澄上人

城东一岑(1)耸,独负睿山(2)名。贝叶上方界(3),梵香鹫岭(4)域。甑餐藜藿(5)熟,白饭练砂(6)成。轻梵(7)窗中曙,疏钟枕上清。桐蕉秋露色,鸡犬(8)吟云声。高隐丹丘(9)地,方知南岳(10)晴。

【注释】

(1) 岑:山小而高。

(2) 睿山:即比睿山,别称天台山,自传法大师最澄由唐朝回国后,就一直是日本天台宗山门派的总本山。

(3) 贝叶:贝多罗叶的简称。指多罗树的叶子,因印度佛教徒在上面书写经文,故转意指经典。　上方界:山上的寺院。

(4) 鹫岭:指灵鹫山,位于古代中印度的摩揭陀国,是佛教的发祥地。

(5) 甑餐:用甑(蒸米的器物)来烹制的食物。　藜藿:藜和豆的叶子。这里比喻粗糙的食物。

(6) 练砂:指炼丹砂。

(7) 轻梵:轻微的念经声。

(8) 鸡犬:这里指听到鸡犬相闻之声的地方。

(9) 高隐:原指隐于高处,这里指远离世俗的隐栖。　丹丘:仙人的住所。

(10) 南岳:指五岳之一的衡山。位于湖南省衡阳市南岳区,海拔 1 290 米。

【赏析】

这是一首带有深厚禅家趣味的诗。诗中表现了诗人登上比睿山延历寺拜谒澄上人时的所见所闻。在寂静的山林中,宁静的山居生活和佛家的诵经声以及鸡犬的相闻声,自然地组合在了一起,给人以一种超凡脱俗的感觉。诗中描写的山林寂寞之境,禅意悠悠,正是诗人所向往的地方。

小野篁(一首)

小野篁(802—852),据传是日本飞鸟时代推古朝的外交官小野妹子的孙子,平安时代前期杰出的汉诗文作家、学者、歌人。天长十年(833),任东宫学士,参加了《令义解》的撰集工作。834 年任遣唐副使,但两次均因沉船而失败。838 年第 3 次赴唐时,因不满遣唐大使藤原常嗣的专横而称病拒绝出航,并作《西道谣》来讽刺此事,因此触怒了嵯峨太上皇,流放隐岐国(俗称隐州。现在岛根县之外岛。大化改新自为一国。明治四年废藩置县后编入岛根县)。840年奉诏回京,翌年复官,历任刑部大辅、陆奥守、东宫学士、藏人头、左中弁等职,847年升任参议,兼樟正大弼。《古今和歌集》收其和歌六首。此外,《今昔物语集》、《宇治拾遗物语集》等还保留了他的一些文人逸事。小野篁乃多情善感之英才,直情径行,不向世俗妥协,有“野狂”之名。

奉试,赋得陇头秋月明　题中取韵限六十字

反复单于性(1),边城未解兵(2)。征夫朝蓐食(3),戎马晓寒鸣。带水城门冷,添风角(4)韵清。陇头(5)一孤月,万物影云生。色满都护(6)道,光流佽飞(7)营。边机(8)候侵寇,应惊此夜明。

【注释】

(1) 反复一句:这句是说反复地侵扰中原王朝,是匈奴单于的本性。　单于:匈奴首领的称谓。

(2) 解兵:撤兵。

(3) 朝蓐食:早上在寝蓐上吃饭。比喻战事紧急。

(4) 角:军中用的角笛。

(5) 陇头:借指边塞。

(6) 都护:官名。汉、唐等时代中原王朝为防卫边境与统治周边民族而设置的军事机关称为都护府。都护府长官称为都护。“都”为全部,“护”为带兵监护,“都护”即为“总监护”之意。

(7) 佽飞:春秋时楚国的剑士之名,也写作“佽非”。《淮南子·道应训》载,他曾击退两条袭击江船的蛟龙。

(8) 边机:边境的机运。这里指边境的战事有改变人们命运的机会。

【赏析】

这是小野篁写的一首边塞诗。诗中表现了作者欲从军边塞、建功异域的想法。由于作者对中国古代的典故非常熟悉,因此引用中国历史故事也显得极为贴切,充满了盛唐边塞诗人积极建功立业的宏伟理想。全诗气派阔大,格调恢弘,明显地看出深受中国盛唐边塞诗影响的痕迹,是日本汉诗模仿唐诗的典范之作。

大伴氏上(一首)

大伴氏上,即大伴宿祢犬养。日本嵯峨天皇至仁明天皇时的廷臣。据《渤海国志长编》记载:圣武天皇天平十二年(740),他以外从五位下之职,为遣渤海使。同年四月,他与已遣唐的已珍蒙等,从日本同行到渤海。十月回日本。他的《渤海入朝》诗,大概作于此时。

渤海入朝

自从明皇御宝历(1),悠悠渤海再三朝(2)。乃知玄德(3)已深远,归化纯情是最昭(4)。片席聊悬南北吹(5),一船长冷(6)去来潮。占星(7)水上非无感,就日遥思眷我尧(8)。

【注释】

(1) 御:这里作动词,即统治、治理的意思。宝历:指开元六年(718)唐玄宗给高王祚荣加授忽汗州都督,自此废去靺鞨号,称渤海郡王事。

(2) 悠悠:久远。　再:又。　三朝:从开元六年唐玄宗册封祚荣,至诗人开元二十八年(740)写这首诗,其间渤海已经历了高王祚荣、武王武艺、文王钦茂三代。

(3) 玄德:深远之德。

(4) 归化:归附教化。这里指渤海受唐玄宗册封,废靺鞨号称渤海郡王事。　昭:明亮。

(5) 席:帆。　南:中国渤海在日本的西北,故日本人以南代指日本,以北代指渤海。南北吹:南风、北风吹来吹去。

(6) 长冷:因船常浸在海水航行,故说"长冷"。以上两句是说渤海自受唐朝册封后,与日本的交往也越来越频繁了起来。

(7) 占星:根据星象来预测吉凶。

(8) 尧:原指中国上古的尧帝,这里喻指日本天皇。

【赏析】

天平十二年(740),大伴氏上作为日本使臣出使中国东北的渤海国。这首诗是他在渤海国的有感之作。诗中高度赞扬了渤海郡王祚荣自开元六年接受唐玄宗的册封,废去靺鞨称号改为渤海后,在三朝二十多年间在德政和教化方面所取得的成就。全诗以一个日本人的视点来描写渤海国的政治环境,角度新颖,立意别致,是难得的记载渤海国的珍贵史料,也是中日两国之间友好交往的真实记载。此诗见金毓黻撰《渤海国志长编》。

有智子(一首)

有智子(807—847),嵯峨天皇三女,平安时代初期皇族。她精通汉籍,涉猎经史,自幼便能写得一手好诗,深得其父的喜爱。其诗作较丰富,多收于《经国集》、《杂言奉和》中,被后人誉为平安朝第一女诗人,对后世的女性文学产生了很大的影响。

奉和巫山高

巫山高且峻,瞻望几岧岧[(1)]。积翠临苍海[(2)],飞泉落紫霄[(3)]。微云朝晻暧[(4)],宿雨[(5)]夕飘飖。别有[(6)]晓猿叫,寒声古木条。

【注释】

(1) 几岧岧:多么高啊。岧岧,高高耸立的样子。

(2) 积翠:指青绿的山。　苍海:大海。这里指作者的心像风景。

(3) 紫霄:天空。

(4) 晻暧:昏暗无光。

(5) 宿雨:昨夜之雨。语出王维《田园乐》之六:"桃红复含宿雨,柳绿更带春烟。"

(6) 别有:还有。

【赏析】

这首诗是有智子奉和嵯峨天皇的作品。《巫山高》是汉乐府古辞《饶歌》的名字,其内容写江淮水深,无桥可渡,临水远望,不得而归。引申意义为理想不得实现,或仕途艰难等。作者在诗中对巫山的高峻作了想象性的描摹,使人读之有深临巫山之境的感觉。诗虽有摹拟初唐风格的痕迹,但却达到了神似的地步。作为天皇的女儿,有如此高的汉诗造诣,确实极为难得。

仁明天皇(一首)

仁明天皇(810—850),名正良,嵯峨天皇第二子。833—850

年在位。弘仁十四年(823)立为皇太子。天长十年(833),由淳和天皇让位而践祚,由父嵯峨上皇执掌政权,是日本的第 54 代天皇。仁明天皇在位期间,是日本的汉风文化极盛的时代。他以儒学为政治指导思想,通晓经学、史学等学问,《经国集》中有其诗作。仁明天皇的和风谥号是日本根子天玺丰聪慧尊,死后葬于深草陵,故又称深草天皇。他也是最后一个拥有和风谥号的天皇。

闲庭对雪　时年十七

玄云(1)聚万岭,素雪飘宫中。带湿还凝砌(2),无声自落空。夺朱(3)将作白,矫异实为同。闲坐独经览(4),纷纷(5)道不穷。

【注释】

(1) 玄云:黑云。

(2) 凝砌:凝集堆积在一起。

(3) 夺朱:指邪恶战胜了正义。

(4) 经览:阅读经书典籍。

(5) 纷纷:混乱的样子。

【赏析】

仁明天皇是日本著名的汉诗人,据这首诗的题下注“时年十七”可知,他写作这首诗时,年纪只有十七岁。虽然年纪不太大,但创作水准却达到了炉火纯青的地步。

这首诗是在庭中观雪所作。诗人把下雪时的景物描绘得十分细致,并由下雪这个自然现象而联想到了其它。虽是观景之作,但却别出心裁,诗意开阔,体现了作为一个政治家的博大胸怀。

淡海福良满(一首)

淡海福良满,原名福良麻吕,生卒年不详。生活在桓武、嵯峨天皇时代,为大友皇子之后。延历十六年(797)正月任从五位下,曾任日向(今宫崎县)权守。其诗收录在《凌云集》、《经国集》中。

被遣别丰后藤太守

故乡何处在,天际(1)白云浮。归雁遥将没,漂查(2)去不留。边声(3)四面起,悲泪数行流。今日生死别,何年问白头。

【注释】

(1) 天际:天边。

(2) 漂查:即漂槎。　查,与"槎"意通,指木筏。

(3) 边声:边地凄凉悲哀的声音。这里比喻作者被遣去荒凉的远地。

【赏析】

这是作者遭贬谪后所作的一首诗。丰后,为日本的古地名,在今大分县。由于淡海福良满的生平鲜为人知,因而其遭贬的原因也无详细的记载。但显然作者所遭受的待遇是不公平的,因此才会产生了如此愤懑之情,诗中表达的感情悲怆交集,情见乎辞,无可奈何中流露出了一种淡淡的悲愁,令人不胜唏嘘。

桑原宫作(一首)

桑原宫作,生卒年不详。据《凌云集》的目录载,他官位为陆奥少目从八位下。"少目",为国司四等官中的文书一职。

伏枕吟

劳伏枕[1],伏枕不胜思。沉痾[2]送岁,力尽魂危。鬓谢蝉[3]兮垂白,衣悬鹑兮化缁[4]。凄然感物,物是人非。抚孤枕以耿耿[5],陟屺岵而依依[6]。怅云花于遽落[7],嗟风树于俄衰[8]。池台[9]渐毁,僮仆[10]先离。客断柳门[11]群雀噪,书晶蓬室晚萤[12]辉。月鉴[13]帷兮影冷,风拂牖[14]兮声悲。听离鸿[15]之晓咽,睹别鹤[16]之孤飞。心倒绝兮凄今日,泪潺湲[17]兮想昔时。荣枯[18]但理矣,倚伏[19]同须期。恃皇天[20]之佑善,祈灵药以何为。

【注释】

(1) 劳:生病。 伏枕:指伏在枕头上休息。

(2) 沉痾:长久而严重的疾病。

(3) 谢:离开。 蝉:这里指像蝉羽一样的头发。

(4) 鹑:鹑衣。指破烂不堪、补丁很多的衣服。 缁:黑色。

(5) 耿耿:形容心中不安的样子。

(6) 陟屺岵:登山。屺,有草木的山。岵,无草木的山。 依依:不忍分离的样子。

(7) 云花:盛开的花。云,茂盛的样子。 遽落:急速落下。

(8) 风树:比喻未能给去世的父母尽孝。典出《韩诗外传》卷九:"树欲静而风不止,子欲养而亲不待。" 俄衰:迅速衰落。

(9) 池台:池苑楼台。

(10) 僮仆:仆人。

(11) 柳门:种植有柳树的大门。典出陶渊明《五柳先生传》:

“宅边有五柳，因以为号。”

(12) 书晶：书籍。　蓬室：简陋的住宅。这里指隐者的居所。　晚萤：傍晚时的萤火虫。

(13) 鉴：照影。

(14) 牖：带有花棂的窗户。

(15) 离鸿：这里指向北飞去的大雁。

(16) 别鹤：表现妻子与丈夫离别之悲的琴曲名。

(17) 潺湲：形容流泪的样子。

(18) 荣枯：草木茂盛与枯萎。比喻人世的盛衰、穷达。

(19) 倚伏：指福祸互相依存。典出《老子》：“祸兮福之所倚，福兮祸之所伏。”

(20) 皇天：对天的敬称。

【赏析】

这是桑原宫作所作的一首抒情言志诗。诗中表现了因自己生病而不能为朝廷出力的苦闷心情，同时也诉说了个人内心的孤独。由于生病，曾是车水马龙的门前，也变得冷清起来，似乎成为了鸟儿们的天堂。好在作者的心胸比较豁达，以《老子》祸福相倚的理论为自己的苦闷进行解脱，诗中流露出了一种洒脱悲壮的情怀，表达出诗人与众不同的思想感情。

值得一提的是，诗题中“伏枕吟”的“吟”，是中国古代诗歌的一种名称，即使在中国诗人的作品中，写这一诗歌体裁的也不多。作者能够写作这类体裁形式的作品，可见其汉学的功底还是比较深厚的。

藤原令绪(一首)

藤原令绪，生卒年不详。藤原永贞之子。官至弹正少忠(正六品下）。其诗主要收入在《经国集》中。

早春途中

平旦(1)挥鞭城外出，林村雨霁早春生。傍峰近听樵客(2)唱，入涧深闻断猿声(3)。关北(4)寒梅花未发，江南暖柳絮先惊。愁中路远行不尽，为有羁人(5)故乡情。

【注释】

(1) 平旦：黎明。

(2) 樵客：砍柴的人。

(3) 断猿声：悲鸣的猿声。

(4) 关北：关署的北面。

(5) 羁人：旅人。

【赏析】

这是作者在早春出游时写的一首诗。诗中描写了初春郊外的景色。樵客的唱和，猿猴的啼鸣，未开的寒梅，先发的柳絮，如此缤纷的美景，构成了日本山河的大好风光。面对这样好的景色，作者不禁触景生情，不由得在心灵深处涌现出了淡淡的乡愁。全诗用白描的手法，不事雕琢，意蕴悠悠，于写景中表达了个人深沉的乡情之思。

岛田忠臣（七首）

岛田忠臣（828—892），日本著名的汉诗人、医学家，曾任兵部少辅、典药头等职。他诗学白居易，有“当代诗匠”之誉，与渤海访日的大使裴颋关系很好,并以自己公认的诗才参与接待了渤海的使臣们,双方有诗唱和。岛田忠臣是早期中日诗歌唱和的杰出代表人物之一,《渤海国志长编》著录有这方面的诗歌六首。《田氏家集》收录其汉诗213首。

早　秋

七月上弦旬(1)满时,人间半热半凉飔(2)。光阴渐欲催年役(3),夜漏(4)初应待晓时。百氏书中收夏部(5),诸家集里阅秋诗(6)。感伤物色还成癖(7),此癖无方莫肯治。

【注释】

(1) 上弦:上弦月。指阴历初七前后的半圆月。　旬:十日。

(2) 飔(sī):凉风。

(3) 年役:指农事之事。

(4) 漏:古代计时用的漏壶。这里指时间。

(5) 百氏:众多的人。原指中国的诸子百家,这里指收录很多诗人作品的诗集。　夏部:诗集中包含有表现夏天内容的诗歌。

(6) 秋诗:关于描写秋天的诗歌。

(7) 物色:风物。这里指秋天的景色。　癖:这里指作诗的习癖。

【赏析】

这是一首描写早秋景色的诗。旧历的七月,秋日的风景已渐渐显露,万物开始出现了凋零之色。在这寂寥的日子里,作者由季节的变化而想到了人生,进而悟出了其中的某些哲理。只有在阅读前人有关秋景描写的诗歌中,才能冲淡个人心中的哀愁。全诗由写景而转入写情,又由写情而转入写人生。在看似平淡的描写中,却包含了作者的某些感悟,是一首描写秋景的佳作。

惜 樱 花

宿昔[1]犹枯木,迎晨一半红。国香[2]知有异,凡树见无同。折欲妨人锁[3],含应禁鸟笼。此花闲早落,争奈赂春风[4]。

【注释】

(1) 宿昔:昨夜。

(2) 国香:樱花的香味。

(3) 锁:指用锁锁住、封闭等。

(4) 争奈一句:这一句是说担心樱花陨落,希望能够贿赂春风,让樱花尽可能多开一些时间。

【赏析】

这是一首作者对樱花的凋落表示惋惜的诗。“生如夏花之绚丽,死若秋叶之静美”,泰戈尔的这句名诗,在日本之所以被广泛流传,无外乎是它一针见血地指出了日本人的悲观思想,暗自契合了日本人的悲情情结。樱花是日本的象征,也是日本文化的图腾,日本人的骨子里认为樱花是其生命最重要的象征,故而作者在诗中才有了对樱花凋落表现出的惋惜之情。

暮 春

莺喧已倦听残歌[1],花暗曾无爱老柯[2]。春事触情多冷淡,上簾时少下簾多[3]。

【注释】

(1) 残歌:不完整的歌。

(2) 花暗：指花的凋落。　柯：柯属植物的泛称。

(3) 上簾一句：这里是说因为已经到了暮春，诗人极少打开窗帘眺望窗外景色，而关闭窗帘在家独坐的情况居多。

【赏析】

这是一首描写暮春景色的诗。春天的景色是四季中最美好的景色，但暮春的景色却又是那么的无奈，令人叹息。作者在暮春的环境中，不禁想到了美好人生的短暂，由此而产生了一种伤春的情怀。全诗通过"莺喧已倦"的特定场景，联想到个人的思想感怀，在对"春事触情"的描写中，抒发了个人淡淡的伤春情怀。虽无过多的情感渲染，却较好地道出了作者的思想感情。

独坐怀古

交友何必旧知音，富贵却忘契阔[(1)]深。暗记徐来长置榻[(2)]，推量钟对欲鸣琴[(3)]。巷居傍若颜渊[(4)]在，坐啸前应阮籍[(5)]临。日下闲游任意得，免于迎送古人心。

【注释】

(1) 契阔：久别重逢。

(2) 徐来长置榻：东汉名士陈蕃不轻易接待宾客，唯独给徐孺专设一榻，以表示对其人品和学问极为钦佩。

(3) 钟对欲鸣琴：春秋时，俞伯牙弹琴，钟子期能够听出其中的真意，被俞伯牙看成是自己的知音。

(4) 颜渊：孔子的弟子。他能够在陋巷中不改其志，其精神深得后世赞许。

(5) 阮籍：三国时魏人，竹林七贤之一。

【赏析】

这是一首发思古之幽情而作的诗。作者认为，交友不一定局限在过去的圈子中,而应该范围更广一些。如陈蕃对徐孺、俞伯牙对钟子期,都是因为在心灵深处有了某种契合,才成为了人生中真正的知音。找到知音虽然需要条件和过程,但如果有像颜渊般的德行和阮籍般的旷达,即便是在古代的先贤中,也一样可以获得真正的知音。全诗以中国古代的先贤为吟咏对象,在对古人行为的思索中,表达了个人的怀古之情。

《后汉书》竟宴,各咏史得蔡邕

蔡邕经史有功深(1),世许宏才又鼓琴(2)。冢树连柯依笃孝(3),吴桐余烬遇知音(4)。皂囊(5)封表君王见,黄绢题碑客子吟(6)。汉册(7)几年遗恨久,因从为国大无(8)心。

【注释】

(1) 功深:这里指学问功底深厚。

(2) 世许一句:这一句是说蔡邕才学广博,而且精通音律。许,赞许,心服。宏,广博,宏大。　鼓,弹奏。

(3) 冢树:坟墓中生长的树。据《后汉书·蔡邕传》载:"邕性笃孝,……母卒,庐于冢侧。有菟驯扰其室傍,又木生连理,远近奇之。"　连柯:即连理枝,两棵树枝条连在一起。　笃孝:至孝。

(4) 吴桐一句:《后汉书·蔡邕传》载:"吴人有烧桐以爨者,邕闻火烈之声,知其良木,因请而裁为琴,果有美音,而其尾犹焦,故时人名曰焦尾琴焉。"后因称琴为焦桐。

(5) 皂:黑色。　囊:口袋。按照汉朝的制度,百官如上书奏机密的事情,则用皂囊密封,以防泄密。

(6) 黄绢一句:东汉时,浙江上虞地区的少女曹娥,因为其父亲在江里淹死,为寻觅父尸,最后也被淹死了。当时的"上虞长"度尚为曹娥立了纪念碑——《曹娥碑》。据说碑文是年仅十三岁的邯郸淳所作。著名文学家蔡邕路过上虞时,曾特地去看这块碑。蔡邕在碑的背面题了八个大字:"黄绢幼妇,外孙齑臼。"当时谁也不明白这八个字是什么意思。据《世说新语》载,曹操和他的主簿杨修路过上虞。曹操指着蔡邕的题字问杨修其中的意思。杨修答道:"黄绢,色丝也,这是一个'绝'字;幼妇,少女也,这是一个'妙'字;外孙,女之子也,这是个'好'字;齑臼,受辛也,这是一个'辞'('辤'同'辞')字。这八个字的意思是'绝妙好辞'!"后来,人们便以"黄绢幼妇"或"绝妙好辞"作为文才高、诗词佳的赞语。

(7) 汉册:西汉的史书。 遗恨:指蔡邕未完成史书的撰写而死于狱中之事。

(8) 无:作语助用词,无意义。

【赏析】

这是一首吟咏蔡邕的诗。蔡邕是东汉末年文学家、书法家,在董卓专权时,被迫为官,官至左中郎将(故称蔡中郎)。董卓虽专横,但却很看重蔡邕的才学,对他"甚见敬重"、"厚相遇待",蔡因其当初有所谓知遇之恩而对他有所怜惜,董卓被杀后蔡邕前往哀悼。后有人禀报当时掌权的王允,允要将其治罪。蔡说自己还没有修完本朝的历史,请求将工作完成后再伏法。有人对王说,当初武帝没有杀司马迁,所以得让其后来写《史记》讪谤朝廷,有损于皇帝声誉,王终于将蔡杀死。

这首诗通过阅读《后汉书》中蔡邕的传记,表现了作者对这位中国杰出文学家的极大钦佩之情。同时也对蔡邕未能完成撰写史书而屈死于狱中之事,流露出了深深的遗憾。由于作者对中国历史极为熟悉,特别是对汉魏的故事了如指掌,故而在诗中引用的典故能够恰到好处,显示出了作者深厚的汉学功底。

雨中赋樱花

樱开何事道无伦，半是云肤陶染[(1)]频。低入潦中江濯锦[(2)]，暖沾枝上火烧新[(3)]。吴娃[(4)]洗浴颜脂泽，姹女[(5)]清淡口唾津。东阁[(6)]经年为老树，纵虽憔悴[(7)]可夸春。

【注释】

(1) 陶染：这里指染色。

(2) 低入一句：这一句是说樱花的花瓣落入水中，好像洗涤的彩锦一样。

(3) 暖沾一句：这一句是说樱花盛开好像初生的火苗一样。

(4) 吴娃：吴地的美女。

(5) 姹女：少女。

(6) 东阁：东厢的居室或楼房。

(7) 憔悴：这里指樱花陨落。

【赏析】

这是一首描写雨中樱花的诗。作者发挥了丰富的想象力，把雨中樱花的娇态描写得极为细腻。在诗人的笔下，樱花既像水中洗濯的彩锦，又像吴地美丽的少女，是那样地充满生机和活力。即使是到了衰老憔悴之时，面对生机勃勃的春天，她的鲜艳花枝仍然是毫不逊色的。诗中对樱花的赞美，体现了作者对大自然的特殊钟爱之情。这首诗也是汉诗中描写樱花的佳作之一。

敬和裴大使重题行韵

待得星回十二霜[(1)]，偏思引见赐恩光[(2)]。安存客馆冯朝使[(3)]，出入公门付夕郎[(4)]。觉悟当时希骥[(5)]乘，商量后日对龙章[(6)]。明主[(7)]若问君聪敏，奏报应生谢五行(8)。

【注释】

(1) 星回：指裴颋大使第二次访日本。星，即星使，指使臣。 十二霜：十二年。裴颋大使第一次出使日本为唐僖宗中和二年(882)，第二次为唐昭宗乾宁元年(894)，中间相隔正好为十二年。

(2) 引见：指拜见日本天皇。　恩光：荣宠。

(3) 安：安慰。　存：问候。　冯：同“凭”。　朝使：指裴颋大使。

(4) 付：托付。　夕：为与上一句中“朝”的对仗之词。　郎：指裴颋大使。

(5) 骥：良马。

(6) 龙章：原为画龙而为文章的意思。这里指精彩的文章。

(7) 明主：贤明的君主。这里指日本的阳成天皇。

(8) 奏报：上奏。古代臣子对皇帝的陈词。　生：旧时指研究学问的读书人。这里指裴颋大使。　谢：告诉。　五行：指仁、义、礼、智、信。

【赏析】

这是岛田忠臣写给渤海国大使裴颋的诗。裴颋于唐中和二年(882)作为渤海国大使访问日本。第二年行至京城时，天皇派近卫少将平正范为郊迎使来迎接他，并亲自设宴隆重招待。裴颋与日本诸文士赋诗唱合，交情很深。在这次欢迎会上，裴颋得与岛田忠臣相识，双方结下了深厚的友谊。

在十二年后的乾宁元年(894)，裴颋第二次出使日本，与岛田忠臣得以再次相见。岛田忠臣对裴颋的到来表现出了热烈的欢迎，并当场赋了这首诗。诗中叙述了作者与裴颋别后十二年而又重逢的情景，欣喜之情溢于言表。在对裴颋的聪敏做了高度的赞颂之后，也歌颂了中日两国之间业已存在的深厚友谊，是中国地方政府官员与日本汉诗人友好往来的最早代表作之一。

菅原道真（十一首）

菅原道真（845—903），幼名阿古，也称菅公。日本平安中期公卿、学者。生于世代学者之家。他幼时聪颖异常，有“神童”之誉，并长于汉诗，被日本人尊为学问之神。日本元庆元年（877）任贰部少辅，并为文章博士，深得宇多天皇、醍醐天皇的信任和重用。宽平三年（891），任藏人头（天皇身边掌管文书、宫廷仪式、传诏敕等事）。宽平六年（894）被任命为遣唐使，但他根据唐朝国内形势和渡海艰险，提出停派遣唐使的建议，故未成行。不久任中纳言，后兼任民部卿。昌泰二年（899）任右大臣职。延喜元年（901）因左大臣藤原时平谗言于天皇，被贬为太宰权帅，调往僻远之地，在九州郁闷而死。死后被尊为“雷神”、“文化神”、“天满天神”。著有《类聚国史》、《菅家文草》、《菅家后草》、《新选万叶集》等。

流　放　诗

蓂发桂芳(1)半具圆，三千银界(2)一周天。天回玄鉴云将霁(3)，只是西行不左迁(4)。

【注释】

(1) 蓂发：指上弦月。蓂，蓂荚，是一种瑞草。传说这种草，每月初一生一荚，月半生十五荚，自十六日一荚落，三十日落尽。桂芳：桂花的芳香，指秋天。

(2) 三千银界：指天空。本为佛家用语，指我们这个世界合一千为小千世界,合一千小千世界为中千世界,合一千中千世界为大千世界。总称三千世界,说明宇宙之无穷大。

(3) 玄鉴:明察,洞察。 霁:雨雪停止,天放晴。

(4) 左迁:降低官职调动。

【赏析】

这首诗是菅原道真被流放时所作。菅原道真本为朝廷重臣,德高望重,深得宇多天皇、醍醐天皇的赏识。因藤原氏搞政治阴谋,他被诬为有企图废立天皇之谋,降为九州的太宰权帅,全家二十三口被左迁,生活一度陷入困苦的境地。菅原道真无罪遭谗,心情极度愤懑,满腔的忧愤之情化作了这首小诗。全诗格调低沉,充满了忧伤的感情,是菅原道真遭贬谪时的代表作。

路遇白头翁

路遇白头翁,白头如雪面犹红。自说行年九十八,无妻无子独身穷。三间茅屋南山下,不农不商云雾中。屋里资财一柏柜,柜中有物一竹笼(1)。白头说竟我为诘(2):"老年红面何方术(3)?"白头抛杖拜马前,殷勤请曰叙因缘(4):"贞观末年元庆(5)始,政无慈爱法多偏(6)。虽有旱灾不言上(7),虽有疫死不哀怜。四万余户生荆棘(8),十有一县无爨烟(9)。适逢明府安为氏(10),奔波昼夜巡乡里。远感名声走者还,周施赈恤疲者起。吏民相对下尊上,老弱相携母知子。更得使君保在(11)名,卧听如流(12)境内清。春不行春春遍达(13),秋不省秋秋大成(14)。二天五袴康衢颂(15),多黍两岐道路声(16)。愚翁幸遇保安(17)德,无妻不农心自得。五保(18)得衣身甚温,四邻共饭口常食。乐在其中断忧愦,心无他念增筋力。不觉鬓边霜气侵,自然面上桃花色。”我闻白头口陈词,谢遣白头反复思。安为氏者我兄义,保在名者我父慈。已有父兄遗爱[19]在,愿因积善得能治。就中何事难仍旧,明月春风不遇时。欲学奔波身最懒,将随卧听年未衰。自余政理[20]难无变,奔波之间我咏诗。

【注释】

(1) 一竹笼:这里形容白头翁的家产极少,一个竹笼就全装进去了。

(2) 白头一句:白头翁说完了我就请问他。竟,尽,完。诘,问。

(3) 方术:方法。

(4) 因缘:原因,缘由。

(5) 贞观:日本清和天皇年号,具体的时间为859—875年。阳成天皇继位后,仍用了一年的贞观年号。贞观末年是指876年。 元庆:阳成天皇年号,具体的时间是877—884年。

(6) 偏:这里指法令偏离当时的社会实际。

(7) 不言上:不向天皇报告。

(8) 生荆棘:指人烟荒芜。

(9) 爨烟:烧火做饭的烟。

(10) 明府安为氏:作者原注是:“今之野州别驾。”明府,汉代对郡守的尊称,唐以后多用于称县令。这里即指县官。安为氏,即菅原安为,是作者的兄长。当时已由县官升任野州(上野、下野的总称)别驾。

(11) 使君:汉代称州刺史为使君。 保在:即菅原是善,作者的父亲。

(12) 卧听如流：意思是卧在床上听论政事，从善如流。典出《周书·苏绰传》。

(13) 春不一句：意思是春天不用巡视督劝，农民却到处勤于耕作。汉代太守在春季巡视州县，督劝耕作，谓之“行春”。见《后汉书·郑弘传》。

(14) 秋不一句：秋天不必巡行督察，农作物却照样获得丰收。

(15) 二天一句：意思是百姓把菅原使君也看成像“青天”一样，唱着《五袴歌》、《康衢谣》，赞美之声，不绝于路。二天，指自然界的天和造福人民的良吏，典出《后汉书·苏章传》。五袴，指《五袴歌》，是东汉时百姓对蜀郡太守廉范的歌颂之词。康衢，指《康衢谣》，为尧治天下时所作之歌。

(16) 多黍一句：意思是庄稼丰收，人们唱出赞美之歌。多黍，语出《诗经·丰年》，这里泛指谷物结得多，长得好。两岐，即麦秀两岐，语出《后汉书·张堪传》，表示对地方官的颂扬。

(17) 保安：指菅原保在和菅原安为。

(18) 五保：即五家保。这里指若干家邻里，与“四邻”义同。

(19) 遗爱：指对百姓的慈爱遗留于后世。

(20) 自余政理：意思是自己以后剩下的政治生涯。

【赏析】

这是菅原道真写的一首极具现实主义内容的诗。诗中通过白头翁之口，反映了日本当时社会的现实，诉说了下层百姓的生活之苦，进而表达了个人的政治理想。菅原道真极为喜欢唐代白居易现实主义的诗歌，这首诗是他对白居易诗歌的真实描摹。全诗措意遣词，皆得白诗之法，只是出笔稍平，缺少了白居易诗歌的飞动情致。这首诗是汉诗中少有的长篇之作，也是日本汉诗人学习唐诗的典范。

山　寺

古寺人踪绝(1),僧房插白云(2)。门当秋水见,钟逐晓风闻。老腊高僧积(3),深苔小道分(4)。文珠(5)何处在,归路趁香薰(6)。

【注释】

(1) 踪绝:没有踪迹。

(2) 僧房一句:形容僧房地势之高,上接云天。

(3) 老腊一句:意思是僧厨积有陈年干菜。腊,这里指腌制风干的菜。积,堆积。

(4) 深苔一句:小路两旁满是深苔。

(5) 文珠:对僧人的尊称。

(6) 归路一句:意思是山寺归来犹染香气。佛经称佛地为"众香国",香气周流,故寺院亦称香界。

【赏析】

这是作者《晚秋二十咏》中的一篇。据其自序所云:"九月二十六日,随阿州(阿波,今德岛县)平刺史到河西之小庄,数杯之后,清淡之间,令多进士题二十事。于时日回西山,归期渐至,含毫咏之,文不加点,不避声病,不守格律,但恐世人嘲弄斯文,恐之思之,才之下岂也。"诗中描写了作者在山寺中的所见所闻,风格淡雅,意在白云秋水之际。萧散似张文昌,菅原道真的情趣亦可窥见一斑。

不　出　门

一从谪落在柴荆(1),万死兢兢局蹐(2)情。都府楼(3)才看瓦色,观音寺(4)只听钟声。中怀(5)好逐孤云去,外物(6)相逢满月迎。此地虽身无检系(7),何为寸步出门行。

【注释】

(1) 谪落:指被贬谪的谪居零落之身。　柴荆:原指柴草和荆棘,这里指粗陋的家居环境。

(2) 兢兢:谨慎畏惧的样子。　局蹐:形容畏缩不安。

(3) 都府楼:太宰府大门前的高楼。

(4) 观音寺:观世音寺的略称,是天智天皇的敕愿寺。唐代为避唐太宗李世民的讳,称观世音为观音。

(5) 中怀:心中的想法。一说是指左迁时的忧愁。

(6) 外物:身体,指作为心外的自己。一说是指自身之外的自然景物。

(7) 无检系:没有检束系留。

【赏析】

这是菅原道真的一首著名的汉诗,也是日本文学中一首著名的汉诗。当时作者以"恃权专横,密谋废立,离间皇亲"等罪(据《政事要略》卷二十二《宣命》)被贬谪到福冈的太宰府,过着极为谨慎的谪居生活。由于害怕再次受到打击,菅原道真居住在贬所时,一直不敢出门,不敢与外界有过多的交往。这首以"不出门"为内容的诗,便是他当时心情的反映。诗中表现了作者在遭贬谪时的那种谨小慎微的心境,在豁达的感觉中,又隐约地流露出一种无奈。其中,"都府楼才看瓦色,观音寺只听钟声"二句,是日本汉诗中的名句,被评为胜过白居易《白氏文集》中的"遗爱寺钟欹枕听,香炉峰雪拨帘看"二句,不仅受到日本人民的喜爱,也深受中国读者的推崇。

停习弹琴

偏信琴书学者资(1),三余(2)窗下七条丝。专心不利徒寻谱,用手多迷数问师(3)。断峡(4)都无秋水韵,寒乌未有夜啼悲。知音皆道空消日,岂若家风(5)便咏诗。

【注释】

(1) 资:资质。

(2) 三余:三个多余的时间。即指岁末的冬天,一日的余夜,时节阴雨之时。

(3) 问师:这里指向老师请教。

(4) 断峡:断崖峡谷。

(5) 家风:指菅原家族学习中国诗文历史的家风。

【赏析】

这是作者在学习弹琴时所作的一首七律。诗中谈到了一些弹琴时的感悟,以及知音稀少的孤独。由于家风的影响,作者对汉学极有兴趣,终日孜孜不倦,虽然遇到有一些不利的因素,但作者的思想却较为豁达,在学习弹琴的过程中,他也悟出了一些人生的真谛。看似平常的描写,却饱含着作者难以说出的情感。

寒早十首(选三)

其　三

何人寒气早,寒早老鳏人(1)。转枕(2)双开眼,低檐(3)独卧身。病萌逾结闷(4),饥迫谁愁贫。拥抱偏孤子(5),通宵落泪频。

其　四

何人寒气早,寒早夙孤人(6)。父母空闻耳,调庸[7]未免身。葛衣[8]冬服薄，蔬食[9]日资贫。每被风霜苦，思亲夜梦频。

其　十

何人寒气早，寒早采樵人[10]。未得闲居计，常为重担身。云岩行处险，瓮牖[11]入时贫。贱卖家难给[12]，妻孥[13]饿病频。

【注释】

(1) 老鳏人：年老而无妻无子者。

(2) 转枕：转动着枕头。这里指难以入眠。

(3) 低檐：简陋的房子。

(4) 结闷：痛苦的情绪。

(5) 偏孤子：丧父无依靠的孩子。

(6) 夙孤人：孤儿。

(7) 调庸：租税和劳役。

(8) 葛衣：用葛的纤维制成的衣服。

(9) 蔬食：粗食。

(10) 采樵人：打柴的人。

(11) 瓮牖：用破瓦片做的窗户。这里比喻破烂简陋的房子。

(12) 给：富裕充足。

(13) 妻孥：妻子和孩子。

【赏析】

这是组诗《寒早十首》中的三首。《寒早十首》是作者现实主义诗歌的代表作，它反映了当时日本社会下层百姓贫困的生活，具有深刻的现实主义写实性。在这幅视野广阔的生活长卷中，作者栩栩如生地刻画了生计艰难的“社会众生相”，他们中包括“老鳏人”

（其三）、“夙孤人”（其四）、“采樵人”（其十）等等，尽管谋生手段各异，却都是社会底层的劳动者。逐一刻画这些“卑贱者”的形象，在平安时代是极为少见的。在作者的笔下，所倾注的感情是极其明显的，并有着深刻的警世、讽世之意。菅原道真深受白居易诗风的影响，这也是他的作品深受后世读者欢迎的原因之一。

晨起望山

不寐通宵直到明[1]，芦帘手拨对山晴。避人猿鸟松萝里，唯有飞泉雨后声[2]。

【注释】

（1）明：天明。

（2）避人二句：意思是不闻鸟啼猿啸，只有雨后飞泉琤琮作响。

【赏析】

这是作者于早晨起床后观山时所作的一首诗。诗中描写了自己幽居的环境，颇具雅兴。全诗景物如画，淡雅中充满了一种幽情，与杜甫“客睡何曾著，秋天不肯明。卷帘残月影，高枕远江声”（《客夜》）的境界颇为近似，只是他们的哀乐有所不同而已。

自　咏

离家三四月，泪落百千行。万事皆如梦[1]，时时仰彼苍[2]。

【注释】

（1）如梦：这里是指如梦一般的事情，不能实现。

（2）仰彼苍：仰望（那个）苍天。指向苍天诉说自己的冤屈。

语出《诗经·王风·黍离》:"悠悠苍天,此何人哉。"

【赏析】

这是作者在贬谪时所作的一首诗。诗人由于受到藤原时平谗言的陷害,于日本昌泰四年(901)一月二十五日左迁太宰全帅。这首诗约为这一年的四五月间于贬所所作。诗中描写了流放后自己的心情和对天皇的忠心,思绪沉痛,感情真挚。是汉诗中典范的五绝之作。

闻旅雁

我为迁客汝来宾[(1)],共是萧萧[(2)]旅漂身。倚枕[(3)]思量归去日,我知何岁汝明春。

【注释】

(1) 来宾:客人。

(2) 萧萧:风声。

(3) 倚枕:斜靠在枕头上。

【赏析】

这首诗是作者在贬所时作。诗人无罪遭贬,心情悲伤到了极点。在听到北归的雁声之后,不禁思绪起伏,浮想联翩,于深沉的忧思中,写下了这首饱含着个人感情的七言绝句。诗人把自己的处境与旅雁做了对比,在羡慕旅雁自由飞翔的同时,也对自己的冤情不知何时才能获得平反而表现出了深切的关注,感情极为沉痛。

见渤海裴大使真图有感

自送裴公万里行[(1)],相思每夜梦难成。真图对我无诗兴,恨写[(2)]衣冠不写情。

【注释】

(1) 万里行：这里指从日本到中国的距离。

(2) 写：这里是画的意思。

【赏析】

这是菅原道真看到渤海大使裴颋的图像有感而所作一首诗。菅原道真与当时中国唐朝东北渤海地方的诗人裴颋交情很深。裴颋两次以渤海使臣的身份访问日本，而他又两次代表日本朝廷负责接待。菅原道真与裴颋既是好友，又是同年，一起赋诗酬唱。菅原道真称裴颋为“七步之才”，而裴颋则称赞他的作品“诗似白香山”。后来裴颋回国后未能再到日本，而是托人给他捎去一幅自己的画像，菅原道真见到裴颋的画像，便写下了这首诗。在诗中，菅原道真先抒发别后相思、夜梦难成的真挚友情，接着点题，用“无诗兴”引起悬念，又以“不写情”释疑。诗人之“恨”，深深扎根于写衣不写情的基础上，这样更深入一层地将观图有感的题意，即诗人与裴颋大使之间的深厚情谊表现了出来。这首诗也是中日两国友好交往的见证之作。

谪居春雪

盈城溢郭(1)几梅花，犹是风光早岁华(2)。雁足粘将疑系帛(3)，乌头点着思归家(4)。

【注释】

(1) 城：与后面的“郭”，均指街道。

(2) 风光：这里指眺望到的景色。　华：通“花”。

(3) 雁足一句：据《汉书·苏武传》记载，汉代苏武被匈奴扣留，汉使节称汉天子在上林苑打猎，射下了一头雁，雁足系有苏武的帛书。帛书称苏武尚在人间，于是匈奴被迫释放了苏武。

(4) 乌头一句：据《史记·刺客传赞》记载，燕太子丹欲从秦国归燕，秦王告诉他："乌头白，马生角，乃许耳。"丹仰而叹，乌头即白；俯而嗟，马亦生角。秦王不得已而遣之。

【赏析】

这是菅原道真所作的一首绝笔诗。虽然贬谪在外，但他仍然想回到自己的家乡。在想到家乡的景物时，作者的心中充满了无限的眷恋之情，内心的情感奔泻而出。在诗中他自比苏武和太子丹，至死也没放弃返京的祈盼。全诗用典贴切，感情真挚，是一首充满故国乡关之思的绝笔之作。

橘直幹(一首)

橘直幹(? —960)，平安时期的汉学家、诗人。村上天皇天历二年(948)任文章博士，进大学头。天德初年任式部大辅，后又担任皇太子(即后来的冷泉天皇)的侍读。《和汉朗咏集》载有其联句。

秋宿驿馆

洲芦[(1)]夜雨他乡泪，岸柳秋风远塞情[(2)]。临水馆连江雁[(3)]翼，枕山楼入峡猿[(4)]声。

【注释】

(1) 洲芦：水边的芦苇。

(2) 远塞情：这里指从遥远的边塞传递过来的感情。塞，边地的要塞。

(3) 水：富士川。　江雁：江上天空飞过的大雁。江，原指长江,这里泛指一般的河流。

(4) 枕山:临山。　峡猿:蜀地三峡的猿猴。这里指溪谷中的猿。典出郦道元《水经注》卷三十四:"自三峡七百里中,两岸连山,略无阙处,重岩叠嶂,隐天蔽日。……故渔者歌曰:'巴东三峡巫峡长,猿鸣三声泪沾裳。'"

【赏析】

这是作者在秋宿驿馆时听到猿鸣之后所作的一首诗。首二句意境深远,格调不凡。后二句通过对驿馆的环境描写来表达作者的感情。全诗典雅秀丽,语言自然,是日本汉诗中七绝的代表作。

高阶积善(一首)

高阶积善,生卒年月不详。平安中期的贵族、汉诗人,出身于汉学世家。曾任宫内丞、左少弁等职。长和三年(1014),官居从四位下,其后又转任民部大辅等职。宽弘七年(1010),编撰《本朝丽藻》。其作品收录在《本朝文粹》、《类聚句题抄》等文集中。

林花落洒舟

花满林梢映碧空(1),落来片片洒舟红。行装(2)被染经波处,远色(3)犹随去岸中。渔父棹歌应白雪(4),商人锦缆任青风(5)。此时独有不花木(6),折理谁能问化公(7)。

【注释】

(1) 碧空:蔚蓝色的天空。

(2) 行装:旅衣。这里指舟上旅人的衣服。

(3) 远色：远方的景色。

(4) 渔父棹歌：渔父与屈原见面时，一面挥棹而歌，一面感叹世道的变化。事见《楚辞》渔父。　白雪：琴曲名，属于高雅的杂曲。

(5) 商人锦缆：战国时越国的范蠡辅佐越王勾践灭吴雪会稽之耻后，乘小舟泛舟于江湖之上，成为了成功的商人。事见《史记·货殖列传》。　青风：春风。

(6) 不花木：不开花的树木。这里比喻作者自己。

(7) 折理：不顺利。　化公：造物主。

【赏析】

这是高阶积善在藤原道长的宅邸里所作的一首诗。宽弘四年(1007)三月二十日，藤原道长在自己的家中举行文人聚会，后聚会又移在小舟上，客人继续在此游乐赋诗。高阶积善触景生情，想到中国历史上的一些典故，于是写下了这首诗。诗中以屈原、范蠡为例，并结合自己的身世，叙述了为官的不易以及其中包含的不测风云。在曲折隐晦的笔调中，表达了个人的思想感情。

大江匡衡(二首)

大江匡衡(952—1012)，平安中期的学者、诗人。其妻赤染卫门也是当时著名的女歌人，作品曾风靡一时。他曾任东宫学士和文章博士，官至正四位下式部大辅。在任地方官时，有善政，以擅文章而闻名于当时。在任尾张守时，建立学校，尊崇儒术，为发展地方教育做出了贡献。有汉诗文集《江吏部集》传世。

月下即事

风爽云收游月下，谁知明日胜今宵。若无惟月恩光[1]至,笔路[2]诗场定寂寥。

【注释】

(1) 恩光:星宿名。

(2) 笔路:用笔的方法。这里指作诗的套路。

【赏析】

这是大江匡衡的一首即兴之作。在一个仲秋的夜晚,面对着皎洁的月色,作者即兴写下了这首七言绝句。诗人由月下的景物,联想到了前人仲秋之夜的作诗之事。进而感叹若无仲秋的月光,诗坛上一定会少了一些名篇佳作,这样不免令人感到遗憾。虽是即兴之作,作者却能由月色而能联想到诗歌创作,表现了诗人与众不同的丰富想象力。

菊丛花未开

抛来尘事侍仙宫[1],花未能开真菊[2]丛。兰麝独熏钿匣[3]底,桃夭犹寝翠廉[4]中。浓粧不审南阳[5]月,香气难传女几[6]风。百草沾恩心窃恃[7],萧疏两鬓有霜蓬[8]。

【注释】

(1) 侍仙宫:指在仙宫中种植菊花。

(2) 真菊:真正的菊花。真,此处有强调语气的作用。这里指茎为紫色,带有芳香甘甜之气,叶能作羹汤的菊花。

(3) 兰麝:兰和麝香。这里为芳香的代称。　钿匣:用金、银、玉石等装饰成的箱子。用来装镜、砚、书画等。

(4) 桃夭:年轻得像桃花一样的美女。语出《诗经·桃夭》。　翠廉:绿色的廉子。

(5) 南阳：县名，在河南省。

(6) 女儿：山名，在河南省。因山上多菊花而闻名。

(7) 窃恃：自认为。

(8) 霜蓬：形容头发纷乱的样子。

【赏析】

这是作者欲在宫中赏菊时因看到菊花未开而作的一首诗。菊花未开，则风景不曾达到佳境，似乎令人感到遗憾。有感于此情此景，诗人有感而发，借助于菊花未开的现实，抒发了个人的怀才不遇之情。全诗借景写情，把菊花未开与个人的遭遇融合在了一起进行描写，想象独到，使人读后有一种厚重的时代沧桑感。

具平亲王(一首)

具平亲王(964—1009)，村上天皇第七子。任中务卿等职。曾从庆滋保胤、橘正通等学习汉学，人称“和汉才人”，以博学多才著称于时。世称后中山王。有诗集《后中山王集》、歌集《六条集》流传于世。所著《弘决外典抄》，引用了许多现已不存的汉文典籍，对中国的文献研究提供了帮助。其作品主要收录在《本朝丽藻》、《本朝文粹》、《汉和朗咏集》中。

过 秋 山

清晨连辔伴樵歌(1)，渐上青山逸兴(2)多。松峤(3)烟深迷晚暮，石梁霜滑倦嵯峨(4)。林间寻路踏红叶，岩畔侧身攀绿萝(5)。三叫寒猿(6)倾耳听，一行斜雁拂头过。长安(7)日近望难辨，碧落(8)云晴何可摩。莫道登临(9)疲跋涉，人间(10)崄阻甚山河。

【注释】

（1）樵歌：伐木时唱的歌。

（2）逸兴：超逸豪放的意思。

（3）松峤：生长着松树的险峻高山。

（4）石梁：石桥。　嵯峨：高险的样子。

（5）绿萝：绿色的蔓生植物。

（6）三叫：形象数量众多的叫声。　寒猿：寂寞的猿猴。

（7）长安：唐都长安。这里指平安京。

（8）碧落：青色的天空。

（9）登临：登上高的地方眺望。

（10）人间：人世间。

【赏析】

这是作者秋日游山时作的一首诗。在诗中，作者以细腻的笔致描写了秋日山中多姿多彩的景色。在作者的笔下，松峤的烟雾，林间的红叶，凄厉的猿鸣，高飞的大雁，都写入了诗人的作品中，描写极为独特。最后两句，诗人由登山而想到了人间的行路，由此而获得一条人生的哲理，即人事间的行路，要比登山而艰难得多。要想达到光辉的顶点，就要有攀登崎岖山路的准备。全诗意境隽永，尤其是对山中景物的描写，用笔细致，描摹准确，达到了极高的艺术效果。

藤原道长（一首）

藤原道长（966—1027），法名行观、行觉。平安中期公卿、摄政。藤原兼家第五子。二十二岁时，他依靠父势，升至左京大夫。四年后，由中纳言升为权大纲言。长德元年（995），由于其父及兄道隆、道兼相继去世，升为内大臣、左大臣、氏长者。从长保二年

(1000)起,先后使女儿彰子、妍子、威子等进宫,自己成为三代天皇的外戚。藤原氏的摄关政治达到了最盛期。宽仁三年(1010),藤原道长因病出家为僧,倾注着精力营造了雄伟的法成寺,晚年居住于此。其作品有日记《御堂关白日记》,为藤原氏全盛期的重要史料,现存于京都的阳明文库中。

暮秋于宇治别业即事

别业号传宇治(1)名,暮云路僻隔华京。柴门(2)月静眠霜色,旅店风寒宿浪声(3)。排户遥看汉文(4)去,卷帘斜望雁桥(5)横,胜游此地犹难尽,秋与将移潘令(6)情。

【注释】

(1) 别业:别墅。这里指宇治殿。其后在此建平等院。　宇治:地名,在京都府南部。因风景秀丽成为贵族的别墅而闻名全国。

(2) 柴门:这里指粗糙的门。

(3) 宿浪声:这里是指晚上睡觉时听到的海浪声。

(4) 汉文:汉文帝。据《汉书》文帝纪赞载:“孝文皇帝即位二十三年,宫室、苑囿、车骑、服御无所增益。有不便,辄弛以利民。”这里是说汉文帝不尚虚华而注重民生。

(5) 雁桥:像大雁排列的桥的形状。

(6) 潘令:指晋代的潘岳(247—300)。岳为河阳令时,作《秋兴赋》,以叙万物凋零之感伤,情调悲凉。

【赏析】

这是作者于宇治别墅游玩时所作的一首诗。虽是在别墅的游玩之作,但作者却俯仰古今,联想丰富,把个人的感情寄托在思古的情怀之中。忧国忧民之情,贯穿于整首诗中。全诗用典贴切,在不经意的游玩之中倾吐了自己真挚深沉的感情,意蕴极为深远。

一条天皇(一首)

一条天皇(980—1011),名叫怀仁。987—1011年在位,是日本第66代天皇。圆融天皇长子,其母为藤原兼家之女诠子。宽和二年(986)宽和之变后即位,是年七岁。朝政大权相继由藤原道隆、藤原道长控制,他们兄弟与藤原氏的权势达到顶峰。在位期间,宫中汇集了紫式部、清少纳言等才女,藤原公任、大江匡衡等文学家辈出,为平安文学尤其是女流文学的最盛期。一条天皇本人对文艺方面也相当关心,留下《本朝文粹》等诗文。他对音乐也很有专长,擅长吹笛。此外,他为人温和而好学,得到很多人的仰慕。

书中有往事

闲就典坟送日程(1),其中往事染心情。百王胜躅(2)开篇见,万代圣贤展卷(3)明。学得远追虞帝(4)化,读来更耻汉文(5)名。多年稽古属儒业(6),缘底(7)此时不泰平。

【注释】

(1) 典坟:三坟五典的简称。专指古书。“三坟”、“五典”虽有不同的说法,但一般多认为是伏羲、神农、黄帝(三坟)和少昊、颛顼、高辛、唐、虞(五典)时的书。 日程:每天的工作。

(2) 胜躅:杰出的业迹。躅,通“迹”。

(3) 展卷：打开书本，借指读书。

(4) 虞帝：中国古代传说中的理想圣明天子。

(5) 汉文：汉文帝。

(6) 稽古：考证古代的史事。引申为进行学问研究。 儒业：从事儒教研究的学业。

(7) 缘底：为什么。是俗语的一种表现形式。

【赏析】

这是一条天皇在学习汉文典籍时作的一首诗。一条天皇汉学功底深厚，尤其喜爱白居易的诗歌。诗题《书中有往事》便是出自白诗《闲坐看书，贻诸少年》中的"书中见往事，历历知福祸"二句。诗中表现了作者对先贤道德的仰慕，他要以史为鉴，以中国古代的圣贤为榜样，认真地治理自己的国家。全诗立意高远，气派宏大，志向深邃，展示了一副王者的风范。

大江匡房(一首)

大江匡房(1041—1111)，大江匡衡的曾孙，曾任后三条、白河、后堀河三代天皇的侍读。少年时被赞誉为神童，11 岁就懂得诗赋，在完成学业的第三年，即十八岁时试第上榜，曾任东宫学士、藏人、中务大辅、右少弁、美作守、左大弁、勘解由使长官、式部大辅等职位。宽治二年(1088)任参议，54 岁当上权中纳言，57 岁当上大宰权师，71 岁上任大藏卿，在任上逝世。其作品收录在《本朝续文萃》、《本朝无题诗》中。著有《江家次第》、《狐媚记》、《游女记》、《傀儡子记》、《本朝神仙传》等。

傀儡子孙君

旅船[(1)]逢君泪不穷，贯珠歌曲正玲珑[(2)]。翠娥眉细罗衣[3]外,红玉肤肥锦绣[4]中。云霭响通晴汉月[5],尘飞韵引画梁[6]风。才名如此运[7]如此,缘底多年随转蓬[8]。

【注释】

(1) 旅舶:犹航船。

(2) 贯珠:比喻珠圆玉润的诗文、声韵。 玲珑:指物体精巧细致。也指人灵巧敏捷。

(3) 娥眉:指美女。 罗衣:轻软丝织品制成的衣服。

(4) 锦绣:比喻美丽或美好的事物。

(5) 云霭:云雾,云气。 汉月:汉家或汉朝时的明月。借指祖国或故乡。

(6) 画梁:有彩绘装饰的屋梁。梁,支撑房屋的横木。

(7) 运:命运。

(8) 缘底:为什么。 转蓬:随风飘转的蓬草。这里是指艺人们为了生存的谋生漂泊之旅。

【赏析】

这是一首赠人诗。傀儡子,原是指木偶演员,这里是指为了生存而流浪卖艺的艺人。男性傀儡子一般表演的是狩猎一类的轻功和奇术节目,而女性则以表演歌舞为主,有时也会卖身求富。孙君,为女性傀儡子之名。诗中第一句直接描述了自己的心情,第二句是说艺人表演精湛,能令观者为之动情。三、四句是艺人内外装束的描述,突出了他们身体之美的特征。五、六句描写了艺人歌声的优美。末二句表达了对艺人们悲惨命运的同情。全诗表达了作者对傀儡子们的关心和同情,在表现他们遭遇的同时,也包含了个人的命运之叹,这首诗也是作者重要的代表作之一。

藤原忠通(四首)

藤原忠通(1097—1164),平安后期的日本朝廷重臣。永久三年(1115)十九岁时任内大臣。保安二年(1121)任关白之职,长期在政界发挥重要的作用。两年后崇德天皇即位,忠通任摄政。晚年出家法性寺,故又称"法性寺殿"、"高阳院",法名圆观。藤原忠通为人宽厚,而喜怒不形于色,善诗文和歌,尤长于书法,被称为"法性寺流之祖"。著有汉诗集《法性寺关白集》、日记《法性寺关白记》。

花下言志

何因此处会游频,诗句客将书卷宾。不耐陶门垂柳(1)雨,况哉洛水(2)落花村。雅琴声静梨园(3)子,泛艋影芳桃浦(4)人。霞散鸟归韶景(5)尽,咏吟可惜送良辰。

【注释】

(1) 陶门:东晋陶渊明家的门。 垂柳:指陶渊明家门前栽的五柳。

(2) 洛水:黄河的一条支流,流经洛阳。这里似指东京的鸭川。

(3) 梨园:唐玄宗训练乐人、舞伎的场所。

(4) 泛艋:在水面上划着小舟。艋,小舟。 桃浦:桃花盛开的岸边。

(5) 韶景:春天里悠闲的景色。

【赏析】

这里一首赏花时所作的诗。诗中叙述了作者花下的惜春之思，引用陶渊明五柳先生的典故，倾吐了自己对恬淡自由生活的向往。虽然身居高位，但官场上的尔虞我诈，已使得诗人产生了深刻的疲惫，并且有一种厌倦感。在无拘无束的春色中，他的心灵也仿佛得到了净化。全诗由情及景，借景抒情，隐约地表达了自己的复杂心态。

秋日偶吟

金商(1)渐至感犹通，虫怨雁鸣心正忽(2)。篱菊待时含露白，庭兰(3)迎晚带霜红。五更(4)影冷三秋月，万木声干一岭风。谈话宴游吟咏客，赋诗酌酒兴无终。

【注释】

(1) 金商：指秋天。按五行之说，金和商(五音之一)与秋相配，故称金商为秋。

(2) 忽：同"匆"，匆忙。

(3) 庭兰：庭园中的兰花。

(4) 五更：一夜分为五个时刻，故称五更。

【赏析】

这是作者在秋日时即兴所作的一首诗。诗中描写了秋日的萧瑟，令人有一种凄凉之感。在一阵阵的凉风之下，虫怨雁鸣，满是肃杀的感觉。在这种万物凋零的情况下，因有客有酒，作者的兴致又被调动了起来。在秋天的氛围中，似乎又增添了春意。整首诗写景自然，不拘一格，感情于不经意间露出，体现了诗人与众不同的感情基调。

暮春游清水寺

缘底三春望回山，有花有鸟兴来间。松门(1)萝断远钟尽,柴户[(2)]眠惊花月闲。杨柳枝青烟里岭,云霜溪暗雨时山。文宾诗客[(3)]咏吟暮,此处宴游[(4)]争得还。

【注释】

(1) 松门:这里指清水寺的门。

(2) 柴户:粗糙的房子。这里指清水寺的僧房。

(3) 文宾:文人宾客。　诗客:诗人。

(4) 宴游:宴饮游乐。

【赏析】

这是作者在游清水寺时所作的一首诗。清水寺是位于京都市东山区的一座寺庙,于延历十七年(798)由坂上村麻吕所建,为日本北法相宗的总寺院。诗中描写了清水寺幽静的自然环境,尤其是其中的花鸟绿树的景色,更增添了禅家的意蕴,具有一种悠悠不尽的思绪。诗人通过对清水寺风景的描写,流露出了对隐逸生活的向往,同时也把个人的情趣间接地表达了出来。

赋覆盆子

夏来偏爱覆盆子[(1)],他事又无乐不穷[(2)]。味似金丹旁感[(3)]美,色分青草[(4)]只呈红。珍珠万颗周墙[(5)]下,寒火一炉孤盏[(6)]中。酌酒[(7)]言诗歌舞处,满盏珍物自愁[(8)]空。

【注释】

(1) 覆盆子:学名 Rubus idaeus,又名复盆子,是一种蔷薇科悬钩子属的木本植物,属于水果类,果实味道酸甜。其植株可入药,有多种药物价值,其果实有补肾壮阳的作用。

(2) 穷：尽。
(3) 金丹：金黄色的小型水果。　旁感：相近的感觉。
(4) 青草：指呈现青草一样的颜色。
(5) 周墙：周围的墙。
(6) 孤盏：这里指一个人喝酒。
(7) 酌酒：喝酒。
(8) 自愁：个人的愁绪。

【赏析】

这是一首吟咏覆盆子的诗。覆盆子，别名红草莓，是一种味道酸甜的水果。藤原忠通在夏天的时候非常喜欢这种水果，认为它味如金丹，不仅颜色可爱，而且是佐酒的佳肴。在自斟自饮之时，桌子上有了覆盆子，满腔的愁绪会一扫而空。全诗虽然是咏物，但表达的却是个人的真情。不用典故，全是白描，一个日常生活中常见的水果，在作者的笔下却显得极富情致，显示出诗人真实的观察和体悟。这首诗也是日本汉诗中较有特色的咏物诗。

道元（一首）

道元（1200—1253），俗姓源，号希玄。京都人。系日本村上天皇第九代后裔，内大臣久我通亲之子。日本佛教曹洞宗创始人，镰仓时代著名的高僧。九岁时已经读过《毛诗》、《左传》，能解《俱舍论》，称为文字童子。十四岁出家，于延历寺戒坛院受菩萨戒，遍学天台教义，后改信禅宗，贞应二年（1223）入宋求法，受曹洞宗禅法。安贞元年（1227）回国后于宽元元年（1243）在越前（今福井县）开创永平寺，是为日本曹洞宗大本山。其坐禅要诀为“只管打坐”，后人称其禅风为默照禅。卒后被谥为“佛性传东国师”、“承阳大师”等。著有《正法眼藏》、《普劝坐禅仪》、《学道用心集》等。

山　　居

西来祖道我传东[1],钓月耕云[2]慕古风。世俗红尘[3]飞不到,深山雪夜草庵[4]中。

【注释】

(1) 西来:指梁武帝时,达摩从西方印度来中国传禅宗之事。　祖道:达摩祖师的教义。　传东:与达摩传教的中国相比,日本在东部,故有此说。

(2) 钓月:在月下深溪中垂钓。　耕云:在高山上的云中耕作。

(3) 红尘:俗世之尘。指烦恼的俗事。

(4) 草庵:用草结成的茅舍。

【赏析】

这首诗吟咏的是深山中的修炼生活。在深山中居住,远离了世俗的环境,从而使人的内心能够四大皆空,变得清明起来。在这首诗中,所展现的是一位不慕荣利的高僧形象。诗从达摩祖师传播禅宗谈起,在对方外之世的羡慕中,表达了自己不慕红尘、勤于修炼佛法的高远志向。

无学祖元(一首)

无学祖元(1226—1286),俗姓许,字子元,号无学。宋朝明州庆元府鄞县(今浙江宁波)人。十三岁入杭州净慈寺出家,次年登径山寺师事无准师范,曾游历江南名山诸寺,任台州真如寺住持。无准寂后,祖元历参诸方,参访了杭州灵隐寺的石溪心月、虚堂智愚,以及宁波育王山广利寺的偃溪广闻。南宋末年避乱至雁荡山能仁寺。日本弘安二年(1279),祖元应执政北条时宗之请随日僧荣西、道元从宁波出发赴日,出任镰仓建长寺第五世住持,成为佛光派的始祖,被称为日本临济禅的奠基者,在日本佛教史上影响极为深远。禅宗浸润日本人的生活,无学祖元功不可没。北条时宗对他执弟子礼,备受幕府优遇。弘安四年(1281)蒙古大军攻日时,祖元参与祈祷神佛降伏外敌的活动。弘安五年(1282),他创建圆觉寺,为开山初祖。被敕谥为"佛光禅师",后又被追谥为"圆满常照国师"。有《佛光国师语录》十卷。

偈

乾坤无地卓孤筇(1),喜得(2)人空法亦空。珍重大元(3)三尺剑,电光(4)影里斩春风。

【注释】

(1) 乾坤:天地。原是《易经》中的卦名,这里转指广大的宇宙空间。　卓:立。　孤筇:竹杖。

(2) 喜得:高兴。

(3) 大元:元朝。

(4) 电光:闪电。指挥剑时闪动的光。

【赏析】

这首诗一名《示虏》,是无学祖元示元兵的偈。宋德祐元年(1275),元军南侵。无学祖元避乱来雁荡山能仁寺。不久,元军占领了乐清,能仁寺的僧人四散而去,寺里只剩下无学祖元一人。这天,一群元兵冲进能仁寺,以刀架祖元大师之颈,大师神色泰然地念出四句偈诗。意思是:天地虽大,但已经没有我无学祖元的存身之处了,但是我并不怕死,我已经悟得人法两空,将军还是珍重手中的宝剑,对我来说,砍下去简直是在电光影里砍斫春风一样徒费气力！元兵为祖元大师的道力所慑,气焰顿消,撤围而去。诗中表现了无学祖元超越生死的无畏态度,他以自己的境界折服了杀人如麻的持剑者,因此得到了敌人的尊敬,也把刀剑的理论境界发挥到了极致,令人钦佩至极。

铁庵道生(二首)

铁庵道生(1262—1331),羽州人(今山形县),五山时期著名的诗僧。他精通汉语,游历日本各地,曾任出羽资福寺、镰仓寿福寺等寺的住持,有着极高的佛学造诣。敕谥“本源禅师”,有《钝铁集》传世。

山居(其二)

空山无处着尘累(1),清磬声中绝是非(2)。水落溪痕冰骨(3)断,月生屋角树阴移。残香印篆(4)一炉火,新蒿删繁五字诗(5)。世味寒酸归淡薄,只容老鹤野猿知。

【注释】

(1) 尘累:尘俗之事的牵累。

(2) 磬声:佛寺中的击磬之声。磬,佛教的一种法器,为铜制钵状。　绝是非:消除理性的思考。

(3) 冰骨:水面上的薄冰。

(4) 残香印篆:焚点的篆香已经燃残。香篆,据《香谱》载:“近世尚奇者作香篆,其文准十二辰,分一百刻,凡燃一昼夜已。”

(5) 删繁:删去多余的字。　五字诗:五言诗。

【赏析】

这是一首描写山居心情的诗。原诗共八首,这里所选为其中的第二首。诗中表现了山中的寂静荒寒之状,描写细腻,刻画细致入微。尾联二句已把作者的心境真实地表现了出来。全诗语言凝练,几无一字虚语,有如中国唐朝贾岛的诗歌风格。

秋湖晚行

秋塘雨后水添尺(1),苇折荷倾岸涨沙。唤得扁舟(2)归去晚,西风卷尽白蘋(3)花。

【注释】

(1) 水添尺:这里是指湖水涨了一尺。

(2) 扁舟:小舟。

(3) 白蘋:一种多年生浅水草本植物。常见于水田、池塘、湖泊、沟渠中。

【赏析】

这是一首表现秋日湖边闲兴的诗。诗中描写的景物,平铺直叙,不事雕琢,自然清新,即目唯见,风调不凡。在简约的氛围中,犹如展示了一幅淡雅的水墨画,意境高妙。作者的闲情雅致,自然包含于其中了。

虎关师錬(四首)

虎关师錬(1278—1346),俗姓藤原,法名师錬。京都人。幼时颖悟而好读书,时人称文殊童子。十岁时在比睿山出家,并受具足戒。其后,历参南禅寺之规庵祖圆、圆觉寺之桃溪德悟、建仁寺之无隐圆范，及镰仓之一山一宁、建长寺之约翁德俭等诸师，并继承祖圆之法，不仅研究宗乘，亦通内外之学。正和二年(1313)住于嵯峨，正和三年、文保元年(1317)，相继为白河济北庵与伊势本觉庵之开山祖。嘉历元年(1326)，初于三圣寺弘法，后移住东福寺、南禅寺等地。正平元年示寂于海藏院，世寿六十九。师鍊擅长诗文，文才直追唐宋八大家，为五山文学主要先驱之一。门人有性海灵见、龙泉令淬、日田利涉、回塘重渊等。有《元亨释书》、《济北集》、《佛语心论》、《禅余或问》、《禅戒规》等传世。后村上天皇敕谥正觉国师称号。世称海藏和尚，敕号虎关国师、本觉国师。

春　望

暖风迟日百昌[(1)]苏，独对韶光耻故吾[(2)]。水不界天俱碧绿，花离辩木只红朱。游车征马争驰逐，无燕迁莺恣戏[(3)]娱。堪爱远村遥霭[(4)]里，锁烟行柳几千株。

【注释】

(1) 迟日：春日。因春天日落较迟，故有此说。　百昌：众多的生物。

(2) 韶光：春天的美好景色。　故吾：过去的自己。

(3) 恣戏：任意嬉戏。

(4) 遥霭：遥远的烟雾。

【赏析】

这是一首描写春天景色的诗。在春风的吹拂下，大地回暖，万物复苏，呈现出一派春意融融的景象。看到这动人的景色，诗人的心情也不禁随之受到感染，于是提笔写下了这首吟咏春天的诗。虽然是望到的景色，诗人并没有近距离地观赏，但作者用笔细腻，感情丰富，对景色的描写极具代表性，充分展示了春天的勃勃生机。

江　村

江村漠漠水溶溶(1)，沙篆(2)纵横鸟印踪。独钓皤翁(3)竿在手，双游绿鸭浪冲胸。断头水艇(4)任风漾，曲角(5)瘦牛有犊从。苇渚(6)芦湾茅屋上，团团初日爨烟(7)浓。

【注释】

(1) 漠漠：宽广的样子。　溶溶：水大的样子。

(2) 沙篆：在沙滩上写的篆字。这里指鸟儿的踪迹。

(3) 皤翁：白发老翁。皤，老人的白发。

(4) 断头水艇：齐头的小船。

(5) 曲角：这里指弯曲的牛角。

(6) 苇渚：生长着芦苇的沙滩。结出白穗的为“苇”，不结穗的为“芦”。

(7) 初日：朝日。　爨烟：炊烟。

【赏析】

这是一首描写江村水边景色的诗。从水边的鸥鸟，到钓鱼的老翁，再到农家的炊烟，作者的选景极具代表性并富有鲜明的江村特色，表现了农村生活的闲适与惬意。虽是江村的几个画面，但却构思新颖，意境辽阔，给人以无限的遐想。全诗文字清新、洗练，是一幅细腻的江村写生画，反映了诗人的闲逸诗情。

乘月泛舟

泛月(1)僧船绕苇芦，仆呼潮退促(2)归庐。村民误认钓舟至,争就沙头索(3)买鱼。

【注释】

(1) 泛月:赏月。

(2) 促:催促。

(3) 索:要。

【赏析】

这首诗是作者乘寺院小船于月下泛舟时所作。饱览月色湖光,诗人留连忘归,直到小沙弥劝他回寺,才调舟登岸。而村中百姓却误认为是打鱼的船回来了,争先恐后地跑到沙滩上询问鱼价。全诗情趣盎然,极富生活的气息,是虎关师錬的代表作之一。

秋日野游

浅水柔沙一径斜,机鸣(1)林响有人家。黄云波里白波(2)起,香稻熟边荞麦花(3)。

【注释】

(1) 机鸣:织机发出的声音。

(2) 黄云、白波:指黄熟的香稻和雪白的荞麦花。

(3) 花:开花。

【赏析】

描写农村生活题材的诗歌,在日本的汉诗人作品中也有表现,这首《秋日野游》便是其中具有代表性的一首。诗的前两句化用的是中国宋代诗僧道潜诗句“隔林仿佛闻机杼,知有人家在翠微”的诗意而来。后两句则是取法王安石的诗句“缫成白雪桑重绿,割尽黄云稻正青”。全诗虽然是化中国宋人诗句为己用,但表现的却是日本农村的田园风光。从整体构思而言,这首诗和谐、圆满,使人读后有如行农野、如闻稻香之感。

此诗描写了河滩岸边的田园风光,与杜牧的名诗《山行》同韵,而后两句"黄去堆里"、"香稻熟边",采取的对仗形式与杜诗不同。同是描写秋天,意境也不同,由此亦可看出中日两国诗人在诗歌表现方面的差异。

雪村友梅(三首)

雪村友梅(1290—1346),越后(今新潟)人,镰仓末期、南北朝时的禅僧。德治二年(1307)十八岁时来到元朝,与朝野人士多有交往,一度被元政府怀疑为日谍,在湖州入狱三年,后放逐西蜀约十年,获赦后返长安。元文宗特赐"宝觉真空禅师"称号,住持翠微寺。元德元年(1329)年回到阔别22年的故国,1346年圆寂于建仁寺,为日本佛教发展注入了活力。后世认为,他的诗"放在盛唐诗中,也不逊色"。有《岷峨集》、《宝觉真空禅师语录》。

寄王州判(云阳)

耿世文章自有宗(1),鹈膏百炼淬词锋(2)。佐州先试判花手(3),莅事全无芥蒂胸(4)。江带青衣秋涨渌(5),城连白帝(6)晚烟浓。知公政简多吟兴(7),还许诗僧(8)一笑逢。

【注释】

(1) 耿世:光耀世间。　宗:尊奉。

(2) 鹈膏一句:形容文章功力深厚,语言流畅。鹈膏,鹏鹈膏。鹏鹈,野凫,用其膏涂在刀剑上以防锈。

(3) 佐州一句：意思是祝王州判前途无量。宋代朝廷有军国政事时，中书舍人可以用书画各抒己见，称为五花判事。这句是说王某现在作州判，以后却是要作中书舍人的，眼前只是试试五花判事的手段而已。

(4) 莅事一句：意思是秉公办事，没有丝毫芥蒂。芥蒂，比喻小小的私心。

(5) 青衣：指青衣江，在云阳附近。 渌：这里指清澈的江水。

(6) 白帝：白帝城。在四川省奉节县东白帝山上，东汉初公孙述自称白帝，并在此筑城，故以为名。

(7) 吟兴：诗兴。

(8) 诗僧：这里是诗人自称。

【赏析】

这是作者来到元朝后寄给王州判的一首诗。州判，元代州官的辅佐官，又称判官。云阳，即元代的云阳州，为现在的四川云阳。虽然是寻常的应酬之作，但作者却写得雍容大雅，深得唐人之风。诗中的首二句赞美了王州判的文学涵养，三、四句赞扬了他的佐州吏治，五、六句描写了蜀地的风光，末二句以相期后会作结。全诗看似随意写来，却又步骤井然，显示了诗人高超的文学创作技巧。

偶　作

函谷关(1)西放逐僧，同行唯有一枝藤。终南翠色连嵩华(2)，庆快(3)平生此一登。

【注释】

(1) 函谷关：关名，在今河南省灵宝市境内，昔时为秦国设立，因关在谷中，深险如函，故名。

(2) 终南：指西安市南的终南山。　嵩：指中岳嵩山。　华：指西岳华山。

(3) 庆快：庆幸快慰。

【赏析】

这首诗是作者独游长安附近的名胜时偶然所作。作者一人远游在外，好似放逐之客，陪同前行的只有随身的一根藤杖。看起来孤苦伶仃，但苍翠的终南山和华山、嵩山是连在一起的，有幸登临，亦为人间快事。全诗立意独特，尤以第二句构思最为不凡，本来一人出游，谈不上什么“同行”，但因有一杖相陪，也就不显得孤独了，但仔细寻味，正因为只有一杖相陪，反而更显有孤独。如此这般的描写，正与李白“举杯邀明月，对影成三人”的描写有着异曲同工之处，令人叫绝。

九日游翠微

一径盘回上翠微(1)，千林红叶正纷飞(2)。废宫(3)秋草庭前菊，犹看寒花(4)媚晚晖。

【注释】

(1) 翠微：青山。这里指陕西省临潼的骊山。

(2) 纷飞：这里指红叶飘落。

(3) 废宫：指骊山上唐明皇、杨贵妃住过的华清宫。

(4) 寒花：深秋的菊花。

【赏析】

这首诗是作者游骊山时所作。骊山上的华清宫曾经是唐明皇、杨贵妃昔日的避暑之地，曾发生过与唐王朝历史有关的重要事件。诗人到此游览，想到了与此有关的历史人物，不禁感慨系之，于是提笔写下了这首怀古诗。虽不及杜牧的《过华清宫》之作，但其对唐代历史典故的谙熟,也是令人钦佩的,而且语言含蓄,充满了思古的幽情。

永源寂室(一首)

永源寂室(1290—1367),俗姓藤原氏,名元光,字寂室。日本镰仓南北朝时代临济宗永源寺派的开山之祖。元应二年(1320)渡元,谒天目山中峰大师并于此受教,嘉历二年(1327)回国。有《寂室录》。

题　壁

借此闲房(1)恰一年,岭云溪月伴枯禅(2)。明朝欲下岩前路,又向(3)何山石上眠。

【注释】

(1) 闲房:无人居住的房子。

(2) 枯禅:一作"胡禅"。因达摩祖师是胡僧,故称其禅法为胡禅。

(3) 向:与"趋向"、"奔向"意同。

【赏析】

这是作者在山寺墙壁上所题的一首诗。山寺的具体名字已无法考证,但可能是位于备前、美作之间的寺院。诗中描写了山中的雅致情趣和高僧的恬淡心境,意境悠远,令人回味。尤其是清淡高朗的情感表现,更显出一种高雅的境界,读之令人有神清气爽的感觉。

别源圆旨(二首)

别源圆旨(1294—1364),俗姓平氏,名圆旨,字别源。越前(今福井县)人,京都建仁寺(临济宗)僧人,五山时期诗僧。元应元年(1319)渡元,留学元朝学佛十一年之久,曾拜高僧中峰明本为师,与赵孟頫有同门之谊,并且交谊深厚。回国后任京都建仁寺住持。有《南游集》、《东归集》。

题可休亭

孤松三尺竹三竿,招我时时来倚栏(1)。细雨随风斜入座(2),轻烟(3)笼日薄遮山。沙田千亩马牛瘦(4),野水一溪鸥鹭闲(5)。自笑可休(6)休未得,浮云出岫(7)几时还。

【注释】

(1) 倚栏:靠着栏杆。这里指休闲之意。

(2) 入座:就座。

(3) 轻烟:这里指薄雾。

(4) 马牛瘦:马牛因过于劳作而变得瘦弱。

(5) 鸥鹭闲:过着像鸥鹭那样的悠闲生活。典出《列子·黄帝》篇:"海上之人有好沤鸟者,每旦之海上,从沤鸟游,沤鸟之至者百住而不止。其父曰:'吾闻沤鸟皆从汝游,汝取来,吾玩之。'明日之海上,沤鸟舞而不下也。"

(6) 可休:语出陶渊明《归去来兮辞》:"善万物之得时,感吾生之行休。"意为:我羡慕物得逢天时,感叹自己的一生行将罢休。

(7) 浮云出岫:语出陶渊明《归去来兮辞》:"云无心以出岫,鸟倦飞而知还。"岫,山中的洞穴。

【赏析】

这是作者于可休亭墙壁上所题的一首诗。可休亭的"可休",典出陶渊明《归去来兮辞》:"善万物之得时,感吾生之行休",有看破世间的红尘之意。在这首诗中,作者对陶渊明的辞官归隐表现出羡慕之意,对自己的"休未得"流露出了一些遗憾的意思。全诗借题发挥,在于可休亭的写景中,表达了诗人的人生态度,言近旨远,含义较为深刻。

和天岸首座采石渡

万里江天接海天,清波浴出月娟娟(1)。醉魂千载若招返(2),我亦何妨去学仙。

【注释】

(1) 娟娟:美好的样子。

(2) 醉魂:指李白。传说李白因醉入水中捉月而死,后传为骑鲸成仙而去。 招返:据孟棨《本事诗》载,贺知章读李白的《蜀道难》,"读未竟,称叹者数四,号为谪仙"。既是谪仙,又骑鲸成仙而去,故称为"招返"。

【赏析】

这是作者为天岸和尚所作的一首诗而写的和诗。天岸,即天岸慧广,也是五山时期的诗僧。首座,寺院的最高职位,即上座。采石渡,即采石矶,在安徽当涂县西北的长江边上。关于李白的仙逝,有着种种不同的说法。主要的说法是李白在采石矶因酒醉误入水中而死,后世的作者以此为题写下了不少诗作。别源圆旨来到中国后,对这样的说法表示了怀疑,于是赋此诗而说明自己的观点。诗由逆向命题而写出,其意高妙,立意新颖,达到了意想不到的艺术效果。

中岩圆月(二首)

中岩圆月(1300—1375),俗姓土屋,法号中岩,又号中正子,法讳圆月,谥号佛种慧济禅师。相模(今神奈川县)人。日本南北朝时代临济宗僧人。幼入镰仓寿福寺,后在京都三宝院学习密教。曾从东明慧日、虎关师练学习禅宗。正中元年(1324)渡往元朝,八年后回国。历任万寿、建仁、建长等寺院的主持。中岩圆月擅长写作汉诗文,他奠定了五山文学繁荣的基础。著有汉诗文集《东海一沤集》、《中正子》等。

金陵怀古

人物频迁(1)地未磨,六朝(2)咸破有山河。金华旧址商渔宅(3),玉树残声樵牧歌(4)。列壑(5)云连常带雨,大江(6)风定尚生波。当年佳丽今何在,远客苍茫(7)感慨多。

【注释】

(1) 人物频迁:指以金陵为舞台的政治人物不断地发生变换。

(2) 六朝:指以金陵为首都的三国、东晋、宋、齐、梁、陈六个朝代。

(3) 金华:金陵的全盛时期。一说指金陵东面的紫金山和南面的雨花台。　商渔宅:商家和渔人的住宅。

(4) 玉树:指陈后主所作的《玉树后庭花》。这首曲子被后世称为亡国之音。　樵牧歌:樵夫和渔人之歌。

(5) 列壑:相连的山谷。

(6) 大江:长江。

(7) 远客:这里指作者自己。　苍茫:空阔辽远的样子。

【赏析】

这是作者在中国江南游历时所作的一首诗。金陵,即今南京市,为六朝故都所在地。到元朝时,这里依然是市廛栉比,灯火万家,呈现出一派繁荣气象。在地理上,金陵素称虎踞龙蟠,雄伟多姿,为江南重镇。大江西来折而向东奔流入大海,山地、丘陵、江河、湖泊纵横交错,地势极为险要。作者来到金陵,遥想历史上的更替兴亡,不禁感慨万分。诗以六朝故都金陵为背景,抒发在金陵怀想古人之情,为作者别创一格、非同凡响的杰作,是日本汉诗中怀古之作的精品。

思　　乡

东望故乡青海(1)远,十春闲却旧园花。可怜蝶梦无凭仗(2),飞遍江山不到家(3)。

【注释】

(1) 青海:这里指碧海。

(2) 蝶梦:据《庄子·齐物论》载:"昔者庄周梦为蝴蝶,栩栩然蝴蝶也。"后因称梦为蝶梦。这里指梦魂。　凭仗:凭借,依靠。

(3) 家:这里指日本。

【赏析】

这是作者在元朝时所作的一首思乡之诗。身处异国他乡八年,虽然可以一心研修佛学,学习佛教典籍,但作者的乡关之思却是与日俱增。看到春天的景色,诗人恨不能像蝴蝶一样,回到自己的国家。诗中虽无太多的细腻情感描写,但思乡之情如春草般的愁绪,却不知不觉地在游子心中产生了。

愚中周及(一首)

愚中周及(1323—1409),美浓(今岐阜县)人。五山时期诗僧,十三岁拜梦窗而出家,十七岁受戒。历应四年(1341)来到中国元朝金山寺修行,观应二年(1351)回国。回国后任天宁寺本山,创愚中派,门徒云集,敕赐佛德大通禅师,是日本禅宗史上重要的人物。有《草余集》。

三月二日听雨

佩玉珊珊(1)鸣竹外,谁家公子入山来。今宵赚我一双耳,明日桃花千树开。

【注释】

(1) 佩玉珊珊:古人衣裾上所系玉佩发出的声音。这里比喻雨声,是作者的想象之词。

【赏析】

这是一首描写夜深听雨的诗。诗写雨声,达到了独具匠心的境界。由夜雨而想来朝"花发千树",其喜悦的心情已是不言而喻的了。末二句章法、意境化用宋代陆游《临安春雨初霁》诗:"小楼一夜听春雨,深巷明朝卖杏花"成句。短短的四句,转接变幻,虽然小巧,却也令人可喜。既有世俗之气,也有禅家之味,颇有令人回味之处。

义堂周信(三首)

义堂周信(1325—1388),号空华道人。上佐(今高知县)人。日本临济宗高僧。他自幼喜爱汉文、汉诗,汉学根底颇深。青年时代剃发为僧,在临川寺从著名禅师梦窗疏石学禅,且为其高足。后圆融天皇康历元年(1379),应足利义满之请赴京都,任建仁寺住持。元中三年(1386)任南禅寺住持。因与足利义满将军关系密切,并指导他学习禅宗和宋学,南禅寺遂成为禅林五山之首,成为"五山文学"发源地之一。义堂周信知识广博,学贯古今,喜好儒学和诗文,常与大诗人绝海中津等以诗唱和,与绝海中津并称五山文学的双璧,其诗才在当时闻名遐迩。被称为"五山文学"的创始人之一。他虽未曾渡海赴中国习禅,但与许多入元僧侣交往甚密,因而对中国元代的佛学、文化、艺术颇为精通。义堂周信专作偈颂,其诗素以巧致著称,有《空华集》、《义堂周信语录》与《空华日工集》。

小　景

酒旆(1)翩翩弄晚风,招人避暑绿荫中。谁将钓艇(2)来投宿,典却蓑衣醉一蓬。

【注释】

(1) 酒旆:酒家的招牌旗帜。

(2) 钓艇:钓鱼的小船。

【赏析】

这首诗描写了夏日河畔小景,如同一幅风景图画,显得甚为别致。前两句写酒家小景,而最后的"典却蓑衣醉一蓬"一句,颇有生活气息,俨然一派超然物外的出世气氛。诗中既有无我之境,又有禅家普度之意。渔翁钓艇垂钓非为游鱼,暗示出禅家之追求禅境亦非世俗所能喻,渔翁之醉是达到悟境后的得意忘言而又忘形之举。诗中表现出"以无念为宗"的禅旨,即在接触外物时心并不受外境影响,"不于境上生心",与禅家的身份极为相符。此诗虽无禅语却大有禅趣,诗僧之作已突破描写伽蓝净土的范围,写到一般社会面貌了,确实到达了一种难得的境界。

子陵钓台

汉家诸将(1)各论功，谁访羊裘独钓翁(2)？刚被刘郎寻旧约(3)，一丝吹断暮江风。

【注释】

(1) 汉家诸将：指邓禹、冯异等。

(2) 羊裘：这里指穿着羊皮衣服。　独钓翁：指严子陵。

(3) 刘郎：光武帝刘秀。　旧约：刘秀即位前与严子陵订的约定。

【赏析】

这是一首吟咏东汉隐士严子陵之事的诗。子陵钓台位于今浙江省桐庐县西，山边有巨石临水，名严子陵钓台。东汉初年的严子陵曾在此归隐。义堂周信虽未来过中国，但他对中国的历史典故却颇为熟悉。诗中借用严子陵的故事，来表现自己高洁的人生信仰，进而感叹当时的社会风气。前两句写钓台存在的原因，后两句写作者联想到的一切。“刚”字用得极妙，仿佛事情发生在眼前。诗中用“一丝”而不用“一竿”，恰到好处。虽无直接的议论，但作者的感情却自然地流露了出来，对严子陵的仰慕之心清晰地表达了出来。

题庐山图

道人来自海西头(1)，千仞匡庐(2)半幅收。楼观(3)已随兵火尽，山林犹见画图留。九江(4)秀色清于水，五老(5)苍颜瘦似秋。指点远公(6)高隐处，白云丹壑兴悠悠。

【注释】

(1) 道人：六朝称佛教徒为道人，道教徒为道士。这里指佛教徒。　海西头：指中国。

(2) 匡庐：指庐山。

(3) 楼观：指庐山上的宗教建筑。

(4) 九江：此处指鄱阳湖。

(5) 五老：五老峰，庐山胜景之一。

(6) 远公：慧远法师(334—416)，东晋高僧，倡导弥陀净土法门，为净土宗初祖。晋太元六年(381)，慧远入庐山，并长期在此修行。

【赏析】

庐山，又称匡山或匡庐，现在江西省境内，以风景秀丽而闻名于天下，为世界著名文化遗产。传说殷周时期有匡氏兄弟七人结庐隐居于此，后成仙而去，其所居之庐幻化而为山，故而得名。古人有"匡庐奇秀甲天下"之说，自司马迁将庐山载入《史记》后，历代诗人墨客相继慕名而来，陶渊明、谢灵运、李白、白居易、苏轼、王安石、陆游等1 500余位名人相继登山，留下了许多珍贵的名篇佳作。

庐山不仅对中国人有着巨大的吸引力，对日本人也同样有着不小的诱惑。同时，庐山也是一处带有浓厚宗教氛围的名山，自魏晋之后便有不少僧人在此结庵讲经。日本僧侣也有不少人来此学习禅宗。义堂周信便是一位对庐山抱有极大兴趣的日本僧人。他的代表作《题庐山图》表现出了对庐山圣境的热切向往，诗中描绘了庐山的秀丽风光，并以个人的视角来感悟庐山，虽有一些想象之词，但全诗风格清雅，不事雕琢，为域外人士吟咏庐山的名作。

细川赖之(一首)

细川赖之(1329—1392)，幼名弥九郎，法名常久。细川赖春之子，南北朝时代的管领(辅佐将军总揽政务的官职)。历任左马头、武藏守、相摸守等职。幼年时即与父亲赖春一起转战各地,显示出非凡的军事与政治才能。正平十七年(1362),在赞岐的白峰城之战中消灭了细川清氏,从而确立了幕府在四国政权的稳固。正平二十二年(1367)成为执事,辅佐年幼的足利义满。后来因为受到斯波义将的排挤而回到了其领地赞岐。元中七年(1390),平定了备后国的骚乱。第二年,明德之乱爆发,山名氏清叛乱。由于受到足利义满的强烈请求,六十二岁的赖之再次出战,同时也是他最后一次上阵。由于他在各大名中的威信极高,很多山名阵营中的大名都纷纷倒戈。赖之终于在他辞世之前,消灭了山名氏清。赖之是室町武将中的一流人物,他好参禅,尤其喜爱杜甫的诗歌,具有较高的汉学修养,是武将中难得的儒将人物。

海南行

人生五十愧无功,花木春过夏已中(1)。满室苍蝇(2)扫难去,起寻禅榻(3)卧清风。

【注释】

(1) 夏已中:这里指闰四月。比喻人生的岁月已经过去了大半。

(2) 苍蝇:比喻进谗言的小人。语出曹植《赠白马王彪》:"苍蝇间黑白,谗巧令亲疏。"

(3) 禅榻:坐禅用的长椅子,即禅床。

【赏析】

这是作者回到南海赞岐时所作的一首诗。为作者有感于功业难成时的咏怀之作。作者一生为细川家族的繁荣强盛立下了汗马功劳,晚年因受谗言而遭到了不公正的待遇,因而心中充满了愤懑之情。诗中抒发了人生易老而功业难建的苦恼,同时也抒发了忠而受谗的忧愤。最后用禅家的思想开导自己,又体现了一种豁达的情怀,进而展示出与众不同的思想境界。从全诗的内容来看,这也是真正大彻大悟的肺腑之言。

绝海中津(八首)

绝海中津(1336—1405),本姓藤原,名中津,字绝海,别号蕉坚道人。室町初期临济宗僧人。土佐(高知县)人。敕谥“佛智广照国师”、“净印翊圣国师”。十三岁入京都天龙寺,从学于梦窗疏石,并任其近侍。历住建仁寺、建长寺,擅长汉诗。正平二十三年(1368,明洪武元年)曾渡海入明到中国,住杭州天竺、灵隐等寺。并应明太祖之召,应敕赋诗,有“熊野峰前徐福祠”之句,并得和韵,传为佳话。与文人宋景濂、诗僧全室交游,名声远扬。在中国九年,返日后,因受足利义满之信任,住持相国寺、等持寺,并任鹿苑院主及僧录司之职,兼司外交文书之起草。其诗才与义堂周信之学才,并称为五山文学双璧。应永十二年(1405)圆寂,年七十。后追封佛智广照国师。著有《蕉坚稿》二卷,为五山文学中的重要诗文集。此外还有《绝海和尚语录》二卷等。

雨后登楼

一天雨过洗新秋,携友同登江上楼(1)。欲写仲宣(2)千古恨,断烟疏树不堪愁(3)。

【注释】

(1) 江上楼:江边的高楼。

(2) 仲宣:王粲(177—217)的字。王粲为三国时人,建安七子之一,其诗多反映汉末现实。在荆州依附刘表时,曾作《登楼赋》,借以抒发个人的哀愁。

(3) 不堪愁:不胜愁。 堪,承受。

【赏析】

这是作者所作的一首抒怀诗。绝海中津在中国游历时,参观过不少的名胜古迹,并题诗记事或留念。在一次雨后登楼时,他想到了王粲的故事,于是便写下了这首诗。诗由登楼写起,借王粲登楼作赋之事,来表达个人不尽的哀愁。全诗写景与抒情融为了一体,用典贴切,不事雕琢,较好地体现了个人的思想感情。

山　家

年来缚屋(1)住山中,路(2)自白云深处通。不用世人传世事(3),闲怀(4)只惯听松风。

【注释】

(1) 缚屋:在山中盖的茅屋。

(2) 路:这里指通往茅屋的路。

(3) 世事:人世间的俗事。

(4) 闲怀:悠闲的情致。

【赏析】

这是作者在受到幕府将军足利义满的款待时,于席上所作的一首诗,诗题一作《相府席上作》。诗的内容正如诗题所述,表现的是个人闲居深山时的恬淡情怀。山中虽然寂寞,但却无世俗的干扰。诗中的清绝之韵,与中国唐代的寒山诗颇有异曲同工之处。

河 上 雾

河流(1)一带冷涵天,远近峰峦(2)秋雾连。似把碧罗[3]遮望眼,水妃不肯露婵娟[4]。

【注释】

(1) 河流:这里指湘江。

(2) 峰峦:山峰和山峦。

(3) 碧罗:绿色的绢罗。

(4) 水妃:水神,这里指湘君,即尧之女娥皇、女英。 婵娟:这里指柔美的姿态。

【赏析】

这是作者在中国湖南湘江游历时描写秋雾景象的一首诗。作者在描写湘江上秋雾的景致中,流露出一种思乡的悲哀。前两句写实,后两句转写虚,巧妙地联想到关于湘君、湘夫人的神话,极为婉转地表达了作者的思想意向。

古　寺

古寺门何向,藤萝[1]四面深。檐花[2]经雨落,野鸟向人吟。草没世尊座[3],基消长者金[4]。断碑无岁月[5],唐宋竟难寻。

【注释】

(1) 藤萝:一种豆科紫藤属植物。

(2) 檐花:靠近屋檐下边开的花。

(3) 世尊座:佛教徒对释迦的尊称。这里泛指佛像。

(4) 基消一句:意思是佛像的座基埋没了,佛身的金粉脱落了。长者,指佛像。

(5) 无岁月:不知道年代。

【赏析】

这是作者在明朝拜谒一座古寺后所作的一首诗。诗人有感于佛寺的衰落而心有落寞，在对古寺荒凉环境的描写中，隐晦地表达了个人心中的孤寂之情。全诗风格瘦硬，颇为注意字句的锤炼，与贾浪仙的格调极为相近，充分显示出诗人对中国历史和典故的熟悉程度。

钱塘怀古次韵

天目山崩炎运徂[1]，东南王气委平芜[2]。鼓鼙声震三州[3]地，歌舞香消十里湖[4]。古殿[5]重寻芳草合，诸陵[6]何在断云孤。百年江左[7]风流尽，小海空环旧版图[8]。

【注释】

(1) 天目山：山名，在浙江省临安市境内。　炎运：按阴阳五行之说，赵宋为火德，故称炎运，即指宋王朝的命运。　徂：消灭。

(2) 东南王气：南宋亡于东南，故有此说。　委平芜：把国家的命运交给来自草原的统治者。

(3) 三州：指杭州、嘉州、湖州。泛指钱塘一带的地方。

(4) 十里湖：指杭州西湖。其直径达十里，故称。

(5) 古殿：宋朝时期的旧宫殿。

(6) 诸陵：历代帝王的陵墓。

(7) 江左：江南。

(8) 小海：指浙江。因钱塘江与大海相通，故用小海代指浙江。　旧版图：这里指旧的领土。版，户籍。图，地图。

【赏析】

这是作者在中国游历时，于杭州钱塘江所作的一首怀古诗。钱塘江所在的杭州市，曾是南宋的都城。由于南宋统治者的一味妥协，国家终于被崛起于大漠的蒙古人所灭。作者来到钱塘故地，联想到历代政权的更迭和衰亡,不胜感慨,于是提笔写下了这首诗。诗虽名为怀古,但表达的却是个人鲜明的历史观。在咏史方面的汉诗中,这首诗达到了较高的艺术水准。

读杜牧集

赤壁英雄(1)遗折戟,阿房宫(2)殿后人悲。风流独爱樊川(3)子,禅榻(4)茶烟吹鬓丝。

【注释】

(1) 赤壁英雄:指破曹的刘备、孙权等人。

(2) 阿房宫:秦宫殿名,遗址在今西安市西北。

(3) 樊川:杜牧的号。

(4) 禅榻:坐禅用的长椅子,即禅床。

【赏析】

这是读杜牧诗集有感而作的一首诗。杜牧,字牧之。晚唐著名诗人,与李商隐合称"小李杜"。其诗、赋、古文都负有盛名,而以诗的成就最大,尤其长于七言律诗和绝句。绝海中津虽然是日本人,但却对杜牧的诗歌和人品极为仰慕,在读完杜牧的集子后便写下了这首诗。由于对杜牧集子的内容较为熟悉,所以诗中巧妙地运用了杜牧的语句,第一句出自杜牧的《赤壁》诗,第二句出自杜牧作的《阿房宫赋》,尾句则出自杜牧的《题禅院》诗:"今日鬓丝禅榻畔,茶烟轻飏落花风。"全诗多化用杜牧诗集中的内容,显示了作者对杜牧集子情有独钟。

应制赋三山

熊野峰前徐福祠(1),满山药草雨余肥。只今海上波涛稳(2),万里好风须早归。

【注释】

(1) 熊野峰：在日本新宫市以北，相传为徐福采长生不老药的地方。　徐福祠：日本新宫市为纪念徐福所建的寺庙。

(2) 波涛稳：原指海上风平浪静，这里比喻时局安定。

【赏析】

这首诗是作者奉朱元璋之命而作的应制诗。中津渡明后，曾见过明太祖朱元璋，他在回答关于日本情况的询问时曾应命作了这首诗。“三山”之典出自《史记》关于徐福东渡的故事，在这里指的是日本。熊野，即熊野山新馆，传说徐福从秦朝东渡时在此登陆日本，现在还保留徐福登陆时的遗迹。作者把历史传说融入诗中，意谓秦皇时代已一去不返，而现在的洪武帝洪福无疆，天下太平，若徐福有知，也应当回来吧。明太祖赞佩他的才学，当场步韵和诗一首：“熊野峰高血食祠，松根琥珀也应肥。当年徐福求仙药，直到如今更不归。”此事和此诗被传为中日友好的历史佳话。

多　景　楼

北固高楼拥梵宫(1)，楼前风物古今同。千山城堑孙刘(2)后，万里盐麻吴蜀通(3)。京口(4)云开春树绿，海门(5)潮落夕阳红。英雄一去江山在，白发残僧(6)立晚风。

【注释】

(1) 北固高楼：即北固山上的多景楼，在今镇江东北江滨上。因在甘露寺的后面，故称拥梵宫。　梵宫：佛寺。

(2) 城堑：城墙和护城河。　孙刘：指三国东吴的孙权与南朝宋武帝刘裕。孙权曾在京口(镇江)建立首都；刘裕在这里起事，推翻东晋，做了皇帝。

(3) 万里一句：意思是镇江处在长江水道交通之要，使相距万里的吴蜀物产互相交换。

(4) 京口：今镇江。

(5) 海门：指镇江地处长江下游的入海处。与上句的"京口"为巧对。

(6) 残僧：孤僧。

【赏析】

这是作者在镇江北固山游历多景楼时所作的一首诗。多景楼，楼名，位于今江苏省镇江市北固山甘露寺内。诗人登上多景楼，联想到在此发生的历史事件和相关的历史人物，尤其是想到在此成就一番事业的东吴孙权和宋武帝刘裕，不禁感慨系之，浮想联翩。虽然是日本人，但绝海中津也有着与中国人同样的历史兴亡感。全诗气韵沉雄，是怀古诗中难得的佳作。

遣明使(一首)

遣明使，具体生平事迹不详。朱元璋建立明朝后，为了巩固大明王朝的统治，加强了与周边国家的联系，并且把日本看成了重要的国家。日本对明朝的态度也极为友好，及时派遣遣明使来晋谒明太祖。当朱元璋问起日本的风俗习惯时，使者遂以此诗作答。

对洪武皇帝问咏日本国

国比中原国(1)，人同上古人(2)。衣冠唐制度(3)，礼乐汉君臣(4)。银瓮篘(5)清酒，金刀脍素鳞(6)。年年二三月，桃李自成春。

【注释】

（1）中原国：这里指中国。

（2）上古人：这里是说像上古时代的人们那样淳朴。

（3）衣冠一句：意思是按照唐朝制度规定的那样穿戴衣冠。

（4）礼乐一句：意思是按照汉代君臣制定的礼乐来规范人们的生活。

（5）篘：滤酒的器具。

（6）脍：切得很细的鱼或肉。　素鳞：白色的鱼。亦用作鱼的泛称。

【赏析】

这是日本遣明使来明朝后回答朱元璋提问时所作的一首诗。诗中描绘了一幅幅祥和的景象，从一个方面反映了当时日本文化的状况。同时，这也说明了日本的文物典章制度与中国文化有密切关系。但是，这首诗写的场景画面也有令人怀疑之处，它没有反映当时日本真正的社会生活。那时候日本正处在“足利幕府”的统治下，地方势力不断地征战，不久日本朝廷就分裂为南北两朝，因此，诗中有如桃源般的社会是不存在的。这也告诉我们，读历史一定要辩证批评地读，不能被其中的假象所迷惑。

愕隐惠蒇（一首）

愕隐惠蒇（1357—1425），五山时期的诗僧，筑后（今福冈县）人。至德三年（1386），他来到明朝，居留十年后返回日本。愕隐惠蒇也是日本著名的书法家，他善楷书，世称愕隐体。敕赐佛慧正续国师。有《南游稿》。

牧　笛

悠扬无律吕(1),牛背等闲(2)吹。数曲草多处,一声风度(3)时。江村梅落雪(4),野驿柳收丝(5)。弄(6)得升平乐,牧童知不知。

【注释】

(1) 律吕:古代乐律依据声音的高低分为六律和六吕,合称十二律,这里泛指音律。

(2) 等闲:随意。

(3) 风度:指人的言谈举止和仪态。

(4) 江村一句:赞美曲调动人,引得落梅如雪。

(5) 野驿一句:曲调优美,引得柳丝飘荡。

(6) 弄:吹奏。

【赏析】

这是一首表现作者闲情的诗。展示了一幅恬淡自然,充满山野情趣的生活画面。诗中选择的是农村中常见的场景,并且对农民的生活也极为熟悉,在“等闲”的氛围中,更有一种悠扬悦耳而不同于呕哑嘈杂的优美之声。

一休宗纯(二首)

一休宗纯(1394—1481),乳名千菊丸,后来又名周建,别号狂云子、瞎驴、梦闺等。号“一休”,讳“宗纯”,通常被称作一休。一休宗纯是室町前期大德寺派的禅僧,也是著名的诗人、书法家和画家。相传他是后小松天皇的私生子,但却从未受过皇子的待遇,也从未以皇子自居。他生性颖悟,幼入安国寺后,一生放荡不羁,纵情诗酒，饮酒吃鱼，多奇行怪异之举，甚至出入风月场所。《聪明的一休》当中的一休哥即是以他为原型而创作的故事。他反对禅宗的贵族性，反对出家、禁欲，提倡在家的、富有大众性之禅。主要著作有《狂云集》、《续狂云集》、《自戒集》、《一休法语》等。

端　午

千古屈平(1)情岂休，众人此日醉悠悠(2)。忠言逆耳(3)谁能会，只有湘江(4)解顺流。

【注释】

(1) 屈平：屈原的名字。

(2) 悠悠：指遥远，长久。

(3) 逆耳：听起来使人不悦和不能接受的话。

(4) 湘江：湘水。流经长沙向北注入洞庭湖，屈原在邻近的汨罗江投水自杀。

【赏析】

这是作者在端午节时所作的一首诗。端午节是中国人为了纪念战国时期楚国诗人屈原投江而形成的一种习俗，并有着积极的文化含义。后来这种风俗又传到了日本，并增加了一些日本的传统文化色彩。屈原的爱国主义精神，不仅深深地影响着中国人，也同样影响着日本人。一休宗纯的这首诗，吟咏了屈原不肯与世俗同流合污的高尚节操。诗中的内容，正是日本民众对屈原真实感情的具体表现。

尺　八

一枝尺八恨难任(1)，吹入胡笳(2)塞上吟。十字街头(3)谁氏曲，少林(4)门下绝知音。

【注释】

(1) 任：承当、禁受。

(2) 胡笳：中国西北少数民族的一种乐器。

(3) 十字街头：十字路口的街边，这里比喻热闹的地方。

(4) 少林：少林寺。

【赏析】

这是作者所作的一首咏物诗。尺八，是中国古代流行于西北地区的一种乐器。其音调悲凉，多表现一种哀伤的情绪。自宋代以后，尺八一度在中国失传，但在日本奈良东大寺的正仓院里，还保存着中国唐代传去的八支唐式尺八。在这首诗中，作者以尺八为题，借题发挥，倾诉着个人内心的情感。尺八虽然能够表达个人丰富的感情，但因知音稀少，因而更增添了一种悲凉的气氛。

一条兼良(一首)

一条兼良(1402—1481)，亦称三华老人、桃华叟、三关老人等。法名觉慧。室町时代后期的公卿、学者。关白一条经嗣次子。因其兄经辅体弱多病而于应永二十三年(1416)代兄继承家业。应仁之乱中，其邸宅和书库“桃花坊”被烧毁，他寄居于奈良兴福寺禅定院。文明五年(1473)出家。后归京，专事讲学、著述。对贵族、武士进行启蒙教育。他对神道极有研究，学识渊博，通晓古典，擅长和歌。著有《尺素往来》、《公事根源》、《歌林良才集》、《日本书纪纂疏》、《花鸟余情》、《樵谈治要》、《文明一统记》等。

乱后出京到江州水口

忆得三生(1)石上缘，一庵(2)风雨夜无眠。今朝更下山前路，老树云深哭杜鹃(3)。

【注释】

(1) 三生：按佛家的说法，指的是过去、现在、将来三世。

(2) 一庵：一座僧房。

(3) 哭杜鹃：传说杜鹃叫声凄厉，其鸣常有吐血，并发出"不如归"的声音。

【赏析】

这是作者于江州水口所作的一首诗。应仁之乱后，诗人离开了京都，来到了近江的水口，住宿在寺院里。水口，即今滋贺县甲贺郡水口町，为旧东海道的一站。在这首诗中，作者从佛家的三生之说下笔，抒发了个人在战乱后的狼狈处境，并对将来时局的发展表现出个人深切的忧虑。所用杜鹃啼血的典故，意味深长，感慨深邃，曲折地反映了当时复杂动荡的社会形势。

天隐龙泽（一首）

天隐龙泽（1422—1500），名龙泽，字天隐，号默云。原本是播磨揖保郡路边的弃儿，由慈恩寺的僧人抚养成人。十岁时于京都薙发，为天柱和尚的法嗣。文明十四年（1482），移京都建仁寺，为建仁寺著名的诗僧。晚年退居大昌院。有《默云稿》、《翠竹真如集》等。

江天暮雪

江天欲暮雪霏霏(1)，罢钓谁舟傍钓矶(2)。沙鸟不飞人不见，远村只有一蓑(3)归。

【注释】

(1) 霏霏:雪下得较大的样子。

(2) 钓矶:钓鱼坐的石台。

(3) 一蓑:一件蓑衣。这里指自己。

【赏析】

这是作者所作的一首写景诗。“江天暮雪”原为中国的“潇湘八景”之一,描写的是洞庭湖的风光。按沈括《梦溪笔谈》的记载,主要有“平沙落雁”、“远浦归山”等。日本模仿中国的“潇湘八景”,创造了“近江八景”。“江天暮雪”也成为了“近江八景”之一。在诗中,作者描绘了江天暮雪的景色,字里行间透露出一个孤独的寒江钓翁形象,与柳宗元的《江雪》一诗表现手法相似,展示出阔大高远的深邃意境。

横川景三(二首)

横川景三(1429—1493),名景三,号横川,别名补庵,播磨(今兵库县)人。室町幕府时代日本临济宗名僧、汉诗人。幼年入相国寺剃度为僧,学习临济宗及汉文化。后得室町幕府第八代将军足利义政之信任,先后任等持寺、相国寺、南禅寺等大寺的住持。其汉诗用典贴切,音韵流畅,文字华丽,在当时颇有影响,是日本文学史上著名的“五山文学”代表人物之一。其作品是日本文化的重要遗产,也是研究“五山文学”和中日文化交流史的宝贵资料。有《东游集》、《京华集》、《补庵录》等汉诗集和日记《横川日件录》等。

暮秋话旧

秋云暮矣夜萧萧(1),乱后烦君又过桥。白发僧兼黄叶寺(2),旧游总似话前朝。

【注释】

(1) 萧萧:风声、草木摇落声。

(2) 黄叶寺:深秋落叶纷飞中的寺院。

【赏析】

这是作者一首吟咏秋天的诗。在秋日的暮色之下,诗人看到萧瑟的景色,不禁悲从中来。再想到在此之前出现的种种社会动荡,于是顿生无限的感慨,遂提笔写下了这首诗。诗意虽取材于元稹的"白头宫女在,闲坐说玄宗",但又增添了禅家的意趣,读后令人产生了不尽的遐思。

送遣唐使

皇明持节(1)海程遥,一别春风绾柳条(2)。若写离愁上船去,和烟和雨入中朝(3)。

【注释】

(1) 皇明持节:持节出使皇明。皇明,明朝。节,符节,古代使者所持,以作凭信。

(2) 绾柳条:折柳告别。绾,系缠,指使者手持柳条。

(3) 中朝:指中国。

【赏析】

这是一首送别之作。诗题中所提到的遣唐使,原指日本派赴唐王朝的使节,后泛称派赴中国的使节。明朝时,中日两国曾经一度往来密切,日本向明朝派遣过使者并赠送过贡品,中国的史书对此有过记载。作者的这首诗便是在日本使者赴明朝时所作,其中的不舍之意,只从离愁写起,而真挚感情的表达,却又是极为得体。

送别时的情真意切,在不知不觉中便流露了出来,达到了既送别又惜别的艺术效果。

武田信玄(二首)

武田信玄(1521—1573),幼名胜千代,通称太郎,原名武田晴信,号德荣轩,法号法性院信玄,源氏名门新罗三郎义光之后,甲斐武田甲第十七家督,武田信虎之长子。日本战国时期的名将。因其为甲斐守护,且具有非凡的军事才能,又被人称作“甲斐之虎”。有“战国第一名将”之称,被誉为“战国第一兵法家”。

天文十年(1541),信玄放逐为政暴虐的父亲继承家督职位,并长期在川中岛和战国时另一名将上杉谦信对峙,先后进行的五次川中岛会战是战国时最有名的战役之一。天正元年(1573),信玄举兵进京,并在三方原大败德川、织田联军。但不久因病回军,卒于信浓驹场,时年五十三岁,未能完成统一大业。

信玄在用兵上擅于指挥甲州精锐的骑兵,开创了“甲州流”兵法。他重视民政,其制定的《甲州法度》为战国时期著名的分国法。他尽心于领地内的治理,由其穷半生精力修筑的信玄堤至今仍在发挥作用。信玄擅长汉诗,此外还以擅长培养人才著称,手下著名的“武田四名臣”、“武田二十四将”等聚集成了战国时代最优秀且忠诚稳固的家臣集团。

偶　作

鏖杀江南[1]十万兵,腰间一剑血犹腥。竖僧不识山川主[2],向我殷勤问姓名。

【注释】

(1) 鏖杀：杀尽。　江南：原指中国长江以南的地方，但这首诗的确切所指，尚不十分清楚，似乎是指日本甲斐以南的地方。

(2) 竖僧：对和尚带有轻蔑性的称呼。　山川主：统治这块土地的人，即领主。

【赏析】

这首诗是作者在打猎时到访一野寺所作的一首诗。所谓的偶作，是在不经意间提笔写成的诗。武田信玄是一位出色的武将，虽不刻意为诗，但兴致所至，挥笔而就的内容，气魄仍然是十分宏大。诗中表现的是所谓武田信玄英雄主义的豪迈气派，由此亦可看出信玄英雄风流的一面。

一说此诗非信玄所作，是其对明太祖朱元璋《题寺壁诗》"杀尽江南百万兵，腰间宝剑血犹腥。山僧不识英雄汉，只顾哓哓问姓名"的改写。

新正口号

淑气[1]未融春尚迟，霜辛雪苦岂言诗。此情愧被东风笑，吟断江南梅一枝。

【注释】

(1) 淑气：春天温暖的气氛。

【赏析】

这是武田信玄所作的一首著名的七绝。据日本史书记载，信玄八岁即入长禅寺学习诗文，师从玄惠法师。他聪慧过人，记忆力惊人，曾三天背出晦涩的古文《庭训往来》。在这首诗中，作者情词慷慨、意兴豪迈，有一种浪漫的大气，全诗读来真有穿金裂石之感。前一句纵笔直书，构思新奇，充满画意。后一句点明"断"字，用词精妙,含意不尽。是一首表现新年欢快气氛的即兴佳作。

上杉谦信(一首)

上杉谦信(1530—1578),幼名虎千代,成年后称长尾景虎。亦称政虎、辉虎。越后守护代长尾为景的幼子。剃发皈依佛教后法号不识庵谦信。天文十七年(1548)继承户主。又统一越后,居春日山城。天文二十一年(1552),助上杉宪政逐北条氏康。次年,村上义晴为武田晴信战败,求助于谦信。上杉谦信和武田信玄在川中岛进行了五次大会战。永禄四年(1561),受上杉姓,并嗣关东管领之职。天正元年(1573),平定越中,继而进入能登、加贺,与织田信长对抗。但在进京争霸之际,在春日山城因脑出血而死。谦信虽然被誉为“战国最强”的武将,但是却信奉佛教,曾一度因此非常矛盾。由于崇尚“义”,其行为在战国乱世显得很特别。上杉谦信在其统治时期,留意民政,开发矿产,振兴了当时多种产业。上杉谦信没有妻子,养子上杉景胜继其嗣。

九月十三夜

霜满军营秋气(1)清,数行过雁月三更。越山并得能州(2)景,遮莫(3)家乡忆远征。

【注释】

(1) 秋气:秋天之气。

(2) 越山:越中、越后的群山。　能州:能登。为石川县的一部分。

(3) 遮莫:不在意。

【赏析】

这首诗作于天正五年(1577)九月十三日即将攻陷能登七尾城前的军营中，为当时在宴席上赏月的即席之作。全诗气势奔放，豪气逼人，语言豪迈，风骨凛然，展现一个了无牵挂、一往无前的武人的勃勃雄心。读他的诗有万马喑呜之感。

丰臣秀吉（一首）

丰臣秀吉(1537—1598)，始姓木下，改姓羽柴，赐姓丰臣。尾张(今名古屋)人。日本战国时代末期封建领主，是继室町幕府之后，完成近代首次统一日本的战国时代大名。为1590—1598年间日本的实际统治者。法名国泰佑松院殿灵山俊龙大居士。《明史》里称作平秀吉。他执政期间，丈量农地，增加贡租；收缴武器，实行农、兵分离；统一货币，废除关卡；建立中央集权的封建领主统治，为幕藩体制奠定基础，对日本社会由中世纪封建社会向近代封建社会转化有一定的推动作用。在位后期逐渐变得昏庸多疑，文禄元年(1592)年和庆长二年(1597)两次出兵侵略朝鲜。庆长三年(1598)八月因侵朝失败，郁闷而死。

自　咏

吾似朝霞降人世，来去匆匆瞬即逝(1)。大阪巍巍气势盛，亦如梦中虚幻(2)姿。

【注释】

(1) 逝：消失。

(2) 虚幻：指虚假而不真实的、虚无缥缈的境界。

【赏析】

这是丰臣秀吉在临死前所作的一首诗。丰臣秀吉两次发动侵朝战争,在中朝军民的顽强抵抗下,日军并没有取得多大进展,只是在沿海几个据点徘徊。当时他已经六十多岁了,在日本国内,广大贵族和平民也不支持丰臣秀吉的侵略战争。庆长三年八月五日,六十三岁的丰臣秀吉遗憾地死去,死前吟咏了这首哀伤的诗。全诗以一种悲伤的感情基调,说明了"功名乃身外之物"这一消极的佛教观点。但是需要注意的是,丰臣秀吉追求的不只是个人的功名,令他满足的是一种侵略的欲望。丰臣氏所指的"功名",不过是他的侵略行为罢了,不值得后世效仿。

足利义昭(一首)

足利义昭(1537—1597),室町幕府的末代将军。足利义晴之子,足利义辉之弟。年轻时曾入佛门,始为奈良兴福寺一乘院,法名觉庆。永禄八年(1565),松永久秀杀其兄足利义辉时,足利义昭被幽禁于奈良。后逃出还俗,改名义秋。永禄十年(1567),义秋改名为义昭。永禄十一年(1568),投靠织田信长,进京得到将军之位。后与信长不和,天正元年(1573),义昭呼应各地反信长势力,举兵对抗信长。天正元年(1573),被逐出京都,至此延续了二百三十六年的室町幕府灭亡,但足利义昭的征夷大将军身份一直到1588年才取消。丰臣秀吉统一日本后,于天正十五年(1587)被召至大阪,封年禄万石。后再次出家,号昌山。庆长二年(1597)病死于大阪,享年六十一岁。葬于足利家菩提寺等持院。

避乱泛舟江州湖上

落魄(1)江湖暗结愁,孤舟一夜思悠悠(2)。天公(3)

亦怜吾生否，月白芦花浅水(4)秋。

【注释】

(1) 落魄：落寞的样子。

(2) 悠悠：指遥远，长久。

(3) 天公：天帝。

(4) 浅水：浅濑。

【赏析】

这首诗是足利义昭在颠沛流离、众叛亲离仓皇逃窜的途中所作。永禄八年(1565)，义昭兄义辉被三好义继等所杀，于是他逃难近江，“避乱”即是指此事。尽管这一夜月明风清，风景大好，但在单调的流水和孤雁声中，泛舟湖上只能备添凄凉而已。全诗用词戚婉，悲切动人，充满了作者壮志难酬的苦闷和愤懑心情。第三句自问“天公亦怜吾生否”怨愤之意见于言外，结尾言景旨情，弦外流音，使全诗构成一种苍凉凄迷之境。或许是足利义昭在绝境中迸发的灵感，才作出了这首难得的好诗，因而成为唯一入选俞樾《东瀛诗选》的战国武将汉诗。

藤原惺窝(一首)

藤原惺窝(1561—1619)，名肃，字敛夫，号惺窝。播磨国(今兵库县)人。江户前期思想家。日本朱子学的开山始祖。藤原早年入佛门，修习禅宗。后来受到别人的影响，特别是受到“朝鲜朱子”李退溪的几个学生的影响，便逐渐地不再相信佛经上讲的东西，而更加承认朱熹关于四书五经的一些说法。藤原惺窝在日本首倡程朱理学，为程朱理学在日本的传播奠定了基础。其门人甚多，如号称藤原门下“四大天王”的松永尺五、林罗山、那波活所、崛杏庵,以及石川丈山等人。他最大的成就是使日本的朱子学独立发展了起来。著有《文章达德录》、《寸铁录》、《惺窝文集》等。

山　居

青山高耸白云边,仄听(1)樵歌忘世缘。意足不求丝竹乐(2),幽禽睡熟碧岩(3)前。

【注释】

(1) 仄听:隐隐约约地听到。

(2) 丝竹乐:指琴、笛之类的乐器。

(3) 幽禽:居住在幽静之处的鸟儿。　碧岩:长着青苔的岩石。

【赏析】

这是作者在病殁前写的一首诗。描写的大概是诗人在妹脊山的山庄里的生活。诗中表现了一种闲适的境界,着墨不多,但却平淡自然,充满情趣,有一种陶诗的淡雅,体现了他的恬淡情怀。全诗格调严整,是七绝中的代表作。

伊达政宗(二首)

伊达政宗(1567—1636),伊达辉宗长子,幼名梵天丸,元服后字藤次郎。织田、丰臣时代和江户初期的武将。仙台藩的始祖。小时候因为罹患疱疮(天花)而右眼失明,人称“独眼龙政宗”。天正十二年(1584),伊达政宗继任为伊达家第十七代家督。天正十七年(1589),击败芦名义广,开创比其父更大的伊达家版图。文禄元年(1592),受丰臣秀吉之命领兵三千出兵朝鲜。其后秀吉亡,跟随德川家康，参与大阪冬之阵及大阪夏之阵等著名战斗。他虽有干一番事业的志向，却难逃生不逢时的厄运。其病重临终之时，三代将军德川家光亲自探望。法谥“瑞岩寺殿贞山禅刹大居士”，死后家臣十五人及陪臣五人殉葬。

偶　成

邪法(1)迷邦唱不终，欲征蛮国(2)未成功。图南(3)鹏翼何时奋，久待扶摇(4)万里风。

【注释】

(1) 邪法：这里指基督教。

(2) 蛮国：当时西洋人从南方而来，故称之为南蛮。

(3) 图南：图谋飞往南方。典出《庄子·逍遥游》：“(鹏)背负青天……而后乃今将图南。”

(4) 扶摇：风名，一名飚。典出《庄子·逍遥游》：“抟扶摇而上者九万里。”

【赏析】

这是一首独眼龙伊达政宗表达宏伟抱负的诗。在织田信长时代，基督教曾在日本流行并一度受到保护，而丰臣秀吉则发出了禁止基督教的命令。由于对外贸易的增多，传教士也开始来到了日本，对日本人的本土宗教意识有了一定的冲击。伊达政宗对基督教不仅持否定的态度，而且也反对与南蛮诸国的交往。这首诗大概便是在这种情况下创作的。诗中表达了他欲征蛮国的意图，综观其中的用意，除了有在万一时作为借口的意思外，也用来抒发内心对于船是否能够顺利抵达遥远的国度、自己的计划能否成功等问题的疑惑。伊达政宗并非是一介武夫，他是一个充满智略的谋将，也是一个浪漫的诗人。与上杉谦信铿锵的词句相比，他的这首诗更显返朴归真，老练成熟。

归　舟

绝海(1)行军归国日，铁衣袖里裹(2)芳芽。风流千古余清操(3)，几岁闲看异域(4)花。

【注释】

(1) 绝海：横渡大海。

(2) 裹：包裹着。

(3) 清操：高尚的节操。

(4) 异域：其他的国家。

【赏析】

此诗一作《征朝归来途中作》，为庆长二年(1597)伊达政宗远征朝鲜归来之时所作。诗中描绘了在奔腾无际的大海上，政宗一身戎装傲立船头，岿然不动，却有一枝梅花露出袖外，暗自幽香。全诗意境悠远，洋溢着唯美主义的情调。借梅咏志，而又不露痕迹地指斥了侵略朝鲜的错误，独出机杼，耐人寻味。从诗中也可以看出他确有与生俱来的诗人的气质和禅定的心境。很多人都把伊达政宗看作是一个纵横沙场的猛将，但却完全忽略了他的另一面，政宗实际也是战国末期极有造诣的一位诗人，其很多作品入选了后水尾天皇编撰的《集外歌仙录》，政宗确是个不平凡的人。

林罗山(三首)

林罗山(1583—1657)，名忠、信胜，字子信，号罗山，别号罗浮、浮山、罗洞等。出家后法号道春，通称又三郎。京都人。江户初期的儒者,幕府儒官林家的初祖。少时曾剃发入建仁寺读佛书,但因为拒绝出家而返回家里。二十二岁入藤原惺窝门下,经其推荐担任德川家康顾问,成为德川的智库。继之又仕秀忠、家光、家纲,参与幕府的政治和文教,幕府的外交文书和各种法度的草案皆经其手。宽永七年(1630),幕府赐以上野忍冈以建家塾。两年后尾张藩德川义直又赐与先圣殿,建造学问所和圣庙,是为昌平黉的端始,在此成为他发扬新儒学的基地。宽永二十年(1643)在红叶山设立文库。他视朱子学为封建社会伦理道德的规范,提倡等级秩序和大义名分,成为幕藩体制的理论支柱,被采用为官学。此外他对日本儒学的推广亦功不可没。其人著述甚多,有《罗山文集》、《本朝通鉴》等。

夜渡乘名

扁舟乘霁(1)即收篷,一夜乘名七里风。天色相连波色上,人声犹唱橹声(2)中。众星闪闪如吹烛,孤月微微似挽弓。渐到尾阳眠忽觉(3),卧看朝日早生东(4)。

【注释】

(1) 霁:这里指风停。

(2) 橹声:这里指摇桨的声音。

(3) 忽觉:忽然睡醒。

(4) 朝日早生东:语出韩愈《谒衡岳庙,遂宿夜寺,题门楼》:“杲杲寒日生于东。”

【赏析】

这是一首描写夜游的诗。乘名,为日本的地名。诗为在此夜渡时所作,表现了作者在这里乘船时看到的喧闹景象和在船上的感觉。全诗文笔生动,描写夜渡时的景象非常细腻,尤其是颔联描摹的乘舟夜渡更是极为工致,反映出作者非凡的文字功力。

月前见花

淡月映栏花气浓,春宵好景胜秋中(1)。不明不暗胧胧(2)月,于色于香剪剪(3)风。

【注释】

(1) 秋中:即中秋,为一年中最好的景色。

(2) 胧胧:朦胧的样子。

(3) 剪剪:风寒的样子。

【赏析】

这是一首描写春夜月下看花时愉快心情的诗。作者把观花时看到的色、闻到的香、觉到的风以及由此所引起的种种情绪,通过寥寥数笔勾画出来,显得非常生动有趣。没有过多的修饰之词,而作者的感情却又恰到好处地表现了出来。

岳　飞

武穆(1)战功立,精思(2)谁敢及。阃外(3)属将军,长恨金牌急(4)。

【注释】

(1) 武穆:岳飞的谥号。

(2) 精思:精忠的思想。

(3) 阃外:郭门以外。典出《史记·张释之冯唐列传》:“臣闻上古王者之遣将也,跪而推毂,曰‘阃以内者,寡人制之;阃以外者,将军制之。’”后因称军事职务为“阃外”。

(4) 金牌急：岳飞抗金正欲大破其军时，宋高宗连发十二道金牌召回岳飞，并以“莫须有”的罪名将其处死。

【赏析】

这是作者所作的一首咏史诗。岳飞(1103—1142)，字鹏举，相州汤阴人，为南宋名将。他屡破金兵，但宰相秦桧力主议和，乃一日降下十二道金牌，召还，诬以“莫须有”的罪名而死于狱中。宋孝宗时下诏复官，谥“武穆”。岳飞抗金的英雄壮举，以及他所树立的“忠君爱国”精神，不仅对后世的中国人产生了深刻的影响，其事迹传到东邻异邦之后，也受到了日本有识之士的尊崇。林罗山的这首诗便是一个证明。在诗中，作者对岳飞的“精忠”精神予以了高度的赞许，对岳飞的人格极为推崇，同时也对岳飞所遭受不公正的待遇表现出了不平之情。这也说明，岳飞的爱国主义精神不仅是中国人民宝贵的精神财富，同时也是日本人民宝贵的精神财富。

石川丈山(三首)

石川丈山(1583—1672)，名凹，字丈山，号大拙、东溪、四明山人等。三河(今爱知县)人。为江户时期著名的文人，酷爱中国汉诗，并精通书法、茶道、庭院设计等。他尊李白、苏东坡等36位汉晋唐宋诗人为“诗仙”，并精研程朱理学，其诗歌以闲适的内容居多。有《诗仙集》、《本朝诗仙注》、《诗法正义》等。

新　居

故国(1)三川远，新居五岳(2)邻。弃官甘(3)野趣，卷道(4)抱天真。但取少游(5)足，颇忘荣叟(6)贫。养痾犹灭迹(7)，肆志(8)欲终身。迄老无妻子(9)，为谁有鬼神。纷华(10)何所悦,车马一浮尘(11)。

【注释】

(1) 故国:这里指作者的故乡三河。

(2) 五岳:京都的五山,指天龙寺、相国寺、建仁寺、东福寺、万寿寺,这里指的是相国寺。

(3) 弃官:指在宽永十三年(1636)于广岛浅野藩致仕。　甘:满足之意。

(4) 卷道:在生活中悟到的道理。

(5) 少游:东代名将马援之弟,他一生不贪富贵,只爱悠闲。其事见《后汉书·马援传》。

(6) 荣叟:荣启期。春秋时隐士,传说曾行于郕之野,语孔子,自言得三乐:为人,又为男子,又行年九十。是为寡欲的典型。事见《列子·天瑞》,又见《孔子家语·六本》。后用为知足自乐之典型。

(7) 灭迹:这里指退隐。

(8) 肆志:快意,随心。

(9) 无妻子:丈山终身未娶,故有此言。

(10) 纷华:指高官的生活。

(11) 车马:比喻到访的人很多。　浮尘:没有价值的东西。

【赏析】

这首诗是作者搬入新居时所作。宽永十四年(1637),五十五岁的石川丈山搬进了京都万年山相国寺旁边的新居。来到这个清雅的环境中,石川丈山不禁感慨万千,心有所思,于是提笔写下了这首五言排律。虽然住进了新居,但诗人似乎并没有过多的喜悦,而是想到了历史上许多安于贫贱的典型故事,进而表达了自己的隐逸之志。全诗格调高雅,意味悠长,反映了诗人高洁的品格。

富士山

仙客[(1)]来游云外巅,神龙栖老洞中渊。雪如纨素[(2)]烟如柄,白扇倒悬东海[(3)]天。

【注释】

(1) 仙客:指仙人,神仙。

(2) 纨素:白色的丝织品。

(3) 东海:日本海。

【赏析】

这是一首描写富士山的诗。富士山为日本的最高峰,海拔3 776米,是日本的象征。在日本汉诗中,描写富士山的诗歌不胜枚举,但这首诗却与众不同。前两句用神奇的笔法,把富士山写得高深莫测。后两句写远望富士山见到的奇景,比喻独特。全诗突发奇想,将富士山比作倒悬于东海之白扇,气势之宏大,立意之新奇,可谓日本汉诗之绝品,至今仍为登富岳者所乐诵。

溪行

高岩浅水边,回眺弄吟鞭[(1)]。野径菅茅[(2)]露,田村篁竹[(3)]烟。溪空莺韵[(4)]缓,山尽鸟啼前。懒性[(5)]与云出,又应先雨[(6)]还。

【注释】

(1) 吟鞭:诗人乘马吟诗时手中所持马鞭。

(2) 菅茅:泛指野草

(3) 篁竹:竹丛。

(4) 莺韵:黄莺的鸣啭声。

(5) 懒性:疏懒闲逸的心情。

(6) 先雨：赶在下雨之前。

【赏析】

这是一首表现诗人闲情逸致的诗。诗中写出了作者在小溪边乘马闲行时的恬淡心境，而其中风景的描写，更是极为自然亲切，显示出诗人对林泉生活的向往。日本汉诗评论家江村绶曾指出石川丈山汉诗的不足之处在于“句多拙累，往往不免俗习”。然而这首诗却与众不同，表现出了潇洒而又有韵致的特殊情调，可见评论作品也是不能一概而论的。这首诗表现出了另外的一番境界。

中江原(一首)

中江原(1608—1648)，名原，字惟命，号顾轩，通称与右卫门。近江人。因其所居之处有一棵高大的藤树，故门人又称之为“藤树先生”。他十一岁读《大学》，十六岁从京都禅僧学《论语》，后又精研《四书大全》，开始信奉朱子学。二十七岁私自离开伊豫，抛弃武士身份，返乡侍养老母。回故乡后著《翁问答》，认为儒道即士道，亦即站在儒学之教导与武士道一致之立场来思考武士生存之道，将武士精神和朱子学结合在一起。因德高望重被世人称为“近江圣人”。他根据王阳明的知行合一之说，注重学问的实践，治学推崇王阳明，成为日本阳明学的首倡者，开创独特的日本藤树学，称为日本阳明之祖。在道德方面，他提倡至忠全孝，由此而确立了藤树学的精髓。有《孝经启蒙》、《古本大学全解》、《大学解》、《中庸解》、《中庸续解》、《论语解》等，收于《藤树先生全集》中。

送熊泽子还备前

旧年(1)无几日，何意上旗亭(2)。送汝云霄器(3)，嗟吾犬马龄(4)。梅花鬓边白,杨柳眼中青(5)。惆怅沧江(6)上,西风教客醒。

【注释】

(1) 旧年:今年。

(2) 旗亭:插着旗帜的亭子,这里指酒店、料理店之类的饭馆。

(3) 云霄:喻高位。 器:指器量、才能。

(4) 犬马龄:对自己年龄的谦称。

(5) 眼中青:与"青眼"意同。指对亲朋做出的赞许动作,事见《晋书·阮籍传》。

(6) 沧江:流经藤树书院东北的安昙江。一说指琵琶湖。

【赏析】

这是一首先生送别弟子的诗。熊泽,指熊泽蕃山(1619—1691),京都人,名伯继,字了介,号息游轩,为中江原的得意门生。当熊泽回备前时,中江原满含深情地为弟子写下了这首诗。时年藤树四十岁,熊泽二十九岁。二人名为师生,却情同父子。在诗中,中江原对弟子寄托了厚望,希望他能够胸怀大志,成就出一番前所未有的事业。同时也对与弟子的惜别表示了惋惜之情。全诗感情充沛,真切动人,是日本汉诗中送别的名篇佳作。

山崎闇斋(一首)

山崎闇斋(1618—1682),名嘉,字敬义,别号垂加,通称嘉右卫门。京都人。日本江户时代前期的儒家学者、神道学者,垂加神道的创始人。幼时读中国儒家的四书,后入京都妙心寺削发为僧,后移住土佐吸江寺,结纳藩士野中兼山和谷时中,并接受他们的建议转而研究朱子学。二十五岁还俗后,成为儒学者,颇受会津藩主保科正之器重。又从吉川惟足研究神道,主张神儒一致思想,创立垂加神道,据说门下弟子有六千人,包括佐藤直方、三宅尚斋、浅见絅斋等优秀人才,形成崎门学派,对后世尊王倒幕运动有很大的影响。有《垂加文集》、《文会笔录》、《会津风土记》等书。

读《论 语》

读尽鲁论二十篇(1),德音(2)如玉自温然。箪瓢未味巷颜(3)乐,掩卷(4)咏叹灯火前。

【注释】

(1) 鲁论:汉代今文本《论语》之一。相传系鲁人所传,故名。共二十篇,篇次和今本《论语》相同,是现行《论语》的来源之一。

(2) 德音:美好的言辞。

(3) 箪瓢:竹制用来盛食物的容器。语出《论语·雍也》:“一箪食,一瓢饮,在陋巷。人不堪其忧,回也不改其乐。” 巷颜:居住在陋巷的颜回。

(4) 掩卷:合上书。

【赏析】

这是作者在读《论语》之后而作的一首诗。《论语》是中国春秋时期大思想家孔子言行的集录,作为流传千年的中国传统文化典籍,它不仅对中国影响至深,对日本也影响很大。山崎闇斋作为日本著名的儒学家,对《论语》极为钟爱,阅读《论语》时有着个人独到的观点。这首诗是作者在读《论语》之后对颜回发出的赞誉之词,诗中通过对居住在陋巷的颜回“不改其乐”的描述,来表现作者高尚的思想境界,并流露出个人对《论语》与众不同的深刻理解,观点极为独到。

安东省庵(一首)

安东省庵(1622—1701),初名守正,后改为守约,字鲁默、子牧,号省庵、耻斋。筑后国(今福冈县南部)人。德川幕府时期的朱子学者、唯物主义哲学家。青年时在江户(今东京)就学于松永尺五。明朝遗臣、爱国哲学家朱舜水1655年去长崎,一般日本人还不知道他的学问,唯独省庵前往求教。当时舜水贫穷,省庵慨然把自己俸禄的一半赠给他,一时传为美谈。省庵为人谦虚,品格高尚,勤勤恳恳地做学问,终于在学术上获得相当大的成就,被誉为关西巨儒。省庵的世界观具有朴素唯物主义的因素。他受舜水实学的影响很大。有《省庵文集》、《耻斋漫录》等。另外在《朱舜水全集》中有"安东守约上朱先生书"24篇及"祭朱先生文"4篇,可见日本德川幕府时期中日学者文化交流情况之一斑。

梦朱先生

自舜水先生没,五年于今,时时梦见之。每睡觉,未尝泪不溢枕也。谨想先生之灵充天地间,有感使然乎?抑吾不忘之所致乎?昔赐书云;万里音容,通于梦寐。不胜追慕,聊赋小诗。

泉下(1)思吾否,灵魂入梦频(2)。坚持鲁连(3)操,实得伯夷(4)仁。没受庙堂祭,生为席上珍(5)。精诚充宇宙,道德合天人。

【注释】

(1) 泉下:九泉之下,指地下,犹如"黄泉"。

(2) 频:次数多。

(3) 鲁连:鲁仲连。战国时齐国人。善于谋划,常周游各国,为人排难解纷不受酬报。公元前260年,秦军围困赵都邯郸,他以利害劝阻赵、魏大臣尊秦为帝。赵、魏两国接受他的建议,联合燕、齐、楚等国共同抗秦,邯郸解围。公元前249年,齐国派军收复被燕占据的聊城,年余不下,百姓灾难深重,他以亲笔书信劝说燕将撤守,齐复得聊城。诗中是指鲁仲连的操守而言。

(4) 伯夷:商末孤竹君之长子,姓墨眙氏,夷为其谥号。武王伐纣,伯夷叩马而谏。后武王克商后,伯夷与其弟叔齐耻食周粟,逃隐于首阳山,采薇而食,后饿死。这里赞扬朱舜水有伯夷之仁德。

(5) 珍:比喻受人敬仰的人材。

【赏析】

这是一首称赞明末遗民朱舜水的诗。朱舜水(1600—1682),字鲁玙,浙江余姚人。明亡后朱舜水来到日本,欲在日本进行反清复明活动,安东省庵钦佩于他的学问道德,九次上门拜他为师,成为朱门第一位日本弟子。朱舜水从六十岁至六十六岁(1659—1655)在长崎居住六年,努力传播中国儒学,为中日两国的友好和日本文运的再次兴盛,奠定了坚实的基础。

朱舜水去世之后,安东省庵时时想念自己的恩师。在恩师逝世五周年时,安东省庵写下了这首饱含深情的诗。诗中充满了对朱舜水的怀念之情,在怀念恩师的同时,也对朱舜水的为人作了高度的赞扬。朱舜水和安东省庵情如父子,情深爱厚,成为中日文化交流史上的一段佳话。

释元政(二首)

释元政(1623—1668),本姓菅原氏,号妙子、泰堂等,别号日峰,字元正,俗称石井吉兵卫。京都人。江户时代著名的诗僧。他雅好典籍,酷爱山水,终日吟咏不倦,在国学、和歌、茶道等方面均有极高的造诣。后出家,为京都深草瑞光寺开山祖师,称释元政。有《草山集》等。

草山偶兴

晦迹烟霞[(1)]避世尘,松竹为屋竹为邻。闲中日月不知岁[(2)],定里乾坤[(3)]别有春。会面何嫌青眼友[(4)],慈颜每爱白头亲[(5)]。门前流水净如练[(6)],好是无人来问津[(7)]。

【注释】

(1) 晦迹烟霞:隐遁于山水胜景之中。

(2) 岁:指时间,光阴。

(3) 定里乾坤:入定中的世界。"定"为佛家语,意为安心宁静、神不驰散。

(4) 青眼友:知心的朋友。典出《晋书·阮籍传》。

(5) 慈颜一句:意思是人们总是挚爱白发的母亲。

(6) 净如练:洁净得犹如白绢。

(7) 问津:探问寻访。语出陶渊明《桃花源记》:"后遂无问津者。"津,原指渡口。

【赏析】

这是一首描写个人闲情逸致的诗,同时也写出了深草山的晚景。草山,又名深草山,位于京都市伏见区,是日本著名的旅游胜地。诗人曾在此隐居,并且留恋于此地的山光水色,于是乘兴写下了这首诗。诗中主要表现了作者闲居时的乐趣,并流露出了一种禅家的情怀。全诗用典贴切,感情自然流出。尤其是结尾一句,具有画龙点睛的神韵,给读者留下了不尽的回味。

饥年有感

八月雨犹少,引流理水车。途穷人弃子[1],林瘦竹生花[2]。荒草穿龟背[3],乱虫入犬牙[4]。自惊清福[5]足,香饭及芳茶。

【注释】

(1) 途穷一句:典出王粲《七哀诗》:"路有饥妇人,抱子弃草间。"途穷,走投无路。

(2) 竹生花:指土地贫瘠。竹子开花,多因土地贫瘠。

(3) 龟背:土地干旱而开裂,犹如龟背。

(4) 犬牙:形容农作物高矮不一、杂乱无章。

(5) 清福:指清闲安逸的生活。

【赏析】

这是一首描写饥民处境的诗。元政作为一位出家人,虽身在佛门,但仍心系百姓,不忘百姓所遭受的饥饿之苦,由此亦可见这位释子的恻隐之心。全诗朴实平易,借用王粲的诗典,但却不落窠臼。末二句堪比杜诗"生常免租税,名不隶征伐"之句,体现了作者对贫苦百姓的同情怜悯之心。

伊藤仁斋(二首)

伊藤仁斋(1627—1705),名维桢,字源佐、源吉,号仁斋、古义堂。平安京(今京都)人。江户时代著名的儒学家,古学派的创始人之一。门人称之为"古学先生"。成年后潜心研究伊洛之学,后怀疑宋儒之说有违孔孟之道,遂提倡古学。在京都堀川开设私塾"古义堂",门生达三千人,是古学派之一的古义学派(又称堀川学派)的创立者。多次拒绝肥后、纪州等大名的招聘,终身不仕。尊崇《论语》、《孟子》,主张恢复儒家经典的古义,并要建立所谓"圣学",以反对朱子的理气二元论,其哲学思想受到中国明朝哲学家吴苏原的影响。有《论语古义》、《孟子古义》、《中庸发挥》、《大学定本》、《童子问》、《古学先生诗文集》等。

即　事

青山簇簇(1)对柴门,蓝水溶溶(2)远发源。数尽归鸦人独立,一川风月(3)自黄昏。

【注释】

(1) 簇簇:聚集成堆的样子。

(2) 溶溶:河水流动的样子。

(3) 风月:清风和明月。

【赏析】

这是作者的一首即兴之作。诗中描写了诗人在堀河居住地的景色。

首句写山,次句写水,都有借写山水映衬诗人高洁人格的寓意。青色的山峰簇拥成团,显示出优美的形状,而青山簇拥之中的柴门,就更加显示出简朴和高雅。第三句中"数尽归鸦"与首句中"青山簇簇"前后呼应,其重点在于"人独立"。以晚归的一群乌鸦来衬托单个的人,乌鸦是动态的、群体的,而观赏归鸦风景的人却是静态的和孤独的,这动静的对比相衬,就突出了当时场景的静幽与诗人内心的淡远闲静。第四句浑然一笔,画出了富有意境的场景,侧重表现他傲然独立的处世态度。诗人的内心感受也呼应着自然山水的悠然神韵,而对黄昏的降临似乎无动于衷。

仁斋的这首短诗,虽然只写了黄昏水边一景,但其蕴含着的人格力量却是很明显的,这与他作为一位著名的汉学家的身份也是极为吻合的,具有很高的艺术魅力。

嵯峨途中

十里嵯峨路,往还天欲昏(1)。钟声云外寺,树色雨余村。相伴只筇竹(2),所携唯酒樽(3)。阿宣与通子(4),双立候柴门(5)。

【注释】

(1) 昏:黄昏。

(2) 筇(qióng)竹:用筇竹做的手杖。

(3) 酒樽:酒杯。

(4) 阿宣一句:语出陶渊明《责子》:“阿宣行志学,而不爱文术。”“通子垂九龄,但觅梨与栗。”阿宣、通子都是陶渊明儿子的小名,这里借喻自己的儿子,即自比陶渊明。

(5) 候柴门:语出陶渊明《归去来兮辞》“稚子候门”。

【赏析】

这是一首于嵯峨的旅途中所作的诗。嵯峨,山名,位于京都市西郊,为日本著名的旅游胜地。在作者的笔下,嵯峨山中一片幽静,而古寺的钟声,更增添了旅人的惆怅。幸有携带的美酒,才得以解脱这莫名的愁绪。诗中借用陶诗文中的典故和意境,清微淡远,风格与中唐颇为相近,显示出了诗人极高的汉学造诣。

林春信(二首)

林春信(1643—1666),又名春懃,字孟著,号勉亭,又号梅花洞主、林罗山之孙。江户(今东京都)人。有《梅洞集》。

春日漫兴

灼灼五陵[1]桃,树底红云[2]合。春物渐骀荡[3],鹂燕声相答。时维二月[4]初,韶景已过卅[5]。幽人乘逸兴[6],微吟靠漆榻[7]。吟边唤毛颖[8],头上岸乌匼[9]。熟看世上人,繁华漫杂沓[10]。潭潭[11]甲第高,金碧饰门合[12]。轻裘驾騄駬[13],肥肉贱螺蛤[14]。招客晨昏醉,十千买一榼[15]。舞袂虚[16]飘飘,鼓声妄磕磕[17]。一机金炉[18]熏,四座绣屏[19]匝。长宵[20]以继日,满堂煌凤蜡[21]。所谈皆俗事,呶呶又沓沓[22]。轻侠好小勇[23],腰间剑吐腊[24]。自谓鸾凤[25]俦,低头鹁鸰鸽[26]。一事不能成,两鬓忽萧飒[27]。世态已如此,圣道[28]谁能踏。六经藏在笥[29],格言终不纳。长沙屈贾生[30],陋闾老颜阖[31]。竺教[32]弥漫久,毒流瀹济漯[33]。斯民何蚩蚩[34],香饭供坏衲[35]。血山[36]古来有,琳宫[37]筑宝塔。无复韩文公[38],何人果排攘[39]。抚掌坐冷笑,前池暖波渣[40]。春蛙唱深哇[41],幸莫更嘈杂[42]。

【注释】

(1) 灼灼:鲜明的样子。　五陵:原指陶渊明《桃花源记》中的地名,地址在今湖南省桃源县。这里指江户。

(2) 红云:这里指桃花落在地上如红色的云彩一样。

(3) 骀(dài)荡:双声联绵字。舒缓放纵的样子。

(4) 二月:这里指阴历二月。

(5) 韶景：春天的景色。　卅：三十日。

(6) 幽人：避世之人。这里指作者自己。　逸兴：超逸豪放的意思。

(7) 漆榻：涂着油漆的长椅子。

(8) 吟边：在自己身边吟诗。　毛颖：笔的别称。典出韩愈《毛颖传》。

(9) 乌匼：头巾的名称，为隐者所戴。

(10) 杂沓：拥挤的样子。

(11) 潭潭：深邃的样子。

(12) 门合：大门和小门。合，大门旁边的小门。

(13) 騄駬：良马名，周穆王的八骏之一。

(14) 螺蛤：螺和蛤蜊。这里指粗糙的食物。

(15) 十千：一万钱。比喻价钱很贵。　一榼(kē)：一樽酒。

(16) 虚：与下句的"妄"，无实际意义，似指对奢侈生活的讽刺。

(17) 磕磕：形容敲鼓的声音。

(18) 金炉：金色的香炉。这句与下句都是形容举办宴会房间的华美。

(19) 绣屏：绣屏是放在室内的影壁墙，一般用绣有图案的丝绸做成。

(20) 长霄：天空。

(21) 凤蜡：画着凤凰的蜡烛。

(22) 呶呶：形容说起话来没完没了使人讨厌。　沓沓：多而重复。

(23) 轻侠：轻率的人。　小勇：可敌一人的力气。

(24) 吐腊：表示双刃。

(25) 鸾凤：表示祥瑞之兆的神鸟。这里比喻英俊之士。

(26) 鹑鹦鸽：原指三种鸟类，这里比喻胆小怕事者。

(27) 萧飒：比喻毛发变得少了。

(28) 圣道：儒家之道。

(29) 六经：指儒家的《易经》、《诗经》、《书经》、《春秋》、《礼记》、《乐记》。　笥：装食物和衣物等东西的四角箱子。

(30) 长沙一句：指汉代贾谊贬谪长沙之事。

(31) 陋闾：陋巷。　颜阖：春秋时鲁国的高士，曾拒绝鲁哀公的征召。

(32) 竺教：指佛教。

(33) 瀹(yuè)：疏通。　济漯：原指两条河流的名字。这里指被压制的儒教和神道。典出《孟子·滕文公上》："禹疏九河，瀹济漯而注诸海。"

(34) 蚩蚩：语出《诗经·氓》："氓之蚩蚩，抱布贸丝。"原指笑嘻嘻的样子，这里有愚蠢之意。

(35) 坏衲：破旧的僧衣。原为佛家语，这里指修行的僧人。

(36) 血山：统治者为了信仰佛教而用百姓血汗税收建成的假山。典出《宋史·姚坦传》，为姚坦批评宋益王建造假山时所用的词语。

(37) 琳宫：漂亮的寺院。

(38) 韩文公：韩愈。他曾因谏迎佛骨而被贬至潮州。

(39) 排攛：排击。攛，挫败。

(40) 波涾：水沸溢的样子。

(41) 哇：喉咙被堵住了。这里指提倡佛教的声音不大。

(42) 嘈杂：声音吵闹。这一句是说希望世俗的人们不要过分地推崇佛教。

【赏析】

这是作者的一首即兴之作。在鲜花盛开的春天，诗人漫步在明媚的阳光下，诗兴大发，于是提笔写下了这首表达个人情感的咏怀诗。全诗共五十句，为有意识地创作，是日本汉诗中较长的作品之一。共分为两个部分。前半部分是作者对春日发出的感慨,后半部分则是作为儒者的作者对日益兴盛起来的佛教所感到的隐忧之情。虽然题为漫兴,但诗人肯定是有感而作。在对春天景物的对比描写中,诗人的情感便自然而然地表现出来了。

落　叶

朔风[(1)]吹万木,落叶满墙阴。犹有恋枝意,飘飘[(2)]绕故林。

【注释】

(1) 朔风:北风。

(2) 飘飘:飞动的样子。

【赏析】

这是作者所作的一首咏物诗。在秋日寒风的吹拂下,山川萧瑟,草木凋零,一片肃杀的景象。在寒风的作用下,落叶虽然被吹落,但对曾赋予它生命的树枝,却充满了深深的依恋之情。无论北风多么强劲,它始终是围着故枝不肯离去。诗人托物寄情,在对落叶进行赞扬的同时,也表达了个人的思想情操。

一昙圣瑞(一首)

一昙圣瑞,生平事迹不详,大约是五山时期的诗僧。有《幽贞集》。

赞孟东野

龙钟白首据吟鞍,棘句钩章卒未安[(1)]。快意看花春一日(2)，溧阳寂寞老微官(3)。

【注释】

(1) 棘句一句：意思是孟郊苦吟出文辞奇特、佶屈聱牙的诗句后，还要苦苦思索。

(2) 快意一句：孟郊中进士，作《登科后》一诗曰："昔日龌龊不足夸，今朝放荡思无涯。春风得意马蹄疾，一日看尽长安花。"

(3) 微官：卑微之官，即孟郊所任的溧阳县尉。他任此官职时已五十岁，且一生终老于微官，所以称"老微官"。

【赏析】

这是一首题孟东野画像的诗。孟东野(751—814)，即孟郊，唐代诗人。他少年时曾隐居嵩山，四十六岁中进士，后任溧阳县尉，直到终老。其诗多寒苦之音，用字造句追求瘦硬，与贾岛齐名，有"郊寒岛瘦"之称。孟郊的诗歌虽有些瘦硬，但对后世却也有着一定的影响。其诗风不仅在国内有人推崇，在日本也有一些忠实的追随者。一昙圣瑞的这首诗，便堪称为这方面的代表。这首诗可以称得上是一篇孟东野的传记。前两句可以看作是孟东野的小像，而后两句一暖一冷，概括了孟东野人生的巨大反差。若不是汉诗高手，确实是难以做出如此高水平的汉诗来。此诗虽短，但成就令人钦佩。

鸟山芝轩（二首）

鸟山芝轩(1655—1715)，名辅宽，字硕夫，号芝轩，又号鸣春、逃禅居士。京都人。他性嗜酒，工诗善书，终生不仕，是在京都以教授诗歌为业的先驱。后移居大阪，专门教人作绝句、律诗，题材多取自晚唐和宋元诗中，多有流露真情之作。有《芝轩吟稿》。

白 发 叹

一个初生镜里知，茎茎(1)从此损风姿。所嗟人不及乌远，虽老黑头改无时(2)。

【注释】

(1) 茎茎：一根一根的白发。

(2) 虽老一句：这一句是说乌儿即使是上了年纪，头发也是黑色的。

【赏析】

这是作者看到自己产生白发时所作的一首诗。在偶然的一次照镜中，诗人看到了自己已长出了白发，于是知道了身体已渐入老境。面对着不可抗拒的自然规律，诗人不由得羡慕起那些从小到大都是黑头发的鸟儿来了。全诗是对头生白发这一生活所作的描述，诗风颇近似于白居易的《嗟落发》诗，由此亦可看出作者的生活情趣。

秦 始 皇

弃掷皇坟与圣经(1)，漫求仙药究蓬溟(2)。盛称水德(3)真堪笑，不救咸阳火一星(4)。

【注释】

(1) 皇坟：指《三坟书》。相传此三书是三皇之书，《连山》为伏羲作，《归藏》为神农作，《乾坤》为黄帝作。这些书籍今皆已失传。 圣经：泛指先贤的著作。

(2) 漫求：空求。 究：探求，探索。 蓬溟：指大海中的蓬莱仙岛。

(3) 水德：秦皇岛根据战国时邹衍提出的所谓金、木、水、火、土五德终始论，以周为火德，秦代周，应为水德。

(4) 不救一句：指项羽统兵西行入关，烧毁秦宫室自立为西楚霸王一事。咸阳，秦都城，故址在今陕西咸阳市东十五千米处。

【赏析】

这是一首咏史诗。秦始皇建立了中国历史上第一个统一的封建集权国家，为了巩固国家的统治，他采取了一系列严酷的政治措施，促进了社会的发展。但秦始皇也是一位著名的暴君，由于他的苛政和暴虐，秦王朝很快在农民起义的斗争中走向了灭亡。对于秦王朝的短命历史，后世有不少人对此做出深入的研究，而鸟山芝轩的这首诗，便可看成是域外人士研究秦王朝灭亡的心得。全诗可以当作一篇《过秦论》来读，尤其是最后的两句，借阴阳家“五行生克”之说来讽刺秦王朝的短命，更体现了作者深刻的讽刺艺术。

新井君美(三首)

新井君美(1657—1725)，字在中，号白石，又号锦屏山人，通称勘解由。江户(今东京都)人。江户中期的儒者、政治家。他自幼聪明，博闻多识，著述丰富。天和三年(1683)仕于堀田正俊。宝永六年(1709)，参与德川幕府政事，成为幕府藩主第六代将军德川纲丰的文学侍臣。晚年因政治失势而退隐，专心著述，在历史、语言、地理等广泛领域中都有中肯的、实证的见解，其在朱子理学、历史学、地理学、语言学、文学等方面造诣颇深。享保四年(1719)所著的《南岛志》一书，是日本最早研究琉球的著作。此外尚有《西洋纪闻》、《古史通》、《藩翰谱》、《虾夷志》、《白石诗草》等著作。

自题肖像

苍颜[1]如铁鬓如银,紫石棱棱[2]电射人。五尺小身浑是胆[3],明时何用画麒麟[4]。

【注释】

(1) 苍颜:青灰色的脸。

(2) 紫石:紫水晶。这里形容人的眼睛。 棱棱:比喻显露出的锋芒。

(3) 浑是胆:即浑身是胆。

(4) 明时:太平盛世。 画麒麟:汉武帝时,因获麒麟而建麒麟阁。宣帝时画霍光、张安世、苏武等十一人的像于阁中。这里借用这个故事,来说明当时还算不上太平盛世。

【赏析】

这是一首自题肖像画的诗。从诗题原注"时奉使西上"的话来看,此诗应作于宝永七年(1710)五十四岁之时。全诗通过对自己肖像的描写,刻画了作者鲜明生动的个性形象,亦即爱憎分明,嫉恶如仇的形象,同时诗人也对当时的社会环境进行了委婉的批判。引用"画麒麟"的典故,曲折地表达了个人怀才不遇的忧愤。虽无过多的陈述,其中的褒贬早已寓于其中了。

九日示故人

黄金不结少年场[1],独对寒花晚节香。十载故人零落[2]尽,故园秋色是他乡。

【注释】

(1) 黄金一句:意思是当年不去一掷千金,结客报怨,出入少年场。《乐府诗集》引《乐府解题》:"《结客少年场行》,言轻生重义,慷慨以立功名也。”

(2) 零落：喻死亡。

【赏析】

这是一首写给故人的诗。作者的人生暮年，亲朋凋零，旧交远去，生活上有些凄凉之感。在重阳的这一天，诗人登高远眺，想到自己一生坎坷，而晚年的处境更加孤独，于是不禁忧从中来，提笔写下了这首饱含个人深情的诗。诗中表现了作者身处异乡，知音难觅的复杂感情。尤其是最后的两句，意蕴厚重，志深笔长，思想感情表现得尤为沉痛，令人备感忧伤。

春日作

杨柳花飞江水流，王孙(1)草色遍芳洲。金罍(2)美酒葡萄绿，不醉青春(3)不解愁。

【注释】

(1) 王孙：这里是指一种多年生的草名，茎高四五寸，可入药。

(2) 金罍：精美的酒器。罍，酒樽。

(3) 青春：春天。

【赏析】

这是一首写春日景象和作者心情的诗。在杨柳飘絮，江流解冻，野草返青，万物复苏的日子里，鲜花芳草的香味遍及河中的沙洲，春意盎然。在这美好的时光里，诗人心情舒畅，一醉方休。全诗语言十分自然，是个人对美好春天感情的真实流露。

室直清(一首)

室直清(1658—1734)，字师礼，一字汝玉，号鸠巢，又号沧浪。

备中(今冈山县)人。江户时期著名的儒者、汉诗人。他十三岁能赋诗,聪颖异常,师事木下顺庵,研究朱子之学。曾任幕府儒官、吉宗将军侍读并咨询政务。晚年在骏河高仓馆任教,世人称其为骏台先生。明治四十二年(1909),追赠为从四位。一生著书数十种,其诗以唐为宗。有《文公家礼通考》、《鸠巢文集》。

送青地伯契丈适东都

阳关三叠(1)暂盘桓,相送西楼月色残。剑气遥侵霄汉(2)动,马蹄远蹑塞云(3)寒。离家还忆倚闾望(4),许国(5)何言行路难。万里秋高如见雁(6),为书数字报平安(7)。

【注释】

(1) 阳关三叠:又名《阳关曲》,以王维《送元二使安西》诗为主要歌词的琴曲,因诗中有“劝君更进一杯酒,西出阳关无故人”而得名。全曲分三段,原诗反复三次,故称“三叠”。

(2) 剑气一句:比喻对方英才杰出。霄汉,高天。

(3) 塞云:边塞风云。

(4) 倚闾望:指母亲。《战国策·齐策》载王孙贾的母亲对王孙贾说:“汝早出而晚来,则吾倚门而望;汝暮出而不还,则吾倚闾而望。”

(5) 许国:为国献身效力。

(6) 雁:即鸿雁、雁足,传送书信人的代称,也可指书信。

(7) 报平安:一语双关,既是报平安的消息,以免挂念,又因为青地伯契所去的东都称平安京的缘故。

【赏析】

这是作者所作的一首送别诗。青地伯契,是一位年辈比作者高的人。东都,即今日本京都,曾为日本的首都。诗人与青地伯契的关系非同一般,故当青地伯契赴东都时,他便写了这首诗为之送别。室直清精通汉诗的写作,诗中颔联的气韵,直逼盛唐。这首诗应算得上是送别诗的正格,虽然是送别,但并没有过分的悲哀之气,是学唐诗而有所得的典范之作。

荻生双松(三首)

荻生双松(1666—1728),本姓物部,名双松,字茂卿,号徂徕,一作徂来,通称总右卫门。江户人。江户中期的儒学家。徂徕学派创始人。生于江户医生之家,青少年时代自学朱子学。元禄九年(1696)跟随幕府老中柳泽吉保任儒官。宝永六年(1709)离开柳泽的藩邸,在江户开办"萱园塾"。初宣传朱子学,批判伊藤仁斋的古义学,以撰《萱园随笔》而出名。后受阳明学启发,提倡古文辞学,反对伊藤仁斋只重视《论语》、《孟子》而轻视《六经》的主张。认为"《六经》即先王之道也",强调要正确阅读《六经》就须研究古文辞学。他的汉学实力很快就压倒了当时的江户学者,不久即成为日本古文辞学派的创始者。萱园塾培养了数十名有才识的古文辞学家,以太宰春台、服部南郭为代表,继承发展古文辞学,其学派亦称"萱园学派"(又称古文辞学派)。著有《学则》、《辨道》、《太平策》、《论语征》、《萱园随笔》。

暮秋山行

青壑听猿度(1),白云立马看。萧萧(2)皆落木,历历几晴峦(3)。九月征衣(4)薄,千山秋日寒。乡心何廓落(5),鸟道(6)自艰难。

【注释】

(1) 度:越过。

(2) 萧萧:草木摇落声。

(3) 历历一句:多少峰峦,分明可数。历历,清楚可数。晴峦,阳光照射下的山头。

(4) 征衣:远行者身上的衣服。

(5) 乡心:归乡之心。　廓落:空虚,寂寞。

(6) 鸟道:险峻狭窄的山路。

【赏析】

这是一首描写暮秋景色的诗。在寂静的秋天里,诗人看到百草凋零万木萧瑟的景色,进而联想到自身的处境,不禁悲从中来,心有所思,情绪一下子变得沉重起来。全诗风格质朴,不事雕琢,与陈子昂的诗风极为接近。

少　年　行

猎罢归来上苑(1)秋,风寒忆得鹔鹴裘(2)。分明昨夜韦娘宿(3),杜曲(4)西家第二楼。

【注释】

(1) 上苑:上林苑,汉武帝时的著名苑囿,放养禽兽,供射猎用。故址在今陕西西安市南。

(2) 鹔鹴:一种雁,用它的羽毛织成的锦衣叫鹔鹴裘。

(3) 分明一句:暗示解裘相赠、醉宿歌楼的风流韵事。韦娘,即杜韦娘,唐时歌伎。这里是泛指。语出刘禹锡《赠李司空妓》:“高髻云鬟宫样妆,春风一曲杜韦娘。”

(4) 杜曲:地名,在今陕西长安县。

【赏析】

这是作者所写的一首抒怀诗。诗中通过猎罢之后的追忆,抒发了自己少年时的豪情壮志和狂放不羁的洒脱情怀。诗人的情致,俨然是一种盛唐气概,格调豪迈,具有龙标、摩诘的遗韵。荻生双松的汉诗,与众不同,在追摹唐人的创作中,别具一格,确实是达到了难以企及的高度。

甲阳客中

甲阳(1)美酒绿葡萄,霜露三更湿客袍。须识良宵天下少,芙蓉峰(2)上一轮高。

【注释】

(1) 甲阳:即甲府之南。甲府在富士山西北约三十公里处,甲阳即甲府以南的地区,在富士山西,距富士山约十多公里。

(2) 芙蓉峰:富士山的主峰,因常年积雪,状似芙蓉,故名。

【赏析】

这首诗是作者旅居甲斐时所作。甲斐,古国名,今为山梨县所辖,在日本的中部地方。中秋之夜,一轮明月高悬在巍峨的富士山上,景色异常优美,在别处是难以看到的。作者饮过甲阳产的绿色葡萄酒后,漫步室外,观赏富士山上的明月,不觉时已夜半,衣服被霜露打湿,但因良宵难逢,毫无倦意,于是欣然命笔,写下了这首反映日本独特景色的诗篇。全诗感情真挚,韵律和谐,是描写甲斐风光的著名诗作。

释万庵(一首)

释万庵(1666—1739),名原资,道号万庵,号芙蓉轩。江户(今东京都)人。他幼时即长于文学,尤擅长作诗,通内外诸典,被称为

“小文殊”。出家之后,继承了南英祖海的法嗣,成为了江户芝高轩东禅寺的住持。晚年退居芙蓉轩,与荻生徂徕、服部南郭等人多有交往。其人精通儒学,同时也有着较高的佛学造诣。有《解脱集》、《江陵集》。

读孟浩然诗

吾爱襄阳子(1),篇咏如萧瑟(2)。岂无鸿华章(3),匠心迥独立(4)。高兴淡夷(5)间,丽才亦婉密(6)。可怜王中允(7),寓直论胶漆(8)。片言触黈纩,孤影旋蓬荜(9)。圭组幸无縻(10),心迹倍幽逸(11)。真宰功夫瘦(12),清声永盈溢。季世操觚客(13),徒忧遭遇失。职竞罗文场,百年无遗帙(14)。喟然鹿门山(15),千秋何律律(16)。

【注释】

(1) 襄阳子:即孟浩然,唐代著名诗人,襄阳人。

(2) 萧瑟:寂寞凄清之状。这里指孟浩然诗歌的风格。

(3) 鸿华章:壮丽华美的诗篇。

(4) 匠心一句:指孟浩然诗歌创作的构思十分巧妙,与众不同。

(5) 淡夷:平淡,指诗歌风格的冲淡平和。

(6) 婉密:诗律精审雕润,语言秀逸流丽,情采雍容宛密。

(7) 王中允:即唐代著名诗人王维,安史之乱后,贬官为太子中允。

(8) 寓直一句:意思是王维因值日翰苑,孟浩然往访,谈得情投意合。事见《唐摭言》。胶漆,如胶似漆,比喻亲密无间。

(9) 片言二句:据《唐摭言》载,王维与孟浩然在翰苑,适唐明皇至。王维不敢隐，孟浩然出见。孟诵诗："北阙休上书，南山归敝庐。不才明主弃，多病故人疏。"明皇曰："我未尝弃卿，卿自不求仕，何诬之甚也？"因命放归襄阳。触，触犯。黈(tǒu)纩(kuàng)，黄色丝棉。古代冕制，用黄绵大如丸，悬于两边当耳处，以示不欲妄闻。这里借古代冕制，指代唐明皇。旋蓬荜，回到简陋的草房中，指归隐。

(10) 圭组一句：意思是孟浩然未曾做官。圭，古代王侯手中所执的礼器。组，印绶。圭组，这里代指官职。

(11) 幽逸：犹隐逸。

(12) 真宰一句：意思是上天赋予给孟浩然工于做诗的才能。真宰：造物主。

(13) 季世一句：意思是末代的文人。操觚客，文人。觚，古人书写时所用的木简。

(14) 职竞二句：在人才济济、竞争激烈的文坛上，孟浩然的诗流传百年，没有遗失，传诵至今。职竞，一味竞争。职，主。罗，网罗，汇集。

(15) 鹿门山：在湖北襄阳，孟浩然隐居于此。

(16) 律律：山势突兀的样子。

【赏析】

这是作者所作的一首读后感诗。

孟浩然(689—740)，襄阳人，主要活动于开元、天宝年间。他大半生居住在襄阳城南岘山附近的涧南园，中年以前曾离家远游。四十岁那年赴长安应进士试，落第后在吴越一带游历多年，到过许多山水名胜之地。在盛唐诗人中，孟浩然是年辈较早的一个，其人品和诗风不仅深得中国人的赞赏，也倾倒了不少日本人。这首诗便是这方面的一个代表。作者对孟浩然的生平极为熟悉，对他的才华也极为赞赏，诗中所谈到的孟浩然的经历，恰如一篇孟浩然论赞。全诗典型地模仿了唐代大诗人李白《赠孟浩然》诗"吾爱孟夫子,风流天下闻”的诗法。其得失之论,亦可见诗人的襟怀。若非孟浩然的域外知音,绝对写不出此等发自肺腑的诗来。

伊藤长胤(四首)

伊藤长胤(1670—1736),名长胤,字原藏,号东涯。江户时代中期儒学家。大儒伊藤仁斋之长子。自幼随父学习儒家经典。父死后继承家学,开私塾“古义堂”,与江户的荻生徂徕相对峙,声闻学界,成为“古义学派”的集大成者。其学问广博,一生从事儒学教育和民间教育。儒学之外还精通汉语语学和中国政治制度之学,著述丰富,门徒众多,声名显赫。主要有《制度通》、《辨疑录》、《古学指要》、《操觚字诀》、《古今学变》等。

山家风

衡茅(1)三五结依山,只植双松不设关(2)。一道清风来飒飒(3),时吹桂子堕庭间。

【注释】

(1) 衡茅:不太整齐的茅草。

(2) 关:玄关,大门。

(3) 飒飒:形容风雨之声。

【赏析】

这是一首描写山里人居住情形的诗。在诗人的笔下,山居平安而幽静,三五个茅屋依山而建,没有院子和大门,仅栽两棵松树作门户。一阵风吹来,把桂树的果子吹落院内,这些山民的生活是多么地安定啊!全诗前二句写静,后二句写动,动静结合,写得十分自然。在表现山家风景的同时,也倾吐了个人的心情。

秋郊闲望

一村桑柘(1)暗,千亩稻粱(2)肥。蓝水(3)流红日,白云住翠微(4)。世途荣愿(5)薄,今古赏音(6)稀。尚愧机心(7)在,山禽(8)惊却飞。

【注释】

(1) 桑柘:桑树、柘树。

(2) 稻粱:稻和粱,谷物的总称。

(3) 蓝水:这里是指加茂川。

(4) 翠微:青绿的山色,也泛指青山。

(5) 荣愿:荣进之愿。

(6) 赏音:原指欣赏音乐,这里是指能够理解作者的行为的人。

(7) 机心:诡诈狡猾的用心。

(8) 山禽:山中的小鸟。

【赏析】

这是作者于秋季郊外散步时,眺望四周的景色时而作的一首诗。无论是留连自然山水,还是感叹季节的轮换,诗人的内心始终保持着一份对自己进行汉学研究的自信,也显示出当时这位日本汉学家人格的清高。尽管汉学研究在江户早期已经受到了幕府将军的重视,但是对不同的汉学家而言,由于采取了不同的处世原则以及政治立场,他们在社会上的地位也会有着很大的差异。伊藤长胤基本上是纯粹的学者,与当时权贵交往不多,更不屑于奔走巴结豪门,这样做当然就要甘守清贫,所以诗中才有"世途荣愿薄,今古赏音稀"的感叹。然而他内心最关注的并不是物质生活的富裕,而是研究汉学。在这样的书斋授徒的平常日子里,诗人感到幸运和满足,因为可以自由自在地欣赏“蓝水流红日,白云住翠微”的美景了。诗人并不满足于留连风景,而是进一步从平静的学者生活中感悟到宁静的心灵,并不断努力消除“机心”,把自己完全融入到随缘自在的天然状态之中,这也就是进入到一种自由自在的精神境界了。其高洁的品格,受到后世日本人的高度评价。

观里村昌亿法眼所藏东坡先生真笔

苏长公《题陈迂叟园竹》[1]五言十韵,并豫章黄太史[2]跋语四十字,皆手笔[3]也。癸未[4]之夏,予得观之于里村丈之室,盖大阁丰臣所赐其先世[5]者。联壁双凤[6],相映一纸,可谓稀世之珍也。

坡老[7]胸中墨,吐出满园竹。淋漓数行字,逸响润枵腹[8]。果然饫[9]真昧,不须顾粱肉[10]。压倒无前人,元轻白又俗[11]。当时奸谀辈,贬斥尽耆宿[12]。流祸及遗文,污蔑不一足。毁折与焚燎[13],徒掩天下目。风涛万里外,阳侯相约束[14]。词翰[15]千岁新,岂唯万镒[16]玉。高堂张素壁,纵观徒踯躅[17]。

【注释】

(1) 苏长公:苏轼,字子瞻,号东坡居士,北宋著名文学家、书画家。他的书法与黄庭坚、米芾、蔡襄合称“宋四家”。诗中称苏轼为长公,是有别于其弟辙之称少公。《题陈迂叟园竹》一诗,不见今本苏轼诗集。

(2) 豫章黄太史:即黄庭坚(1045—1105),字鲁直,号山谷、涪翁,豫章分宁(今江西修水)人,曾任《神宗实录》检讨官、国史编修官,故称黄太史。

（3）手笔：这里指真迹。

（4）癸未：东山天皇元禄十六年(1703)。

（5）大阁丰臣：即丰臣秀吉(1536—1598)，早年任织田信长的部将，后灭北条氏，统一全国，结束日本的战国时代。晚年让位其子，自称太阁。　先世：祖先，上代。

（6）联璧双凤：喻指苏轼、黄庭坚写的字，犹如并列的两块宝玉，或展翅飞翔的双凤。

（7）坡老：苏东坡。

（8）逸响一句：意思是不同凡响的格调可以滋润空腹。　逸响：超脱尘俗的格调。　枵腹：空腹。

（9）饫：饱食。

（10）粱肉：泛指精美的饭菜。

（11）元轻白又俗：语出苏轼《祭柳子玉文》："元轻白俗，郊寒岛瘦。"分别指元稹、白居易、孟郊、贾岛的诗歌风格。

（12）当时二句：北宋神宗时，王安石推行新法，遭到司马光、文彦博等人的反对，形成了新旧党争。苏轼属旧党，遂遭贬谪。奸谀辈，指新党。耆宿，年高德勋的人，这里指旧党。

（13）焚燎：烧毁。

（14）阳侯一句：意思是苏轼的墨宝流传到日本时，这时波涛之神也互相制约，不使海波损坏船舶。阳侯，古代传说中的波涛之神，这里为波涛的代称。

（15）词翰：诗文，辞章。

（16）镒：古代二十两为一镒。

（17）徒踯躅：只是徘徊瞻顾，流连不去。

【赏析】

这是作者在看到里村昌亿法眼所藏的苏轼诗歌真迹后所作的一首诗。法眼，原是僧徒的阶位，为法眼和尚之略称，其位次于法印。按室町、江户时代的风俗，医师、画工等，皆剃发，亦受法印、法眼等僧位。里村昌亿是歌人,他以连歌(以和歌为连句者)为业,因受法眼位。里村昌亿是一位对中华文化颇有研究的歌人,收藏有不少中国文人雅士的诗词名帖,作者在他的家里看到了所珍藏的苏轼书法真迹,心情感到格外地高兴。由于作者酷爱苏轼的诗歌,并对其诗作也颇有研究,因而在创作这首诗时,诗风挥洒自由,精神境界亦颇为接近苏轼。从这首诗亦可看出,中土文人的真迹在日本流传是早有历史的,只是有些诗文没有流传到今天而已。

春日雨中

家无厅事堪旋马(1),门有清泉可濯缨(2)。好树当窗常输绿(3),异禽驯砌(4)不知名。一场春梦涵花影(5),六尺藤床湿雨声。不信长安城里住,过墙蜂蝶自柴荆(6)。

【注释】

(1) 家无一句:家中没有广大的厅堂可以让马匹在其中转动,古代富贵人家多有广大的厅堂,来客可在其中下马。厅事,犹厅堂。旋马,马能回旋。

(2) 濯缨:其原义为洗涤系帽的丝带,后来以此表示遁世隐居或清高自守。典出《孟子·离娄上》

(3) 输绿:运输绿色。输,运输,运送。

(4) 异禽驯砌:各种禽鸟驯顺地在阶下走动。

(5) 涵花影:包含着花影。

(6) 不信二句:意思是住在繁华的都市里,越过近邻围墙的峰蝶,想不到竟也翩翩飞临舍下的柴门。长安,这里借指江户。柴荆,用于柴荆条编成的门,也指简陋的村舍。

【赏析】

这是一首春日雨中的即景之作。作者一生从事儒学教育和民间教育,对功名利禄看得非常淡泊,不去刻意地追求。诗中表达的内容,乃是城市隐者之辞,是作者安贫乐道之言。其中的"一场春梦涵花影"一句,写得尤其出色,表现了诗人在繁华闹市中的一种安闲的心态和生活方式。

梁田邦美(五首)

梁田邦美(1672—1757),本名邦彦,字景鸾,小字才右卫门,后改新六,号蜕岩。江户(今东京都)神田小川町人。十八岁时师事山崎闇斋,研究朱子学。他信神道,通禅学,喜武谈兵,对中日历史上的赤壁之战、淝水之战、川中岛之战等经典战例极为熟悉,有"儒霸"之称。曾任加贺藩、加纳藩儒官,播磨明石侯的藩儒。后退隐开私塾,名景德馆。他是幕府末期的汉诗坛领袖。有《四书讲义》、《答问书》、《蜕岩诗文集》等。

秋夕泛琵琶湖

湖北湖南(1)暮色浓,停篙回首问孤松(2)。沧波(3)两岸秋风起,吹送睿山(4)云里松。

【注释】

(1) 湖北湖南:指琵琶湖的南北两边。

(2) 问孤松:欲访唐崎之松何在。琵琶湖附近,风景如画,有近江(滋贺县旧名)八景之称,八景中有唐崎(湖畔地名)之松。

(3) 沧波:碧波。

(4) 睿山:比睿山,在今京都市东北,琵琶湖西岸。

【赏析】

这是一首即兴之作。诗中描写了琵琶湖附近的美景和风物,记述了作者在秋天的傍晚游览琵琶湖的观感。天色将晚,琵琶湖南北两岸暮霭沉沉,游人停篙回顾,岸边苍松依稀可辨,两岸晚风习习,吹送着比睿山寺院的钟声。一个"云"字,极言山之高峻。全诗虽然着墨不多,但却意态洒然,表现出了一种淡雅恬静的风格,读后给人留下了对琵琶湖美景的无穷回味。于怀古之中抒情,情思悠悠,尤其是结句更是给人留下了绵绵余韵,令人回味无穷。

登铁拐峰

古垒(1)乌啼不见人,岭云涧水共伤春。可怜夜半风前笛,吹落梅花作战尘(2)。

【注释】

(1) 古垒:古战场遗留下来的营垒。

(2) 战尘:战场上的尘埃。

【赏析】

这首诗为凭吊古迹之作。铁拐峰,在兵库县,临须磨浦,高二百三十三米,为旧日的战场,是源氏和平氏的鏖战之地。诗人到此游历,面对古战场的遗迹,想历代政权的兴亡更替,不禁感慨万端,于是提笔写下了这首怀古诗。诗中化用唐代李商隐《贾生》诗"可怜夜半虚前席,不问苍生问鬼神"的笔法。虽未提到具体的历史人物,仅是登山所想而已,但其中寄予的兴亡之感,早已包含于其中了。

九　日

琪树(1)连云秋色飞,独怜细菊近荆扉(2)。登高能赋(3)今谁是,海内文章落布衣(4)。

【注释】

（1）琪树：像美玉一样的树木。

（2）细菊：小菊。　荆扉：柴门。

（3）登高能赋：赋：写作。登得高，看得远，能够描绘形状，铺陈事势。指国家的有用人才。典出《诗经·鄘风·定之方中》："终然允臧。"毛亨传："升高能赋……可以为大夫。"

（4）文章：这里指诗文。　布衣：平民。

【赏析】

这是一首作者秋日登高的抒情之作。秋天本是美好的季节，但秋日的氛围却极为悲凉，充满了萧瑟之感。作者在这个季节登高，不免心中有所触动，在他眼里所看到的不仅是秋日的萧瑟，同时也有自己怀才不遇情绪的流露。

题庄子像

为蝶无庄周(1)，为周无蝴蝶(2)。画中两俱存，是非终喋喋(3)。

【注释】

（1）庄周：庄子，名周，字子休。

（2）为周一句：据《庄子·齐物论》载："昔者庄周梦为蝴蝶，栩栩然蝴蝶也，自喻适志与！不知周也。俄然觉，则蘧蘧然周也。不知周之梦为蝴蝶与，蝴蝶之梦为周与？"

（3）喋喋：形容说话很多。

【赏析】

这是一首题庄子画像的诗。庄子是中国战国时代的哲学家、文学家，他和老子所开创的道家学派不仅对中国人影响巨大，也对日本人的思想有着不小的影响作用。在这首诗中，作者通过对庄周梦蝶的议论,来阐述人生不过是一场大梦,为人要安时处顺,逍遥自得。同时也表达了作者个人豁达的人生观,体现了道家思想对他的影响。

暮春竹馆小集

筼筜之谷(1)有楼台,极目(2)南天海岛开。日暮青牛关外去(3),潮平彩鹢(4)雾中来。却怜芳草留车辙(5),坐(6)觉残花劝酒杯。春色年年看不厌,莫教意气作寒灰(7)。

【注释】

(1) 筼筜之谷:即筼筜谷,据苏轼《文与可画竹记》载:"筼筜谷,在洋州。"筼筜,大竹名,筼筜谷以产竹而得名。这里因咏及竹馆,借用此名。

(2) 极目:用尽目力远望。

(3) 日暮一句:傍晚暮霭漂浮出关。据《列仙传》载:"老子西游,关令尹喜望见有紫气浮关,而老子果乘青牛而过也。"这里用青牛代紫气,紫气实为暮霭。

(4) 彩鹢:指船。鹢,水鸟。古人常在船头上用彩色画鹢,因称船为彩鹢。

(5) 留车辙:使客人留下。

(6) 坐:因为。

(7) 寒灰:比喻不生欲望之心或对人生已无任何追求的心情。

【赏析】

这是一首抒写个人闲情逸致的诗。诗中描写了暮春时节作者在竹馆时所看到的景象及感受。全诗描写细腻,感情丰富,用笔流丽似大历诸子。在景物的描写方面,作者独辟蹊径,不落俗套,达到了极高的艺术水准。

祇园南海(三首)

祇园南海(1677—1751),一名正卿,字伯玉,号南海,又号铁冠道人,纪伊(今和歌山县)人。他善书画,尤长于山水、墨竹。元禄二年(1689)入木下顺庵门下受学,与新井白石、梁田邦美并称三大家。有《湘云瓒语》、《诗学逢原》、《南海诗集》、《南海文集》、《江南竹枝》等。

咏 徐 福

绿树三山(1)外,古坟(2)带落晖。万重西秦(3)路,客魂(4)遂不归。

【注释】

(1) 三山:指和歌县新宫市的熊野三山——那智、本宫、新宫。

(2) 古坟:指徐福坟,在新宫市,离熊野山不远。

(3) 西秦:秦在日本之西,故称西秦。

(4) 客魂:指徐福。因他未获仙药,遂留熊野,最后客死日本。

【赏析】

这是一首吟咏徐福之事的诗。徐福,字君房,秦朝著名的方士。始皇三十七年(前210),他奉命率三千童男童女携百工五谷,东渡扶桑,寻找三神山以求长生不老之药,后客死在日本。墓地在和歌县的新宫市。徐福实为中国历史上东渡日本的第一位友好使者,他开辟了中国通往朝鲜、日本的海上通道,为后世的中日往来奠定了基础。徐福的故事,千百年来一直感动着无数的日本人。

祇园南海的这首诗便是这方面的一首代表作。诗中通过对徐福故事的叙述,表现了作者对徐福的追忆,从中亦可看出东瀛之士对这位中日友好先驱的怀念与赞颂之情。

叶　　声

山径秋寒识鹿行(1),夕阳僧院扫还轻。梢头未必学松韵(2),几度风檐(3)作雨声。

【注释】

(1) 鹿行:鹿的行迹。

(2) 松韵:和谐的松涛声。

(3) 风檐:屋檐。檐易受风,故名风檐。

【赏析】

这是一首感物而作的诗。诗中描写的山中寂静之景,恰似诗人内心恬淡的写照。世上虽多有喧闹嘈杂,但山中的世外桃源,却有一番令人意想不到的景象。全诗体物浏亮,兼有幽情,在平淡的叙述中,展示出了诗人高雅的人生格调。

琵　琶　湖

琵琶湖(1)上琵琶客,千岁知音不可逢。烟渚(2)无人明月落,夜风吹入一株松。

【注释】

(1) 琵琶湖:在本州岛西南部,是日本面积最大的湖,因形似琵琶而得名。

(2) 烟渚:烟雾笼罩着的水中间的小块陆地。

【赏析】

这是一首借湖中之景以抒发个人忧愤的诗。在诗中，作者以琵琶湖客自喻，抒发了知音难逢的感慨。琵琶客长年不停地弹奏着美妙的乐曲，可千百年来并未遇到一个知音，湖边的小沙洲上连一个人影也没有。明月落下去了，只有夜风在吹动着树枝飒飒作响。事实上，京都没有琵琶客之类的神话、传说，诗中反映的只是作者的一种想法而已。

桂山义树（一首）

桂山义树（1679—1749），字君华，后改三郎兵卫，号彩岩，又号霍汀、天水渔者，通称三郎左卫门。江户（今东京）人。幼时聪慧，长大后师事林凤冈，经学宗程朱。元禄七年（1694）任幕府儒官，进秘书监。他长于词章，最善律诗，为当时著名的诗人，亦通乐律，擅草隶。著有《学问大旨》、《寓意录》、《琉球事略》、《东韩事略》等。

八岛怀古（其一）

海门(1)风浪怒难平，此地曾屯十万兵(2)。金镝频飞鱼鳖窟(3)，楼船空保凤凰城(4)。宋帝遗臣迷北极(5)，周王君子(6)尽南征。不识英魂(7)何处所，月明波上月吹笙(8)。

【注释】

(1) 海门：地名，这里指濑户。

(2) 十万兵：这里指大军。

(3) 金镝:镶着金属的箭头。　鱼鳖窟:鱼鳖的住所。

(4) 凤凰城:简称为凤城,这里指宫城,因其门上刻有凤凰,故有此说。

(5) 宋帝:南宋最后一个皇帝赵昺。　迷北极:指南宋君臣仍想恢复北方的故国。

(6) 周王:具体指哪一个周王,尚不十分清楚。但据《孟子·梁惠王下》所载,似指古公亶父。　君子:有身份的人。

(7) 英魂:英灵。这里指在屋岛之战中战死的平家方勇士之魂。

(8) 吹笙:这里是指吹笙以慰英灵。

【赏析】

这是作者所作的一首怀古诗。八岛,是日本四国地区一个的地名,源氏和平氏当年曾在这里发生过激战。作者来到这个古战场的遗址,想到历史上发生过的激烈战事,不禁浮想联翩,于是提笔写下了这首怀古诗。原诗共二首,本诗为其中的第一首。诗中通过对历史的回顾,表达了自己内心的无限感慨。全诗用典贴切,抒发了个人思古的情怀,是一首脍炙人口的咏史名作。

太宰春台(三首)

太宰春台(1680—1747),名纯,幼名千之助,字德夫,号春台、紫芝园等,俗称弥右卫门。信浓(今长野县)生人。江户时代中期儒学家,古文辞学派创始人之一,蘐园古学派的代表人物之一。先任石马藩藩吏,后至江户,拜荻生徂徕为师,学习儒家经典,遂成为荻生徂徕倡导的儒学古文辞派的中坚人物。他精通儒学,通晓经学和近世汉语。极力主张伦理学上的效果说,以礼制心,不应以理治心。在经济上,他主张富国强兵,贵谷贱货,发展生产。他的功利主义思想对日本后世有较大影响,特别是对明治维新时的产业家影响颇大。主要著作有《圣学问答》、《经济录》、《六经略说》、《论语古训》、《紫芝园漫笔》等。

登白云山

白云山上白云飞,几户人家倚翠微。行尽白云云里路,满身还(1)带白云归。

【注释】

(1) 还:再一次。

【赏析】

这是作者登上白云山时所作的一首诗。白云山在何处,其具体的位置已不得而知。在这首二十八个字的诗中,诗人四次叠用“白云”一词,第三句并两“云”相接,近似戏作,但不失诗味,甚至越读越能够体现出诗味,足以表明诗人的用字功力达到了一个相当的高度。这首诗也是一首著名的汉诗。

稻丛怀古

沙汀南望浩烟波,闻说三军(1)自此过。潮水归来人事改(2),空山迢递(3)夕阳多。

【注释】

(1) 三军:按古代军制,一军为一万二千五百人。这里所说的三军,是指大军。

(2) 人事改:这里指社会发生了变革。

(3) 迢递:遥远的样子。

【赏析】

这是作者在稻丛崎所作的一首怀古诗。稻丛崎为日本地名,在今镰仓市南部,昔为极乐寺所在地,其地势极为险要。元弘三年(1333)五月,新田义贞进攻镰仓路过此地时,潮水高涨而不得过。他往海中投下宝刀以向神灵祈誓,于是潮水遂退。大军得以顺利攻入镰仓,进而消灭了北条氏政权。作者在这首怀古诗中,有感于历史旧事,抒发了江山依旧而物是人非的无限感慨。全诗重在怀古抒情,意在怀古,虽文字不多,但却充满了历史的厚重感,给人留下了许多思考空间。

神巫行

宕邱之山郁崔嵬(1),朝云暮雨(2)去复来。宕(3)邱巫女何姣丽,弱质阿娜(4)倚高台。长者二十少二八(5),恰似芙蓉并蒂开。金钗玉簪(6)罗衣裳,瑰姿玮态极容光(7)。耀若白日照屋宇,皎若明月临池塘。联娟双眉(8)不待画,花颜岂假(9)红粉妆。眄睐(10)已含无限意,一顾断尽万人肠。倘遇吴王(11)便倾国,即入汉宫定专房(12)。清歌妙舞真绝伦(13),起云行雨信有神。城中纷纷祷祠者(14),投与金币如埃尘。那知蛾眉能伐性(15),况复尤物(16)尤伤人。须臾神升歌舞休,美人归去不回头。阳台梦觉(17)无消息,依旧云雨绕宕邱。

【注释】

(1) 宕邱:地名,在今东京都的爱宕山,山上有爱宕神社,当时山中多有男觋女巫。　郁崔嵬:非常高峻。

(2) 朝云暮雨:早上是云,晚上是雨。指神女的早晚变化。典出宋玉《高唐赋》:“妾在巫山之阳,高丘之阻。旦为朝云,暮为行雨。”比喻男女的情爱与欢会。

(3) 宕：空旷。

(4) 弱质：年少。　阿娜：姿态柔美。

(5) 二八：即十六岁。

(6) 金钗玉簪：古时女子的头饰。

(7) 瑰姿玮态：姿态瑰玮。　容光：仪容风采。

(8) 联娟双眉：双眉细长而弯曲。

(9) 假：借。

(10) 眄睐：含情脉脉地看人。

(11) 吴王：指春秋时吴王夫差。越王勾践献西施以媚夫差，夫差果为所惑，吴国终于灭亡。

(12) 专房：专宠。

(13) 绝伦：无与伦比，超出一般之上。

(14) 祷祠者：前来祈祷的人。祠，同祀。

(15) 蛾眉：美人的代称。　伐性：危害身心。典出中国汉代枚乘《七发》："蛾眉皓齿，命曰伐性之斧。"

(16) 尤物：特殊人物，多指美貌的女子。

(17) 阳台梦觉：阳台梦醒。典出宋玉《高唐赋序》。

【赏析】

这是一首描写寺庙秽行的诗。唐代韩愈在其《华山女》一诗中，曾写过此类的内容，然而日本也有此类的情况。在这首诗里，作者成功地寓讽刺于写实之中，用漫画式的笔调，通过神巫自身的登台亮相，穷形极相地撕开了她们庄严神圣的宗教外衣，把她们用色相欺骗民众的卑劣伎俩，生动地呈现在读者的面前，进而深刻地揭露和批判了市井小民的污浊社会风气。由此可见，日本社会也有和中国社会相同的问题。它揭露的深刻性和描写的生动性，是太宰春台诗中最为突出的一首，至于这首古体叙事诗结构上的转折顿挫，笔法上的虚实衬跌，语言上的平直浅近，风格上的古朴劲健，亦为作者诗中的上品。

安藤焕图(二首)

安藤焕图(1683—1719),字东壁,号东野,下野(今栃木县)人。江户时期著名的学者、汉诗人。他精通汉语,工诗善书,成就很大,在日本文化艺术方面具有很高的声誉。有《东野遗稿》等。

子夜吴歌

唯悔别郎日,与郎指逝川(1)。妾心长若此,妾貌不能然(2)。

【注释】

(1) 逝川:逝去的流水。

(2) 然:如此,这样。

【赏析】

这首诗是模仿之作。子夜吴歌,即子夜歌,本为中国乐府《吴声歌曲》之名。《宋书·乐志》载:“子夜歌者,有女子名子夜,造此声。”遂以得名。全诗为模仿之作,但末二句当以杜荀鹤的“承恩不在貌,教妾若为容”来解释较为合适。模仿之中,却又有个人的独创之处,显示出日本汉诗人对中国诗歌体裁驾轻就熟的运用。

农事忙

桑麻叶密荫村墙,枳(1)壳花飞满古庄。时雨晓浓闻布谷(2),条风夏冷被菰蒋(3)。悉言南亩苗堪树,况复西畴(4)麦上场。载饷儿童新袯襫(5),蒸藜妇女旧裈裆(6)。黄醅拍榼宁论肉(7),白汗随犁奈作浆。彭令孤舟棹几日(8),少游下泽辗何乡(9)。久从蓁莽埋羊径(10),惟识泥途侵马缢。为欲里胥(11)颜色好,归来蹄酒事祈禳(12)。

【注释】

(1) 枳：灌木名，一名枸桔，常作绿篱，春末开白花。枳壳是它的果实，如按《本草纲目》所说，这里是指枸橘树花。

(2) 布谷：即大杜鹃。为杜鹃科杜鹃属的一种鸟类，别名鸠、喀咕。基本分布于全国。

(3) 条风：东北风。　菰蒋：水生植物，其茎即茭白，可食。

(4) 西畴，泛指田地。

(5) 载饷一句：意思是穿着新衣服的儿童去送饭。　袯襫：粗糙结实的衣服。

(6) 蒸藜一句：意思是身着旧衣的妇女在做饭菜。　蒸黎：这里指做饭菜。　裈裆：有裆的裤子。这里泛指衣裳。

(7) 黄醅一句：意思是只有浊酒，哪能想到有肉啊。　黄醅：未加过滤的黄酒，泛指浊酒，不好的酒。　拍榼：拍击酒具。　宁论：何论。

(8) 彭令一句：意思是陶渊明独自驾舟游憩又能几时。陶渊明曾任彭泽县令，故称彭令。

(9) 少游一句：意思是马少游坐车远游到了何处呢？下泽，下泽车，古代适合于沼泽地上行驶的一种车子。少游，马少游。据《后汉书·马援传》载，马少游对堂兄马援说："士生一世，但取衣食裁足，乘下泽车，御款段马，为郡掾吏，守坟墓，乡里称善人斯可矣！"

(10) 蓁莽：茂密的荆棘杂草。　羊径：即三径。西汉末蒋诩在家中辟三径，惟与羊仲、求仲交往。这里改三径为羊径，是为了和下句的"马缰"作对。

(11) 里胥：乡间小吏。

(12) 祈禳：向神祈祷，以求消灾。

【赏析】

这是一首表现农村生活的诗，颇有陶诗遗韵。作者对农村和农民的处境较为熟悉，因而诗中所言的内容，极为贴近生活，犹如一幅农事风俗画，表现了日本的农村风物。只是诗末引出的里胥，隐约表达了诗人心中的忧虑。全诗字句凝练，用典贴切自然，极为符合农村的环境。在日本汉诗中，较少有这样反映农村生活的诗，因此这首诗便显得弥足珍贵了。

服部元乔(四首)

服部元乔(1683—1759)，一作服元乔，字子迁，号南郭，又号芙蕖馆，通称小右卫门。平安(今京都)人。日本江户时代的儒学家、汉诗人。幼年学习和歌，后跟随儒学大家荻生徂徕学习汉诗，攻古文辞学，享保九年(1724)校订出版《唐诗选》，推动了日本古诗文的流行。享保十三年(1728)荻生徂徕去世后，他参与编辑和出版了《徂徕集》，又促进了徂徕学在日本的流传。其诗清雅秀婉，但也有悲壮沉郁之作，有《唐诗品汇》、《南郭先生文集》、《明诗选》、《文筌小言》和《大东事语》等。

夜下墨水

金龙山(1)畔江月浮，江摇月涌金龙流。扁舟不住(2)天如水，两岸秋风下二州(3)。

【注释】

(1) 金龙山：地名，在金龙寺附近。

(2) 扁舟：小舟。　不住：不停止。

(3) 二州：指武藏和下总二国。

【赏析】

这是作者于隅田川月夜泛舟时所作的一首诗。墨水，即墨田川，发源于甲武信岳，流经关东平原。作者的这首诗，与同为徂徕门下的平野金华的《早发深川》、高野兰亭的《月夜三叉江泛舟》并称为“墨水三绝”。在这首诗中，作者描写了夜下墨水的景色，突出了这条河流的豪壮气势，虽然仅有短短的二十八个字，但却是汉诗中描写风景的具有代表性的佳作。

早　凉

雨后西山落日微[1]，那知此夕早凉归。白云不待秋风起，已为愁人[2]数处飞。

【注释】

(1) 微：模糊，不显露。

(2) 愁人：这里指行人。

【赏析】

这是作者于夏日雨后所作的一首诗。夏日的傍晚，太阳将落，天气转凉，阳光也变得微弱了。长天远望，数处白云游动，对于像作者这样怀有悲愁痛苦心情的人来说，看天云乱飞，联想到自身的飘零，不免会勾起一番愁绪和落寞。而这种愁绪和落寞，又给读者留下了不尽的回味。

暮登春山

桃李纷纷流水来，空山行尽傍[1]溪回。不知春色人间去，多少残花犹自开。

【注释】

(1) 傍:靠近。

【赏析】

这是一首登山游赏之作。作者以惜春之情,流畅之笔,写出了暮春三月登山的感慨。花无感情无思想,但游人却知春之将暮而不可挽回了,未免有些遗憾。作者把花拟人化,赋予更多的感情,想那鲜花有情便亦当如此吧!

明月篇效初唐体

长安八月秋如水,夜色纤尘[1]空万里。河汉已收星欲稀,江天初照月相似。琪树银台玉露[2]垂,交衢大道金风[3]起。千丈光攀帝阙[4]间,三条影[5]满人家里。帝阙[6]人家不作眠,夜行夕燕[7]月明前。相看来饮张公子[8],谁识遨游[9]美少年。娼家百膳餐为玉[10],戚里[11]千金酒作泉。齐什陈篇[12]歌相见,佳人少妇照相怜[13]。未拟夜长还秉烛[14],何须昼短却开筵。鸦黄蝉鬓景氤氲[15],月下流杯[16]把向君。好取侯家白玉案[17],请看主第冰绡裙[18]。扁舟几处堪乘兴,一石[19]此时谁厌醺。别有君王望月台,步辇乘茵永夜[20]回。琼槛翩翩桂子坠[21],瑶池濯濯菱花开[22]。合欢殿里争相待,连理帏[23]中不独来。合欢连理彻通宵,神女行云[24]不待朝。月色中天相掩映,容光满殿共妖娇[25]。须臾一曲命鸾舞[26],俄尔三更[27]吹凤箫。细腰掌上凉风发[28],鬒发笄边轻雾飘[29]。鬒发细腰悲昔游,凉风轻雾不胜愁。秦川机上璇玑色[30],长信宫中玉树秋[31]。秋去秋来空裂素[32],相望相忆几登楼。团团皎皎孤轮在[33],脉脉盈盈[34]一水流。千里相望天一色,一天望月长相忆。长江何处采芙蓉[35],近里谁家悲促织[36]。但见长江隔渺茫,但闻近里捣衣裳。闺中花鸟年年变,塞外风沙夜夜凉。关山一路徒劳梦,尺素[37]九回空断肠。妆阁初疑明镜景,卧床犹摘画帘霜。霜洁镜明簟[38]已寒,素手红颜独夜看。可怜素手环中缓[39],应惜红颜镜里阑[40]。一夕悲忧元鬓[41]白,百年欢洽远人难。远人对此泪沾襟,中宵茕茕[42]起微吟。希逸毫端霜露陨[43],仲宣楼[44]上岁年深。楼上遥情凄复凄[45],万户千门落月低。旧时月落情难歇,落月今宵望转迷。唯有远山长河色,斜影沉沉落月西。

【注释】

(1) 纤尘:细小的尘埃。

(2) 琪树银台:形容笼罩在银白色的月光中的花树楼台。琪:白玉。　玉露:晶莹的露珠。

(3) 交衢:四通八达的大路。　金风:秋风。

(4) 帝阙:皇帝宫前的望楼。

(5) 三条影:即指人在月光下饮酒。语出李白《月下独酌》:“举杯邀明月,对影成三人。”

(6) 帝阙:这里指京城。

(7) 燕:通“宴”,宴会。

(8) 张公子:典出《汉书·外戚传》:“先是有童谣曰:‘燕燕,尾涎涎。张公子,时相见。’”这里指出来游玩时不愿暴露身份的贵族。

(9) 遨游:远游,漫游。

（10）餐为玉：精制的美食。

（11）戚里：西汉长安城里外戚居住的地方。

（12）齐什陈篇：齐风、陈风等篇什。在《诗经》中，《雅》、《颂》均以十篇编为一卷，名之为“什”。　齐、陈：这里指《诗经》中齐风、陈风中与明月有关的诗篇，如《齐风·东方之日》、《陈风·月出》等。

（13）佳人一句：意思是同一月光下的佳人与少妇两地相思。佳人，这里指作客异乡的游子。少妇，闺中思夫的年轻妇女。

（14）秉烛：持烛以照明。

（15）鸦黄一句：指贵族妇女打扮得十分鲜艳靓丽。鸦黄，在眉额间抹黄粉以修饰容貌。蝉鬓，一种发式。氤氲，光色融合的样子。

（16）流杯：即流觞。在弯曲的水边放置酒杯，任其顺流而下，停在谁的面前，谁即取饮，称为“流杯”或“曲水流觞”。

（17）白玉案：即白玉盘，用玉嚷饰的白玉托盘。

（18）主第冰绡裙：公主家洁白而透明的薄绸裙。

（19）一石：容量单位，十斗为一石。这里指一石酒，极言酒多。　醺：醉。据《史记·滑稽列传》载，战国时齐淳于髡说他在男女交际心情达到愉悦时，能饮酒一石。

（20）乘茵：坐在车垫子上。　永夜：长夜。

（21）琼槛一句：意思是说玉栏杆边，桂花翩翩坠地而香。琼槛，玉石雕琢的栏杆。

（22）瑶池一句：意思是仙池里菱花盛开。古代铜镜背面多铸菱花图案，故以菱花指代镜子。瑶池，古代传说中的仙池，为西王母所居。濯濯，指菱花出水莹润。

（23）连理帱：连理帐，绣上连理枝的帷帐。

（24）神女行云：即宋玉《高唐赋》中所写“旦为朝云，暮为行雨”的巫山神女。

(25) 妖娇：借指娇美的女子。

(26) 命鸾舞：命鸾鸟起舞。

(27) 俄尔：一会儿。　三更：三更天，与前面“月色中天”相应。

(28) 细腰一句：意思是说纤细腰身的女子，可轻盈地舞于掌上。相传汉成帝时，赵飞燕体态轻盈，能在掌上跳舞。

(29) 鬒发：黑发。　笄：簪子，古代妇女用来压头发的饰物。　轻雾飘：形容跳舞时头发蓬松的样子。

(30) 秦川一句：比喻分离相思之苦。秦川，关中平原，这里指长安。璇玑色，据《晋书·列女传》载，窦滔被戍流沙，其妻苏惠织锦为《回文璇机诗》以赠。唐代武则天《璇机图序》说它“五色相宜，纵横八寸，题诗二百余首，计八百余言，纵横反复，皆成章句”。

(31) 长信宫一句：比喻宫中女子的失宠之悲。汉成帝时，班婕妤失宠，在长信宫奉养太后。

(32) 裂素：犹裂帛，这里指裁素作书。

(33) 团团一句：即一轮圆圆的明亮的月亮。团团，圆圆的样子。皎皎，明亮的样子。孤轮，一轮明月。

(34) 脉脉：凝视的样子。　盈盈：形容水的清浅。

(35) 长江一句：语出《古诗十九首》：“涉江采芙蓉，兰泽多芳草。采之欲遗谁？所思在远道。”

(36) 促织：蟋蟀。

(37) 尺素：书信。

(38) 簟：竹席。

(39) 可怜一句：意为消瘦。环，手镯。缓，宽松。

(40) 应惜一句：意思是镜子中照见红颜在逐渐消失。　阑：尽，残。

(41) 元鬓：黑发。元，通“玄”，黑。

(42) 中宵：半夜。　荧荧：微光闪烁，多指月光或烛光。

(43) 希逸一句：意思是谢庄笔下的《月赋》，写出了霜露的陨落。希逸，南朝宋代文学家谢庄(421—466)的字。

(44) 仲宣楼：汉末王粲因动乱南投荆州刘表，不被重用，后登上当阳城楼，作《登楼赋》抒发怀才不遇、思乡忧国的沉痛感情。后世因以仲宣楼作为文士失志的故事。

(45) 楼上一句：王粲《登楼赋》："悲旧乡之壅隔兮，涕横坠而弗禁。"又："心凄怆以感发兮，意忉怛而惨恻。"凄复凄，极其凄凉悲伤。

【赏析】

这是一首仿效初唐体之作。初唐体，是指初唐时期既承袭陈、隋诗风而又有所转变的诗歌，本诗特指其中的七言歌行体，如卢照邻《长安古意》、骆宾王《帝京篇》、张若虚《春江花月夜》等。虽为仿效之作，但诗中吟咏的内容却有一些个人的创新。尤其是风度韵律，更是追步初唐的卢照邻、骆宾王，体现了作者与众不同的才华。全诗回环往复，婉转流畅，是日本汉诗中难得的长篇佳作，也是学习初唐体取得的重要成果。

平野金华(一首)

平野金华(1688—1732)，名玄中，字子如，号金华，通称源右卫门。磐城守山藩(今青森县田村町)三春町人。早年父母双亡，弱冠学医。因酷爱文学，于二十三岁时入荻生徂徕门下，专修古文辞，与太宰春台、服部南郭、高野兰亭等人成为蘐门七才子之一。二十八岁时仕于三河刈谷藩，才名逐渐为外人所知，曾任常陆(今茨城县)守山侯的儒官。三十七岁时致仕，四十五岁便去世了。私谥"文庄先生"。他以诗才闻名于时，有《古学苑》、《金华删稿》、《文庄先生遗集》等。

早发深川

月落人烟[(1)]曙色分，长桥一半限星文[(2)]。连天忽下深川[(3)]水，直向总州[(4)]为白云。

【注释】

（1）人烟：这里指炊烟。转指人家之意。

（2）长桥：指永代桥。始建于元禄十一年（1698），昭和二年（1926）重建。　限：边界。　星文：星座。

（3）深川：地名，位于今东京都江东区的西部。

（4）总州：地名。诗中的总州指从隅田川的川口到大海的君津郡木更律、富津一带。

【赏析】

这是作者早晨离开深川下隅田川时作的一首诗。深川，在东京都江东区西部的佃岛一带，为日本著名的风景区，风光秀丽。全诗描写了这样的一幅画面：天刚破晓，诗人乘舟顺流而下，岸边的炊烟逐渐消散，永代桥的上空晨星依稀可见，河水好似从天而降，直向东京湾奔流而去，遥望上总地区，江水如云翻雾绕，一片白色。全诗用笔细致，不事雕琢，风格平淡，潇洒自然，深得陶诗之精华。这首诗与服部南郭的《夜下墨水》、高野兰亭的《月夜三叉江泛舟》并称为“墨水三绝”，被徂徕称为“锵然玉振，得之不易”之作，是一首难得的表现深川景色的名篇。这首诗在江户时代影响较大，诗风豪放，与太白风格极为相近。

秋山玉山（二首）

秋山玉山（1702—1763），名仪，字子羽，号玉山，统称仪右卫门。肥后(今能本县)人。江户时代汉诗人。他十九岁为儒员,二十三岁赴江户,在林凤冈门下受学,同时在萱园从服部南郭学诗,尤擅长五言绝句和五七言诗。延享五年(1748),创办学馆,汉学弟子达千余人,被誉为肥后国文教事业之祖。有《玉山诗集》、《玉山遗稿》等。

咏　史

昨日割(1)一县,今日割一城。割到壮士(2)胆,萧萧易水(3)鸣。

【注释】

(1) 割:分割。

(2) 壮士:指荆轲。

(3) 易水:河流名,位于河北省易县境内。因燕太子丹送荆轲刺秦于此作别,高渐离击筑,荆轲合着音乐高歌"风萧萧兮易水寒,壮士一去兮不复还"而名扬天下。

【赏析】

这是吟咏燕太子丹送荆轲刺秦并有感于易水悲壮送别场面而作的一首诗。荆轲刺秦虽以失败而告终,但其反抗暴君的意志,却深深鼓舞着后世的人们去推翻残暴统治者。诗人作为一位日本人,也对荆轲的壮举充满了钦佩之情,故作诗以歌颂之。全诗言简意赅,感情沉痛,短短的二十个字,所包含的内容却是无比丰富。

夜闻落叶

千林霜叶夜飘零,萧瑟(1)秋声不可听。梦里忽疑风雨至,开窗残月满中庭(2)。

【注释】

(1) 萧瑟：形容风吹树木的声音。

(2) 中庭：通常是指建筑内部的庭院空间。

【赏析】

这是一首描写秋风萧瑟、万叶飘零肃杀景象的诗。诗人在睡梦中闻声疑雨，待打开窗户一看，只见残月正照在庭院当中，给人以凄凉之感。诗人表现秋天的气象，以落叶为代表，用字不多，却较好地传达出了季节性的特点，给人以诸多秋日的遐想。

石岛筑波（一首）

石岛筑波(1704—1754)，字仲录，名正猗，远江(今静冈县)人。江户时期的文学家，专攻古文辞学。有《芰荷园文集》等。

邻　花

坐见邻园桃李春，枝枝烂漫[1]隔墙新。送香终日东风起，何必斯时[2]问主人。

【注释】

(1) 烂漫：颜色绚丽多彩，十分美丽。

(2) 斯时：此时。

【赏析】

这是一首描写春景的诗。春天是美丽的，在诗人的笔下，邻人的花园里桃李盛开，春意盎然，烂漫的枝条隔墙而出，正显示出春天的意境。在诗人的眼里，东风频吹，邻园的芳香正不断地袭来，不论主人同意与否，清香总是随风四溢的。美好的春天已唤醒了大自然的一切,万物已经复苏了。

高野兰亭(五首)

高野兰亭(1704—1757),名维馨,字子式,号兰亭,别号东里。江户(今东京)人。他幼时极为聪明,十岁入荻生徂徕门下受学,十七岁双目失明。在人生灰暗之际,受到了徂徕的鼓励。他性格豪放,酷爱山水。诗风豪壮,初学唐人体,后学李攀龙,尤工五七言近体诗,为江户中期著名诗人。有《兰亭先生诗集》。

月夜三叉江泛舟

三叉中断大江(1)秋,明月新悬万里流。欲向碧天吹玉笛(2),浮云一片落扁舟(3)。

【注释】

(1) 三叉:三股河流。　大江:指隅田川。

(2) 玉笛:笛子的美称。

(3) 扁舟:小舟。

【赏析】

这是作者在隅田川泛舟时所作的一首诗。诗中写江中的景色,以及泛舟时所看到的天空上的月亮,于大处落笔,却表现细腻。"大江"与"万里"的对比描写,更显出了隅田川的阔大无边。诗境虽由李白的《望天门山》而来,但却更具有徂徕诗派的诗风特征。

咏　怀

寒暑互代谢,奄忽(1)岁云除。凝霜被(2)庭树,百卉(3)咸凋枯。栗冽(4)北风厉，吹我蓬荜居(5)。短褐不掩骭(6)，揽带起踟躇(7)。浮云(8)逝不返，颓阳逼桑榆(9)。人生天地间，少壮在斯须(10)。朱颜忽已改，玄发(11)一何疏。愿借黄鹄(12)翅，高飞翔太虚(13)。

【注释】

(1) 奄忽：很快。

(2) 被：覆盖。

(3) 百卉：百草。后亦指百花。

(4) 栗冽：非常寒冷。

(5) 蓬荜居：简陋的房子。

(6) 短褐：粗布衣服。这里指穷人穿的衣服。　骭：小腿。

(7) 踟躇：徘徊不前的样子。

(8) 浮云：比喻流逝的时间。

(9) 颓阳：落日。　桑榆：落日的余光照在桑榆树上，这里比喻年老的时光。

(10) 斯须：极短的时间。

(11) 玄发：黑发。

(12) 黄鹄：仙人所乘的大鸟。这里比喻对仙界的向往。

(13) 太虚：太空。

【赏析】

这是一首抒发个人情怀的诗。诗中通过对时间流逝的感叹，表现了个人功业未建的忧虑之情。全诗虽多用中国汉代《古诗十九首》的措词，句式也多有模仿，但所包含的情感却是十分复杂。既有对社会环境的感叹，也有对个人行为的反思。这首诗不仅是简单的咏怀，也是那个时代一个日本学者社会地位的缩影，体现的是他们当时的心境。

放 歌 行

西山落日坐来[1]移,叹息形骸[2]老且衰。金罍[3]春酒葡萄绿,愁多一酌无醒时。门垂青青杨柳树,来客不肯系金羁[4]。山阳[5]狂客有时至,白眼[6]风尘醉不知。玉壶碎尽铁如意,老骥伏枥歌更悲[7]。古来贤达骨已朽,人生百岁皆有涯[8]。比年[9]伏枕日憔悴,心如死灰鬓如丝。老来人间无大药[10],仙鼎石髓[11]不可追。延年辟谷[12]今谁在,斗酒忘忧长若斯。病余天地凭乌几[13],偶尔片语吐新诗。忆昔长卿苦消渴[14],汉家天子[15]求文辞。殁后唯出封禅草[16],此事[17]不亡有谁期。

【注释】

(1) 坐来:坐下。来,无意义的接尾字。

(2) 形骸:这里指身体。

(3) 金罍:用黄金装饰的酒樽。

(4) 金羁:用黄金装饰的马嚼子。

(5) 山阳:地名,在今河南省武修县西北。魏嵇康曾在此寓居,阮籍、向秀等也曾在此游宴。

(6) 白眼:据《晋书·阮籍传》载,阮籍对来访的俗客以白眼相对。

(7) 玉壶二句:《世说新语·豪爽》载,王敦每当饮酒之后,辄咏曹操的《龟虽寿》诗,并以铁如意打唾壶,壶口尽缺。

(8) 涯:范围,限度。

(9) 比年:每年。

(10) 大药:炼金丹而获得的仙药,这里指长生不老之药。

(11) 仙鼎:炼制仙药的器物。　石髓:石钟乳,这里指长生不老之药。

(12) 辟谷：不吃五谷，方士道家当作修炼成仙的方法。

(13) 乌几：乌皮几。用乌木做的小桌子。

(14) 长卿：即司马相如，字长卿。 消渴：糖尿病。

(15) 汉家天子：汉武帝。

(16) 殁后一句：司马相如病逝后，汉武帝派人到其家搜求遗文，其妻献《封禅文》。

(17) 此事：指诗文的业绩。

【赏析】

这是一首抒发个人情怀的诗。放歌行，为中国汉乐府瑟调的名称，多以叙述个人的感情为主。在这首诗中，诗人表达了随着时间的流逝而个人功业未建的感慨之情。在对一些旷达之人流露出羡慕的同时，也倾吐出了个人内心的忧怨。名为放歌，实际上诉说的正是作者不尽的苦闷。

送人南归

扁舟明日是天涯(1)，南过衡阳雁影(2)斜。莫道桃源(3)寻不得，春风醉杀五陵花(4)。

【注释】

(1) 天涯：犹天边。指极远的地方。

(2) 衡阳雁影：湖南衡阳有回雁峰，相传群雁南飞，至此峰而不再南去。

(3) 桃源：桃花源，世外桃源，是陶渊明在《桃花源记》中提出的理想社会，故址在今湖南省桃源县。

(4) 五陵花：指桃花。

【赏析】

这是一首送别诗。在古代交通、资讯不发达的情况下，送别给人带来的是不尽的忧伤。而在这首诗中,诗人一反送别时的悲伤之态,而是以轻快的口吻表达出了自己的感情。送人南归而涉想桃源,可知作者其人其情是多么地高雅。

自　遣

十载风尘(1)伏枕过,谁堪垂老易蹉跎(2)。曲中流水知音少,世上浮云侧目多(3)。楚璧空怀三刖泪(4),汉关还忆五噫歌(5)。何当更问烟霞路,初服裁来结薜萝(6)。

【注释】

(1) 风尘:借指污浊纷扰的社会生活。

(2) 垂老:渐近年老。　蹉跎:虚度年华。

(3) 世上一句:意思是人情淡薄,易遭测目。侧目,这里指冷眼相待。

(4) 楚璧一句:指楚人卞和献和氏璧被刖足之事。刖,断足。

(5) 五噫歌:据《后汉书·逸民传》载,梁鸿"因东出关,过京师,作《五噫之歌》曰:'陟彼北邙兮,噫!顾览帝京兮,噫!宫室崔嵬兮,噫!人之劬劳兮,噫!辽辽未央兮,噫!'肃宗闻而非之。"梁鸿改名换姓,与妻子居齐鲁间。梁鸿"因东出关",这里称汉关,实际上是指东汉时的函谷关。噫,叹息声。

(6) 何当二句:意思是什么时候离开尘俗而归隐。初服,未做官时的服装。结薜萝,指归隐山间。薜萝,薜荔与女萝。语出屈原《楚辞·九歌·山鬼》:"若有人兮山之阿,被薜荔兮带女萝。"

【赏析】

这是一首抒发贤人失志的诗。所谓的自遣,即指自我排遣胸中的郁积之意。作者的一生充满了坎坷,由于早年双目失明,加之性格豪放，因此不被当权者所重用，个人的理想不能实现。在晚年回忆个人经历的时候，诗人不禁感慨颇多，胸中似有无限的愤懑而无处倾吐。在这首诗中，作者通过卞和、梁鸿的人生经历，说明有识之士不被赏识的痛苦，进而表达了想要归隐的决心，充满了孤独幽怨的个人情感。

汤浅元祯(一首)

汤浅元祯(1708—1781)，字之祥，又作士祥，号常山，通称新兵卫。备前冈山藩士。元祯幼时好学，精读国史，喜好徂徕之学。二十四岁时入服部南郭门下，后又从学于太宰春台。晚年因攻击藩政而受到不公正的待遇，从此闭门隐居著书。其人方正刚直，诗歌亦有燕赵慷慨悲歌之风。有《常山文集》、《常山纪谈》、《文会杂记》等。

赞海归舟遭风恶浪猛慨然赋之

南溟奉使使臣槎(1)，直破长风万里波。忽值怒涛似奔马(2)，起提雄剑叱鼋鼍(3)。

【注释】

(1) 南溟：通“南冥”，南海。海水深黑，故称冥。　槎：用竹木编成的筏。这里作动词，指乘船。

(2) 奔马：形容风像奔驰的马一样快。

(3) 雄剑：大刀。　鼋(yuán)：鼋鱼。　鼍(tuó)：类似蜥蜴一样的一种鳄鱼。

【赏析】

这是一首抒情言志诗。赞海，即赞岐之海，位于现在的香川县。宽延三年(1750),作者五十三岁时奉命赴赞岐凡龟,在归途中遇到狂风,船将沉没。在这危急时刻,不少人面露惊恐之状,惟有作者神态自若,信口吟咏了这首诗。诗中表达了在狂风巨浪面前,作者安详的神态和藐视一切困难的雄心。全诗慷慨激昂,格调雄壮,字里行间透露出一种不屈的英武之气,读之令人振奋。

日下文雄(一首)

日下文雄(1712—1752),一作孔文雄,字世杰,号生驹山人,又号鸣鹤。河内(今大阪府)人,江户时期著名的学者、汉诗人。有《生驹山人集》等。

寄龙伏水先生(其四)

天涯回首泪沾襟,帝里[1]莺花久不寻。玩世何人青白眼[2],论交我辈弟兄心。文章日夜虚名过,痼疾烟霞[3]此地深。莫道千年钟子[4]死,只今流水有知音[5]。

【注释】

(1) 帝里:犹帝京。

(2) 青白眼:指阮籍能为青白眼之事。

(3) 痼疾烟霞:对自然美景偏爱成癖。

(4) 钟子:钟子期。

(5) 知音:知心朋友。

【赏析】

这是一首寄赠诗。龙伏水,即龙公美,伏水人,人称龙伏水。

伏水，即今京都府。伏水、伏见，日语音通。原诗有四首，这是其中的第四首。作为一介书生，作者亦有隐遁之志，诗中引用阮籍“好作青白眼”的典故，抒发的是自己的落落不群之慨。全诗感慨至深，在赠友人的话语中，流露出了个人知音难觅和壮志难酬的忧愤之情。

服部元雄(二首)

服部元雄(1713—1767)，一作服元雄，字仲英，号白贲，称多门。摄津(今兵库县)人。本姓中西，后受学于服部南郭，并入赘为婿，遂改姓服部。有《蹈海集》。

冬夜客思

飘泊三年客，江湖一夜灯(1)。孤身逢岁暮，独坐忆亲朋。信为家遥(2)少，愁随漏永(3)增。天涯风雪霁(4)，归兴奈难乘(5)。

【注释】

(1) 一夜灯：指作客在外难以入眠，通宵孤灯相伴。语出中国宋代诗人黄庭坚《寄黄几复》诗：“桃李春风一杯酒，江湖夜雨十年灯。”

(2) 家遥：离家遥远。

(3) 漏永：夜长。漏，古代以滴水计时的仪器。

(4) 霁：风雨停止，天气放晴。

(5) 归兴一句：奈何难于乘兴归去，有家归不得。

【赏析】

这是一首怀念朋友的诗。在长期羁旅的生活中，在漫长动荡的漂泊中,诗人在怀念旧友的思绪之下写下了这首诗。全诗以孤寂开头,以落寞结尾,在怀友的同时,也倾吐了思乡之情。风格沉稳,思绪绵长,是一首思友怀乡的佳作。

春夜江上送客

千里有流水,扁舟(1)送远君。晓来花月色,散作五湖云(2)。

【注释】

(1) 扁舟:小船。

(2) 散作一句:意思是客人远去,各居一方。五湖,这里是五湖四海的意思。

【赏析】

这是一首送别友人之作。作者身处故乡,送别远行千里的友人,心中的凄楚之感可想而知。然而友人的远行,又是不得已的事情,于是诗人提笔写下了这首饱含深情的诗。全诗语淡情浓,诗意无限,看似平淡,但却包含着作者与友人的真挚情感。

江村北海(三首)

江村北海(1713—1788),名绶,字君锡,号北海,播磨(今兵库县)人。原姓伊藤,后过继给江村毅庵为嗣,袭父职仕宫津藩青山侯。晚年以翰墨自娱。有《日本诗史》、《日本经学考》、《北海诗文考》等。

大雅道人歌

大雅道人鬓已华(1),年年移居不为家。世上漫传书与画,余波[2]风流净无暇。夜堂拂弦来急雨[3],晓窗起舞映明霞[4]。第四桥东牛庙[5]北,粉黛成市连狭邪[6]。尘泥不蚀真人[7]剑,桃李[8]能留长者车。人道大雅无检束[9],我爱大雅能任真[10]。箬笠[11]芒鞋乌藤仗,三岳[12]三游如有神。欲知大雅胸中美,东山[13]烟笼万树春。

【注释】

(1) 华:头发花白。

(2) 余波:指其他的雅乐。

(3) 夜堂一句:这里是说大雅道人的琴声急促如急雨一般。

(4) 明霞:灿烂的朝霞。

(5) 第四桥:地名,这里指四条大桥。 牛庙:祇园社。为祭祀牛头天王的地方。

(6) 粉黛:美女的代称。这里指祇园的舞伎。 狭邪:娱乐场所中细长的道路,祇园位于其中。

(7) 尘泥:娱乐场所中的风俗。 真人:指道家人物。或品行端正的人。

(8) 桃李:这里比喻能言善辩的人。

(9) 检束:行为谨慎,性格拘束。

(10) 任真:性格天真直率。

(11) 箬笠:竹皮作的斗笠。这一句是描写大雅道人的装束。

(12) 三岳:指加贺白山、立山、户隐山。

(13) 东山:指位于真葛园东面的山。

【赏析】

这是作者为大雅道人所作的一首自画像诗。大雅道人(1723—1776),即池大雅,为当时日本著名的画家和书法家。在这首诗中,诗人对大雅道人的为人和才华作了高度赞许,在肯定他的个性的同时,也对其狂放的行为表现了极度的推崇,认为他保持了人性的纯真。诗中描写的大雅道人的形象,也是作者心中的理想人物。尤其是他与众不同的行为,更是给读者留下了难以磨灭的印象。

有　感

小蟹生江浦,营穴(1)芦岸下。穴中不盈寸,自以为大厦。朝虑沙岸崩,夕怕江潮泻。物小识亦微(2),营营(3)何为者?

【注释】

(1) 营穴:建造巢穴。

(2) 微:微观。

(3) 营营:奔走忙碌。

【赏析】

这是一首有感而作的诗。诗中通过对小蟹的描写,来表达人生的一个哲理,即人生于天地之间,总会有这样那样的危险,甚至会付出生命的代价。因此要居安思危,深谋远虑,多考虑人生的安危。诗中的比喻虽小,意义却极为深远。我们生活在世间的个人,又何尝不是江浦间的一只小蟹呢?

江 南 意

送别横塘(1)上,青荷小若钱。花开君不见,采得寄谁边?

【注释】

(1) 横塘:地名,在今江苏苏州西南宁郊。这里为虚指的地名。

【赏析】

这是一首模仿中国南方民歌而作的诗。全诗语言凝练,文字清新,情见乎辞,句短情深,极具中国江南风味,是汉诗中短小精悍的抒情之作。

新井义质(一首)

新井义质(1714—1792),一作源义质,字子敬,号沧洲,陆奥人(今岩手县)。江户中期汉诗人。有《沧洲集》。

早春感怀

客舍逢新岁(1),萧条病且贫。飞腾终白发(2),俯仰(3)愧青春。冠盖(4)非知己,莺花在比邻。近求幽谷友(5),随意弄芳辰(6)。

【注释】

(1) 新岁:新年。

(2) 飞腾一句:虽有飞腾之志,终究已生白发,无所作为。

(3) 俯仰:意为瞬息之间。

(4) 冠盖:冠冕与车盖。古代达官贵人出行都戴着御赐的冠冕,马车上都撑着高高的华盖,故以此来代指达官贵人。

(5) 近求一句:意思是就近寻求逸居幽谷的人为友。

(6) 芳辰:美好的时光。多指春季。

【赏析】

这是一首抒发个人之志的诗。作者一生,命运多有坎坷,仕途也不太顺利,个人的志向始终未能实现。在这样的环境下,诗人不屈不挠,顽强地与命运作着坚决的抗争。这首诗即是诗人内心情感的真实反映。前四句感叹贫病失志,忧叹光阴的白白流逝而功业未建。后四句意在自作排遣,表达了甘于平淡的个人生活方式。全诗感情真挚,语言优美,托物比兴,别有寓意,抒发了作者真实而丰富的内心情感。

龙公美(四首)

龙公美(1714—1792),本姓武田,字君玉,号草庐,别号竹隐、松菊主人,山城(今京都)人。江户时代的汉学家。少家贫,十三岁被人收为养子,十四岁时励志读书,他不师任何名家。二十五岁时在京都开馆授徒,后曾仕彦根侯。六十三岁辞官归京都,创立幽兰诗社。善和歌,尤喜诗文。因慕诸葛亮、陶渊明的为人,故以草庐、松竹为号,并结一庐在平安京中,于此读书弹琴。有《草庐和歌集》、《草庐诗集》、《草庐文集》、《南游诗草》等。

思　乡

总角辞家客洛阳(1),秋风一望白云长。归心不为莼鲈美(2),衰白(3)慈亲在故乡。

【注释】

(1) 总角:古代未成年的人把头发扎成髻。借指童年时期。　洛阳:原指中国河南的洛阳,这里指京都。

(2) 莼:多年生水草,叶子椭圆形,可食用。　鲈:鲈鱼。莼鲈美,引用晋代张翰的故事,当时王室争权,张翰托言见秋风起而思吴中"莼羹"、"鲈鱼",弃官还乡。不久,齐王冏败,张翰因得免于难。

(3) 衰白：身体衰老时头上长出的白发。即“身衰发白”之意。

【赏析】

这是作者在初到京都的草庐时，因思念故乡的母亲而作。据说当时的作者仅十三岁。在这首诗中，诗人借用张翰的故事，来表达自己的怀乡思母之情，拳拳之情溢于言表。全诗感情真挚，孝心从心底流出，发自肺腑，令人震撼。可见传统的儒家孝道思想，不仅深深地影响着中国人，也同样影响着日本的普通人士。

嵯峨道中

雨歇京城(1)数里西，行人一断草萋萋(2)。野莺亦解寻春意(3)，故向百花深处啼。

【注释】

(1) 京城：这里指京都。

(2) 萋萋：草木茂盛的样子。

(3) 寻春意：作者寻找春意的心情。

【赏析】

这是作者在嵯峨旅游时所作的一首诗。嵯峨，在今京都市的左岸区。因嵯峨天皇曾在此建造别墅，故后世的贵族也多在此建造别墅。作者在这首诗中，描写了春天的优美景色。于不经意之间，流露出了诗人对大自然的喜爱之情。虽然有模仿唐代诗人李华《春行即兴》诗的痕迹，但也是一首佳作。

竹枝词

雪尽春江水欲平(1)，数声杜宇(2)别愁生。无为滟滪滩(3)头柳，唯系船来不系情。

【注释】

(1) 水欲平：这里指江水与岸边持平。

(2) 杜宇：杜鹃鸟。

(3) 滟滪滩：一作滟滪堆，在四川奉节瞿塘峡口，为长江三峡的著名险滩，今已炸去。

【赏析】

这是作者仿照江南民歌所作的一首诗。竹枝词本是唐代巴蜀一带的民歌，自刘禹锡仿作之后，成为文士竞相习用的文学形式。诗人的这首诗，虽是对中国诗人的模仿性创作，但风调宛然，深得刘禹锡的遗韵。于个性化的创作中，较好地体现了作者个人的创作特性，令人称奇。

幽居集句

烟霞多放旷孟贯[(1)]，烂醉是生涯[(2)]杜甫。树静禽眠草景池[(3)]，园春蝶护花许浑[(4)]。浣衣逢野水皇甫冉[(5)]，看竹到贫家[(6)]王维。门径稀人迹[(7)]岑参，穿林自种茶[(8)]张籍。

【注释】

(1) 孟贯：唐朝诗人，字一之，《全唐诗》中存诗一卷。"烟霞"一句，见《寄山中高逸人》。

(2) 烂醉一句：见杜甫《杜位宅守岁》。

(3) 景池：唐朝诗人，《全唐诗》中存诗一首。"树静"一句，见《秋夜宿淮口》。

(4) 许浑：字用晦，曾任睦、郢二州刺史，有《丁卯集》。"园春"一句，见《献白尹》。

(5) 皇甫冉：唐朝诗人，字茂政，曾任左金吾兵曹，《全唐诗》中存诗二卷。“浣衣”一句,见《送延陵陈法师赴上元》。

(6) 看竹一句:见王维《晚春严少尹与诸公见过》。

(7) 门径一句:见岑参《高冠谷口招郑鄠》。

(8) 穿林一句:见张籍《山中赠日南僧》。

【赏析】

这是作者所作的一首集句诗。集句,为旧时文人的作诗方式之一,截取前人一代、一家或数家的诗句,拼集而成一诗。集句虽非诗道之正,仅限于游戏而已,但这首诗工巧浑成,不落俗套,令人耳目一新。全诗皆集唐人诗句,对于一个域外人士而言,实属不易之事,由此亦可见诗人对唐代的典籍是多么熟悉。作者深厚的汉学功力,由此亦可窥见一斑。

释大典(一首)

释大典(1719—1801),俗姓今崛氏,字梅庄,讳显常,号大典,另有蕉中、北禅等号。近江神崎郡伊庭乡人。八岁时,随身为医生的父亲移居京都,被寄养在黄檗山华严院。享保十四年(1729)三月,开始了正规的禅门修行。明和四年(1767),成为相国寺第 113 代住持。大典不仅精通禅学,亦精通汉学。有《小云栖稿》、《唐诗撷英补》、《诗语解》、《峨眉山月诗图说》、《茶经评说》、《平安郁攸记》等。

千　日　行

浪华城南千日路,千日千丧车不住。灵旐阴灯(1)相逐来,城中何日无啼诉。都来风俗学荼毗(2),膏火臭烟从风吹。烟飞火尽神魂散,白骨如灰积如陂(3)。

君不见,浪花繁华岁转周,便邻千日起朱楼[4]。朱楼日日歌管起,岂知倏忽归茔丘[5]。乐莫乐兮乐歌管,哀莫哀兮哀茔丘。哀乐纠绳[6]有相待,可怜世俗迷无悔。窦田[7]富贵竟销亡,卫霍[8]功名今何在?别有邪侈[9]不顾人,唯言何以利吾身。共待百年长羽翼,俄闻一旦委灰尘[10]。笑言朝哑哑[11],颜貌暮泯泯[12]。不以无涯知[13],能留有限身。身有限兮谁不识,情去情来自罔极。贪夫殉财烈士[14]名,浮世栖栖徒促逼[15]。呜呼!我有不生不死[16]之至灵,胡不疏濯至宁馨[17]。千日路,千日路,春风依旧草青青。

【注释】

(1) 灵旐(zhào):葬礼上使用的一种旗子。　阴灯:葬礼上用的提灯。

(2) 荼毗:火葬。

(3) 陂:土坡。

(4) 朱楼:妓院。

(5) 茔丘:坟墓。

(6) 纠绳:搓的绳子。比喻纠缠在一起。

(7) 窦田:窦婴和田蚡。二人俱是汉武帝时的权贵。

(8) 卫霍:卫青和霍去病。二人俱是汉武帝时的将军,在与匈奴的作战中立下大功。

(9) 邪侈:邪恶奢侈的人。

(10) 委灰尘:委身尘土,指去世。

(11) 哑哑:安闲的笑容。

(12) 泯泯:消亡。

(13) 无涯知:没有界限的知识。

(14) 烈士：有理想抱负的人。

(15) 栖栖：形容不安定。 促逼：忙碌的样子。

(16) 不生不死：佛家语，指灵魂长存。

(17) 疏濯：洗涤，清除。 宁馨：晋宋时代的俗语，“如此”之意。

【赏析】

这是一首感叹人生的诗。当时作者在大阪市南区难波新地的千日寺，当他看到寺中的墓地时，想到了人生的无常，不禁顿生感慨，于是提笔写下了这首诗。行，是中国古代诗歌的一种体裁，是初唐时期在汉魏六朝乐府诗的基础上创立起来的。在日本汉诗中，也有这类作品，这首诗便是其中之一。诗从墓地上的所见写起，并联想到世俗间的生活。佛家的无常思想，在诗中有所流露，而作者的旷达心态，也由此而表现了出来。

横谷友信(一首)

横谷友信(1720—1778)，字文卿，号蓝水。江户(今东京都)人。六岁时，因病双目失明。八岁时，从多纪玉池学习医术，专攻针灸。十七岁入高野兰亭门下，学习汉学和儒学，虽然不能直接看书，但仍学有所成，他以指画掌上识字，让他人读书，自己听而记之，其七律和五言排律的水平较高。有《蓝水诗草》等。

题兰亭先生镰山草堂歌

羡君卜筑[(1)]山林里，路隔江关[(2)]百余里。羡君独往耽泉石[(3)]，天涯道是山中客。恰似摩诘[(4)]游名庄，羡君琴书一草堂。松风不断竹雨过，羡君更比弘景[(5)]

卧。怡云乐水心悠悠,漱玉桥(6)边钓石幽。羡君肖像画丘壑(7),薜萝(8)蓬蒿秋寂寞。羡君蕉鹿(9)梦乍醒,灌花苔井月半庭。东邻古寺(10)晨钟响,但有吟僧日来往。香积(11)饭熟任相迎,题诗花台(12)岭云上,小径夕自双林(13)归。白鹭池头白板扉,羡君逃禅(14)长息机。

【注释】

(1) 卜筑:卜居建房。

(2) 江关:指江户。

(3) 耽泉石:这里指喜爱隐居。

(4) 摩诘:王维的字。

(5) 弘景:指陶弘景,字通明。南朝梁人。梁武帝屡加礼聘,他也不出山。但是“国家每有吉凶征讨大事,无不前以谘问”,故当时人称之“山中宰相”。

(6) 漱玉桥:景点名,为镰山草堂的五景之一。

(7) 肖像画丘壑:指以丘壑为背景画的肖像。

(8) 薜萝:薜荔和女萝。这是指隐者居住的用薜萝盖起的简陋房子。

(9) 蕉鹿:郑人打了一头鹿,用芭蕉叶掩藏起来,后来却忘记了藏鹿的地方。由于这个故事,有人就把恍惚如梦的糊涂事儿,叫做“蕉鹿”,典出《列子·周穆王》卷三。

(10) 东邻古寺:指圆觉寺。

(11) 香积:寺院厨房的名称。

(12) 花台:种植花木的地方。

(13) 双林:沙萝双树之林。这里指寺庙。相传释迦牟尼涅槃于娑罗双树之间,后用双林代指寺庙。

（14）逃禅：逃避世俗的坐禅。

【赏析】

这是一首怀旧诗。镰山草堂为高野兰亭在圆觉寺旁边所建的一所居室，建造的时间是在宽延二年（1749），主要为自己隐居时所用。作者是高野兰亭的门人，当他来到这个草堂时，虽然不能看到草堂的风貌，但仍然对先生的隐逸生活充满憧憬，于是提笔写下了这首诗。诗中描写了草堂幽静的环境，在这样恬淡的生活中，最是能够体会诗人的旨趣所在。全诗一面描写草堂的景物，一面阐释佛禅的哲理，具有玄言诗的风格，具有极为浓厚的宗教意味。

赤松沧洲（一首）

赤松沧洲（1721—1801），播磨（今兵库县）人。十七岁过继给赤穗藩医大川耕斋为养子，但在其著述上均称其祖先赤松氏之名。在京都时，曾向著名儒者学习儒学。二十七岁时，任赤穗藩医，官至家老。四十岁致仕之后，在京都讲授儒学，名重一时。有《静思亭集》等。

阪越寓居

余本林中士(1)，无意履危机(2)。误作王门(3)客，十年心期(4)违。不才难应世(5)，滥吹(6)事总非。岂可堪感愧，怅然返初衣(7)。举手谢同侣(8)，万事遂异归(9)。肝胆为胡越(10)，相视瘠与肥(11)。去游江海(12)上，结庐傍渔矶(13)。翠烟低户动，白鸥绕舍飞。援毫题石壁，高枕眠岩扉(14)。觉来推窗坐，征帆逐落晖(15)。

【注释】

(1) 林中士：指隐逸之士。

(2) 履危机：这里指进入官场而遇到的危机。

(3) 王门：王侯之门。这里指成为了赤穗藩医。

(4) 十年：指从二十七岁到四十岁时间大概数字。　心期：心中的期待之事。

(5) 难应世：难以适应世俗的社会。

(6) 滥吹：比喻没有才能。典出《韩非子・内储说・上》。

(7) 初衣：没有做官之前穿的衣服。

(8) 同侣：同僚。

(9) 归：归结。

(10) 肝胆：比喻相近的两个事物。　胡越：比喻相隔较远的两个地方。

(11) 瘠：瘦弱。　肥：肥胖。　以上两句是说看对方的感觉不一样。

(12) 江海：阪越是位于播磨滩上的渔村，故有此说。

(13) 渔矶：钓鱼的岸边。

(14) 岩扉：岩穴之士的住处。这里指隐者的住所。

(15) 落晖：落日。

【赏析】

这是作者在阪越隐居时所作的一首诗。宝历十年(1760)，作者赤穗藩致仕之后，在未到京都之前，曾在阪越隐居过一段时间，这首诗便为当时所作。诗中描写了在阪越隐居时的悠闲生活，表现了出世与归隐两种不同的人生观。诗的结尾所表达的个人志向，也正是作者在看到官场的阴暗面之后所做出的坚定选择，表达的是内心的感受。诗中提到的景物和典故，具有极深的含义，是诗人心灵深处隐逸志向的表现。

宇野醴泉(二首)

宇野醴泉(1722—1779),字成宪,名元章,近江(今滋贺县)人。江户时期的汉诗人,流传下来的作品不多,但却较有个人的特色。

经山家村

景色何唯(1)二月花,山村卖酒路旁家。潺湲(2)涧水声鸣玉,旭日林峦(3)映彩霞。

【注释】

(1) 何唯:不只是。

(2) 潺湲:水流的声音。

(3) 林峦:林中的群山。

【赏析】

这是一首吟咏山村秋景的诗。山村秋景的美好并不亚于二月的鲜花,虽然是秋季也还是别有一番韵味的。在山村的红叶之中还有酒店,山涧的水流冲击碎石的声音犹如敲击美玉那样清脆,仿佛能够荡涤人们的疲惫之心,初升的太阳照在山林上辉映着万道霞光,犹如彩虹一般,诗人笔下的一切景物不是很美的吗?

冬　郊

冬郊物色试徘徊,落木风寒四望(1)开。隔水千峰封雪出,横天(2)群雁拂去来。

【注释】

(1) 四望:眺望四方。

(2) 横天:这里指大雁排成一行横着在天空飞翔。

【赏析】

这是一首描写冬天郊外景物的诗。冬日的郊外,白雪皑皑,诗人四下望去,映入眼帘的是凋零的草木和大河彼岸起伏的山峦,一片银装素裹。山顶已为冰雪覆盖,群雁横天飞来,由小而大,由远而近,十分清晰。在诗人的笔下,深秋不见萧瑟,寒冷不觉寂寞。正是这种与众不同的胸襟,诗人才写出了这首极富特色的诗。

细井德民(一首)

细井德民(1728—1801),字世馨,名德民,号平洲,别号如来山人,通称甚三郎。尾张(今爱知县)人。江户后期的汉学家,属折衷学派。初师事中西淡渊,后赴长崎入小河仲栗门下受学。二十四岁后在江户等地授徒,被米泽藩奉为一国师表。曾任尾张侯侍讲、藩校明伦堂督学。细井德民还有一个重要贡献是在天明五年(1785)刊印了唐代魏徵、虞世南、褚遂良所著的《群书治要》,使这部在中国失传数百年的重要典籍得以保存下来,并重新流传于世。其著作有《诗经古传》、《平洲小语》、《嘤鸣馆遗稿》、《献芹录》等。

梦　亲

芳草萋萋[1]日日新,动人归思不胜[2]春。乡关此去三千里[3],昨梦高堂谒老亲[4]。

【注释】

(1) 萋萋:草木茂盛的样子。

(2) 不胜:不能承受。

(3) 乡关：故乡。　三千里：比喻很远的地方。　这里指从长崎到故乡之间的距离。

(4) 老亲：年老的父母。

【赏析】

这是作者在长崎梦见故乡的双亲时所作的一首诗。时间大概是作者弱冠之时。在春草初生的日子里，诗人不由得动了归乡之念，然而故乡离此路途遥远，要想回去是多么艰难的一件事，因此诗人对双亲的思念只有在梦中了。全诗情从景出，情景交融，在对春天的描述中，表达了儿子对父母的一片孝心真情。

守屋元泰(一首)

守屋元泰(1732—1782)，字伯亭，号东阳，江户(今东京都)人，江户时期的汉诗人。有《东阳集》等。

独酌得故人书

独酌北窗下(1)，悠然且纳凉。故人遥有寄(2)，浊酒(3)忽生芳。坐静忘三伏(4)，篇新夺七襄(5)。深情何以报，醉里未成章。

【注释】

(1) 北窗下：语出陶渊明《与子俨等疏》："尝言五六月中北窗下卧，遇凉风暂至，自谓是羲皇上人。"这里极言悠闲自在。

(2) 有寄：寄来书信。

(3) 浊酒：与清酒相对。清酒醪经压滤后所得的新酒，静止一周后，抽出上清部分，其留下的白浊部分即为浊酒。

(4) 三伏：即大伏天，为一年中最炎热的时间。

(5) 篇新一句：意思是故人之书(主要指诗篇)非常出色。夺，这里是超过的意思。七襄，语出《诗经·小雅·大东》："跂彼织女，终日七襄。虽则七襄，不成报章。"意思是织女整天忙碌，从早到晚，七次易位，但不能织成纹彩鲜明的绸子。这里是活用，七襄，指织成的美丽绸缎。

【赏析】

这是一首收到故友之书而表现喜悦之情的诗。在炎热的三伏天，作者收到了故友之书，心中的欣喜之情自然溢于言表，酷热的暑气也为之涤荡殆尽。本来想作诗回赠友人，但却未能成章。诗人的情感，也极为自然地流露了出来。虽然是一个侧面的描写，但感情却比正面的表述要完美丰富得多。

皆川淇园(一首)

皆川淇园(1734—1807)，名愿，字伯恭，号淇园，别号筇斋、吞海子，通称文藏。京都人。他自幼聪颖，四五岁就能诵诗，后来学习汉学，十分重视字义，研究《易经》约四十年，对《易经》有独创的见解。淇园终身从事著述，并热心教育，晚年在京都开设弘道馆，培育了弟子约三千人。作为日本德川时代中期的哲学家，淇园的主要著作有《淇园诗话》、《淇园诗集》、《易学阶梯》、《易学开物》、《易原》等。

鸭河西岸客楼望雨

高楼把酒望苍茫(1)，清簟(2)疏帘片雨凉。川上晚来云断处，长堤十里入斜阳(3)。

【注释】

(1) 苍茫：辽阔无边的意思。

(2) 清簟(diàn)：清凉的竹席。

(3) 斜阳：傍晚西斜的太阳。

【赏析】

这是一首描写京都鸭川一带景色的诗。诗人站在高高的酒楼上举目远望,帘外的片雨带来一些凉意,但云未密布,雨不长久,晚风吹来,云散日出,随着鸭川的流向远远望去,云彩也不见了,十里长堤尽在夕阳的斜照之中。全诗语言流利,形象鲜明。虽然仅有短短的四句,但却把鸭川在特定的季节、时间的景象,交待得清清楚楚,体现了作者非凡的文字功力,极受后人称赞。

伊东龟年(一首)

伊东龟年(1734—1809),一作东龟年,号蓝田,江户(今东京都)人,江户时期著名学者、汉诗人。他对唐代韩愈的文风颇为欣赏,曾对韩愈撰《韩文公论语笔解》二卷进行校正,并于明和八年(1771)在嵩山房刊印。有《蓝田文集》等。

秋　日

八月秋天数雁翔,绛河(1)如练露为霜。秋云交态年年薄(2),晓梦愁心夜夜长。短褐(3)衣寒知节早,疏篱菊绽候(4)花芳。乾坤吾道终难遇(5),独向西风气激昂(6)。

【注释】

(1) 绛河：银河。

（2）秋云一句：意思是人情事态，薄如秋云。交态，交情深浅的程度。

（3）短褐：贫寒人穿的衣服。

（4）俟：等待。

（5）乾坤一句：意思是天地间终难有所遇合。

（6）激昂：振奋激励，奋发昂扬。

【赏析】

这是一首借描写秋日景色而写人情冷暖的诗。秋日的季节，气候变化莫测，冷暖不定，而人事的情感变幻也是如此。人情的世态炎凉，实在是难以预料。故而作者平生的心事，也只有秋风能够体会。诗中表达的思想，实际上也是作者的一种无奈。主题虽未明言，但诗人留给读者的思索，却令人回味悠长，值得仔细体会。

西山正（一首）

西山正（1735—1798），字士雅，本姓坂本氏，初名思义，字见利、拙斋。备中（今冈山县）人。十六岁时遵父命赴大阪从古林见宜学医术，向冈龙洲问经义，后又转学朱子学。三十岁时，改名正。不久归乡里，兴学教授子弟。他品望高雅，学识渊博，且无意于仕途。年轻时性格易怒，后深以为悔，曾题“十戒”于壁上，旦夕视之以自警，中年以后性格温文尔雅，与人为善。有《拙斋诗文集》、《松山游记》、《闲窗琐言》、《拙斋遗文钞》等。

辞人赠锦衣

平生惯著木绵裘[(1)]，寒暖适身[(2)]还自由。锦被奇温[(3)]非我好，莫教高士减风流[(4)]。

【注释】

(1) 木绵裘：这里比喻粗陋的衣服。

(2) 适身：适合于身体。

(3) 奇温：这里指特别的舒适。

(4) 高士：高洁之士。　风流：风雅。

【赏析】

这是一首言志诗。在西山正的门人中，有一富家弟子，某一年的冬天，天气非常寒冷，这位富家弟子向他赠送了一件锦衣。西山正历来对享用之物看得很淡，他谢绝了富家弟子的好意，并写下了这首诗以明其志。诗人认为，衣服无论高贵与否，只要合身保暖即可。过分地追求享乐，反而容易丧失个人的斗志。诗中虽然没有谈到什么大的道理，但作者的淡泊情怀和直率的性格却较好地表现了出来。

柴野邦彦(二首)

柴野邦彦(1736—1807)，又称彦辅，号栗山、古愚轩。赞岐(今香川县)高松人，江户中期的儒者。初在家乡就学于后藤芝山，十八岁入江户昌平黉求学，结业后出仕于阿波藩担任儒官。三十岁辞职移居京都，从高桥宗直学国学。后开私塾，倡导朱子学。天平八年(1788)为昌平黉教官，与大学头林信敬、冈田寒泉一起致力于学制改革，并建议幕府禁止“异学”。与尾藤二洲、古贺精里并称为“宽政三博士”。他才华横溢，其文爽快隽逸，笔锋无敌，作诗尝于不经意间便有佳句。有《栗山文集》、《国鉴》、《冠服考证》、《栗山赓韵》等。

月夜步禁垣外闻笛

上苑(1)西风送桂香，承明门(2)外月如霜。何人今夜清凉殿(3),一曲霓裳奉御觞(4)。

【注释】

(1) 上苑:天子的庭院。

(2) 承明门:皇宫南面的正门,与外郭的建礼门相对。

(3) 清凉殿:原汉代的宫殿名。这里指天子听政的地方。

(4) 霓裳:《霓裳羽衣曲》的略称。 御觞:天子赏赐的酒。

【赏析】

这是作者在京都时所作的一首诗。在皎洁的明月下,诗人漫步在昌明门外,听到里面的丝竹之声后,不禁心有所感,于是提笔而作此诗。诗中描写了宫内外的景象,体现了不同人物的不同内心感受。感情发自内心,虽有学唐李益《夜上受降城闻笛》和宋陈与义《重阳》的意境,但全无斧凿之迹,是诗人感情的真实流露,与斋藤拙堂的《过禁门》合称为双璧。

富士山

谁将东海(1)水,濯出玉芙蓉(2)。蟠地三州(3)尽,插天八叶(4)重。云霞蒸(5)大麓,日月避中峰(6)。独立原无竞(7),自为众岳宗(8)。

【注释】

(1) 东海:这里指日本海。

(2) 玉芙蓉:富士山的八座山峰,犹如八瓣莲花,故富士山又被称为莲岳,这里用玉芙蓉来代指富士山。

(3) 蟠地:在大地上扩展。 三州:指甲斐(山梨)、相模(神奈川)、骏河(静冈)三个地区。

(4) 插天:把头伸向天空。富士山海拔 3776 米,是日本的最高峰,故有此说。　八叶:八朵花瓣。

(5) 蒸:蕴蒸。

(6) 中峰:中央高峰。

(7) 竞:竞争。

(8) 众岳宗:群山中的第一。宗,宗主。

【赏析】

这是一首吟咏富士山的名作。诗题一作《题富士山》,又作《咏富士山》。诗中描写了富士山的雄伟壮丽,把富士山峰比作东海之水浇出的玉芙蓉,认为它是日本当之无愧的第一峰,是与众不同的高山。全诗构思奇特,想象丰富,在诸多吟咏富士山的诗歌中,具有独特的艺术魅力。

释六如(三首)

释六如(1737—1801),名慈周,字六如,别号白楼、葛园等,俗姓苗村氏。近江(今滋贺县)人。江户时代诗僧,他少而好学,长大后广通儒释典籍,以博识洽闻著称。尤其喜爱诗赋,与菅茶山一起被誉为是日本近代诗的"宗匠"。其诗学陆放翁,并积极倡导学习宋诗,成为革新诗风的先驱。有《六如庵诗钞》、《葛原诗话》等。

大堰川上即事

清流奇石绿萦湾(1),队队香鱼(2)往复还。忽有樵舟(3)穿峡下,轻篙蹙破(4)水中山。

【注释】

(1) 萦湾:指海水环绕着港湾。

(2) 香鱼：鲶鱼。

(3) 樵舟：载着柴草的小船。

(4) 蹙破：这是六如的造语。意思是竹篙划破了映在水中的山影。蹙，同"缩"。

【赏析】

这是作者在大堰川上的即兴赋诗。吟咏的是在大堰川上所看到的事物。大堰川是由京都府北桑田郡南部经船井郡园部町、八木町流向东南的一段河流，在今龟冈市上游的部分被称为大堰川。自古以来，这段河流成为了运送木柴的水上通道，货物运输繁忙。作者站在大堰川的岸上，看到河中川流不息的船队来往于上下游之间，不禁诗兴大发，用笔记录下了这热闹繁忙的场面。全诗的重点在川上的"即事"，诗人用白描的手法，直接描写了眼前的景物，着墨不多，却给人留下了极为深刻的印象，是描写大堰川的佳作之一。

江春闲步即瞩

十月水乡晴且暄[(1)]，一林黄叶数家村。渡头烟隔呕哑[(2)]响，洲觜沙留郭索痕[(3)]。禾敛[(4)]闲牛篱巷卧，年丰醉客市楼喧。此中卜隐[(5)]多佳处，花竹他时[(6)]将买园。

【注释】

(1) 晴且暄：天气晴朗，人声喧闹。

(2) 呕哑：这里指渡船的摇橹之声。

(3) 洲觜一句：洲头的沙子上，留下了螃蟹的痕迹。觜，指沙洲突出的部分。郭索，躁动的样子，这里形容螃蟹的爬行。

(4) 禾敛：这里指稻谷的收获。

(5) 卜隐：择地隐居。

(6) 他时：将来，以后。

【赏析】

这是一首描写农村生活的诗。在日本汉诗中，农村的生活虽然不是文学创作的主要表现内容，但一些喜爱田园生活的诗人，也不时用自己独到的视角，来反映农村的生活。这首诗便是这方面的一个代表作。在作者的笔下，江村丰年的景象仿佛如在眼前，给人如身临其境之感。作者观察生活细致入微，选择表现的角度较为独特，一如陶诗的风格，是汉诗中描写农村生活难得的佳作。

夏日寓舍作

数亩园池水渍苔(1)，幽斋枕簟避炎埃(2)。竹深何碍斜风入，荷密莫闻疏雨来。睡次得诗醒乍失(3)，愁边摊帙倦还开。墙东(4)久负江湖约，未及秋莼首重回(5)。

【注释】

(1) 渍苔：水渍和青苔。

(2) 枕簟(diàn)：竹制的枕头。　炎埃：暑热。

(3) 乍失：忽然失去。

(4) 墙东：意为避世隐居。据《后汉书·逸民传》载，东汉王君公"遭乱，侩牛自隐"，时人称为"避世墙东王君公"。

(5) 未及一句：意思是未到秋风起、莼羹美的归乡之时，只好翘首重望而已。秋风起，思故乡莼羹，是晋代张翰的故事。

【赏析】

这是一首描写夏日闲情的诗。在炎热的夏日，诗人在自己的寓所中看到窗外的世界，不禁心有所思，于是提笔写下了这首诗。诗中所写，均为自然界中极普通的事物。竹深，然斜风可入；荷密，故疏雨先闻。全诗体物入微,理趣盎然,富有生活气息。从寻常生活的细节入手,信手拈来,充满了触手成春的匠心独具之妙。

山村良由(一首)

山村良由(1742—1823),字君裕,号苏门,木曾(今长野县)人,汉诗人,曾任尾张藩国相。有《忘形集》、《清音楼集》等。

过西野村

西野行无限,寒光入不毛(1)。由来少粳稻(2),只是有蓬蒿(3)。坼地三川合(4),冲天两岳(5)高。深嗟治不足,常使此民劳。

【注释】

(1) 不毛:寸草不生的地方。

(2) 粳稻:稻的一种,籽粒强度大,耐压性能好,加工时不易产生碎米,出米率较高。

(3) 蓬蒿:飞蓬和蒿子,借指野草。

(4) 坼地一句:土地开裂,三川合为一流。坼,开裂。三川,指日本的木曾川、揖斐川、长良川,它们于爱知县和岐阜县交界处合流,注入伊势湾。

(5) 两岳:指三重县和岐阜县交界的铃鹿山脉的龙岳和释迦岳,高度均在一千米以上。

【赏析】

这是一首描写农村生活凋敝的诗。西野本是日本的不毛之地,加之官府失于管理,以致百姓生活才出现了如此穷困。诗人以自己的所见入笔，细致地描写了西野的贫瘠，以小见大，写出荒秽不治之地的所见所感，反映了农村生活的贫困，是日本明治维新之前农村百姓生活的一个缩影和当时农民生活的真实写照。

赤松勋(一首)

赤松勋(1743—1797)，字大业，号兰室，播磨(今兵库县)人。赤松勋极为推崇宋代苏东坡的文章，他选注《东坡文钞》二卷，颇有个人研究心得。有《赤城风雅集》、《弊帚集》、《兰室诗文集》等。

画 马 引

不愿穆满八骏相追飞，周游天下黔黎疲(1)。不愿明皇两部相和舞，倾杯乐酣胡奴乳(2)。但愿玉关万里去随飞将军(3)，朝凌天山(4)雪，夕蹴(5)大漠云。横行不辞百战苦，一扫胡氛策奇勋(6)。四海今无烽燧(7)警，槽枥之间徒延颈(8)。驽骀同伍堪长吁(9)，谁辨逸足(10)待鞭影。伯乐一顾不易遭，空令汗血(11)才自老。霜华如剑苜蓿(12)凋，踌躇(13)自伤秋郊道。

【注释】

(1) 不愿穆满二句：据《穆天子传》载，周穆王曾驾八骏西游。周穆王名满，故称穆满。黔黎，黔首、黎民的合称，这里指百姓。

(2) 不愿明皇二句：据《明皇杂录・补遗》载："玄宗尝命教舞马，四百蹄各为左右，分为部目，为某家宠、某家骄。时塞外亦有善马来贡者，上俾之教习，无不曲尽之妙。因命以衣文绣，络以金银，饰其鬃鬣，间杂珠玉，其曲谓之'倾杯乐'者数十回。" 两部，指左部、右部。胡奴乳,指安禄山的叛乱势力在蔓延滋长。乳,孳生。

(3) 玉关:玉门关,在今甘肃省敦煌西北。飞将军:指西汉名将李广,其人以勇敢善战著称。

(4) 天山:亚洲中部地区的一条大山脉,东西横跨中国、哈萨克斯坦和乌兹别克斯坦等国,中国境内的部分横贯新疆维吾尔自治区中部。

(5) 蹴:踢。

(6) 策奇勋:功勋卓著,载入史册。

(7) 烽燧:指报警的讯号。古代边境上有敌人来犯时,夜里点火,谓之烽;白天燃烟,谓之燧,借以报警。

(8) 槽枥一句:意思是战马白白地在马槽中延颈长鸣。

(9) 驽骀:驽和骀都是劣马。　长吁:长叹。

(10) 逸足:犹捷足,指奔跑迅疾的良马。

(11) 汗血:汗血马,即天马,汉武帝时从西域大宛得来。

(12) 霜华:即霜花。　苜蓿:又名金花菜,原产于西域,是马爱吃的草料。

(13) 踌躇:徘徊不定的样子。

【赏析】

这是一首题画诗。诗人很有才华,但却得不到一个施展的机会,于是借题画马诗以明志,写下了这首抒发个人感慨的诗。在这首诗中,诗人通过对汗血宝马不能施展才干而伯乐又不能发现宝马的描写,进而感叹个人所遭受的不平等待遇。全诗虽步老杜《丹青引赠曹将军霸》之遗韵,但却也写出了作者富有个性化的思想内容。

龟井鲁(一首)

龟井鲁(1743—1814),字道载,始号南溟,后改南冥,别号信天翁、狂念居士等。筑前(今福冈县)人。江户时代中晚期儒者。十四岁时从学于徂徕学派的学僧大潮,继而从大阪之永富独啸庵学医,又赴长州谒山县周南请益徂徕学。安永七年(1778),被拔擢为福冈藩儒医。天明三年(1783)福冈藩创设东、西两学问所,龟井鲁成为西学(又称甘棠馆)祭酒,讲授徂徕学,气势压过讲朱子学的东学(又称修猷馆)。然宽政二年(1790),德川幕府颁布异学禁令之后,他便被罢黜。在继承徂徕的经世志向及为学方法的同时,又能对之提出反省,为徂徕后学吹进一股新气息,被称为“镇西大文豪”。有《论语语由》、《肥后物语》、《南冥先生诗集》、《南冥先生文集》等。

鹿儿岛客中作

谁家丝竹(1)散空明,孤客(2)倚楼梦后情。皎月南溟波不骇(3),秋高一百二都城(4)。

【注释】

(1) 丝:琴、琵琶一类的弦乐器。 竹:笛、尺八一类的管乐器。 丝竹合称,泛指乐器。

(2) 孤客:孤独的旅人。这里指作者自己。

(3) 南溟:南海。 波不骇:海面平静,不起波浪。

(4) 一百二都城:一百二,是指百二之险,意为此地地势险要,作为天然屏障是其他国家的百倍。

【赏析】

这是一首纪游诗。安永四年乙未(1775)的夏季,作者在门人绪方周藏的陪同下,于九月一日来到了鹿儿岛。这期间于十三日夜里写下了这首诗。此诗一作《麑屿城下作》,又作《麑城作》。描写了鹿儿岛的风光和自己当时孤寂的心情,既谈历史,又写现实,表现了作者深邃博大的精神世界。这首诗与伊形灵雨的《过赤马关》、释宝月的《姬岛》并称为“九州三绝”之一。

伊形灵雨(一首)

伊形灵雨(1745—1787),名质,字大素,号灵雨,通称庄助。肥后(今熊本)人。江户中期汉诗人。他幼时极为聪慧,擅长诗歌创作。及长又通国史,善和歌,晚年移居猿掛村后,乡人称之为“猿崖居士”。其平生以李白自比,诗风也崇尚李白,奔放自在,奇思横溢,多五七言古体。有《灵雨诗集》等。

过赤马关

长风破浪一帆还,碧海遥环(1)赤马关。三十六滩(2)行欲尽,天边始见镇西(3)山。

【注释】

(1) 遥环:环绕。

(2) 三十六滩:指播磨滩、燧滩、安艺滩等。

(3) 镇西:在九州,昔置镇西府。

【赏析】

这是一首描写赤马关风景的诗。赤马关,即山口县下关。安永五年(1776),作者从京都回乡之际,路过赤马关时作了这首诗。在诗中,作者描写了途经赤马关时所看到的景色。整首诗气势辽阔,风格豪壮,体现了诗人洒脱豪放的性格。这首诗与龟井鲁的《鹿儿岛客中作》、释宝月的《姬岛》合称“九州三绝”。

清田勋(二首)

清田勋(1746—1808),一作清勋,字公绩,号龙川。京都人,江户时代著名的汉诗人。江村绶之子,因出嗣叔父清田君锦,故姓清田。其著作多毁于火灾,故传世不多,仅有《龙川诗钞》等传世。

林苑待花

林苑犹枯木,岂同摇落(1)时。和风(2)消北雪,淑气(3)上南枝。新霁莺先啭(4),余寒蝶未窥(5)。何人将羯鼓,火急报春知(6)。

【注释】

(1) 摇落:草木凋残零落。

(2) 和风:春天的暖风。

(3) 淑气:这里指早春的温和之气。

(4) 霁:雨雪停止,天放晴。　啭:鸟儿婉转地鸣叫。

(5) 蝶未窥:蝴蝶尚未飞来探看春花的开放。

(6) 何人二句:意思是谁能敲起羯鼓,通报春神,催花速开。羯鼓,又名两杖鼓,唐时盛行的一种打击乐器。据南卓《羯鼓录》载:唐玄宗命高力士取羯鼓临轩纵击,奏《春光好》一曲。曲罢,花已绽蕾开放。

【赏析】

这是一首描写春天景物的诗。在初春的季节里,万木复苏,生机盎然,一派欣欣向荣的景象。作者选取“枯木”、“淑气”、“莺”、“蝶”等大自然中特定的动植物,把早春的景物极为细致地表现了出来。全诗描摹春天的景物细致入微,刻画细腻,显示出了作者高超的观察领悟能力。

池馆晚景

庭池雨过水玲珑(1),枕簟香生菡萏(2)风。怪得流萤忽无影,月来杨柳画桥东。

【注释】

(1) 玲珑:指水池精巧细致。

(2) 菡萏:荷花。

【赏析】

这是一首描写池馆小景的诗。朦胧的晚风,恬静的氛围,勾画出一幅淡淡的风景画。尤其有特色的是,诗人把月出而萤影灭这些寻常小事写入诗中,使人产生了一种新颖可喜的感觉。全诗虽仅仅有二十八个字,所包含的意韵却是无限地悠长。

赖惟完(一首)

赖惟完(1746—1816),名惟宽,字伯栗,一字千秋,号春水,又号霞崖、拙巢,通称弥太郎。安艺竹原(今广岛县竹原)人。幼好学,二十一岁时游学大阪,与尾藤二洲、古贺精里等切磋学业,不久归家设塾教授子弟,并研修宋学。其人平时嫉恶如仇,性格洒落诙谐,名重一时。有《春水遗稿》、《师友志》、《东游负剑录》等。

松岛

一碧琉璃(1)滄不波,平湾无数点青螺(2)。月明宛似灯笼(3)出,分付(4)光辉夜水多。

【注释】

(1) 一碧：绿水像平面一样。 琉璃：一种绿色的釉料。这里指大海的颜色。

(2) 平湾：这里指松岛湾。 青螺：青色的贝壳。

(3) 灯笼：这里指海上的渔火。

(4) 分付：分给。

【赏析】

这是一首写景诗，为作者游奥州松岛时所作。松岛，是日本的三景之一，在宫城县宫城郡的松岛町。在这首诗中，作者描写了松岛上风光明媚的景色，表达了个人内心的喜悦之情。全诗虽仅有二十八个字，但却文字精练，风格淡雅，韵律和谐，较好地体现了作者的诗歌创作特色。

尾藤孝肇(二首)

尾藤孝肇(1747—1813)，字志尹，名孝肇，号二洲、约山、静寄轩、流水斋，通称伊豫屋良佐(良助)。伊豫川江(今爱媛县)人。其家族世营造船业，五岁时在船上受伤致跛足，故祖父劝他早习句读。宝历十年(1760)始从宇田川杨轩读书，明和八年(1771)游学大阪，拜片山北海门下，研修古文辞学，交游赖春水、中井竹山、中井履轩等学者。后开塾大阪，转向朱子学，尊之为正学，以学术文才获知于人，并闻名一时。宽政三年(1791)受幕府聘为昌平黉学问所儒者，禄二百石。与柴田栗山(1736—1807)、古贺精里(1750—1817)并称"宽政三博士"。他一生爱梅好酒，极为崇拜中国宋代诗人林和靖，对其不慕名利、恬淡高洁的品格及隐居山林的生活方式非常敬佩。所著有《正学指掌》、《素餐录》、《静寄轩余笔》、《称谓私言》等。

示　塾　生

君曹欲为士[1],须先成男子[2]。男子贵刚正,阳道[3]斯为尔。何乃近世人,一与儿女似。孳孳[4]务言貌,不务却为耻。男子有当行[5],可耻岂在此。须去妾妇态[6],速会[7]刚正字。良马不在毛,为士在其志。

【注释】

(1) 君曹:你们这些人。　士:君子。

(2) 男子:这里指应该具有的男子汉气魄。

(3) 阳道:即《易经·乾卦》中所说的纯阳,有纯粹之意。

(4) 孳孳:同"孜孜",不倦的样子。

(5) 当行:应该做的事情。

(6) 妾妇态:一般妇女的生活状态。这里指没什么理想,犹如一般妇女那样平庸的生活。

(7) 会:学会,拥有。

【赏析】

这是一首鼓励年轻人树立正大刚健思想、立志成才的诗。时作者在大阪担任私塾教师,针对当时太平环境下人们追求享乐的社会风气和淫靡之风日盛的状况,作为一位负责任的教师,他向弟子们发出了这样的告诫。在这首诗中,作者告诫学生们:欲要成为"士",首先品行要刚正,具有远大的志向;其次要脚踏实地地把该做的事情做好。虽然有一些不正确的观点包含于其中,但作为长者的谆谆告诫,无疑是一种真情的流露。

读《白氏长庆集》

自从知读书,触兴辄[1]吟诗。渊明与太白[2],所慕曾在兹[3]。性劣终不似,五十忽尔移[4]。偶读白家集[5]，有感欲学之。日日不释手[6]，朗诵无已[7]时。皤皤斑白[8]翁，而效少年为[9]。为之得似否，将来未可知。莫问旁人笑，行探香山[10]奇。

【注释】

(1) 触兴：兴之所至。　辄：就。

(2) 渊明：即陶渊明(365—427)，字元亮，东晋大诗人。　太白：即李白(701—762)，字太白，唐代伟大的浪漫主义诗人。

(3) 慕：仰慕。　在兹：在此。

(4) 忽尔移：形容时间过得很快。

(5) 白家集：指白居易的《白氏长庆集》。长庆四年(824)元稹编，共五十卷，收诗二千一百九十一首。后白居易又自编《后集》二十卷、《续集》五卷。此书曾经于唐朝时由遣唐使和遣唐留学生传入日本。

(6) 释手：放手。

(7) 已：停止。

(8) 皤皤：头发花白的样子。　斑白：鬓发花白，喻指老人。

(9) 为：行为，做法。

(10) 香山：白居易的号。

【赏析】

这是一首读白居易诗的个人读后感。在唐代，白居易的诗集传入日本，并且对日本人和日本文学产生了很大的影响。究其原因，一是白诗通俗易懂，便于理解；二是白诗表现出的审美思想较为符合日本人的欣赏观。这种对白诗的推崇，不仅是在唐代，而且也一直延续到后世。这首诗便是这方面的一个佐证。在诗中，作者表现出了对白居易其人及其作品的仰慕之情。全诗以个人读白诗的体会为主，兼谈个人对白诗的感受，从而表现了日本学者对白居易和中华文化谦虚好学的态度。

菅晋帅(七首)

菅晋帅(1748—1827),名晋帅,字礼卿,号茶山,通称太仲。备后福山(广岛县福山市)生人。江户时代末期儒学家、汉诗人。少年时代赴京都,从著名学者那波鲁堂学习朱子学,学成后回故里,创办私塾。其私塾面对黄叶山,因命私塾名为黄叶夕阳村舍,专门从事朱子学教育。享和元年(1801)在福山藩任官,黄叶夕阳私塾遂聘请著名学者赖山阳任教,名声大振,成为远近闻名的朱子学教学中心。菅晋帅作诗崇宋诗,强调写诗要“浅而近”。因此他的诗多取自日常生活,风格清新自然。可以说通过他的诗完成了日本关西诗风的转变。主要著作有《游艺记》、《福山志料》、《黄叶夕阳村舍诗集》等。

蝶

冲风(1)触花树,花落扑吟榻(2)。一片(3)忽还枝,知他是蝴蝶。

【注释】

(1) 冲风:突然刮来的风。

(2) 吟榻:作者作诗时坐的椅子。

(3) 一片:这里指一片花瓣。

【赏析】

这是一首吟咏风中舞蝶的诗。在突如其来的阵风中,蝴蝶被吹落到了坐榻之上,诗人以为是一片花瓣,就在疑惑之时,这片“花瓣”忽然飞上了枝头。此时的诗人才如梦初醒,知道这是蝴蝶而不是花瓣。全诗的内容极为平淡,与庄子的“化蝶”故事相似,于不经意间选取的一个小的景物画面,把诗人的生活情趣写得十分别致。

夏　日

避雨行人聚树根,楚言齐语笑喧喧(1)。须臾(2)云散天将夜,各自东西南北(3)奔。

【注释】

(1) 楚言齐语:指中国的南方话与北方话,这里形容口音不一。　喧喧:形容声音喧闹。

(2) 须臾:一会儿。

(3) 东西南北:泛指各个方向。

【赏析】

这是一首描写夏日避雨时的诗。诗中描写了作者在避雨时的所见所闻,措辞口语化,并且表现得极为自然。整首诗笔墨不多,通俗而不粗浅,构思新奇,别具一格,是极为生活化的作品。

冬夜读书

雪拥(1)山堂树影深,檐铃(2)不动夜沉沉。闲收乱帙(3)思疑义,一穗(4)青灯万古心。

【注释】

(1) 拥:围着。

(2) 檐铃:屋檐上挂着的铃铛。

(3) 乱帙:杂乱的书箱。

(4) 一穗:形似稻穗一样的灯芯火光。

【赏析】

这是一首冬夜读书感怀的诗。在严寒的冬夜,诗人面对着青灯古籍,一边思索着诗中的古义,一边思考着古代圣贤的精神。虽然气候寒冷,但作者以读书尚友为乐,心中的感觉仍然是十分快乐的。篇幅不长,却体现了作者酷爱读书的雅趣。

江　州

烟水苍苍(1)暖意融,晴波闪烁钓丝风。五湖遗逸(2)家何在,六代高僧(3)窟亦空。岳寺(4)云归春树外,沙汀鸭睡夕阳中。济川(5)谁抱平生志,时见孤舟蓑笠翁(6)。

【注释】

(1) 苍苍:无边无际、空阔辽远的样子。

(2) 五湖遗逸:指鄱阳湖边的陶渊明。五湖,这里指鄱阳湖。遗逸,指陶渊明。

(3) 六代高僧:指六朝时东晋高僧慧远。六代,即六朝,指三国东吴、东晋、宋、齐、梁、陈六个朝代,均建都建康(今南京市)。

(4) 岳寺:既指日本琵琶湖西边比睿山山顶的延历寺,又指中国庐山的东林寺。

(5) 济川:指济世的抱负。

(6) 时见一句:语出柳宗元《江雪》:“孤舟蓑笠翁,独钓寒江雪。”

【赏析】

这是一首述志诗。诗题中的“江州”,即今江西九江市,为中国晋代大诗人陶渊明的归隐之地。诗人素怀济世之志,然而在当时的社会环境下,要想实现个人的理想,还存在着诸多的制约,目标一时难以达到。于是诗人赋诗言志，借吟咏归隐江州的陶渊明，来抒发自己心中的愤慨之情。诗虽用中国的历史典故，但表达的却是身在日本的诗人的复杂心态。而颈联的工整绮丽，更是为后人所称道。

龙　盘

龙盘虎踞[(1)]帝王都，谁见当时职贡[(2)]图。祭祀千年周雅乐，朝廷一半汉名儒[(3)]。世情频逐浮云变[(4)]，吾道长悬片月孤。怀古终宵愁不寐，城钟数杵起栖乌[(5)]。

【注释】

(1) 龙盘虎踞：形容地势雄壮险要，特指南京。这里借指当时的日本京都江户。作者生活的时代，是德川幕府时期。

(2) 职贡：藩国按照规定的时间向朝廷进贡。日本当时集大权于江户幕府，在这里比喻幕府与藩侯之间的矛盾。

(3) 祭祀二句：祭用雅乐，朝有名儒，比喻太平盛世。周雅乐，即六舞，指《云门》、《咸池》、《大磬》、《大夏》、《大濩》、《大武》等古乐曲。

(4) 世情一句：指社会历史变迁较快。

(5) 城钟一句：城中黎明时撞钟的声音惊起了栖宿的乌鸦。

【赏析】

这是一首怀古诗。诗人从中国历史名城南京着笔，感慨历史上六朝的兴衰。表面上是写中国，实际上是在写日本。怀古之中，寓有伤今之意。篇幅虽然不长，所包含的感情却是十分沉痛。

冬日杂诗

寒鸟相追入乱松[(1)]，隔溪孤寺静鸣钟。山风俄约[2]晚云去,雪在西南三四峰。

【注释】

(1) 乱松:松树纷乱蓬松的样子。

(2) 俄约:一会儿。

【赏析】

这是一首描写冬日雪景的诗。全诗写得较为客观,虽不表现作者个人的情绪,但确实是成熟老练。读罢此诗,冬日的山景历历如在眼前,令人过目难忘。

影 戏 行

纸障笼烛光辉邃[1],有物森立[2]含百媚。鬼耶人耶人莫识,疑看艳妆凝珠翠[3]。谁家妖童[4]美风姿,定从乌衣巷[5]边至。双去双来皆应节[6],舞袖翩跹[7]轻蝶翅。汉帝招魂[8]恨无言,任郎顾影如有意。妙技暗写世上情,造物不知指端秘[9]。须臾弄罢寂四筵[10],乾闼婆城更何地[11]。观者怅然惜更阑[12],一笑制诗传相示。君不见汉事唐业无踪迹[13],人间今古几影戏。

【注释】

(1) 纸障:用白纸作的屏障,上面显出影像。　邃:深远。

(2) 森立:像树一样直立。

(3) 珠翠:珍珠和翡翠,这里指盛装女子。

(4) 妖童:美少年。

(5) 乌衣巷:在今南京市东南,东晋以来是王、谢两大世族居住的地方。

(6) 应节：合乎音乐节拍。

(7) 翩跹：形容轻快地跳舞的样子。

(8) 汉帝招魂：指影戏表演的内容是汉武帝为李夫人招魂之事。据《汉书·外戚传》载："上(汉武帝)思念李夫人不已，方士齐人少翁言能致其神。"武帝通过影戏看到了李夫人的容貌。

(9) 造物一句：意思是造物之主也不懂得皮影戏的秘密在艺人手指的操纵。

(10) 四筵：四席，四座。借指四周座位上的人。

(11) 乾闼婆城一句：意思是原先影戏中的种种景象都没有了。 乾闼婆城，梵文音译，意为香气楼、蜃气楼。佛教称乐人为乾闼婆，因能幻作楼阁以使人观看而得名，这种楼阁与海市蜃楼相似，亦称乾闼婆城。见《慧苑音义》。乾闼婆城比喻幻有而实无，这里指影戏。 更何地，又成什么地方了呢？这里指影戏幻象的消失。

(12) 阑：夜深。

(13) 汉事唐业无踪迹：指汉唐的事业已烟消云散，成为了历史。

【赏析】

这是一首描写影戏的歌行体诗。影戏，又名纸影戏，大约产生于宋代，为中国的一种民间技艺。流传到日本后，亦称"影绘"。全诗对流行日本的这种技艺进行了叙述，描摹精细，用典恰当，读其诗仿佛影戏表现的内容又宛然在目。作者不仅描写影戏，而且写了与影戏有关的汉武帝故事，来抒发历史的感慨，寓意显得更为深刻。影戏之艺流播于东邻，并形之于歌咏，足见中华文艺对日本文化影响的深刻。

市和世宁(四首)

市和世宁(1749—1820)，旧译上毛河世宁，字子静，号宽斋，别号半江渔夫、江湖诗老,通称小左卫门。上野(今群马县)人。市和世宁少年即有志于学,宽政三年(1791),任富山藩藩校广德馆祭酒,后升为教授。他学识渊博,性爱山水,善诗及指画。初学晚唐杜牧,又学中唐白居易,后学陆放翁。熔铸百家,成一家之长。在江户创立江湖社,提倡宋诗。他是江户后期著名的诗人,一生著述甚丰。从教二十余年,著名诗人菊池五山、大洼诗佛等皆出其门下。有《全唐诗逸》、《日本诗纪》、《诗家法语》、《陆诗考实》、《随园诗钞》、《宽斋诗文集》等。其中以《全唐诗逸》三卷成就最大,对《全唐诗》中的遗漏诗歌做了补遗,深受中国学者的赞誉。

东坡赤壁图

孤舟月上水云长,崖树秋寒古战场(1)。一自风流属坡老(2),功名不复画周郎(3)。

【注释】

(1) 古战场:指三国时周瑜破曹、火烧曹军的赤壁。在今湖北省嘉鱼县东北长江南岸。

(2) 风流:杰出的人物。语出苏轼《念奴娇·赤壁怀古》词:“大江东去,浪淘尽千古风流人物。” 坡老:指苏东坡。老,为尊敬之意。

(3) 功名:功绩和名声。 周郎:即三国吴将周瑜。

【赏析】

这是一首题画诗。宋代大文豪苏轼于神宗元丰五年(1082)七月十六日和十月十五日两次游赤壁,并写下了前后两篇《赤壁赋》,其文名贯古今,享誉后世。但苏轼游的赤壁,并不是赤壁之战的赤壁。作者的这首诗,是属于题画诗。诗的前两句,描写了苏轼游赤壁时的景物;后两句抒发了作者的感慨。全诗气韵凝重,语气深沉,体现了作者深厚的历史使命感,是题画诗中的典范之作。

待　渡

沧波一带抹红霞(1),争渡归人立浅沙(2)。岸阔篙师(3)呼不应,晚炊烟罩(4)柳边家。

【注释】

(1) 沧波:巨大的波浪。　红霞:晚霞。

(2) 浅沙:浅滩。

(3) 篙师:船夫。

(4) 罩:遮盖住。

【赏析】

这是一首描写天色将暮,行人归家被阻于河边时焦急等待的诗。首句沧波,言水势之大。一条大河已被晚霞涂抹,点明了地点和时间。继之是说争相渡河的人已走到浅沙之上,可船夫却不在船上,河水辽阔,隔岸呼人听不见,远远望去,隐约可见炊烟笼罩着的柳树旁的人家,这人家可能是船夫居住的地方吧!眼看天要黑了,这将如何是好呢?这首诗把待渡人的心理状态刻画得淋漓尽致,着墨不多,但堪称是佳作。

雪中杂诗

破窗寒彻(1)五更风,八尺身材(2)曲似弓。冰柱几条垂到地,水晶帘外月玲珑(3)。

【注释】

(1) 彻:透。

(2) 八尺身材:这里指当时老百姓的一般身高。

(3) 玲珑：精巧细致。

【赏析】

这是一首描写贫寒百姓现实生活的诗。在日本汉诗中，虽然诗歌的题材多种多样，但表现普通百姓生活的现实主义的诗歌却不多见。这首诗便是这方面的代表作。它通俗而不粗浅，生动地描绘了冰天雪地里穷苦人的处境与形象，读后犹如亲眼所见，身临其境，极大地唤起了人们对他们的同情心，是日本汉诗中为数不多的现实主义之作。

发江户

一杖飘然似御风(1)，都门早发晓烟(2)中。归来解印陶彭泽(3)，强健还乡陆放翁(4)。野旷虫声偏饱露(5)，云晴雁影自横空(6)。此行已免人间险(7)，不畏深山路途穷。

【注释】

(1) 御风：驾风。

(2) 晓烟：晨雾。

(3) 陶彭泽：即陶渊明。陶渊明任彭泽县令八十余日，不为五斗米折腰，辞官归田。其事见萧统《陶渊明传》。

(4) 强健一句：南宋陆游号放翁，曾游宦川陕，官至宝章阁待制，后退居家乡山阴。作者以陶渊明、陆放翁自喻，离开京都江户，回到自己的家乡。

(5) 饱露：喝足露水。

(6) 横空：指横过空中。

(7) 人间险：这里比喻宦途的险恶。

【赏析】

这是作者离开京都江户时所作的一首诗。诗人是一位著名的学者,他原本醉心于学问,本无意于仕途,但也曾一度进入官场。后思想发生重大变化,决意离开政治中心而从事著述。这首诗便是他离开京都时心情的反映。诗中表现了离开官场时的喜悦心情,作者以陶渊明、陆游为自己的人生楷模,不愿意为权势所困扰,认为脱离丑恶的官场,即是摆脱了宦途的险恶。全诗流畅婉转,韵律和谐。首联写早发江户,颔联写归来所感,颈联写所见自然风光,尾联以议论总结全诗。结构完整,章法自然,首尾相连,浑然一体。相较整篇而言,只是尾联稍弱,影响了总体上的气势。

龟田长兴(一首)

龟田长兴(1752—1826),亦作龟田兴,字图南、穉龙,号鹏斋,通称文左卫门,江户(今东京都)神田人。他自幼好学,六岁时师事三井亲和学书,及长又师事井上金峨,专攻儒学及诗文创作。安永八年(1779)著《论语撮解》批判荻生徂徕古文辞学派,使江户文风为之一变。天明五年(1785)在江户骏河台设私塾育婴堂,宣传折衷派观点。宽政九年(1797),私塾被关闭,后归家闲居。晚年研修书法,尤善草、楷二体。其人磊落不羁,轶事很多。他一生未仕,但著述甚丰,有《大学私衡》、《北游文集》、《鹏斋诗钞》等。

江　月

满江明月满天秋,一色江天(1)万里流。半夜酒醒人不见,霜风萧瑟荻芦洲(2)。

【注释】

(1) 一色江天:指江和天形成了碧绿的颜色。

(2) 荻芦洲：荻花和芦花长满了洲上。

【赏析】

这是一首吟咏隅田川之月的诗。诗中描写了在澄明的月下，诗人孤寂而难以排遣的心情。酒醒却未见到一位亲朋好友，作者的孤独可想而知。而萧瑟的秋风，又增添了无限的惆怅。全诗看似写景，而实际上倾吐的是知音难觅的内心忧愁。用字不多，所包含的感情却是十分丰富。

松本慎(一首)

松本慎(1755—1798)，字幼宪，号愚山，京都人。有《愚山诗稿》等。

初夏偶成

苇帘初卷因人天，燕语呢喃(1)起午眠。休觉先生生计拙(2)，新荷叶叶已成钱(3)。

【注释】

(1) 呢喃：形容燕子的叫声。

(2) 生计拙：缺少谋生的好办法。

(3) 已成钱：指荷叶初生，小如铜钱。

【赏析】

这是一首初夏时节的即兴之作。诗的前两句选取了生活中的一个场景，表现了作者淡泊的生活态度。后两句既是诗人的自慰，也是他的自嘲。全诗虽篇幅不长，但却以新巧胜，意味悠长，充满了个人生活的情趣。

赖惟柔(二首)

赖惟柔(1756—1834),字千祺,又字季立,号杏坪、春草,通称万四郎。安艺(今广岛)人。赖春水之弟。天明三年(1783)以春水家臣的身份赴江户,向服部栗斋求学,专研朱子之学。天明五年受聘为广岛藩儒官,帮助春水教育广岛藩士子弟。宽政九年(1797)及享和三年(1803)以来,随春水四度往返江户,侍藩主及世子齐贤读书,并教育在江户官邸的藩士。杏坪以敢言之故,文化八年(1811)晋为广岛藩御纳屋奉行上席。天保元年(1830)退隐,居于广岛家中。有《原古编》、《杏坪文集》、《春草堂诗钞》等。

游芳野

万人买醉搅芳丛(1),感慨谁能与我同(2)。恨杀残红(3)飞向北,延元陵(4)上落花风。

【注释】

(1) 芳丛:美丽的草丛。

(2) 同:这里指思想观点一致。

(3) 残红:散落的红花。

(4) 延元陵:后醍醐天皇的陵墓。延元,后醍醐天皇的年号(1336—1340)。

【赏析】

这是一首郊游诗,为作者五十八岁时所作。据其日记所载,此诗为作者游吉野峰时所作,两日内共作了三首,这首诗为其中之一。在诗中,作者不仅描写了吉野的风景,而且也抒发了历史的感慨。全诗文字痛切,风韵极高,与藤井外竹、河野铁兜的同题之作并称为“吉野三绝”。

虞美人草行

楚人去楚尽归汉[1],汉人嘻笑楚人叹[2]。四面楚歌[3]惊楚王,楚姬慷慨头自断[4]。香血[5]化生草一根,大风[6]独立汉乾坤。春花未曾为汉发,芳心长伴楚王[7]魂。君不见长陵[8]未干一抔土,刘家社稷落诸吕[9]。汉后[10]地下逢楚姬,应愧楚姬不负楚。

【注释】

(1) 楚人:楚军。这里指项羽的军队。　汉:这里指刘邦的军队。

(2) 嘻笑:高兴的样子。　叹:惋惜。

(3) 四面楚歌:听到从四面汉军中传来的楚歌声。形容人们遭受各方面攻击或逼迫的人事环境,而致陷于孤立窘迫的境地。典出《史记·项羽本纪》。

(4) 楚姬:指项羽宠姬虞姬。　头自断:指虞姬在汉兵压境的情况下,为了不拖累项羽而引颈自杀之事。

(5) 香血:这里指虞姬的血。

(6) 大风:指刘邦建立汉朝之后,在平定淮南王黥布的叛乱后回到家乡时所作的《大风歌》。

(7) 楚王:指项羽。

(8) 长陵:汉高祖刘邦的陵墓,在今陕西咸阳东。

(9) 诸吕:指以吕后为代表的吕氏家族。

(10) 汉后:汉高祖刘邦的皇后吕后。

【赏析】

这是一首吟咏虞美人草的诗歌。诗题的"行",为乐府歌行体之名,与"歌"、"引"之体意同。公元前 202 年十二月垓下之战时,项羽兵败被围,虞姬在和完项羽的《垓下歌》之后,自刎而死。后人怜其忠烈，将其安葬于安徽灵璧县城东，史称“虞姬墓”，墓上的草称为“虞美人草”。宋代的曾巩（一作许彦国）曾作《虞美人草》一诗，吟咏的便是虞美人之事。而杏坪的这首诗，则别开生面，从另一个角度歌颂了虞姬的节烈，把两位女性对比，从而批判了汉高祖刘邦死后吕后的种种倒行逆施。全诗以小草起兴，小题大做，表现了诗人深邃的历史兴亡之感。

神吉主膳（一首）

神吉主膳（1756—1841），号东郭，赤穗（今兵库县）人，江户时期的文学家。有《东郭先生遗稿》等。

山　寺

入山不见寺，面面唯松树。暗闻钟磬声(1)，知是僧庵(2)路。

【注释】

(1) 钟磬声：寺庙里传来的钟声。

(2) 僧庵：佛寺、佛庵。

【赏析】

这是一首描写幽静寺院的诗。诗的意境与唐代诗人常建的《题破山寺后禅院》诗极为接近，诗风恬淡，韵味无穷，堪称清绝。于不经意的描写中，流露出了诗人的趣味。

释良宽（一首）

释良宽（1757—1831），俗姓山本，字曲，号大愚。越后（新潟县）

人。日本曹洞宗僧人。安永三年(1774)入同国尼濑光照寺,随玄乘破了法师剃发受戒。安永七年(1778)从备中(冈山县)玉岛圆通寺国仙和尚钻研曹洞宗旨,并嗣其法。其后游历诸国。宽政九年(1797)于长冈国上山结五合庵,后于山下乙子祠畔庵居。晚年移居岛崎村居住。其平生寡欲恬淡,超然于毁誉褒贬,常以翰墨作佛事,书风亦颇富雅趣,为世人所赏玩,是日本著名的书法家。其诗作存有三隐布袋之遗韵,和歌带万叶风格。有《良宽和尚诗歌集》一卷。

偶　作

步随流水觅源泉(1),行到源头却惘然(2)。始悟真源(3)行不到,倚筇随处弄潺湲(4)。

【注释】

(1) 源泉:与"原泉"意同,指河水的源头。

(2) 惘然:怅然若失的样子。

(3) 真源:真正的源头。

(4) 筇:竹杖。　潺湲:河水漫流的样子。

【赏析】

这是一首颇有禅味的诗。禅家以为,平常的道亦是道,能够悟出其中之理,才能得出人生的真谛。这首诗以流水为喻,说明只要心中有源头,到处都可以听到流水的声音。全诗看似平淡,但颇具禅味,令人回味,人生的哲理也在不经意间表露了出来。章法及内容都受到中国宋代朱熹《春日》一诗的影响。

馆机(一首)

馆机(1762—1844),字枢卿,通称雄二郎、柳湾,号赏雨老人。

新潟人。文化、文政、天保年间的江户诗人。其一生事略多记载不详。有《柳湾诗钞》、《林园月令》、《晚唐百家绝句》、《晚唐诗选》等。

秋　尽

静里空惊岁月流(1),闲亭独坐思悠悠(2)。老愁(3)如叶扫难尽,簌簌(4)声中又送秋。

【注释】

(1) 岁月流:时光流逝。

(2) 悠悠:遥远的样子。

(3) 老愁:旧愁。

(4) 簌簌:树叶落下的声音。

【赏析】

这是一首描写晚秋风景的诗。在寂寞的秋风中,作者感叹随着时光的流逝如白驹过隙,自己的生命光阴已为时不多。诗人没有从大处着笔,只从"独坐"、"送秋"的几个动作中,表达了自己身体的衰老和人生的有限,对生命有了更多的思考。全诗的风格萧散淡雅,简洁如画,体现了老年人生的另一种境界。

小栗光胤(二首)

小栗光胤(1763—1784),字万年,号十洲。若狭(今福井县)人。江户时期的文学家,他长于汉诗创作,以苦吟著称,并终身如此,有《观海楼小稿》等。

赠卖花人

飘然庾岭谪仙人(1),一担梅花卖却春。劝尔纵教[2]多酒价,莫将冰骨染红尘[3]。

【注释】

(1) 庾岭:大庾岭,在今江西大余、广东南雄交界处。唐时多植梅树,故又名梅岭。　谪仙人:谪降人间的神仙。这里称卖梅花的人。

(2) 纵教:即使教。

(3) 红尘:世俗的世界。

【赏析】

这是一首赠予之作。作者所赠的对象,是一位社会地位较低的卖梅花人。在这首诗中,作者儆人实为惜梅,惜梅亦所以儆人,虽是赠人之作,但表现的却是诗人对梅花的特殊感情。字数不多,诗人的感情已经明确地体现出来了。

鸭林秋夕

沙岸秋凉夕,林泉水墨图[1]。松风疑急雨,草露碎明珠[2]。浅濑萤开阖[3],残云月有无。游人得鱼否,柳外远相呼[4]。

【注释】

(1) 林泉一句:意思是林泉的秋景,恰似一幅水墨画。

(2) 草露一句:草上的清露犹如颗颗明珠。

(3) 浅濑:从沙石上流过的急水。　开阖:开合,指萤光闪烁。

(4) 相呼:同类的事物相互感应。指志趣、意见相同的人互相响应,自然地结合在一起。

【赏析】

这是一首描写鸭林秋景的诗。鸭林,即贺茂林。贺茂在京都。

贺茂与鸭林在日语的读音中,均读作かも,故可通用。全诗不从大处落墨,只从小处着笔,通篇均写细小的景物,但却把鸭林的秋景表现得十分细腻传神。尤其是颈联的描写,把寻常的景物刻画得栩栩如生,达到了别人所达不到的地步,体现了作者深厚的汉学功力。

柏木昶(二首)

柏木昶(1763—1819),字永日,号如亭,通称门弥。江户(今东京都)人。出身于富裕家庭,幼年丧父后,将家业转让其弟而醉心于诗文书画。其人性格洒脱,豪放不羁。晚年生活困顿,成为流浪诗人,最后病逝于京都东山的寓所。有《如亭集》、《如亭遗稿》、《宋诗清绝》、《海内才子诗》等。

秋　立

晚晴(1)堂上坐凉风,初听篱根语早蛩(2)。云意不知秋已立,尚凭残照弄奇峰(3)。

【注释】

(1) 晚晴:傍晚雨后初晴。

(2) 语早蛩:蟋蟀的鸣叫声。蛩语,蟋蟀的叫声。

(3) 云意二句:出自杜甫《多痛执热奉怀李尚书》:"奇峰硉兀火云升。"

【赏析】

这是一首吟咏节候的诗。秋立,即立秋,是中国的二十四节气之一,为阳历的八月七日或八日,日本古代也有按照中国历法行事的记载。在传统吟咏节候的诗中,作者多从草木见意,借以表现秋天的氛围。而诗人的这首诗却与众不同,他独辟蹊径,从云不知秋着笔,别出心裁,巧妙地体现了秋天的意向。这首诗虽源出于杜诗,但却做到了夺胎换骨,展示了诗人高超的化用"诗圣"诗句的能力。

木母寺

隔柳香萝杂沓(1)过,醒人(2)来哭醉人歌。黄昏一片蘼芜(3)雨,偏傍王孙(4)墓上多。

【注释】

(1) 香萝:带有香味的轻软的丝织品,为女子所用。　杂沓:混杂的样子。

(2) 醒人:没有喝酒的人,与醒者义同,与"醉人"相对,这里似指作者自己。

(3) 蘼芜:一种香草,也叫江蘼。

(4) 王孙:指贵公子。

【赏析】

这是作者在游木母寺时写的一首诗。木母寺,位于东京都墨田区的二丁目,为天台宗的寺院。作者在写这首诗时,正是春花烂漫的季节。从表面上看,诗人是在写木母寺的风景,但实际上这首诗却浸透着一种对时光流逝的无奈以及对人生苦短的悲哀之情。这种泛化的悲思,如轻烟一般笼罩着人生过程中的一切境界。作者一个人的所见所闻、所经所历、所思所想、所爱所恨,思量到底,推论之极,终不免会有幻灭之感。这就是在日本文化传统中经常可以感受到的"物之哀"情结。这种悲情在春天的背景下往往表现得尤为突出,无论在汉诗或是在和歌中都是如此,极具日本文人的特色。

大田元贞(二首)

大田元贞(1765—1825),字公幹,号锦城,通称才佐,加贺(今石川县)人。幼时聪颖异常,五岁识字,十一岁时便能作诗,十三岁时能够讲说经史,被乡里人称为神童。长大后不仅通晓百家之书,而且最长于经义之学。平生喜好诗歌,创作甚丰,为日本的一代大儒。有《论语大疏》、《九经谈》、《仁说三书》、《锦城百律》等。

山　居

拾薪而爨[(1)]汲泉烹,谁悟山栖静且清。石径鹿归苔有迹,桃溪花落水无声。绝交唯许云来去,独往犹劳鹤送迎。松洞[(2)]之风柳条月,闲中烦我几回评[(3)]。

【注释】

(1) 爨:烧饭。

(2) 松洞:这里指作者山中的居所。

(3) 几回评:几番品评。这里是品评风月的意思。

【赏析】

这是一首描写山居幽情的诗。在诗人的笔下,山中远离尘世的环境,正与自己淡泊的心态极为适应。虽然其中的生活有些孤寂,但自然界中的生物,似乎也极有灵性,它们与诗人的感情已完全融为了一体。山中幽静的环境,正是读书做学问的极好去处。这首诗是一首典型的律诗,其中参照了古风的句法,却又独具匠心,显示出了作者高超的诗歌创作水准。

秋　江

蓼花[(1)]半老野塘秋,水落空江澹[(2)]不流。渡口渔家将夕照,一双白鹭护虚舟[3]。

【注释】

(1) 蓼花:一种一年生的水草植物。

(2) 澹:安静。

(3) 虚舟:不载人和货物的船。

【赏析】

这是一首描写秋江风景的诗。在秋日的夕阳下,江风瑟瑟,万籁俱寂,仿佛时间也停止了流动。与此相对应的是,渡口的渔家也显得百无聊赖,他们不知去了何处,只有一对白鹭静悄悄地守着空船。整首诗构思独特,选择的景物虽不是很多,但有秋江、渔家的代表性特征,恰到好处地表现了日本秋天的特色,达到了王国维《人间词话》中所说的"无我之境"。结句的一个"护"字,使用得极为准确,更显示出了作者用字的巧妙。

大洼行(二首)

大洼行(1767—1837),名行,字天民,号诗佛、江山诗屋、瘦梅、诗圣堂等,常陆(今茨城县)人。师事山中天水,善草书,喜画墨竹。曾同柏木如亭(号瘦竹)创办"二瘦诗社",倡导性灵清新的诗风。担任秋田藩儒官期间,在江户日知馆教授经学与诗文。有《清新诗题》、《卜居集》、《诗圣堂集》及《诗圣堂诗话》等。

渔　家

江畔渔家五六椽[1],疏篱短短枕洲编[2]。四边芦荻[3]无余地,万倾波澜是好田[4]。晓雨初晴齐曝网[5],晚潮将到急移船。生平不会[6]人间事,只得鱼钱充酒钱。

【注释】

(1) 五六椽:五六间房屋。椽,代称房屋间数。

(2) 枕:这里是围绕的意思。 编:编织篱笆。

(3) 芦荻:又名芦竹(学名:Arundo donax),是多年生挺水高大宿根草本植物,形如芦苇。

(4) 万倾一句:意指渔家以水为田,捕鱼谋生。

(5) 曝网:晒网。

(6) 不会:不理会,不管。

【赏析】

这是一首描写渔家生活的诗。全诗犹如一幅江村渔家的风俗画,表现了他们恬静自然的精神状态,与描写中国江南水乡风俗的诗歌颇为近似。颔联用笔高超,不但写出了渔家的生活,而且也颇具气势。诗歌的内容,达到了超然于外物的境界,由此亦可见诗人的胸怀是多么地宽阔。

早 樱

腰肢纤细带微香,一种风流[1]淡薄妆。好个报来春信[2]早,《西厢记》里小红娘[3]。

【注释】

(1) 风流:风韵,风度。

(2) 春信:春天来临的消息。

(3) 小红娘:《西厢记》中的人物,她为崔莺莺和张生传递彼此情感信息。这里以小红娘比喻春天的信使。

【赏析】

这是一首吟咏早春樱花的诗。诗人把早樱比喻成小红娘,而小红娘是中国元代杂剧《西厢记》中的一个人物,她大胆机智,敢于蔑视封建礼教和门阀观念,成就了张生与崔莺莺的爱情。《西厢记》中的这个人物,不仅深受中国读者的喜爱,也受到了日本读者的喜爱。诗人的这首诗,不仅称赞了早樱的外貌,也歌颂了早樱的内在形态。把早樱比喻成报春的小红娘,可见诗人对早樱是多么地情有独钟。

菅晋宝(一首)

菅晋宝(1768—1800),字信卿,号阯庵,备后(今冈山县)人。他少时受家庭影响,学业优异,有较高的文化素养。可惜英年早逝,其诗作流传不多,部分附刻于其兄菅晋帅的《黄叶夕阳村舍诗集》之后。

浦子承翁将游长崎,路过草庐留宿,喜赋以赠。时翁自阿州至

老来行色若为[(1)]豪,气压鸣门[(2)]万丈涛。四海风尘犹意气[(3)],百年天地此绨袍[(4)]。云横大泽龙蛇[(5)]伏,雨洗苍空[(6)]星斗高。看取肺肝凛相照[(7)],酒间把似赫连刀[(8)]。

【注释】

(1) 若为:怎样,如何。

(2) 鸣门:即鸣门海峡,在德岛县与淡路岛之间。因海峡多

大浪巨涛,故曰“鸣门万丈涛”。这也是蒲子承到作者处的所经之地。

(3) 四海一句:意思是四海游行,风尘仆仆,但还意气豪壮。

(4) 百年一句:意思是在长期的时间和广阔的空间内,只有蒲子承一人有故人之情。绨袍,粗厚光滑的丝织品做的长袍。典出《史记·范雎列传》。后以“绨袍”表示故人间的旧情。

(5) 大泽龙蛇:草丛中隐藏的非常人物,这里指蒲子承。

(6) 苍空:晴空。

(7) 肺肝凛相照:即肝胆照人,心意真诚。

(8) 酒间一句:在饮酒之际,以赫连刀相赠。这里的赫连刀,即宝刀之意。赫连刀,由晋代南匈奴后裔、自立为大夏王的赫连勃勃制造,又称“大夏龙雀”。

【赏析】

这是一首赠别诗。蒲子承是作者尊敬的长辈,时他刚从阿州(阿波国)来,欲在作者的住处停留几日后再赴长崎。看到长辈的到来,诗人的心情无比高兴,于是提笔写下了这首诗。在赠别友人的同时,也表达了自己的豪壮之情。颔联尤其思想深厚,风格沉郁,别具一格,是赠别诗中的佳作。

牧野履(一首)

牧野履(1768—1827),字履卿,号钜野,丰前(今大分县)人。江户时期的文学家。有《钜野诗集》等。

初夏闲居

残花落尽送残春(1),雨后葱茏(2)绿树新。谢客任荒[3]林外径，抛书懒扫几[4]头尘。巢梁乳燕相呼母，浴水闲鸥不避人[5]。赖[6]有老妻能酿酒，怡然对饮脱乌巾[7]。

【注释】

（1）残春：暮春。

（2）葱茏：草木青翠而茂盛。

（3）任荒：任凭林边的小路变得荒芜。

（4）几：小或矮的桌子。

（5）巢梁二句：化用杜甫《江村》“自去自来梁上燕，相亲相近水中鸥”的诗意。

（6）赖：倚靠，仗恃。

（7）乌巾：即乌角巾，古代隐士所戴的黑色头巾。

【赏析】

这是一首表现个人闲情逸致的诗。诗人的晚年，一直过着闲散的生活，这种淡泊的情怀，也不时反映在他的诗歌中。这首诗是诗人的晚年之作，表达了个人善娱晚景的平和心态。其中的闲中佳趣，似老杜闲居成都之作，非亲身体会者不能道出。

松崎复（一首）

松崎复（1771—1844），字明复，号慊堂，通称退藏。肥后（今熊本县）人。其家族世代以务农为业，但他幼时敏慧，喜好读书。十岁时出家为僧，十五岁时还俗。后出奔江户，不为亲戚所纳，一度失意。又投奔江户的浅草寺，寺僧爱其才华，授以课业，遂得以成为一代大儒。有《慊堂全集》、《慊堂日历》、《慊堂遗文》等。

秋日卧病有感

故园何日省慈闱[(1)]，多病多年心事违[(2)]。云路[(3)]三千梦难至，秋天[(4)]无数雁空飞。

【注释】

(1) 慈闱：母亲。

(2) 违：不顺利。

(3) 云路：天路。

(4) 秋天：秋日的天空。

【赏析】

这是一首怀念故乡慈母的诗。作者十五岁时离开故乡，在外的流离又为父母增添了不尽的忧愁，体弱多病使他未能尽到赡养之情，进而使他心中充满了愧疚。即使在成名之后，作者仍未能回到家乡。而秋日的卧病，更增加了他对故乡老母的思念，于是便提笔写下了这首怀乡思亲之作。全诗直抒胸臆，不事雕琢，表达了对亲人真挚的感情。

佐藤坦(二首)

佐藤坦(1772—1859)，字大道，号一斋，江户(今东京都人)。别号爱日楼、老吾轩。江户时期的文学家。曾以幕府儒官的身份参与幕政，为幕府末年的儒林泰斗，名声极大，有门人三千。他不但长于文学，而且对中国的《吴起兵法》也颇有研究，著有《吴子副诠》。有《爱日楼集》、《一斋诗钞》等。

送河合汉年归姬路

靡盬东西不惮频[(1)]，年年叱驭度嶙峋[(2)]。欲将独木支崇厦(3)，肯为羸痾乞一身(4)？霜后峻峰呈骨格(5)，风中劲草倍精神。周期督过何云远，况复天涯若比邻(6)。

【注释】

(1) 靡盬(gǔ)一句：意思是为了国事，不怕麻烦，频频奔走东西。靡盬，不停息。语出《诗经·唐风·鸨羽》："王事靡盬，不能艺黍稷。"

(2) 叱驭：叱赶车马。　嶙峋：山岭突兀。这里比喻路途艰难。

(3) 崇厦：大厦。这里比喻国家政权。

(4) 肯为一句：意思是怎肯因身体多病而请求休息。羸痾，疾病缠身。

(5) 骨格：仪态。

(6) 周期二句：意思是按期因公巡察督责而再到此地会晤，为时并非遥远，更何况天涯若比邻呢！督过，督察过失，指官员巡视地方，考察地方官吏。周期，事物在运动、变化过程中，某些特征多次重复出现，其连续两次出现所经过的时间叫"周期"。天涯若比邻，语出王勃《送杜少府之任蜀州》："海内存知己，天涯若比邻。"

【赏析】

这是一首送别诗。河合汉年，人名，生平事迹不详。姬路，地名，在今日本兵库县。从诗的内容来看，河合汉年大概是一位忠义正直之士，作者在诗中显然对他做了一番称颂，但这种称颂实际上也是作者的期望。全诗充满了正直之气，所引王勃《送杜少府之任蜀州》，感情丰富，含义隽永，堪称是赠别送行诗的正格之作。

太公望垂钓图

误被文王载得归(1)，一竿风月与心违。想君牧野鹰扬(2)后,梦在磻溪旧钓矶(3)。

【注释】

(1) 误被一句:这里指姜太公在渭水边遇到周文王,被周文王拜为国师之事。

(2) 牧野鹰扬:出自《诗经·大雅·大明》,描写了周武王和姜太公率领的军队像鹰一样飞扬,痛击商纣王的军队。牧野,地名,在今河南省新乡市境内。周武王在此以四万之师大败商纣王七十万大军,攻入商朝都城朝歌,纣王在鹿台自焚。鹰扬,鹰之奋扬,喻威武或大展雄才。

(3) 磻溪:河名,渭水支流,源出甘肃省渭原县,东流横贯陕西渭河平原,在潼关入黄河。 矶:水边突出的岩石。

【赏析】

这是一首吟咏姜太公垂钓的诗。姜太公,名尚,字子牙。在隐居渭水磻溪垂钓时,得遇文王,被文王拜为国师,后又助武王灭商,开创了中国奴隶制社会的鼎盛时代。姜太公是一位伟大的历史人物,他扶周灭商的行为无疑是伟大的壮举。但在这首诗中,作者从不同的历史角度着眼,认为姜太公虽然出仕,但其最终的志向仍在隐逸。被文王迎请出山,是与他的本意相违背的。全诗立意新颖,视角独特,以域外人士的立场来阐释中国的历史人物,具有很好的学习借鉴作用。同时,这首诗也是当时作者心境的真实反映。

樱田质(一首)

樱田质(1774—1839),字仲文,通称周辅,号虎门,仙台人。樱田质是日本19世纪初期的汉学家,他在汉诗写作方面造诣极深。

有《鼓缶子文草》。

登芙蓉峰

天工(1)削出玉莲崇,八朵(2)齐开各竞雄。大麓风雷迷白日,中峰雨雪散晴空(3)。咨嗟方骇星躔(4)近,呼吸还疑帝座(5)通。寰宇低头何所见,苍洋碧落接鸿蒙(6)。

【注释】

(1) 天工:天然形成的工巧。

(2) 八朵:富士山顶犹如八瓣荷花。这里把一瓣视为一朵花,故云八朵。

(3) 大麓二句:意思是说富士山下狂风雷震,而山腰则晴天碧色。大麓,指富士山的山脚。

(4) 星躔(chán):原指星宿的位置、次序,这里指天上的星宿。

(5) 帝座:星名。今属武仙座。

(6) 苍洋一句:意思是大海、蓝天与茫茫宇宙浑成一片。碧落,道教所说的东方第一天满布碧霞,故称碧落,一般代指天上。鸿蒙,原为宇宙形成前的混沌状态,这里指茫茫的宇宙。

【赏析】

富士山,日本著名的活火山,在本州岛南部,海拔三千七百多米,为日本第一高山峰。富士山的山体呈标准的圆锥形,山顶火口湖直径达八百米,状如荷花,故称芙蓉峰。

在日本汉诗人的作品中,描写富士山的作品并不在少数,但在这首《登芙蓉峰》的作品中,樱田质把富士山比作芙蓉却是构思奇特,想象丰富。其中的“玉莲”、“八朵”亦指富士山,比喻极为形象。尤其是颔联,更是把富士山描写得雄伟可观,表现出作者独特的匠心。

横山政孝(一首)

横山政孝,生卒年月不详,字谊夫,号致堂,加贺(今石川县)人。有《致堂诗稿》。

枕上作

隔橱(1)灯火小于萤,幽梦(2)初回近五更。虫语满庭元自乐(3),被人枉作恨秋声(4)。

【注释】

(1) 隔橱:隔着纱帐。纱帐形制似厨,故称"橱"。

(2) 幽梦:隐约的梦境。

(3) 虫语一句:意思是秋虫的鸣叫声本来只是表达它们自己的快乐。

(4) 被人一句:意思是可能被人曲解为怨恨秋天之声了。

【赏析】

这是一首描写秋声的诗。自从中国宋代欧阳修写了《秋声赋》之后,秋夜的虫声遂与愁怨结下了不解之缘。但作者的这首诗,反其意而用之。他认为秋虫的叫声,并不是表达忧愁,而是还有另外的说法,它们是在诉说自己内心的快乐,只不过是没有人理解它的感情罢了。作者构思独特,立意新颖,反映出了与传统题材截然不同的创作模式。

田能村孝宪(一首)

田能村孝宪(1777—1835),字君彝,号竹田,又号随缘居士、蓝水狂客、幽窗花竹主人等。丰后(今大分县)人。幼时好学,才华过人,十一岁时入藩校由学馆主修医学。后觉学医非所愿,遂转攻诗文和书画。其人性格风流蕴藉,精通诗文、书画、茶道。尤其在绘画方面,更具有极高的造诣,被称为“江户时代文人画第一人”。有《填词图谱》、《竹田庄词话》、《竹田诗集》、《同歌集》等。

游　山

落落[1]长松下,抱琴坐晚晖[2]。清风无限好,吹入薜萝衣[3]。

【注释】

(1) 落落:这里指松树高大的样子。

(2) 晚晖:傍晚的日光,斜阳。

(3) 薜萝衣:一种用蔓草编织成的隐者穿的衣服。

【赏析】

这是一首表现个人闲情的诗。诗人酷爱诗文书画,喜欢在宁静的环境中进行艺术创作,但现实的生活却往往未能如愿,有些不尽人意之处。在这首诗中,诗人表达了厌恶世俗的心情和喜欢清静的个人意向;同时也流露出远离凡俗,静处山中逍遥自在的乐趣。全诗文字不多,但却写得极有趣味,风格明显受到了中国初唐王维诗歌的影响,而第三四句的章法又极似中国晚唐李商隐《乐游园》(向晚意不适),读后给人以清清爽爽的感觉。

长尾景翰(一首)

长尾景翰(1779—1863),字文卿,号秋水,别号玉立山樵、青樵老人等，通称直次郎。越后（今新潟县）人。少年时较有豪气，但由于生活窘迫而无暇读书。后游学水户藩，钻研学术十余年，学问精进。在游学各地时，与尊王攘夷志士往来密切，并发表了许多关于时政的言论，其思想在当时有一定的影响力。有《山樵诗草》、《秋水遗稿》等。

松前城下作

海城寒柝(1)月生潮，波际连樯(2)影动摇。从此五千三百里(3)，北辰直下建铜标(4)。

【注释】

(1) 海城：这里指松前城。　柝(tuò)：打更用的梆子。

(2) 波际：波涛。　樯：桅杆。

(3) 五千三百里：这里的“里”是日里，旧时一日里等于三十六“町”，约等于三千九百米。

(4) 北辰：北极星。　铜标：标识的铜柱。典出《后汉书·马援传》。东汉马援远征交趾，在平定叛乱后，于交趾（今越南中部广平、广治一带）立铜柱，以作汉朝南部边界的标识物。后来铜柱曾被毁坏，至唐五代时又得以重建。

【赏析】

文政二年(1819)，作者来到北海道渡岛半岛的松前，因感于时事而作诗二十首，本诗为其中的一首。长庆十四年(1609)，松前庆广筑松前城，到了德川时代，此城成了北海道的三个重要港口之一。有感于历史的变迁，作者遂作此诗。诗中表现了松前城波澜壮阔的景色，展示了作者的博大胸怀，从历史写到现实，倾吐了对这座古城的真实情感。所用马援的典故，体现了作者对中国历史达到了非常熟悉的程度。

赖山阳(八首)

赖山阳(1780—1832),名襄,字子成,号山阳、山阳外史,别号三十六峰外史,书斋名“山紫水明处”,通称久太郎。安艺(今广岛县)人。江户末期著名的历史学家、汉文学家。其父亲赖春水是当时著名的儒学学者,在大阪江户堀北一丁目设有学塾“青山社”。宽政九年(1797),十八岁的赖山阳私自赴江户从师学习经学、国史,次年归藩,以脱藩罪被幽居多年,从事著述之事。后移居京都。赖山阳性格豪迈,著述广布。有《日本政记》、《日本外史》等。尤其是《日本外史》,堪称赖山阳的代表作,此书他二十三岁起草,一直到四十七岁时才告完成,全书以汉文书写,共二十二卷,超过三十万字,除了记事外,还附录许多山阳创作的汉诗,以及对于个中史事的评赞,内容中肯,深受后世史学家的赞誉。

述　怀

十有三春秋(1),逝者已如水。天地无始终,人生有生死。安得类古人(2),千载列青史(3)。

【注释】

(1) 十有三春秋:十三年。这里指作者当时作此诗的年龄。

(2) 安得:怎得。　类古人:像古代的伟人那样。

(3) 青史:历史。

【赏析】

这是一首述志诗。宽政三年(1791),作者的父亲赖春水为他取名为“襄”,于是作者便作此诗以述其志。虽然作此诗时诗人的年龄尚不足十四岁,还属于一个未成年的儿童,但此诗表达的志向却不像少年幼稚之言,而是志士的豪言壮语。个人伟大的理想,已明确地表现出来了。诗人后来取得的辉煌成就，大概也与他少年时胸怀大志有着密切关系吧。

题不识庵击机山图

鞭声萧萧(1)夜过河，晓见千兵拥大牙(2)。遗恨十年磨一剑(3)，流星光底逸长蛇(4)。

【注释】

(1) 萧萧：形容马的叫声。

(2) 大牙：天子或将军使用的旗帜。

(3) 十年磨一剑：川中岛之战是从天文二十二年(1553)到永禄四年(1561)之间发生的，实际打了九年。这里说十年，是取一个大概的约数。

(4) 流星：这里指剑光。　长蛇：比喻残忍的人，这里喻指武田信玄。

【赏析】

这是一首咏史诗。不识庵，指上杉谦信；机山，指武田信玄。永禄四年(1561)，双方在川中岛进行了第四次战争，这次战争是日本战国史上最激烈和悲壮战争之一，双方伤亡惨重，结局却是打成了平手。在这首诗中，作者主要歌颂了上杉谦信的勇往直前精神。虽然交战双方的主帅都是作者所钦佩的英雄，但诗中表达的主观倾向性，已明确地流露了出来。

舟发大垣赴桑名

苏水(1)遥遥入海流，橹声雁语带乡愁。独在天涯年欲暮(2)，一篷风雪下浓州(3)。

【注释】

(1) 苏水：木曾川也写作岐苏川，故称苏水。

(2) 年欲暮：将近岁末。作者写这首诗的时间为闰十一月初旬，故有此说。

(3) 浓州：美浓国。属东山道，俗称浓州。古称三野、御野。现在位于岐阜县南部。

【赏析】

这是一首怀乡之感作。文化十年(1813)十月九日，作者在画家友人浦上春琴、宫胁有景的陪伴下，游历了美浓、尾张等地，并于十二月回到了京城。在离开大垣赴桑名时，作者写下了这首怀乡之作。在寂寞的归舟中，橹声雁语的声响，更增添了作者无穷的思乡之愁。而年关将近，似乎使这种愁绪显得更为突出。短短的一首诗中，把一位离乡游子的思乡情怀表达得淋漓尽致。

阿 嵎 根

危礁(1)乱立大涛间，决眥(2)西南不见山。鹘影低迷帆影没(3)，天连水处是台湾(4)。

【注释】

(1) 危礁：高大的礁石。

(2) 决眥：瞪大眼睛去看。语出杜甫《望岳》："荡胸生层云，决眦入归鸟"。

(3) 鹘：鸟名，即隼。部分隼属动物的旧称。 没：这里指看不见。

(4) 天连一句：阿嵎根与西南台湾岛遥遥相对，故有此说。台湾，中国台湾。

【赏析】

这是作者在阿嵎根时所作的一首诗。阿嵎根，在鹿儿岛的西北部、面向中国东海的地方，位于今天的阿久根市，其西南与台湾遥遥相望，风景极为美丽。文政元年(1818)二月，作者因父丧来到了九州。不久，又来到了阿嵎根，此诗便是在这里所作。诗中描写了阿嵎根雄伟壮丽的海岸风景，表现了诗人心中豪放的气势，是一首充满激情的不朽之作。但需要指出的是，从地图上看，阿嵎根与台湾遥遥相对，但作者在阿嵎根是看不到台湾的，诗人所述只不过是一种想象而已。

泊天草洋

云耶山耶吴耶越(1)，水天仿佛青一发。万里(2)泊舟天草洋，烟横篷窗(3)日渐没。瞥见大鱼跃波间，太白(4)当船明似月。

【注释】

(1) 吴耶越：吴、越是中国春秋时两个国家的名字，具体位置在今天的江浙一带。这里是形容两个地理位置相近的地方。

(2) 万里：指从京都到天草的距离。

(3) 篷窗：小舟上盖着苫布的窗户。

(4) 太白：太白星，即金星。太阳系中接近太阳的第二颗行星，也是各大行星中离地球最近的一个。中国古代把金星叫太白星，早晨出现在东方时叫启明，晚上出现在西方时叫长庚。

【赏析】

这首诗为诗人游天草洋时所作，时间也是在文政元年(1818)。这里所说的天草洋，是指位于熊本县天草岛和长崎县岛原半岛之间的海岸。在这首诗中，诗人描写了天草洋壮观的自然景象。从时间到空间，从白天到黑夜，诗人的笔触仿佛覆盖了整个的天草洋。但诗中所提到的“吴越”，并不是对岸中国的“吴越”，而是位于天草岛西北的天草滩。由于这首诗在日本极负盛名,现已被刻成"山阳诗碑"耸立在天草岛北端的西海岸上,成了一个重要的文化景点。

岁　暮

一出乡园岁再除(1),慈亲消息定何如(2)?京城风雪无人伴,独剔(3)寒灯夜读书。

【注释】

(1) 除:除夕,一年中最后一天的夜晚。

(2) 慈亲:双亲。　何如:即"如何"之意。

(3) 剔:剔除。这里指剔除灯芯中的残烬。

【赏析】

这是一首描叙雪夜孤灯潜心读书情形的诗。中国古代的读书人,为了取得功名,常常秉烛潜心苦读圣贤之书,历史上这类例子不胜枚举。但从这首诗的内容来看,日本读书人的情形也与此差不多,他们也以苦读为乐。诗人在诗中描写的情形,与中国古人"秉烛夜读"的旨趣极为近似。

游　山　鼻

隔水霜林密又疏,理筇恰及小春初(1)。野桥分路(2)行穿竹,村店临流唤买鱼。醉后索茶何待熟,谈余得句不须书(3)。联吟忘却归途远,点点红灯已市闾(4)。

【注释】

(1) 小春初:小阳春,农历十月。

(2) 野桥分路：野桥把道路分开。

(3) 谈余一句：闲谈之余，偶得佳句，不必书写下来。唐代大诗人李贺，每得佳句即写下投入诗囊。这里反用其意。

(4) 市间：街道。

【赏析】

这是一首纪游诗。山鼻，是指山的开端部分，形状如人的鼻子。诗中按出游的顺序，将自己的所历、所见、所事，以至于个人的归程，都井然有序地记录了下来。全诗语出自然，意兴洒脱，虽与放翁晚年之作相似，但仍不失一代大家的典范之风。

放翁赞

倾尽眉州红玻璃(1)，万里霜啼(2)托醉思。历历散关(3)与渭水，空使战云生研池(4)。浙水(5)春风岂不好，回首永昌陵(6)上草。中州英灵谁主张(7)，漫使范杨伍此老(8)。老眼耐视(9)小朝廷，矮纸斜行(10)向窗晴。恨不使君横槊大河(11)北，仆役李汾与刘迎(12)。

【注释】

(1) 眉州：古为蜀郡地，这里指四川。　红玻璃：红色美酒。玻璃，即玻璃春。陆游《凌云醉归作》："玻璃春满琉璃钟，宦情苦薄酒兴浓。"其自注云："玻璃春，眉州酒名。"

(2) 霜啼：张继"月落乌啼霜满天"的略语，指晚秋季节。

(3) 散关：即大散关，在今陕西宝鸡西南。为南宋时与金朝的西部分界线，也是当时宋金交战的前线。

(4) 研池：即砚池。陆游写了许多渴望战斗的诗。这句诗的意思是杀敌的豪情只能徒然地寄托于吟咏而已。

(5) 浙水：指陆游晚年闲居的越州山阴，在今浙江绍兴。

（6）永昌陵：宋太祖赵匡胤的陵墓。

（7）中州：指沦陷于金人之手的中原地区。　主张：主宰。

（8）漫使一句：意思是陆游志在杀敌，但却只流播了诗名，与范成大、杨万里为伍。

（9）耐视：耐看。

（10）矮纸：短笺。　斜行：指作草书的笔势。语出陆游《临安春雨初霁》："矮纸斜行闲作草，晴窗细乳戏分茶。"

（11）横槊：挺枪，指战斗。　大河：黄河。

（12）仆役一句：意思是陆游若能战斗在河北，定能压倒金代士人。李汾、刘迎，均是金国的诗人。

【赏析】

这是一首赞颂陆游的诗。陆游，字放翁，南宋时著名的诗人。陆游所处的时代，正是国土沦丧、民族危亡之际，他满怀杀敌报国、收复失地的豪情壮志，但因其意见不被统治者所采纳，只能以一介诗人的身份终老一生。陆游的遭遇是极令后人感到痛惜的。在这首诗中，作者对陆游的遭遇表现了深深的同情，对他有志收复失地而未能实现自己的理想表示出了极深的遗憾。全诗虽是在说陆游，但却也包含了个人壮志未酬的感慨。如此称赞陆放翁，实为陆游真正的东瀛知音。

西岛长孙（三首）

西岛长孙（1780—1852），字元龄，号兰溪，别号坤斋，通称良佐。江户（今东京都）人。十岁左右时，师从于西岛柳谷，研习三礼。后终生未娶，潜心于朱子学研究，并兼及中国古典诗歌，成就斐然。有《坤斋诗存》、《历代题画诗类钞》、《读书杂钞》等。

暮上故城

独上故城[(1)]路,人耕残垒[(2)]平。晚风吹不断,归犊[(3)]向云鸣。

【注释】

(1) 故城:古城。

(2) 残垒:废弃的堡垒。

(3) 归犊:牧归后的小牛。

【赏析】

这是一首描写古城晚景的诗。古城具体位于何处,现已不得而知。据作者的自注,此诗作于文化五年(1808)。访问古城的作者,在看到古城的遗迹时,不禁产生了一种思古之情。然而随着时间的流逝,已改变了旧时的一切,一种孤独之感随之涌上心头。全诗看似平淡,但结句的"归犊向云鸣",似又有无限的余韵包含于其中。

乐山亭秋眺

温酒林间拾坠樵[(1)],心田俄尔[(2)]拔愁苗。霜威未肃[(3)]篱无菊,暑寇初平树有蜩[(4)]。牛笛呜呜和赛鼓[(5)],村翁偻偻挈垂髫[(6)]。自嗤[(7)]佳句来天外,未许常人漫续貂[(8)]。

【注释】

(1) 樵:散落的树枝。

(2) 俄尔:一会儿。

(3) 肃:萎缩。

(4) 暑寇:炎暑犹如敌寇,故有此说。　蜩(tiáo):蝉。

（5）赛鼓：乡间迎神赛会的鼓声。

（6）偻偻：老人驼背的样子。　挈：搀扶着。垂髫：　古代儿童的发式，这里指儿童。

（7）自嗤：犹言自笑。

（8）漫：随便。　续貂：即狗尾续貂，比喻别人后续的东西与原来的相差悬殊。

【赏析】

这是一首描写乡间生活的诗。在作者的笔下，一种乡村田野气氛跃然纸上。由于对农村生活较为熟悉，诗人诗歌展现的内容，平易畅适，不事雕琢，真如佳句来自天外。尤其是颔联的工整对仗，更显示出作者非凡的才气。

落　　叶

楮衾菊枕[(1)]得眠迟，叩户[(2)]真如雨作时。从此秋声无处着[(3)]，唯留宿鸟[(4)]守闲枝。

【注释】

（1）楮(chǔ)衾菊枕：楮纸作衾、菊花装枕。这里形容诗人生活的清高和贫苦。楮，楮树皮制成的桑皮纸。

（2）叩户：这里指落叶掉在门上的声音。

（3）从此一句：从此落叶飘尽，秋声无可寄托。

（4）宿鸟：栖宿之鸟。

【赏析】

这是一首吟咏秋天落叶的诗。全诗不作侧面描写，只从“叩户”正面点题写起，而“秋声无处着”、“宿鸟守闲枝”则表明落叶已尽，季节的变换已经不言而喻了。诗虽咏落叶而不着一叶字，只从旁面描写而余意尽包含于其中，韵味显得更加隽永，令人回味无穷。第二句从唐人无可《秋寄贾岛》"听雨寒更彻,开门落叶深"化出,不但不害其工,反而显得天衣无缝,显示出了诗人深厚的化用唐人诗句的功力。

朝川鼎(一首)

朝川鼎(1781—1849),字五鼎,号善庵。江户(今东京都)人。一代学术宗师片山兼山之子。兼山师从服部南郭,开一派之学,世称"山子学"。朝川鼎父亲病逝后,母改嫁医师朝川默翁。为报继父养育之恩,遂姓朝川。善庵精通经史,有志于学术而无意于仕途,但受知于幕府将军,最终还是担任了幕府的儒官,并在学术上取得了重大成就。所著的经书之注达数十种,校刊之书更多。其去世后谥"学古先生"。有《乐我室集》、《善庵文钞》、《善庵诗钞》等。

范蠡载西施图

安国忠臣倾国色(1),片帆俱趁五湖(2)风。人间倚伏(3)君知否?吴越存亡一舸(4)中。

【注释】

(1) 安国忠臣:指范蠡。　倾国色:指西施。

(2) 趁:追。　五湖:太湖的别名。

(3) 倚伏:指祸福相依相变,语出《老子》第五十八章:"祸兮福之所倚,福兮祸之所伏。"

(4) 舸:小舟。

【赏析】

这是一首题画诗。诗题一作《咏史》。范蠡辅佐勾践灭吴后,因知勾践"可共患难,不可共富贵",遂去越与西施相伴隐居于五湖之中,成为了后世传颂的佳话。期间范蠡三次经商成为巨富,三散家财,自号陶朱公。这首诗以此为题,想象奇特,不坠常理,表现了后作者对历史人物命运的深邃思考,展现了与众不同的历史观。

筱崎弼(二首)

筱崎弼(1781—1851),字承弼,号小竹,别号畏堂、南丰、退翁,通称长左卫门。浪华(大阪)人。十九岁时游学江户,二十四岁赴九州游历,后遍访硕学,学问益增,其对朱子学颇有研究。尤长于作诗,善押险韵,有东坡之风。有《小竹斋诗钞》、《小竹斋文稿》、《唐诗遗》等。

义贞投剑图

宝剑一投潮水干(1),鲸鲵就戮中兴(2)年。龙神(3)他日犹堪恨,不覆猕猴西上船(4)。

【注释】

(1) 宝剑一句:传说南北朝的武将新田义贞在一次渡海征讨北条高时的战斗时,因风浪大作,船不能行,遂投宝剑于海中,于是潮水退去。

(2) 鲸鲵:原指海洋中吞食小鱼的大型鱼类,后比喻不义暴虐的人,这是指北条高时。中兴:这里指建武中兴。

(3) 龙神:海神。

(4) 猕猴:大猿,指凶恶的人。这里指足利尊氏。　西上船:从西九州进攻首都的足利尊氏的战船。

【赏析】

这是一首题画诗。后醍醐天皇元弘三年(1333),新田义贞在讨伐镰仓的北条高时时,因海潮上涨而不能登岸,于是投下手中的宝剑祈誓于海神,海潮遂退,进而灭掉了北条高时。事见日本的《太平记》。这首诗便是根据这个历史传说而写成的,但有些虚无的内容包含于其中。作者在吟咏这个历史传说时,既表达了个人的思想感情,也对其中的主人公倾注了深厚的爱憎之感。在发表议论的同时,巧妙地传达了个人的意趣。

浪华城春望

突兀城楼俯海湾(1),春空纵目(2)一登攀。千帆白映洋中岛,万树青围畿内(3)山。卖酒店连平野(4)尽,看花船自上流还。老晴(5)天气难多得,凝望(6)斜阳未没间。

【注释】

(1) 海湾:大阪湾。

(2) 春空:春天晴空万里,风和日丽。　纵目:极目远望,尽目力远望。

(3) 畿内:日本故都为京都,大阪与京都相邻,故称畿内。

(4) 平野:原野。

(5) 老晴:长晴。

(6) 凝望:聚精会神地看。

【赏析】

这是一首描写大阪城风光的诗。浪华城,即大阪城,在今大阪市,位于日本本州西部,是日本具有代表性的城市之一,也是日本历史文化名城。诗人站在大阪城的城楼上,岛国风光尽收于眼底。

而卖酒、看花等句，皆善融唐人诗语而不落痕迹，反映出作者对唐诗典故的谙熟程度是极高的。全诗写景工整，格局整饬，具有极高的审美艺术价值。

广濑建(五首)

广濑淡窗(1782—1856)，名建，字子基，号淡窗，通称寅之助。丰后(今大分县)日田人。江户时代著名的教育家和诗人，折中学派儒者。他出身于商家，从幼年时起就勤于钻研学问，七八岁读完《四书》等儒家著作，十三四岁即可作诗。后到九州各地游学，二十六岁开设了私塾“桂林庄”(后改称“咸宜园”)，自建学舍，广招学徒，从学者达四千人，被称为“海西诗圣”。广濑淡窗的教育方针是，入学时不分学生的年龄、学历、身份，而通过每月公布学生成绩的月评表，借此激励他们努力学习。其主张将各学派相融合，为折中派代表学者。在诗歌创作方面，他主张诗既要有性情，又要有格调，其诗风受王维、孟浩然影响较大。有《约言》、《远思楼诗钞》、《淡窗诗话》、《醒斋语录》、《夜雨寮笔记》等。

桂林庄杂咏示诸生

休道(1)他乡多苦辛，同袍(2)有友自相亲。柴扉(3)晓出霜如雪，君汲川流我拾薪(4)。

【注释】

(1) 休道：不要说。

(2) 同袍：中国古代称朋友为“同袍”。语出《诗经·无衣》中的诗句：“岂曰无衣，与子同袍。”

(3) 柴扉：柴门。

(4) 君汲一句：表现同学在日常生活中平等的互助关系。

【赏析】

这是作者在“桂林庄”写给弟子们的一首诗。“桂林庄”是作者在二十六岁时所办的一所学塾。诗中描写了他和同学们一起打柴、担水等亲密无间的生活情景。全诗朴实无华，亲切动人，是学生们传诵一时的佳作，在日本汉文学中也屡被提及，是脍炙人口的名篇。“君汲川流我拾薪”这句诗也成了作者所开办的咸宜园的校训。

彦　山

彦山高处气氤氲(1)，木末(2)楼台晴始分。日暮天坛(3)人去尽，香烟(4)散作数峰云。

【注释】

(1) 彦山：指英彦山，在九州福冈县，海拔 1 200 米，为耶马溪的发源地，是日本宗教“修验道”的圣地。　氤氲：形容云气浓郁。

(2) 木末：树梢上。

(3) 天坛：祭天的高坛。

(4) 香烟：这里指祭祀神灵时燃香飘起的烟。

【赏析】

这是一首描写彦山风光的绝句诗。彦山顶上有三座山峰，彦山神社在中峰。在作者的笔下，高高的彦山烟雾缭绕，笼罩着一种神秘的气氛。整天香客盈山，香火兴旺，山顶上祭天的高坛烟火弥漫，直到天色暮去，才发现被吹散的香烟仿佛是山间的几缕行云。用笔虽然不多，但却把日本宗教“修验道”圣地香火兴盛的场面真实地记录了下来。

江　村

数家篱落[(1)]水西东,芦荻[(2)]花飘雨后风。日暮钓鱼人已去,长杆插在石矶[(3)]中。

【注释】

(1) 篱落:这里指篱笆墙的院落。

(2) 荻荻:名芦竹(学名:Arundo donax),是多年生草本植物,形如芦苇。

(3) 石矶:水边突出的石头。

【赏析】

这是一首描写日田地区水乡风光的诗。全诗淡雅自然,与陶渊明、王维、孟浩然、韦应物等描写自然风光的诗歌有着共鸣之处,诗中有画,画中有诗,读后给人留下了深刻的印象。是一首吟咏水乡生活的佳作。

筑前城下作

伏敌门[(1)]头浪拍天,当时筑石自依然[(2)]。元兵没海[(3)]踪犹在,神后[(4)]征韩事久传。城郭影浮春浦[(5)]月,弦歌声隐暮洲烟。升平有象[(6)]君看取,处处垂杨系贾船[(7)]。

【注释】

(1) 伏敌门:位于福冈市箱崎町,元军袭日时,双方曾在此发生激战。

(2) 当时筑石:文永之役后,为了防备元军再一次来袭而建的营垒。　依然:仍然保存着。

(3) 元兵没海:文永十一年(1274)和弘安四年(1281),元军两次袭击日本时，都曾因遭遇暴风而使军队受到重创。

(4) 神后：指神功皇后，为仲哀天皇的皇后。仲哀天皇去世后，她下令远征新罗，并取得成功。

(5) 春浦：春日的水滨。亦指春江。

(6) 升平有象："太平无象"之反语，即太平景象。《资治通鉴·唐文宗太和六年》："会上御延英，谓宰相曰：'天下何时当太平，卿等亦有意于此乎?'僧孺对曰：'太平无象。今四夷不至交侵，百姓不至流散，虽非至理，亦谓小康。陛下者别求太平，非臣等所及。'"后以"太平无象"讽刺粉饰升平，此处反其意而用之。

(7) 贾船：商船。

【赏析】

这是一首怀古诗。筑前城是日本的古迹，文永十一年(1274)元军袭日时，日元双方曾在此发生激战。作者来到这个昔日的古战场，看到旧时的营垒仍在，不禁感慨系之，于是提笔写下了这首怀古之作。诗人从历史的大视野着眼，胸怀博大，既看重历史旧事，又着眼于眼前的现实，反映出一位思想家的深邃历史之思。全诗风格淡雅，出语自然，深受后世评论家的赞誉。

散步口号

沟渠水瘦石嵯峨[(1)]，十月郊原尽获禾[(2)]。纵有晚霞能借色，霜林红叶已无多。

【注释】

(1) 沟渠一句：意思是水落而石出。　嵯峨：形容山势高峻突兀。

(2) 获禾：收获庄稼。

【赏析】

这是作者散步时所作的一首诗。口号，犹口占，即作诗不打草稿,随口吟诵而成。这里用在题目上,表示信口吟成。诗中表现了在郊外散步时所看到的山色美景,抒发了作者悲秋的心情。着墨不多,但却可以和杜牧《山行》中“停车坐爱枫林晚,霜叶红于二月花”来相提并论,为吟咏山水风景中的名篇佳作。

草场韡(一首)

草场韡(1787—1867),字棣芳,号佩川,别称宜斋、玉女山樵等,通称磋助。肥前(今佐贺县)人。他两岁丧父,由母亲抚养成人,自幼学习和歌,极为聪慧。二十三岁时师从古贺精里,诗文技艺大增,好篆刻,喜和歌,善画山水,尤长于作诗。先后任弘道馆教授、多久藩儒官。其诗文作品数量甚丰,六十岁以前赋诗达一万五千余首。有《佩川诗钞》、《佩川文钞》、《佩川咏草》等。

山行示同志

路入羊肠(1)滑石苔,风从鞋底扫云回。登山恰似书生业,一步步高光景(2)开。

【注释】

(1) 羊肠:狭窄的山路。

(2) 光景:风景。

【赏析】

这是一首以登山为喻来劝勉门人勤奋学习的诗。所谓的“山行”,与杜牧《山行》的诗题相同,即登山。所说的“同志”,是指同有学问志向的弟子。前二句写山中之景,后二句以登山来比喻书生的事业,以议论作结。前实后虚,重在勉励鞭策门人的学业。言语看似平淡，但作为导师的谆谆教诲之意，已明确地包含于其中了。

梁川星岩(八首)

梁川星岩(1789—1858)，本姓藤原，后改梁川；名孟纬，字公图，号星岩，别号天谷老人、百峰、老龙庵，通称新十郎。美浓(今岐阜县)人。江户末期具有代表性的诗人，其诗风骨清奇，用思最精，温润清雅，不苟一字，晚年多慷慨悲愤之作，被誉为“日本的李白”。小野湖山、森春涛、河野铁兜等名家皆出自其门下。有《星岩集》、《春雷余响》、《吁天集》等。

田氏女玉葆画常盘抱孤图

雪洒笠檐风卷袂(1)，呱呱索乳若为(2)情。他年铁拐峰(3)头崄，叱咤三军(4)是此声。

【注释】

(1) 袂：衣袖。

(2) 呱呱：婴儿的啼哭声。　若为：与若何、如何义同。

(3) 铁拐峰：位于摄津(兵库县)六甲山脉的一座山峰。

(4) 三军：这里指大军。

【赏析】

这是一首题画诗，诗题一作《题常盘抱孤图》。为梁川星岩根据源义经的故事而作。常盘(1138—?)，源义朝之妾，源义经之母。在平治之乱时，与义经一同被平氏抓获，后护佑其子得以全身而还，成为日本历史上著名的贤妻良母。当玉葆女士画了这幅画之后，作者遂题了这首诗。前两句表现了常盘、义经母子极为悲惨的生活,并对他们的遭遇寄予了深刻的同情。后两句叙述了义经辉煌的功绩,展示了他杰出的历史地位。两相对应,反映了人世间命运的巨大差异。在短短的篇幅中,体现人物命运的跳跃,成为了古今名作中的绝唱。

纪　事

当年乃祖气凭陵(1),叱咤风云(2)卷地兴。今日不能除外衅(3),征夷二字是虚称(4)。

【注释】

(1) 乃祖:指德川家康。　气凭陵:气势盛大的样子。

(2) 叱咤风云:一声呼喊、怒喝,可以使风云翻腾起来,形容威力极大。叱咤,怒喝声。

(3) 外衅:外部的侵略。

(4) 征夷:德川庆喜曾被封为征夷大将军,故有此说。　虚称:徒有虚名的称呼。

【赏析】

这是作者为幕府将军德川庆喜作的一首诗。德川幕府末年,日本社会内忧外患不断,政治统治处于风雨飘摇之中。看到这种社会形势,作者不禁忧心如焚,于是提笔写下了这首诗。德川庆喜是德川幕府的末代将军,幕府265年的统治正是在他手中结束的。诗中希望幕府将军德川庆喜能以乃祖为榜样,振作精神,扫除内忧外患,稳定日本的社会秩序,建设一个强大的国家。全诗感情充沛,气势强大,在奉劝他人的同时,也展示了自己的雄伟抱负,是一首激励人心的力作。

早春杂兴(选一首)

坚卧贪眠不出庐(1),东风卷陌雪销初。暗知今日是人日[2],椎髻[3]村姑叫卖蔬。

【注释】

(1) 庐:茅屋。

(2) 人日:夏历的正月初七。亦称"人胜节"、"人庆节"等。传说女娲创世之初,在造出了鸡狗猪羊牛马等动物后,于第七天造出了人,所以这一天是人类的生日。

(3) 椎髻:椎形的发髻。

【赏析】

这是一首描写乡村见闻的诗,原诗共四首,这里所选为第三首。诗中选取了村姑人日卖蔬这一细节,展示了日本也以人日取生菜作春盘这一与中国相同的古老习俗。全诗描摹真切,用笔细腻,乡里风习如见,村姑唤卖如闻,宛如一幅生动的农村风俗画,由此亦可见中日两国之间的民俗是多么地相似。

渊明高卧图

琴书仍是累[1],松菊未离尘[2]。高卧北窗下,才能羲上人[3]。

【注释】

(1) 累:累赘,负担。

(2) 尘:尘世。

(3) 羲上人:即羲皇上人。指太古时期的人。古人想象伏羲以前的人生活闲适,无忧无虑。陶渊明《与子俨等疏》:"常言五六月中,北窗下卧,遣凉风暂至,自谓是羲皇上人。"

【赏析】

这是一首表达作者对陶渊明的仰慕的诗。陶渊明是中国晋代著名的大诗人,他一生淡泊名利,其超然自适的情怀和不向权贵折腰的精神,不仅影响着后世的中国人,也同样影响后世的日本人。这首诗便堪称是这方面的一个代表性作品。诗中表达了对陶渊明淡泊名利和高洁品格的向往,是诗人崇拜陶渊明精神的一个具体体现,同时它也表明了陶渊明的思想在日本也有着深远的影响力。

耶　马　溪

日车(1)红闪晓风回,树树晴烟次第(2)开。青(3)压马头惊欲倒,万峰飞舞自天来。

【注释】

(1) 日车:太阳。

(2) 次第:逐个。

(3) 青:青山。

【赏析】

这是一首描写耶马溪晨景的诗。耶马溪为日本著名的风景区,在九州岛北部,其源头在英彦山,现属"耶马、日田、英彦山国家公园"。诗的第一句是说太阳像个闪着红光的车轮在晨风中慢慢升起,第二句写晨风吹来,树林雾气逐渐散去。第三句写突起的青山,气势非凡,虽从太白诗"山从人面起,云傍马头生"化出,但却别具一格。第四句把寂静的山林,写得大气磅礴,神采飞动,犹如一幅不寻常的图画。这首诗是星岩的七绝代表作之一,采用了夸张的手法写山水,风格豪壮,写得极有气势。

三笠山下有怀阿倍仲麻吕

风华想见晁常侍(1),皇国使臣唐客卿(2)。山色依然三笠(3)在,一轮明月古今情。

【注释】

(1) 晁常侍:即晁衡,本名阿倍仲麻吕,日本遣唐留学生,在唐留学四十八年,后在玄宗朝任皇帝侍臣。

(2) 客卿:以他国之人为官曰客卿。这里指晁衡。

(3) 三笠:即三笠山,是阿倍仲麻吕的故乡,在奈良城北,附近有春日神社。

【赏析】

这是一首纪念中日友好先驱阿倍仲麻吕的怀古之作。阿倍仲麻吕作为日本早期的留学生,为中日友好做出了杰出的贡献,他的事迹也深深地影响着后世两国人民为中日友好而继续努力。在这首诗中,作者认为,晁衡当年的风采和才华是可以想见的,作为日本的使臣,担任了唐朝的职务,他曾歌咏过的月光下的三笠山,千载如故,风光依旧。从春日神社上升起的明月仍和古代一样,表现了古今不变的情谊。全诗饱含了作者的深情,也堪称是歌颂中日友好的佳作。

舟夜梦归

一瓮村醪三径(1)秋,分明兄劝弟相酬(2)。蓬窗梦破潇潇(3)雨,人在东宁万里(4)舟。

【注释】

(1) 瓮:盛酒的器皿。　醪:浊酒。　三径:庭院间的小路。

(2) 相酬:酬对。

(3) 潇潇:形容小雨。

(4) 东宁:东宁川,即利根川,日本的大河,源于越后山脉,经千叶县北部入海。中游与作者的家乡岐阜,相距约三百五十公里。所谓的“万里”,是一个夸张的说法。

【赏析】

这是一首七绝记梦诗。在远离家乡的东宁川的船上,诗人做了一个梦,梦见自己在故乡与兄弟们团聚,共尝家乡的老酒。兄弟相劝,开怀畅饮,忽被打在船舱窗外的秋雨声惊醒,方知此身仍在万里之外。全诗先从虚处落笔,写梦中之情景,后转叙醒后实景,语言婉转,诗意含蓄。写景真切,抒情自然,具有极高的思想艺术性。

御塔门

连山中断一江通,禹凿隋开(1)岂让功。薄夜(2)潮声驱万马,平公塔(3)畔月如弓。

【注释】

(1) 禹凿隋开:指禹治洪水与隋凿运河。

(2) 薄夜:薄明之夜。

(3) 平公塔:这里指为纪念平清盛而筑的塔。平清盛(1118—1181),平安时代末期的武将,仁安二年(1167)为太政大臣,时平氏所领三十余国,权势达到极盛。

【赏析】

这是作者在御塔门所作的一首怀古诗。御塔门,在濑户吴市之南,东西通濑户内海。全诗韵律和谐,文笔生动;写景雄浑自然,很有气势。把中国大禹治水与隋凿运河的典故和日本为平清盛筑塔的典故巧妙地结合起来,具有很好的历史趣味性和可读性。

赖元鼎(一首)

赖元鼎(1790—1815),字新甫,号景让。安艺(今广岛县)人,著名诗人赖春风之子。有《新甫遗诗》等。

少 年 行

章台杨柳(1)郁金香,停马倾杯(2)歌舞长。散尽千金余一剑,又随骠骑战渔阳(3)。

【注释】

(1) 章台杨柳:即章台柳。据孟棨《本事诗》记载,韩翊得美妓柳氏,“以世方扰,不敢以柳氏自随,置之都下,期至而迓之,连三岁,不果迓。因以良金置练囊中寄之。题诗曰:章台柳,章台柳,往日依依今在否?纵使长条似旧垂,亦应攀折他人手。”许尧佐有《柳氏传》传其事。后以章台柳喻指美妓。

(2) 倾杯:亦作“倾盃”。倾倒杯子,指饮酒。

(3) 骠骑:汉代的将军名号。 渔阳:郡名,在北京市附近。这里指代前线。

【赏析】

这是一首表现作者豪情壮志的诗。“少年行”原本为中国乐府杂曲歌辞之名,多述少年任侠,轻生重义,慷慨立功名之事。这首诗描写了少年侠客行走江湖、意气风发的豪迈气概,表现了少年侠客的日常生活,颂扬了他们的友情和豪爽性格。儿女英雄,萃于短章,作者把中国汉唐的典故运用得得心应手,且恰到好处,其风格即使与王摩诘的《少年行》相比,也并不逊色。

摩岛长弘(一首)

摩岛长弘(1791—1839),字子毅,号松南,通称助太郎。京都人。生于一个医生之家,幼而好学,稍长师从于中野龙田,潜心于研究文辞。有《娱语》、《晚翠堂集》及未完稿的《论语说》等。

咏蠹鱼

图书堆里托微躬(1),长与幽人臭味同(2)。消受风霜文字气(3),一生不学叩头虫(4)。

【注释】

(1) 微躬:谦词。卑贱的身子。微,微小,细小。躬,身体,自身。

(2) 幽人:指学者、文人一类的读书人。　臭味同:这里指志同道合,趣味相投。

(3) 风霜文字气:这里指作家作品表现出强烈的个人创作风格。

(4) 叩头虫:吃粮食的一种害虫,因其跳跃时身体前倾,状如叩头,故而得名。这里指没有个人独立见解的人。

【赏析】

这是一首咏物诗。蠹鱼是对书籍有害的小虫子,而叩头虫是对粮食有害的小虫子。两种虫子有害无益,作者以此二虫为喻,在诗中寄予了个人的讽喻寓意,表现了独具匠心的诗味。作者的晚年,心态较为平和,对名利之事,也看得较为平淡。蠹鱼与读书人虽有共同爱书的特征,但毕竟目的不同,比起那些毫无主见的叩头虫要好一些。文如其人,诗亦如其人,这首诗于不知不觉中展露了作者个性化的一面。

仁科幹(一首)

仁科幹(1791—1845),字礼宗,号白谷,通称源藏。备前(今冈山县）人。其父仁科贞为伊木氏的家臣，精通诗文及老庄之学。受其家学影响，仁科幹亦好读书，其文章不拘于固定的章法，尤长于诗歌。其对老庄的解释，观点独特，具有较高的学术性。有《老子解》、《庄子解》、《岚山风雅集》、《明浦吟稿》等。

云州杂诗

大岳(1)削成三万丈，绝岭(2)缥缈有无中。吹散雪水来作雹，涛声动地北溟(3)中。

【注释】

(1) 大岳：伯耆的大山。

(2) 绝岭：绝顶。

(3) 北溟：北海。这里指日本海。

【赏析】

这是一首描写云州大岳的诗。此山位于鸟取县西部，海拔1 713米，为日本中部第一高峰，从出云可以远眺它的雄姿。春天的飞鸟，夏天的登山，秋天的红叶，冬天的滑雪，都是此山的特色，极受人们的喜爱。作者来到了大岳山上，在看到雄伟的山势后，不禁汹涌澎湃，豪气顿生，胸中的感情也一泻而出。全诗气魄宏大，感情充沛，虽是咏山，但却也表现了个人的豪情壮志，是描写大岳山的名作。

安积信（三首）

安积信（1791—1860），名重信，字思顺，号艮斋，通称祐助。陆奥（今青森县）人。七八岁时既已在写作文章方面崭露头角，后潜心钻研学术和诗文创作，成为文坛上颇有影响的人物。安积信不太注意修饰边幅，但对学问却精益求精，无论是什么人请教，都能够诲人不倦。晚年致力于培养人才，门人中安场保和（男爵）、木村芥舟（幕府海军总裁）、岩崎弥太郎（三菱公司创始人）等都是当时重要的领袖人物。有《论语埤注》、《防海赘论》、《艮斋诗稿》等。

偶　兴

自甘无用卧柴关(1)，花落鸟啼春昼闲(2)。有客来谈人世事(3)，笑而不答起看山。

【注释】

(1) 自甘：满足的样子。　柴关：柴门。

(2) 春昼闲：义同春日闲。

(3) 人世事：人世间的俗事。

【赏析】

这是一首偶然即兴之作。诗题一作《晚春》。诗人醉心于学问，后碍于情面曾担任过一段时间的儒官，由于冗务缠身，他感到极不适应，希望能够早日摆脱这种环境。后移居在一处清静之地时，外界的干扰才算少了一些，心情也好转了起来。这首诗是他在有客来谈俗事时，偶然看到花落鸟啼而触景生情之作。诗兴偶然由外界而发，充满了禅家的韵味，读后不禁使人心有所思。

墨水秋夕

霜落沧江(1)秋水清，醉余扶杖寄吟情(2)。黄芦(3)半老风无力，白雁高飞月有声。松下灯光孤庙(4)静，烟中(5)人语一船行。云山未遂平生志，此处聊应濯我缨(6)。

【注释】

(1) 沧江：这里指隅田川的河流。

(2) 醉余：醉后。　吟情：诗情。

(3) 黄芦：枯萎的芦草。

(4) 孤庙：这里指神社。

(5) 烟中：烟雾中。

(6) 此处：这里指墨堤。　濯我缨：语出《孟子·离娄上》："沧浪之水清兮，可以濯我缨。"屈原的《渔父》诗，也有相同的内容。这里是洗刷心灵之意。

【赏析】

这是作者在隅田川上所作的一首诗。在秋日的傍晚，作者看到川外的自然景色，不禁心有所思，浮想联翩，于是提笔写下了这首诗。诗中倾吐了个人的感怀，叙述了自己高洁的心性，表现了与众不同的内心世界，是一首通过写景而言志的名篇。

富　士　山

秦皇(1)采药竟难逢，东海仙山是此峰。万古天风(2)吹不折，青空一朵玉芙蓉(3)。

【注释】

(1) 秦皇：秦始皇。

(2) 天风：天外来风。

(3) 玉芙蓉：这里指富士山。

【赏析】

这是一首吟咏富士山的名篇。诗的前两句引用历史传说，说明此山是当年秦始皇派徐福采长生不老药未曾遇到的仙山。后两句描绘了芙蓉峰的高峻、挺拔又秀丽的丰姿。富士山海拔 3 776

米，为日本全国最高峰，风景秀丽，是日本的象征。而作者的名句“万古天风吹不断，青空一朵玉芙蓉”，更是脍炙人口，描写传神，一直流传至今。

渡边定静（一首）

渡边定静（1793—1841），字伯登，号华山，别号随安居士、昨非居士，其画室名为寓绘堂、寓画斋、全乐堂等。江户（今东京都）人。十三岁时入鹰见星皋门下修习儒学，后因家贫为了维持生计而改学绘画。其人性格豪放，博闻强记，诗文、书画、和歌、俳句均有很高的造诣。尤其是书画造诣极高，名重一时。后因事怕牵连家属和藩主，自杀而终。

题自画墨竹

郑老(1)画兰不画土，有为者必有不为。醉来写竹似芦叶，不作鸥波无节枝(2)。

【注释】

(1) 郑老：对郑所南的尊称。郑所南，名思肖，字所南。中国南宋画家，连江人，宋亡不仕，隐居吴下，自称三外野人。

(2) 鸥波：南宋赵孟頫家乡的亭名。这里指赵孟頫。赵孟頫为宋太祖子赵德芳之后，宋亡后仕元。无节枝： 无节的竹枝。这里喻指赵孟頫的无气节。

【赏析】

这是一首题画诗。作者在画完一幅墨竹之后，触景生情，心有所思，于是便提笔写下了这首题画诗。全诗以作画为喻，在表现墨竹高风亮节的同时,也对赵孟頫之类的不注重气节的文人进行了讽刺。作者借作画以铭志,重在褒扬一种坚韧不拔的精神,提倡虚心劲节,给读者留下了不尽的思索。

阪井华(一首)

阪井华(1798—1850),字公实,号卧虎山人,通称百太郎。广岛人。他幼时聪颖,有“神童”之称。因家境并不宽裕,故求学之路非常艰难。成年后致力于经书的学术研究,并博采众家之长,深得当时学界前辈的赏识。有《论语讲义》、《虎山诗文集》等。

泉岳寺

山岳可崩海可翻(1),不消四十七臣(2)魂。坟前满地草苔(3)湿,尽是后人流涕(4)痕。

【注释】

(1) 崩:崩塌。　翻:翻转。

(2) 不消:不能磨灭。　四十七臣:元禄十四年(1701)三月十四日,招待敕使的“御驰走役”(接待人员)播州赤穗城主浅野内匠头长矩因“小故”砍伤了他名义上的上级吉良义央,被命即日切腹。将军德川纲吉也没有认真听取各方意见,就匆忙地下了切腹令,而且整个切腹的过程都明显地不合礼仪,使浅野之死有失大名的尊严。第二年十二月十四日夜,以大石良雄为首的赤穗浪士四十七人发动袭击,跃入吉良宅邸,取其首级,供于主君墓前。随后他们为了所谓的“大义”,集体切腹自杀,葬于泉岳寺,成为江户男女老幼祭拜的对象。赤穗浪士四十七义士之事被编在戏曲的《忠臣藏》故事中,在日本家喻户晓。

(3) 草苔:多年生草本植物,生长在阴湿的地方。根状茎细长而匍匐。

(4) 流涕:流泪。

【赏析】

这是一首吟咏埋葬于泉岳寺志士英魂的诗。泉岳寺,位于东京都,为曹洞宗的名刹,里面有所谓的四十七赤穗义士之墓。作者在这首诗中,歌颂了四十七义士为主人尽忠的义举,认为他们的行为感动了不少后世人。这首诗很能代表作者的诗风,是体现他思想的作品之一。但需要指出的是,作者的议论只是当时的观点,与现在的道德观念存在着较大的差距。

中岛大赉(一首)

中岛大赉(1799—1834),字子玉,号米华,又号海棠窠,通称增太。丰后(今大分县)人。年轻时曾受学于广濑淡窗、龟井昭阳,后往来于东京、大阪两地,与赖山阳、古贺谷堂等人交游。被佐伯侯提拔为儒官,掌管学政。中岛大赉为人洒脱豪放,不拘小节,十分受人敬重,虽名冠当时,但惜英年早逝,去世时年仅三十六岁。其诗在世时未有刊刻,仅有写本,因字迹难辩,故刊刻不多。现仅存《爱琴堂诗醇》二卷、《日本新乐府》一卷。

彦山

梦破山村夜未央(1),残灯明灭(2)隔邻墙。法螺(3)吹落中峰月,云冷三千八百房(4)。

【注释】

(1) 梦破：梦醒。　山村：地名，位于彦山的中部。　夜未央：谓夜深还未到天明。

(2) 明灭：忽明忽暗。

(3) 法螺：即螺贝，因产于大海也称海螺。由于声音洪亮，音域广阔，以喻佛法广覆大众，表示佛法无边，遂称为法螺。

(4) 三千八百房：彦山中部，僧舍极多，统称三千八百房。这里指作者所处彦山的位置。

【赏析】

这是一首作者在修验道道场彦山写的诗。彦山，也称英彦山，位于福冈县和大分县之间，海拔 2 500 米。作者夜宿在山中腹地的村庄时，欣赏壮观的月夜，兴之所至，提笔写下了这首极具情趣的诗。诗中描写了彦山特异的夜景，山高、房多、月明、法螺响、云动等一系列的画面，宛如电影中的镜头，一个一个地出现在了读者眼前。诗人留下的作品虽然不多，但这首诗却是一篇难得的佳作。

野田逸(二首)

野田逸(1799—1859)，字子明，号笛浦，通称野田希一。丹后田边(今京都府缀喜郡田边町)人。江户时期的儒者。少时事亲至孝，为乡里所称颂。十三岁下江户，入古贺精里门下，勤于学术，遂学业大进。文政九年(1826)，清朝商船来日时，参与日清官员之间的笔谈，其才学为人所惊叹。笛浦才华横溢，诗文俱佳，与篠崎小竹、斋藤拙堂、坂井虎山并称为当时“四大家”。有《得泰船笔语》、《海红园小稿》等。

画　竹

落落(1)胸中竹，一挥(2)应手成。湘云(3)凝不散，满幅起秋声(4)。

【注释】

(1) 落落：形容画竹时举止潇洒自然。

(2) 一挥：这里形容作画时手法熟练。

(3) 湘云：湘水之云。这里指以湘云为背景画的竹。

(4) 秋声：这里形容风吹竹叶的声音。

【赏析】

这是一首表现画竹的诗。诗中写出了画家画竹时潇洒自然的神态。虽是称赞他人的画竹，却也体现了诗人自己的淡雅情怀。画家画竹时“胸有成竹”，与苏东坡《文与可画篔筜谷偃竹记》所说“故画竹，必先得成竹于胸中”的观点颇为一致。

昌平桥纳凉

夏云擘絮(1)月斜明，细葛(2)含风步步轻。数点篝灯桥外市(3)，笼虫(4)一担卖秋声。

【注释】

(1) 夏云擘絮：形容夏天的白云如棉絮一样厚重。

(2) 细葛：用细葛纤维织成的衣服。

(3) 篝灯：笼灯。　桥外市：夜市。

(4) 笼虫：装入笼中叫卖的昆虫。

【赏析】

这是作者在昌平桥上纳凉时所作的一首诗。昌平桥，位于东京都内，是当时人们休闲纳凉的好地方。夏秋之交的傍晚，厚厚的云层中不时带过一丝凉意，带来一丝舒服的感觉。而作者抓住“卖秋声”这一特殊情节，画龙点睛，将秋凉渐至的气氛生动有趣地刻画了出来。无须太多的笔墨，那“凉意”却自然而然地展现在了读者的眼前。

藤森大雅(二首)

藤森大雅(1799—1862)，字淳风，号弘庵，晚号天山，通称恭助。江户(今东京都)人。早年曾任播磨藩主世子的侍读。天保五年(1834)，被土浦侯召为幕宾，统领学政。弘化四年(1847)返回江户，以讲学授徒为业。佩里率领美国舰队来日之后，日本国门随之被打开，为此他大为激愤，著《海防论》二卷，强调建设海防的重要性，但却被幕府大老井伊直弼逐出江户。此后一直参与维新志士的活动，直至去世。有《菜根百事谭》、《如不及斋文钞》、《春雨楼诗钞》等。

竹

其　一

幽径[(1)]千杆竹，相依积雪时。低头君莫笑，高节不曾移[(2)]。

其　二

修篁何矗矗[(3)]，高节有余清。嫌[(4)]傍人篱下，故穿幽径生。

【注释】

(1) 幽径：幽深的小路。

(2) 高节：高尚的节操。　移：改变。

(3) 修篁：美好的竹子。　矗矗：高高挺立的样子。

(4) 嫌：不愿意。

【赏析】

这是一组咏物诗，共二首。不仅在中国文人眼里，即使在日本文人眼里，竹子也被看成是高风亮节的象征。这一组诗赞扬了竹子的气节，并以竹子的品格来比喻作者的坚忍不拔精神。字数虽不多，但却刻画了竹子的特征和精神，真实地表达了诗人的远大志向，是咏物的正格之作。

静姬歌舞图

蹙损翠蛾(1)歌未调，水干(2)衣冷泪难消。谁言娇态(3)柔于柳，不许东风(4)弄舞腰。

【注释】

(1) 翠蛾：美眉。这里代指静姬。

(2) 水干：日本古代朝臣的礼服，是猎衣的一种，也是平安和镰仓时代的平民服装。

(3) 娇态：这里指静姬娇柔之态。

(4) 东风：春风。

【赏析】

这是一首题画诗。静姬，即源义经的爱妾静御前。她天资聪慧，不仅舞姿优美，而且舞技超群。十五岁时她与源义经偶然相遇，遂成为他的爱妾。后义经因谋反嫌疑而受到哥哥源赖朝追捕。义经在奥州的衣川馆被杀害后，静御前从镰仓获释，回到京城，削发为尼，为丈夫义经和被杀害的孩子念经祷告，过着凄凉的生活，不久去世，年仅二十二岁。自古以来，静御前受到了很多人的称赞,这并不单纯是因为她是爱情悲剧的主人公,而是因为在她的生涯里可以看到不屈服于统治者的反抗精神的亮点。作者在写这首诗时,主要称颂了这位美丽的舞姬虽是一位弱女子,但却有一种坚贞不屈的精神。弱女子尚且如此,维新的志士们为了国家的前途,则更应该担负起义不容辞的使命,这也是作者写这首诗的目的。

斋滕正谦(一首)

斋滕正谦(1799—1867),字有终,号拙堂、拙翁,通称德藏。伊势(今三重县)人。幼时聪悟,及长受学于昌平黉,师事古贺精里。曾任津藩藩校有造馆儒官、藩主侍读等职。其作诗宗盛唐,长于古文,初奉朱子学,后博采众家之说,尤其对《史记》、《汉书》的研究极有心得,其成就亦为中国学者所瞩目。有《拙堂文话》、《拙堂诗话》、《海外异传》等。

过 禁 门

金殿崔嵬(1)出彩霞,御沟汩汩(2)走清沙。春风不隔仙凡界(3),吹落人衣上苑(4)花。

【注释】

(1) 金殿:这里指天子的宫殿。　崔嵬:高耸的样子。

(2) 御沟:皇城的水沟。　汩汩:水流的样子。

(3) 仙凡界:神仙居住的世界和凡人居住的场所。仙界,这里指宫苑之内。

(4) 上苑:天子的庭园。

【赏析】

这是作者过京都御所门前所作的一首诗。禁门,这里指禁里的御门,即京都天皇御所。诗的前两句描写了禁门的外貌,后两句笔锋一转,点画出春风的作用,给人以无限的遐想。全诗写得极为清致,极有风韵,尤其是结句的点睛之笔,更是达到了意想不到的艺术效果。

菊池保定(二首)

菊池保定(1799—1881),字士固,号溪琴,别号海叟,又号海庄,通称孙左卫门。纪州(今和歌山县)人。幼好文学,师事于大洼诗佛,与佐藤一斋、赖山阳、梁川星岩等诗人多有交往。曾任职于民政局、教部省。菊池保定是江户末期至明治初期著名的汉诗人,他博览经史,善诗文。尤其喜爱元遗山、刘青田的诗文,并在日本刊行《诚意伯诗钞》、《遗山先生诗钞》。有《溪琴山房诗》、《秀餐楼诗集》、《海庄集》、《诗语烂锦》、《国政论》等。

河内途上

南朝古木锁寒霏(1),六百春秋一梦(2)非。几度问天天不答,金刚山(3)下暮云归。

【注释】

(1) 南朝:这里指日本南北朝时期的南朝。　寒霏:寒冷的薄雾。

(2) 六百春秋:六百年。这里指从南朝到当时的时间。　一梦:化作一场梦,比喻今昔巨变。

(3) 金刚山:于位奈良县与大阪府之间的一座山脉,海拔

1 125 米。

【赏析】

这是一首怀古之作,诗题一作《金刚山》。河内,位于大阪以南,南北朝时楠木正成曾在金刚山上筑城。作者往来于京阪与纪州之间时,有感于在此发生的历史事件,遂作此诗以抒发自己的感怀。全诗在对南朝的追忆中,表现了诗人深邃的历史性思考,同时也隐约地流露出了一种无奈,这种无奈更多地是与当时的现实有着密切的联系。

访霍田山人不遇

半溪流水牧童歌,寂寞柴门锁薜萝(1)。知荷长镵侵晓(2)去,松峦秋老伏苓(3)多。

【注释】

(1) 薜萝:薜荔和女萝。两者皆野生植物,常攀援于山野林木或屋壁之上。

(2) 荷:扛着。　长镵(chán):古代一种铁制的刨土工具。侵晓:天渐明的时候。

(3) 伏苓:菌类植物,寄生于山林松根,可入药。据李时珍《本草纲目》记载,茯苓被古人多奉为仙药。

【赏析】

这是一首寻人不遇的诗。霍田山人,生平事迹不详,大抵是隐者一类的人。诗的前两句写出了山人居住的环境,充满了禅家的韵味,令人向往。后两句道出山人已进入了林间,留下的只是重重叠叠起伏的山峦,给人增添了无穷的回味,令人遐想。整首诗的意境,与贾岛《寻隐者不遇》有不少异曲同工之处。

大槻清崇(二首)

大槻清崇(1801—1878),字士广,因喜爱陆中盘溪的奇胜,故号盘溪,又号宁清,通称平次。陆前(今宫城县)人。明治时期著名文学家。幼时聪颖,于家中受学。及长,入昌平黉。后游历于东海、畿内等地,遍访名士硕儒。天保三年(1832),被任命为藩儒,为藩主侍讲。明治元年(1868),因参与叛乱而被捕,四年后获释。有《孟子解约》、《国史百咏》、《宁静阁集》、《盘溪随笔》、《盘溪文钞》、《盘溪诗钞》等。

看梅夜归

尽日梅边倒酒瓢,赏心不觉月临宵(1)。归来恐被山妻(2)妒,衣上灵香(3)拂不消。

【注释】

(1) 月临宵:这里指明月当空。

(2) 山妻:原是指隐者之妻,后来成为人们自称其妻的谦词,这里是作者借指自己的妻子。

(3) 灵香:花香。

【赏析】

这是一首描写赏梅的诗。酷爱梅花,不仅是中华文人的雅趣,也是东瀛文士的喜好。全诗写月光下赏梅时的喜悦之情,尽写作者赏梅时的沉醉之态,表达了对梅花的情有独钟,借"恐被山妻妒"来写梅香染衣,风格极为别致,而且也别有一番新意。

春日山怀古

春日山(1)头锁晚霞,骅骝(2)嘶尽有啼鸦。惜君独赋能州月[(3)]，不咏平安城[(4)]外花。

【注释】

(1) 春日山：春日山在新潟县西部高田市的西北丘陵地。16世纪中期的武将上杉谦信在此处修筑了春日山城，并以此处为据点，统一了被称为越后的整个新潟地区的大部分。

(2) 骅骝：原指周穆王的八骏之一，这里是指上杉谦信坐骑的名字。

(3) 君：指上杉谦信。 赋能州月：这里是指上杉谦信写的《九月十三夜》诗："霜满军营秋气清，数行过雁月三更。越山并得能州景，遮莫家乡忆远征。"

(4) 平安城：指京都。

【赏析】

这是一首怀古诗。诗中赞扬了上杉谦信的雄才大略，同时也对这位历史上的著名人物最终未能号令全国、使全国统一而感到有一些遗憾。诗中写历史人事，但其中的余韵悠长，令人回味的东西很多，使人增加了不少忧时伤世之感。

武田正生(一首)

武田正生(1803—1865)，字伯道，号如云，后改为耕云斋，通称彦九郎。水户(今茨城县)人。文政十二年(1829)为拥立德川齐昭为藩主做了许多努力，先后任若年寄(江户幕府的职务名称，直属于将军的仅次于老中的重要职务)、家老等职。任内进行藩政改革，创建藩校弘道馆，成为改革派的重镇。元治元年(1864)尊王攘夷的激进派"天狗党"在筑波山(在今茨城县)起兵时，被推为首领。

在率八百余人上京途中,力竭而降于金泽藩。次年被处死。

题匡山楼

匡山妖血污乘舆(1),礼乐衣冠扫地虚(2)。却怪文章经术士(3),年来毕竟读何书(4)。

【注释】

(1) 匡山:地名,一作匡门山,今作崖山,在今广东新会县南,南宋张世杰、陆秀夫曾在此抗元。　乘舆:天子的乘轿。

(2) 礼乐衣冠:指标志中国文化水准的礼仪、音乐、衣服、冠冕等。　扫地虚:这里是指没有保留下来。

(3) 文章经术士:指熟读儒家经典的饱学之士。

(4) 读何书:读什么书呢?意为读的都是没什么意义的书。

【赏析】

这首诗是作者在下喜多的匡山楼所作。匡山,本为南宋末年张世杰、陆秀夫等人的抗元根据地,日本所筑匡山楼,具有对抗元志士的追慕之意。诗人想到宋室的灭亡,心中颇为感慨,借对张世杰、陆秀夫等人忠节的赞颂,来抒发自己个人的感怀。同时也对宋代统治者虽然提倡饱读经书但却未能避免亡国的命运,提出了深刻的反思。虽为题咏之作,但所蕴含的历史兴亡之思却是极为深刻的。

梁川景婉(二首)

梁川景婉(1804—1879),名景,又名景婉;字道华,又字月华,号红兰。美浓(今岐阜县)人。著名诗人梁川星岩之妻。与龟井小琴、江南细马等并列为日本为数不多的闺秀诗人。有《红兰小集》。另有《红兰遗稿》未刊行。

霜 晓

云弄日华(1)深浅色,波余风影去来痕。清霜昨夜传消息,梦到江南橘柚(2)村。

【注释】

(1) 日华:太阳的光华。

(2) 桔柚:橘子和柚子,均系南方所产的水果。

【赏析】

这是一首描写初秋霜晓的诗。诗人观察景物细致,对生活有自己独到的体验,在表现霜晓这一自然现象时,体验细腻,描写角度独特。看似不经意的叙述中,实际上也表达了自己淡淡的忧伤之情。

思 乡

西征千里更西征,云态山容关远情(1)。又是刘萱(2)关外水,似闻阿爷(3)唤儿声。

【注释】

(1) 远情:这里指思乡之情。

(2) 刘萱:萱草,也叫"忘忧草",即今黄花。

(3) 阿爷:这里指父亲。

【赏析】

这是一首表现思乡之情的诗。全诗运用了中国乐府《木兰诗》的典故,表达了远在他乡的游子对家乡父老的思念之情。诗人从远处着笔,以一个女子的细腻感悟,表达了最为真挚的感情,写得极为动人,是怀乡诗中的佳作。

木下业广(二首)

木下业广(1805—1867),字子勤,号犀潭、澹翁,晚号韡村,通称宇太郎。肥后(今熊本县)人。幼时博闻强记,极有才识,常因口出狂言而受到其师桑满负郭的训诫。后受学于大城壶梁,二十三岁时被举为实习馆居寮生。中年后任藩主世子侍讲,晚年任实习馆训导,培养了一大批才俊之士。有《韡村遗稿》等。

坛浦夜泊

篷窗(1)月落不成眠,坛浦春风五夜(2)船。渔笛一声吹恨(3)去,养和陵(4)下水如烟。

【注释】

(1) 篷窗:船窗。

(2) 五夜:五更。

(3) 恨:这里指安德天皇当年所遭遇的不幸之事。

(4) 养和陵:安德天皇(1180—1185 年在位)的陵墓,在今下关市阿弥陀寺町。

【赏析】

这是作者夜宿坛浦时所作的一首诗。坛浦,在下关市的东面,是平氏灭亡的古战场。八岁的安德天皇也在此葬身于大海。作者旅行到此时,有感于在此发生的历史事件遂作此诗。诗中表现了作者对昔日安德天皇遭遇的同情,于平淡的叙述中,表达了无限的思古之意。诗风气韵遒古，达到了绝句的精妙之境。

山房夜雨

林叶飘风瑟瑟[1]鸣，虚窗[2]唯见一灯明。人间多少功名梦[3]，化作山房夜雨声。

【注释】

(1) 瑟瑟：形容风响的声音。

(2) 虚窗：空窗。

(3) 功名梦：这里指追求功名利禄的梦想。

【赏析】

这是作者于秋夜山庄听雨时所作的一首诗。从内容上来看，诗中表现了作者恬淡的思想和超然于世俗的心态，风格颇似陶诗，意境淡雅，由此亦可看出作者的人格是多么地高尚。

藤田彪（二首）

藤田彪(1806—1855)，字斌卿，号东湖，通称虎之介。常陆水户(今茨城县)人。江户末期儒学家。藤田东湖之父幽谷是个尊王攘夷论者，东湖自幼受其父的熏陶，深受尊王攘夷思想的影响。文政二年(1819)赴江户从龟田鹏斋等习文武。天宝三年(1832)，拥立德川齐昭为水户藩主，协助藩政改革，为尊重皇室和加强海防而尽力。后因与保守派矛盾激化，曾一度被囚。嘉永二年(1849)复归藩政，主张尊王攘夷，为尊王倒幕运动之先驱。声誉遍于全国，其思想对桥本左内、西乡隆盛等维新人士影响很大。安政二年(1855)江户大地震时，遇灾而死。有《东湖全集》。

题菊池容斋龙图

蛟龙得云雨[1],非复池中物。如何风尘[2]里,徒使英雄屈。

【注释】

(1) 蛟龙得云雨:蛟龙是传说中的一种神龙,得到云和雨,就会飞腾上天,终究不会待在池中。比喻有才能的人一旦遇到机会,就会充分施展才华。典出《三国志·周瑜传》:“刘备以枭雄之姿,……恐蛟龙得云雨,终非池中物也。”

(2) 风尘:世俗世界。

【赏析】

这是一首题画诗。菊池容斋(1788—1878)是日本复古大和绘的巨匠,其艺术水平极高,在日本绘画史上享有极高的声誉。更为难得的是,他与诗人心心相通,思想观点颇为一致。作者的这首诗,是为菊池所画的一幅龙所题,借诗以言志,表达了他个人的勤王志向。作者的思想与画家的绘画,在心灵上形成了高度的契合,两者达到了艺术上完整的统一。

和文天祥正气歌　并序

彪年八九岁,受文天祥《正气歌》于先君子[1]。先君子每诵之,引杯击节[2],慷慨奋发。谈说正气之所以塞天地[3],必推本之于忠孝大节然后止。距今三十余年,凡古人诗文,少时所诵,十忘七八。至于天祥《歌》,则历历谙记[4],不遗一字。而先君子言容,宛然犹在心目。彪性善病,去岁从公[5]驾而来也,方患感冒,力疾上途[6]。乃公获罪,彪亦就禁锢[7]。风窗雨室,湿邪[8]交侵;菲衣疏食[9],饥寒并至。其辛楚[10]艰苦,常人所难堪[11]。而宿痾顿愈[12],体气颇佳。睥睨宇宙[13],叨与古人相期[14]者,盖资[15]于天祥《歌》为多。夫天祥值宋社之倾覆[16],身囚于胡虏[17],实臣子之至变[18]。若彪被幽,则特一时之奇祸,其事与迹,皆大不同。然古人[19]有云:"死生亦大矣。"今彪之困厄[20],既已若此。而人犹或不以慊[21]于意,曰:"何不遂赐死?"曰:"何不早自裁?"彪之所以出入于死生间,亦复如此。而顽乎[22]不变,自信愈厚者,未始不与天祥同也。呜呼!彪之生死,固不足道。至于公之进退,则正气之屈伸,神州之污隆[23]系焉,岂特一时奇祸之云乎哉?天祥曰:"浩然者,天地之正气也[24]。"余广[25]其说曰:"正气者,道义之所积[26],忠孝之所发[27]。"然彼所谓正气者,秦汉唐宋,变易不一[28]。我所谓正气者,恒万世而不变者也,极天地而不易者也。因诵天祥《歌》,又和之以自歌。歌曰:

天地正大气,粹然钟神州[29]。秀为不二岳[30],巍巍耸千秋[31]。注为大瀛[32]水,洋洋环八洲[33]。发为万朵樱,众芳难与俦[34]。凝为百炼铁[35],锐利可断鍪[36]。荩臣[37]皆熊罴,武夫尽好仇[38]。神州孰君临[39]?万古仰天皇。皇风洽六合[40],明德[41]侔太阳。不世无污隆[42],正气时放光。乃参大连[43]议,侃侃排瞿昙[44]。乃助明主[45]断,焰焰焚伽蓝[46]。中郎[47]尝用之,宗社[48]磐石安。清丸[49]尝用之,妖僧[50]肝胆寒。忽挥龙口剑[51],虏使[52]头足分。忽起西海飓[53],怒涛歼妖氛[54]。志贺月明夜[55],阳为凤辇巡[56]。芳野战酣日,又代帝子屯[57]。或投镰仓窟,忧愤正侃侃[58]。或伴樱井驿,遗训何殷勤[59]。或殉天目山,幽囚不忘君[60]。或守伏见城,一身当万军[61]。承平二百岁[62],斯气常获伸[63]。然当其郁屈[64],生四十七人[65]。乃知人虽亡,英灵未尝泯[66]。长住天地间,隐然叙彝伦[67]。

孰能扶持之,卓立东海滨[68]。忠诚尊皇室,孝敬事天神。修文与奋武,誓欲清胡尘[69]。一朝天步艰[70],邦君[71]身先沦。顽钝不知机[72],罪戾及孤臣。孤臣困葛藟[73],君冤向谁陈[74]。孤子远坟墓,何以谢先亲[75]。荏苒二周星[76],唯有斯气随。嗟予虽万死,岂忍与汝离。屈伸[77]付天地,生死复奚疑[78]。生当雪君冤,复见张纲维[79]。死为天地鬼,极天护皇基[80]。

【注释】

(1) 先君子：这里指作者已去世的父亲藤田幽谷(1774—1826)。

(2) 击节：打拍子。

(3) 以塞天地：充满天地之间。

(4) 历历：清楚。　谙记：熟记。

(5) 公：这里指幕府将军德川齐昭。

(6) 力疾上途：带病踏上旅途。

(7) 禁锢：被囚禁。

(8) 湿邪：湿气和邪气。

(9) 菲衣：粗糙的衣服。　疏食：简陋的食物。

(10) 辛楚：痛苦。楚打人的荆条。

(11) 难堪：难以忍受。

(12) 宿痾：长期的疾病。　愈：病愈。

(13) 睥睨：斜视。　宇宙：这里指天地古今。

(14) 叨：自谦之词。　相期：期待,相约。

(15) 资：受益。

(16) 宋社：南宋的社稷。　倾覆：灭亡。

(17) 胡虏：这里指元军。

(18) 至变：重大的变故。

(19) 古人：指孔子。

(20) 困厄：遭遇困难。

(21) 慊：满足。

(22) 顽乎：固执。

(23) 污隆：盛衰。

(24) 浩然者二句：语出《孟子·公孙丑上》,论述是的天地间的浩然正气。

(25) 广：推广,扩大。

(26) 道义之所积：正气是道义积累的结果。

(27) 忠孝之所发：正气是从忠孝的思想中产生出来。

(28) 变易不一：每个王朝对正气的要求不一样。

(29) 粹然：纯粹。　神州：与神国意同,这里指日本。

(30) 不二岳：这里指富士山。不二,与"富士"的日语发音相同,故有此说。

(31) 巍巍：高大的样子。　千秋：千年。

(32) 大瀛：大海。

(33) 八洲：大八洲国的略称,也是日本的古称。

(34) 俦：匹敌。

(35) 百炼铁：这里指日本刀。

(36) 鍪：古代作战时戴的盔甲。

(37) 荩臣：忠臣。语出《诗经·大雅·文王》:"王之荩臣,无念尔祖。"

(38) 武夫尽好仇：语出《诗经·周南·兔罝》:"赳赳武夫,公侯好仇。"意思是赳赳武夫,是捍卫公侯的好伴侣。

(39) 君临：统治。

(40) 六合：东西南北上下六个方向,这里泛指日本。

(41) 明德：这里指天皇光明的恩德。

(42) 污隆：升与降。常指世道的盛衰或政治的兴替。

(43) 大连：与大臣共同参与国政的官职的名称。

(44) 侃侃：刚直的样子。　瞿昙：Gautama 的音译，释迦的姓。这里指佛教。

(45) 明主：这里指钦明天皇。

(46) 伽蓝：寺院的通称。

(47) 中郎：这里指大化改新时的重臣中臣镰足。

(48) 宗社：宗庙社稷。这里转指国家。

(49) 清丸：指和气清磨，孝谦天皇时的御医。

(50) 妖僧：指弓削道镜(？—772)，奈良时代僧人。俗姓弓削氏，761 年以看病禅师身份为女皇治病，受宠幸。天平宝字八年(764)受任大臣禅师，参与政事。光仁天皇即位，被贬为下野(今栃木县)药师寺别当，卒于此地。

(51) 龙口剑：后宇多天皇建治元年(1275)九月，执政北条时宗于镰仓北斩元使杜世忠所用的宝剑。

(52) 虏使：这里指元使杜世忠。

(53) 西海飓：指后宇多天皇弘安四年(1281)闰七月一日，吹翻元军战船的所谓神风。

(54) 妖氛：指元兵。

(55) 志贺月明夜：后醍醐天皇倒幕计划泄露，行向比睿山那一时刻的月夜。志贺，比睿山。

(56) 阳为凤辇巡：元弘之变(1331)时，后醍醐天皇行幸奈良，向笠置寺(京都东南笠置山)行进。这时，藤原师贤作为天皇的替身受赐御衣，由四条隆资等人左右陪伴，装作“行幸”的行列，向比睿山坂本(京都东北)方向行进。阳，假装。凤辇，天子的銮舆。

(57) 芳野二句：指北条高时大军攻芳野，村上义光、护良亲王以身代天皇之事。

(58) 或投二句：指建武中兴时，护良亲王幽闭之事。事见《太平记》。俣俣，忧愤的样子。

(59) 或伴二句：指楠木正成父子于樱井诀别之事。事见《太平记》。

(60) 或殉二句：指武田胜赖亡后，家臣小宫山内膳于天目山殉难之事。天目山，日本山名，位于崎玉县西南，海拔 1 718 米。

(61) 或守二句：指长庆五年(1600)德川家臣鸟居元忠死守伏见城之事。

(62) 承平二百岁：指从后阳成天皇长庆八年(1603)德川家康任征夷大将军之后的二百余年间。

(63) 获伸：正气得到伸张。

(64) 郁屈：内心受到委屈。

(65) 四十七人：这里指赤穗四十七义士。参照坂井华《泉岳寺》诗的注释。

(66) 泯：灭。

(67) 彝伦：人们应该遵守的常道。

(68) 东海滨：这里指常陆(今茨城县)。

(69) 清胡尘：这里指水户藩尊王攘夷之事。

(70) 天步艰：比喻时运艰难。

(71) 邦君：这里指仁孝天皇。

(72) 顽钝：顽固愚钝。这里是东湖自称。　不知机：不懂其中的原因。

(73) 困葛藟：指蛰居幽闭之身。葛藟，蔓草。

(74) 君冤：指德川齐昭所受的不实之罪。　陈：诉说。

(75) 先亲：逝去的双亲。这里指作者的父亲藤田幽谷。

(76) 荏苒：时间逐渐过去。　二周星：这里指时间已过了两年。

(77) 屈伸：指个人的荣辱。

(78) 奚疑：还有什么可以担心和忧虑的呢?

(79) 纲维：纪纲之意。

(80) 皇基：帝王的基业。

【赏析】

这是一首对文天祥《正气歌》的唱和诗作。作者是水户藩士，父亲是大名鼎鼎的藤田幽谷。弘化元年(1844)，藩主德川齐昭受到禁闭处分后，藤田作为家老也被禁闭，次年转移到间岛小梅村。这首诗便是他此时写下的。诗歌与文天祥的原作极为相似，表现了诗人对宏大而正义的天地元气的赞颂，作品贯穿了作为"天·地·人"存在之根本的"气·正义·人伦"精神，高度弘扬了尊皇精神和护国行动，以及历史悠久的杀身成仁的大义气概。作者认为自身的遭际与文天祥相似，但无论从哪方面而言，藤田东湖的诗作都不可与文天祥的原作相提并论。唯一吸引人的内容，便是藤田诗中所举事例大致可窥见一下在德川幕府将没之时志士们的思想倾向。

广濑谦(五首)

广濑谦(1807—1863)，字吉甫，号旭庄，晚号梅墩、秋村，通称谦吉。丰后(今大分县)人。广濑淡窗之弟。他十岁从其兄学习古文，十七岁赴筑前(今福冈县)入龟井昭阳门下受学。后又受教于菅茶山。曾任肥前(今佐贺县)田代郡东明馆教授、丰后咸宜园私塾监督。天保十五年(1844)在江户开私塾，文久元年(1861)归日田设雪来馆授徒，结交维新志士吉田松阴等人。旭庄为人才气豪放，长于古律，诗风纵横变化，有大江大河之气概，是江户时代著名汉诗人之一。有《梅墩诗钞》、《梅墩漫笔》、《宣园百家诗编》等。

夏初游樱祠

花(1)开万人集，花尽一人无。但见双黄鸟(2)，绿荫深处呼。

【注释】

(1) 花：樱花。

(2) 黄鸟：黄莺。

【赏析】

这是初夏时节作者游大阪樱祠时所作的一首诗。樱祠，即樱花宫，在今大阪市都岛区中野町三丁目，是日本的名胜古迹之一。诗中描写了樱花盛开时万众赏花的盛况。在叙事的同时，话题一转，借黄鸟的形象，来隐喻自己的志向。虽笔墨不多，但却寓意深刻，不仅写赏花，也写出了诗外之味，其中所蕴含的感情是极为丰富的。

阿部野

兴亡千古泣英雄(1)，虎斗龙争(2)梦已空。欲问南朝忠义墓(3)，荞花秋仆野田(4)风。

【注释】

(1) 泣英雄：这里是指后人凭吊历史上的英雄人物，为他们的事业感动流泪之意。

(2) 虎斗龙争：指日本南北朝时各军阀之间争权夺利的战争。

(3) 南朝：这里指吉野朝。　忠义墓：这里指北畠显家和其父北畠亲房的墓。

(4) 秋仆：这里是指秋风吹得荞麦像扑倒一样。　野田：田野。

【赏析】

这是作者在阿部野神社写的一首诗。阿部野神社位于摄津国阿部野，即今大阪市南部的阿部野区上町台地，其中供奉着南朝的两位忠臣北畠显家和其父北畠亲房。亲房是吉野朝廷的第一栋梁，推行了京都的重建计划。并著有《神皇正统记》以及《古今集注》等。阿部野神社是北畠显家与足利军队战斗过的古战场，于明治十五年(1882)一月创建。阿部野今有时也写作阿倍野。

这首诗的作者是一位久存勤王之志的志士，他对北畠显家和北畠亲房极为崇敬，来到古战场时心中不免有无限感慨，于是满腔的思古之情化作了这首充满伤世感时的小诗。诗中不仅有对昔日历史人物命运的思考，也有对眼前时事的忧虑，这种忧虑不仅是他个人的，也是那个时代有识之士共有的。

春雨到笔庵

菘圃葱畦取路斜(1)，桃花多处是君家。晚来(2)何者敲门至，雨与诗人(3)与落花。

【注释】

(1) 菘圃：种白菜的园子。　葱畦：种葱的菜地。　取路斜：这里指从路上斜插过去走捷径。

(2) 晚来：傍晚。

(3) 诗人：这里是诗人的自称。

【赏析】

这是作者拜访笔庵时所作的一首诗。笔庵，为作者的友人，生平事迹不详。由于这首诗是在日田时所作，估计笔庵可能是日田地方的人。诗中描写了友人所居之地淡雅的环境，同时也写出了自己闲适的心情。整首诗不事雕琢，全用白描，于不经意的落笔中，体现了与友人纯真的友谊。

樱　花

嫣然一顾乃倾城(1),薄晕摩空(2)冉冉轻。李杜韩苏谁识面(3),梨桃梅杏总虚名(4)。此花飞后春无色,何处吹来风有情。寄语啼莺须自惜,垂杨树杪莫劳声(5)。

【注释】

(1) 嫣然:形容美女的笑容。这里比喻樱花之美。　倾城:形容花色艳丽。

(2) 薄晕:淡红色。　摩空:接天。

(3) 李杜一句:意思是李白、杜甫、韩愈、苏轼他们谁也没有见过樱花,因而也没有歌咏樱花的诗篇。

(4) 虚名:不符实际的声誉。

(5) 寄语二句:意思是传语的啼莺,应须自爱,不要在垂杨树上劳声呼唤,以免惊扰静静的樱花。

【赏析】

这是一首吟咏樱花的诗。樱花是日本的国花,历来有不少日本的文人墨客对此创作了数量众多的诗歌。而这首诗的格局意境,独辟蹊径,表现方式与众不同,其状物寄情,均能达到一种极致,尤其是第五句写得极妙,用来形容樱花之美,绝对恰如其分,由此亦可见诗人描摹的笔力是多么地精当。

春　寒

梅枝几处出篱斜(1),临水掩扉(2)三四家。昨日寒风今日雨,已开花羡(3)未开花。

【注释】

(1) 斜:歪斜。

(2) 扉：柴门。

(3) 羡：羡慕。

【赏析】

这是一首表现晚春时节个人心情的诗。在春寒时节，春寒料峭，万物开始复生，虽然只有一些梅花初绽，但毕竟整个季节仍然笼罩着寒意。在诗人的笔下，“已开花羡未开花”，春天似乎早已来到诗人的心中了。

藤井启(三首)

藤井启(1807—1866)，字士开，号竹外、雨香仙史，又号小广寒宫主人。摄津(今大阪府)人。诗学赖山阳，作诗专攻七绝，被称为“绝句竹外”，深受俞樾的好评。与梁川星岩、广濑淡窗有很深的交往。除了作诗之外，他还长于炮术。晚年隐于京都，以诗酒为乐。有《竹外二十八字诗》、《竹外诗钞》等。

芳　野

古陵松柏吼天飙(1)，山寺寻春春寂寥(2)。眉雪老僧时辍帚(3)，落花深处说南朝(4)。

【注释】

(1) 古陵：指日本后醍醐天皇(1318—1338 年在位)的陵墓。天飙：由天上的一角吹来的大风。

(2) 山寺：指如意轮寺，为净土宗的寺庙，在吉野山中，为后醍醐天皇的敕愿之庙。　寂寥：形容寂静空旷，没有声音。

(3) 眉雪一句：须眉似雪的老僧，不时停下打扫落花的笤帚。

(4) 南朝：日本从后醍醐天皇延元元年(1336)起，分裂为南北朝，至明德二年(1391)复归统一。北朝为光明天皇统治，都城在京都。南朝为后醍醐天皇统治，都城在吉野。后醍醐天皇及其忠臣之墓在吉野山中，后来南朝被北朝所并，因此吉野为后人凭吊南朝之地。

【赏析】

这首诗为作者游吉野时所作，诗题一作《游吉野》。全诗以游后醍醐天皇的陵墓为主线，并由此联想到一些历史上的人和事，抒发了对南朝历史兴亡的感慨，看似不经意的叙述，语气却格外地沉痛。在日本的汉诗史上，这是一首脍炙人口的佳作，与赖杏坪、河野铁兜之作合称为"吉野三绝"，诗中包含的感情极为丰富，因而深爱后世学者的喜爱，藤井启也因此被称为"藤落花"。

花朝下淀江

桃花水暖送轻舟[(1)]，背指[(2)]孤鸿欲没头。雪白比良山[(3)]一角，春风犹未到江州[(4)]。

【注释】

(1) 轻舟：指小船。

(2) 背指：背对着。

(3) 比良山：滋贺县西部的山。狭义的范围是指蓬莱山(海拔1 174米)，广义的范围是指包括打见山(海拔1 103米)、武奈岳(海拔1 214米)在内的整个比良山。由于冬季多雪，"比良暮雪"成为了近江八景之一。

(4) 江州：近江的地名，在今滋贺县。

【赏析】

这首诗是作者于天保三年(1832)下淀江时写的一首诗。花朝,指花开之日,也指花朝节,一般指农历的二月十二日或十五日。淀江,即淀川,发源于琵琶湖,全长约八十千米。诗中描写了作者下淀江时所看到的景象和当时的心情,风格清新,虽然只有二十八个字,但却是一首脍炙人口的名篇,尤其是结尾一句,写得极为有趣,深受唐宋诗人的影响而融入日本的地名,更显出与众不同的风格。

东人罕写岚山者,独谷文二喜作此图

东人争赏芙蓉雪(1),谁作岚山(2)春色图。独有风流古文二(3),水烟花雾写模糊(4)。

【注释】

(1) 东人:日本分为东西两个部分,东人即指东部地区的人。这里是指江户(今东京都)人。　芙蓉雪:这里指富士山的雪景。

(2) 岚山:京都的名胜之地,春天有樱花,冬天有红枫,极为有名。

(3) 谷文二(1812—1850):日本画家,江户人。

(4) 水烟一句:意思是用水墨绘出岚山的烟霭。

【赏析】

这是一首评画诗。日本画家古文二善画岚山风景,其作品极具岚山的景物特色,给人留下了深刻的印象,因而其作品风靡一时。诗人看到画家的绘画后,极为赞许,遂题诗以表达自己的观点。作者以诗评画,形式新颖,风调可爱,抓住了作品的特色,形成了与众不同的评论风格。

青山延光(一首)

青山延光(1807—1870),字伯卿。水户(今茨城县)人。江户时期日本著名的历史学家、文学家。他与三个弟弟的诗合编为《埙篪小集》。有《佩弦斋杂著》、《国史纪事本末》、《野史纂略》。

中秋游那珂川

渡口烟[(1)]初暗,移舟出柳阴。暮云才漏月[(2)],秋水已摇金[(3)]。灯影村家远,虫声岸树深[(4)]。游鱼定惊避,横笛作龙吟[(5)]。

【注释】

(1) 烟:这里指晚霞。

(2) 漏月:这里指月亮从云中漏出。

(3) 秋水一句:意思是秋水在月色的映照下,已闪动金光。

(4) 树深:树林深处。

(5) 龙吟:形容笛声嘹亮。

【赏析】

这是一首纪游诗。那珂川,为日本河流的名字,在茨城县,流经福冈市中心地区。诗中描写了那珂川秋季的景色,着墨不多,但笔触细腻,体物入微。尤其是颔联的工巧,更显得潇洒飘逸,体现出诗人与众不同的状物手法。

佐藤信古(一首)

佐藤信古(1807—1879),字子成,号蕉庐。江户(今东京都)人。明治初期日本文学家,原为铸金局长吏,后因与当权者意见不合,有感于个人理想不能实现,遂愤而辞职。有《蕉庐诗钞》等。

初夏晚景

新绿过微雨,晚来清气浮(1)。卖鱼人走巷(2),衔土(3)燕归楼。柳外月初淡,竹西虹未收(4)。前林风静处,残白(5)照苔幽。

【注释】

(1) 浮:漂浮。

(2) 走巷:在大街小巷走来走去,这里指卖鱼。走,行走的意思。

(3) 衔土:这里指燕子口含泥土筑巢。

(4) 未收:未落下。

(5) 残白:指西沉的月光。

【赏析】

这是一首描写初夏晚景的诗。在作者的笔下,初夏具有代表性的景物,一一表现在了读者眼前,极富特色。虽不是尽力地描摹,但能描摹写出眼前之景,故而也堪称佳作。诗中展现的晚景如画,别具一格,读来别有一番清新的格调。

宇津木靖(一首)

宇津木靖(1809—1837),字东昱,号静区。近江(今滋贺县)人。江户末期汉诗人。有《浪迹小稿》。

海　楼

茫茫(1)千万里,豪气个中(2)横。山向中原断,潮通异域(3)平。生涯惟一剑,海内任孤征。天地容微物,临风耻圣明(4)。

【注释】

(1) 茫茫：模糊不清。

(2) 个中：此中。

(3) 异域：这里指日本以外的国家。

(4) 天地二句：意思是天地间容此碌碌微躯，愧对当今圣明之世。其意出孟浩然《望洞庭湖赠张丞相》："欲济无舟济，端居耻圣明。"微物，细小的东西，小的生物。

【赏析】

这是一首登海楼以抒发个人壮志豪情的诗。前四句雄伟豪迈，气壮山河，体现了诗人的磅礴大气。后四句胸有块垒，意味深长，反映了诗人壮志未酬的感慨。全诗风格豪壮，气韵雄厚，有一种大气自然流出，令人感到鼓舞。若无博大的心胸，恐怕很难写出如此有气魄的诗作来。

村上刚(三首)

村上刚(1810—1879)，字大有，号佛山，又号稗田耕夫，通称健平。文政七年(1824)，受学于龟井昭阳，后游学于东京、大阪，遍访硕学名儒。天保六年(1835)，归乡设塾授徒，从学者达上千人。其平生诗歌创作以白居易、苏东坡为宗，诗风巧致，奇恣纵横，事无巨细，皆可入诗，在世时就已经刊行了个人诗集九卷，在当时影响很大。有《佛山堂诗钞》、《佛山堂遗稿》等。

过坛浦

鱼庄蟹舍(1)雨为烟，蓑笠(2)独过坛浦边。千载帝魂(3)呼不返，春风肠断御裳川(4)。

【注释】

(1) 鱼庄蟹舍：这里是指渔夫的家。

(2) 蓑笠：蓑衣与笠帽。指用草或麻编织成的斗篷以及帽子，一般是樵夫及渔民用来遮风挡雨之物。

(3) 帝魂：这里指安德天皇的灵魂。

(4) 御裳川：这里指伊势的五十铃川。

【赏析】

这是一首怀古之作。作者路过坛浦时，想到日本历史上在此发生过的重大事件，即源氏和平氏之间的最后一次战役，而年仅8岁的平家血脉安德天皇(平德子所生)则由外祖母二位尼挟抱跳海身亡，不禁感慨万端，思绪难平。于是作者写下了这首诗，表达了对安德天皇的凭吊之情。全诗由现实而历史，思接千载，而愁思不断，是一首脍炙人口的佳作。

晚　望

晚云湿不飞(1)，村火远依微(2)。多少插秧女(3)，青蓑(4)带雨归。

【注释】

(1) 湿不飞：这里指湿气很重。

(2) 依微：依稀可见。

(3) 插秧女：插秧的少女。

(4) 青蓑：防雨用的青色蓑衣。

【赏析】

这是一首描写春耕时农村晚景的诗。诗中表现的是一派田园风景，在作者笔下，映入眼帘的是插秧结束后走在回家路上的少女身影，她好像一幅淡雅的水墨画，情态幽幽，令人遐想，为大自然增添不少勃勃生机。

秋月客中作

薄酒难令客恨消(1),故园回首路迢迢(2)。落花芳草清明雨,独上姑苏(3)百里桥。

【注释】

(1) 消:消愁。

(2) 迢迢:遥远的样子。

(3) 姑苏:作者原注:"秋月有古处山,古处、姑苏音近,先辈借用。"

【赏析】

这是作者在做客时写的一首诗。秋月,日本地名,在今福冈县甘木市。于芳草细雨中,作者不禁触动了悠悠客思。这种客思,只有像作者这样身临其境者才能有更为深刻的体验。全诗的后两句写得风味独绝,只是前两句的意味稍逊,但通篇表达的意境还是很清晰的,值得令人回味。

长谷允文(一首)

长谷允文(1810—1885),一作长允,字世文,号南梁,别号梅外。丰后(今大分县)人。明治初期的文学家。有《梅外诗钞》。

长崎杂咏(选一首)

几只唐船(1)帆影开,雾罗云锦烂成堆(2)。不知谁著新诗卷,却载吴山楚水来(3)。

【注释】

(1) 唐船：指中国来的商船。日本江户时代，一直采取锁国政策，严禁与海外交通，只有长崎对外开放，不时有唐船和西舶(荷兰船)来港。

(2) 雾罗一句：意思是轻罗云锦之类的纺织品灿烂成堆。

(3) 不知二句：不知谁人的新诗篇，带来吴山楚水的千姿百态。新诗卷，指唐船带来的中国诗人的新作品。吴山楚水，泛指长江中下游地区的山山水水。

【赏析】

这是一首咏长崎的诗。长崎是日本最早的对外开放口岸，许多外国商品正是通过这个地方进入日本，并销往日本各地。同时，长崎也是日本人民了解中国及中国文化的一个窗口，中国诗人的新作品也正是从这个地方传播到日本各地。长崎的位置非常重要，作者站在这个港口，对港口之外远方的中国充满了向往之情。这种向往，当然也包含了对中国文化的热爱之情。

佐久间启(一首)

佐久间启(1811—1864)，幼名启之助，字子明，号象山，别号国忠，通称修理。信州松代藩(今长野县)人。江户幕府末期思想家、兵法家。早年受藩主真田幸贯赏识，在其资助下游学江户。天保四年(1833)从佐藤一斋学习儒学，因崇拜陆九渊，故自号“象山”，又从江川太郎左卫门学西洋炮术，热心兰学，提倡“和魂洋才”说(日本思想、西洋技术)。天保十年(1839)在江户神田开设象山书院，坂本龙马、吉田松阴、高杉晋作等人均出自其门下。天保十二年(1841)真田幸贯任幕府老中，任命象山负责海防，研究海陆事业。佩里率美国舰队强行打开日本国门后，象山撰写《论时务十策》，上书幕府老中阿部正弘。次年因门人吉田松阴密谋出航美国而遭连坐，被捕入狱。文久二年(1862)，象山出狱，应幕府之命上京谒见幕府将军德川家茂，主张公武合体和开国。元治元年(1864)七月十一日，遭攘夷派刺客川上彦斋暗杀。有《省侃录》、《象山诗钞》等。后人编有《增订象山全集》五卷。

穷　巷

穷巷(1)守吾静，小园思淡然(2)。晚风穿竹细，晨露上荷圆。鲸鳄横舟路(3)，烟尘暗日边(4)。老夫衰无力，何以正坤乾(5)。

【注释】

(1) 穷巷：偏僻之巷。

(2) 淡然：内心淡泊，不羡富贵。

(3) 鲸鳄一句：这里比喻外敌横行。

(4) 烟尘一句：这里比喻京都危急。日边，犹言天边，指极远的地方。后来用以比喻京都附近或帝王左右。

(5) 正坤乾：整顿乾坤，解除国难。

【赏析】

这是一首吟咏个人情怀的诗。诗人在幕府末年，提出了一些新的理论观点，但他的新思想并未受到当局过多的重视，一度曾闲居穷巷。虽然个人的理想得不到实现，并且废居穷巷，但诗人不忘国家的安危，对社稷的赤胆忠心，使得这首诗变得更为沉郁。而诗中的五六句承三四句，情境突变，反映出了作者的文字锤炼之功是极为高超的。

五岳(一首)

五岳(1811—1893),名闻慧,号五岳,别号古竹,本姓平野氏。丰后(今大分县)日田人。幼好诗文,曾师事广濑淡窗,后住日田愿正寺。三十多岁时始致力于绘画,有诗书画三绝之称。其绘画多作为重要文物被国家收藏。

兰　图

人世贵无事,不争名与功(1)。鸟迁乔木(2)后,幽谷(3)亦春风。

【注释】

(1) 名与功:指人世间的功名利禄。

(2) 鸟迁乔木:语出《诗经·小雅·伐木》:“伐木丁丁,鸟鸣嘤嘤。出自幽谷,迁于乔木。”意思是鸟迁于乔木,春天就要到了。

(3) 幽谷:幽深的峡谷。

【赏析】

这是一首题画诗,是对《诗经·小雅·伐木》的一种翻案。兰花,被中国文人喻为是花中的君子,日本的文人也有相同的看法。诗人以此为题作画并赋诗,表现了他高洁的品格。全诗既是画兰,也是画自己,颇受白居易《偶作》的影响,与世无争的豁达心态已跃然纸上。

伴林光平(一首)

伴林光平(1813—1864),名光衡,号蒿斋,别号园陵、斑鸠隐士等,通称六郎,法名周永。河内(今大阪府)人。出生于尊光寺,父亲贤静为该寺住持。幼时聪慧,卓尔不群,为僧后不禁欲,并研修武技,从村田竹轩等人学习汉学。主张尊王攘夷,参加讨幕运动后,被捕入狱,文久四年(1864)二月十八日后被处死。有《南山踏云录》等。

辛酉二月出寺蓄发时作

本是神州清洁民(1),谬为佛奴说同尘(2)。如今弃佛佛休恨,本是神州清洁民。

【注释】

(1) 神州:本指中国,这里指日本,与"神国"义同。 清洁民:古代的日本人自认为有清洁之心,故有此说。

(2) 佛奴:信奉佛教的僧侣。 同尘:指混同于世俗。

【赏析】

这是作者还俗蓄发时所作的一首诗。文久元年(1861)二月,作者还俗蓄发,在感叹过去为僧的生活时,遂作此诗以言志。作者认为,日本自古以来是一个神国,有自己的宗教信仰,而信佛是不符合世俗之情的。现在还俗,是因为他自信"本是神州清洁民"。全诗表现了在日本民族危机的情况下,作者已无意躲在清静的佛门而不问国事,他要为国家的前途尽自己的一份力量。诗风慷慨激昂,惊世骇人,是明治维新之前志士们的大声疾呼之作。

宇野义以(一首)

宇野义以(1813—1866),字子方,号南村,美浓(今岐阜县)人。

江户末期的汉诗人。参加梁川星岩的玉池吟社。有《南村遗稿》等。

老　将

黄河不涸不生还(1),誓斩楼兰靖朔边(2)。马放山中知去路(3),剑穿岩角出飞泉(4)。身经大小百余战,节尽冰霜十九年(5)。闻说长安(6)新下诏,五侯一日贵熏天(7)。

【注释】

(1) 黄河一句:意思是黄河不干,决不生还。表示驱敌出境的殊死决心。

(2) 楼兰:原为汉代西域国名,这里比喻来犯之敌。　朔边:北方边境。

(3) 马放一句:比喻老将如识途老马,熟悉行军地形。典出《韩非子·说林上》:"管仲、隰朋从桓公伐孤竹,春经冬返,迷惑失道。管仲曰:老马之智可用也。乃放老马而随之,遂得道。"

(4) 剑穿一句:刺穿岩角,涌出飞泉。比喻老将的勇武虔诚。语出《后汉书·耿恭传》:"昔闻贰师将军(李广利)拔佩刀刺山,飞泉涌出。"

(5) 节尽一句:汉代使臣苏武,在匈奴被扣十九年,雪地冰天,历尽艰辛,始终如一地坚持汉节。

(6) 长安:西汉首都。

(7) 五侯一句:意思是那些显贵的暴发户,而今气焰熏天,不可一世,反衬出那些战功卓著、为国辛劳的老将却备受冷落和排挤。五侯,指汉成帝于河平二年(前 27)同日封其舅王谭等五人为侯。

【赏析】

这是一首表现老将精神风貌的诗。诗中写一老将年轻时转战沙场,英勇杀敌,坚持气节,威武不屈,为国家边疆的安定立下了汗马功劳。然而老年之后,朝廷重视新贵,他虽然壮志难酬,但仍想为国出力。全诗奔流直下,写足了一位身经百战老将军的忠勇之风。而结尾两句的骤转,表达了作者对老将遭遇的愤愤不平。全诗文辞婉转而寄旨深远,体现了作者对这类历史人物命运的深邃思考。

森蔚(一首)

森蔚(1814—1864),初名尚猷,后改尚济、尚蔚,初字豹卿,后改明夫。通称太郎右卫门,号庸轩。水户(今茨城县)人。弘化二年(1845),补弘道馆训导。嘉永元年(1848),晋升助教,并兼彰考馆任职,参与《大日本史》的编纂工作。其人有醇儒之风,朱子学造诣极深,学识在当时的彰考馆中堪称一流。后因琐事而获罪,于贬谪中去世。有《静观庐集》、《涵养亭集》、《乐群堂集》、《聊娱集》等。

述　　怀

官途蹉跌此藏身(1),与世相忘想避秦(2)。青草绕池蛙唤雨,黄粱压圃雀亲人(3)。懒如中散(4)长甘懒,贫似黔娄(5)不厌贫。祸福应知塞翁马(6),从来何笑亦何颦(7)。

【注释】

(1) 蹉跌:失足跌倒,这里比喻失误。　藏身:避世。

(2) 避秦：避秦时之乱的桃花源人。典出陶渊明《桃花源记》。

(3) 黄粱：一种粟米，原产中国北方，是古代黄河流域重要的粮食作物之一。 圃：种植菜蔬、花草、瓜果的园子。 亲人：与人相亲。

(4) 中散：魏中散大夫嵇康。嵇康(223—262)，字叔夜，竹林七贤之一。其人恬静寡欲，性格疏懒，好老庄之学。

(5) 黔娄：战国齐威王时人，姓庾，名黔娄，字子贡，为当时著名的高士。

(6) 祸福：谓祸与福互相依存、互相转化。 塞翁马：据《淮南子·人间训》载："近塞上之人有善术者，马无故亡而入胡，人皆吊之。其父曰：'此何遽不为福乎？'居数月，其马将胡骏马而归。人皆贺之。……故福之为祸，祸之为福，化不可极，深不可测也。"比喻一时虽然受到损失，也许反而因此能得到好处。也指坏事在一定条件下可变为好事。

(7) 颦：比忧愁的皱眉表情。

【赏析】

这是一首吟咏个人情怀的诗。诗人由于性格的原因而遭贬，心中难免有不平之气。在谪居之时，想到官场上的险恶，不禁心有所思，于是提笔写了这首诗。诗中表现了自己当时的心境，倾吐了谪居时的激愤，看似冲淡的表达中，也体现了诗人豁达的情怀。

锅岛直正(一首)

锅岛直正(1814—1871)，幼名贞丸，后改直正，号闲叟。出生于东京。天保元年(1830)成为佐贺藩的第十代藩主，就任藩主时生活简朴，又精通商业运营，因此被商人们赞誉"算盘大名"。因对医学和洋学都很热衷，也被称为"兰癖大名"。以藩财政改革为中心专心致力于藩政的诸项改革。嘉永五年(1852)他在日本第一次制造西式铁制大炮,致力于军备的强化。对于公武合体得以顺利进行也有帮助。在明治维新后参加了新政府的创建工作,并且担任第一任开拓使,任上议院议长,在日本近代化进程中功不可没。除了参与政治之外,他亦善诗文。

听　雨

汤沸竹炉铛(1)自鸣,清风一碗足消酲(2)。病来久闭春花眼,夜卧小楼听雨声。

【注释】

(1) 铛:原指有足的釜,可煮食物。这里指茶炊、铫子。

(2) 清风一句:意思是一杯新茶可以消除醉意。　酲:酒醉。

【赏析】

这是一首描写个人闲情的诗。作者是一位著名的政治家,他所处的时代又值日本的多事之秋,内忧外患不断,但作者对汉诗创作有着特殊的兴趣。从政之余,写下了充满个人情趣的这首诗。功名之士,也复有如此闲逸之作,可见作者的政治能力也不会是低的。这首诗反映了作者生活的一个侧面。

小野长愿(一首)

小野长愿(1814—1910),字侗翁,原名卷,字舒公,号湖山、玉池仙史,通称仙助。近江(今滋贺县)人。明治时期著名诗人。少年时家贫,靠为人教学得以养家,初学医术,继之转攻经史,后名声渐起,在大阪创立优游吟社,作诗继承了梁川星岩的风格,晚年名闻于朝廷,被征为文学侍臣,不久辞归。有《湖山楼诗稿》、《北游剩稿》、《湖山近稿》、《莲塘唱和集》等。

朱舜水先生墓

安危[1]成败亦唯天,绝海求援[2]岂偶然。一片丹心空白骨[3],两行哀泪洒黄泉。丰碑尚记明徵士[4],优待曾逢国大贤[5]。莫恨孤棺葬殊域[6],九州疆土尽腥膻[7]。

【注释】

(1) 安危:这里指明朝国势的安危。

(2) 绝海求援:朱舜水为抗清渡海向日本幕府求助发兵。

(3) 空白骨:这里指朱舜水救国的理想未能实现而葬身日本。

(4) 丰碑:朱舜水客死日本,葬在太田市,墓碑上镌有"明徵君朱子墓"字样,还有安积淡泊撰写的称颂朱舜水的碑文。 明徵士:这里指明朝的朱舜水。

(5) 国大贤:一国的大贤人。这里指水户藩主德州光圀,他以厚礼聘请朱舜水为宾师。

(6) 殊域:异国。这里指日本。

(7) 九州疆土:中国古代分为九州。这里泛指中国。 腥膻:腥臊气味,这里指满清统治者。

【赏析】

这是作者在朱舜水先生的墓前凭吊朱舜水先生时所作的一首诗。朱舜水在明亡后逃往日本,并与日本的一些著名人士交谊深厚,想借助于日本的势力从事反清复明活动。虽然未能取得成功,但其思想对水户学的发展有很大的影响。作者对朱舜水先生的忠君爱国精神表现了极大的敬佩,同时对他未能完成自己反清复明的遗愿感到遗憾。全诗感情真挚，充满了对朱舜水先生怀念之情。同时也说明了朱舜水先生在日本人士心中的崇高地位。

梅田定明（一首）

梅田定明(1815—1859)，初名义质，号云滨，又号湖南、东坞，通称源次郎。若狭小滨(今福井县)人。早年从山崎闇哉等修习儒学，天保十二年(1841)起游历关西、九州各地。后在近江大津(在今滋贺县)开办“湖南私塾”。嘉永五年(1852)，因批评幕府而遭到流放。次年，佩里率美国舰队来日，他奔走各地，主张尊王攘夷。安政五年(1858)，安政大狱时遭到逮捕。次年因患脚气病死于狱中，时年四十五岁。

诀　　别

妻卧病床儿叫饥，挺身直欲拂戎夷(1)。今朝死别与生别，唯有皇天后土知(2)。

【注释】

(1) 挺身：挺身而出。　戎夷：这里指对日本领土有野心的美国、俄罗斯等国家。

(2) 皇天后土：这里指天地之神。

【赏析】

这是一首与亲人的诀别诗。安政元年(1854)九月，俄罗斯的军舰进入大阪湾，作者在听到这个消息后，忧心如焚，联合一些有识之士共同主张坚决抗击外敌。在与家中卧病的妻子千代子和女儿竹子、儿子忠次郎等亲人诀别时，作者写下了这首饱含深情的诗。诗中表达了作者即使在家庭遭到困难的情况下,也要驱逐外敌、忠君报国的决心。全诗直抒胸臆,气壮山河,反映了尊王攘夷志士们为抗击外敌而舍生取义的豪情壮志。

月性(二首)

月性(1817—1856),字知圆,号清狂。周防(今山口县)人。江户末期的诗僧。文政十二年(1829)剃度,天保二年(1831)入肥前(长崎)善定寺不及和尚门下受学,后至长谷寺修业。天保七年(1836)赴广岛入阪井虎山之塾受学,后师事佐贺的草场佩川。天保十四年(1843)赴大阪入篠崎小竹门下,其间与斋藤拙堂、野田笛浦等人交往甚密。嘉永元年(1848)归乡设塾,名清狂草堂。主张尊王攘夷,并同当时志士吉田松阴、梁川孟纬、梅田云滨等人结交。有《清狂吟稿》、《清狂遗稿》、《佛法护国论》等。

将东游题壁

男儿立志出乡关(1),学若不成不复还(2)。埋骨何期坟墓地(3),人间到处有青山(4)。

【注释】

(1) 乡关:家乡。

(2) 还:回家。

(3) 坟墓地:指祖坟。

(4) 青山:引苏轼《别子由》:“是处青山可埋骨”。

【赏析】

这是一首言志诗。为作者二十七岁离开故乡东游大阪求学时所作。全诗体现了一个有志之士的豪情壮志，表达了作者发愤图强的坚强意志和四海为家的广阔胸怀。诗中表现出来的激越豪情，不仅激励着日本的有识之士，也激励着中国的有志青年，对后世的影响是极为巨大的。无论是日本的西乡隆盛，还是中国的毛泽东，都把这首诗看作是激励自己的重要精神力量。

闻下田开港

七里江山付犬羊(1)，震余(2)春色定荒凉。樱花不带腥膻气(3)，独映朝阳熏国香(4)。

【注释】

(1) 七里江山：这里指下田沿岸的七里山川。嘉永六年(1853)七月八日，当时美国舰队司令佩里在此登岸，并住宿在这里。　犬羊：这里是骂美国人的话。

(2) 震余：大地震之后。安政元年(1854)十一月四日，日本发生大地震，下田一带受灾严重。

(3) 腥膻气：兽类的气味，这里指外国人来日本后所产生的影响。

(4) 国香：这里指樱花的香味。

【赏析】

这是一首吟咏时事的诗。安政元年(1854)二月十一日，德川幕府与美国的佩里签订了《日美亲善条约》(又称《神奈川条约》)，开下田、箱馆二港。此后，又有英、法、荷、俄等国也纷纷援引美国先例，陆续逼迫幕府开放港口。成功施行了二百多年的锁国政策之后，日本的大门逐渐被西方列强用坚船利炮打开。在下田开港一周年后，作者愤而作此诗。诗中表现了作者在国家遭遇大地震之后，对幕府又与美国等国家签订不平等条约而愤慨。同时，作者也表现出了对国家前途的信心。全诗婉曲有味，想象奇特，恰如诗人的豪放性格,具有极为深刻的感人力量。

日柳政章(一首)

日柳政章(1817—1868),字士焕,号燕石、柳东、春园、吞象楼等,通称长次郎。赞岐(今香川县)人。幼时被称为神童,十四岁时开始学医,后转学历史,长于诗文,尤善书画。其人性格豪爽,名闻一时。嘉永元年(1848),游学于东京、大阪之间。曾因与吉田松阴、高杉晋作等倒幕维新志士交游密切,被当作维新派关入监狱四年。明治元年(1868)获释。有《吞象楼遗稿》、《吞象楼杂纂》、《西游诗草》等。

问　盗

问盗何心漫(1)害民,盗言我罪是纤尘(2)。锦衣绣袴堂堂士(3),白日公然剥取人(4)。

【注释】

(1) 漫:随意的。

(2) 纤尘:细小的尘埃。这里比喻极小的罪行。

(3) 锦衣绣袴:指华丽的服装。　堂堂:威仪严整的样子。士:指官吏。

(4) 剥取人:剥人的衣服。这里指当时的藩主对百姓征以重税。

【赏析】

这是一首讽谕诗,诗风与白居易的讽谕诗颇有相似之处。诗中通过与强盗的问答,来讽刺当时日本社会的黑暗,进而对幕府压榨百姓的行径进行了深刻的批判。同时也假托盗贼之口,说明那些"锦衣绣袴堂堂士"才是真正的强盗,是剥削人民的贪官污吏。诗中所用的讽刺艺术,扩大了汉诗的表现手法,使汉诗的表现领域得到了进一步的拓展。

大沼厚(一首)

大沼厚(1818—1891),字子寿,号枕山,别号熙堂。江户(今东京都)人。明治初期的汉诗人,为下谷吟社盟主,他非常推崇宋诗,作诗以陆游为宗。有《房山集》、《咏物诗集句抄》等。

岁晚书怀

门冷如冰岁暮天,衡茅林麓锁寒烟(1)。床头日历无多日,镜里春风又一年。技拙未成求舍(2)计,家贫只用卖文钱(3)。闲来拣取新诗句,市酒犹能祭浪仙(4)。

【注释】

(1) 衡茅:简陋的茅舍。　林麓:长满树木的山坡。　寒烟:寒冷的烟雾。

(2) 技拙一句:意思是没有本事,未能置办私产。　求舍:求田问舍,购置产业。

(3) 卖文钱:卖文所得的钱。

(4) 市酒一句:意思是还能像贾岛那样,买酒祭诗。　浪仙:唐代诗人贾岛的字。

【赏析】

这是一首抒怀之作。虽然季节已至岁末,但诗人自感一事无成,不免触景伤怀,心中落寞。好在诗人有一定的文名,借此尚且可得糊口,于是总算有些自我安慰了。整首诗意境清冷,风度萧散,颇有贾岛、孟郊遗韵,尤其是颔联的开合动荡,达到了极高的境界,堪称是汉诗中难得的佳句。

元田永孚(二首)

元田永孚(1818—1891),字子中,号东野,又号东皋、猿岳、樵翁等,通称三左卫门。肥后(今熊本县)人。江户末期、明治前期教育家。十二岁时在藩校时习馆学经史之学。庆应三年(1867)任高濑町奉行等职。明治三年(1870),任宣教使,兼任参事。次年在宫内省任职,兼作明治天皇的侍读、侍讲。明治十九年(1886),任宫中顾问官。后又任枢密顾问官,深得明治天皇信任,参与起草帝国宪法、皇室典籍,为天皇《教育敕语》的主要起草人。尽力以儒学的忠孝、仁义教化国民,确立以天皇为中心的教育宗旨,被副岛仲臣称为“明治第一功臣”。有《教学大旨》、《幼学纲要》等。

侍宴恭赋

人老年年难再壮,花开岁岁几回新。勅言(1)今夜花前宴,不爱菊花爱老臣(2)。

【注释】

(1) 勅言:天皇的发言。

(2) 老臣:这里指作者自己。

【赏析】

这是明治十年(1878)十一月二十一日作者在陪侍明治天皇参

加观菊的宴会上所作的一首诗。整首诗并无太多的新意,表达的是君臣之间的和睦关系,体现了对天皇赐宴的感激之情,是日本汉诗中典型的酬唱之作。

芳山楠带刀之歌

乃父之训(1)铭于骨,先皇之诏(2)耳犹热。十年蕴结热血肠,今日直向贼锋(3)裂。想辞至尊(4)重来兹,再拜俯伏(5)血泪垂。同志百四十三人(6),表志三十一字词(7)。以镞(8)代笔和泪挥,铓迸板面光陆离(9)。北望四条贼氛黑(10),贼将谁也高师直(11)。不获渠(12)头授吾头,皇天后土鉴吾臆(13)。成败天也不可言,一气磅礴(14)万古存。君不见芳野庙板旧凿痕(15),至今生活忠烈魂(16)。

【注释】

(1) 乃父之训:楠木正成之父楠木正行在向湊川进军的途中,于樱井驿对他的告诫之词。

(2) 先皇之诏:后醍醐天皇在驾崩前颁发的诏敕。

(3) 贼锋:指敌军的先锋。

(4) 辞至尊:向后村上天皇请假告辞。

(5) 再拜俯伏:再次向后醍醐天皇的陵墓辞拜。

(6) 同志百四十三人:这里指楠木正成从皇宫中离开时所带的士兵数量。

(7) 三十一字词:这里指楠木正成所作的三十一字和歌。

(8) 镞:箭头。

(9) 铓:刀尖。这里指箭头。 光陆离:“光怪陆离”的略语。形容奇形怪状,五颜六色。

(10) 四条：四条畷，地名，位于北河内郡。 贼氛黑：比喻敌人的势力强大。

(11) 高师直：足利尊氏手下的执事官。

(12) 渠：与“他”意同，这里指高师直。

(13) 鉴吾臆：神灵会明白我的意思。这是楠木正行说的话。

(14) 磅礴：气势盛大的样子。

(15) 芳野庙板：如意轮寺的大门。 旧凿痕：指楠木正成箭头的痕迹和他所作的和歌及一百四十三人的名字。

(16) 生活：活着。 忠烈魂：这里指楠木正成和他手下一百四十三人的忠烈之魂。

【赏析】

这是一首歌颂楠木正行的诗。楠木正成(1294—1336)，为镰仓幕府末期到南北朝时期著名武将，建武政权的重臣。楠木正成一生竭力效忠后醍醐天皇，在湊川之战中阵亡。后世以其为忠臣与军人之典范。自古以来，楠木正成的忠诚勤王事迹受到日本人的赞扬和好评，被推崇为日本人的崇拜偶像。明治维新后，被军国主义分子奉为忠君的“军神”。作者在这首诗中，对楠木正行的行为极为推崇，认为他和他手下的一百四十三人都是忠烈之士。虽然有一些局限性的因素，但诗歌就总体而言还是具有一定的艺术风格。

森鲁直(三首)

森鲁直(1819—1889)，字希黄，号春涛，通称浩甫。尾张(今爱知县)人。因仰慕中国宋代诗书大家黄庭坚(字鲁直，号山谷道人)，其印字刻为“希黄”。森鲁直是当时的诗社茉莉吟社的盟主，为当时日本诗坛的泰斗。森鲁直诗风艳丽而富有趣味，体现出了明治中兴的风格。有《春涛诗钞》。

岐阜竹枝

环郭皆山紫翠堆[1],夕阳人倚好楼台[2]。香鱼[3]欲上桃花落,三十六[4]湾春水来。

【注释】

(1) 郭:城郭。这里指岐阜。　紫翠堆:紫色和翠色堆积在一起。

(2) 好楼台:华丽的高楼。

(3) 香鱼:日本特产一种鱼类,味道似鲇鱼。

(4) 三十六:当时规定的一种文句,并非实指。

【赏析】

这首诗是《春涛诗钞》中的卷头名作。吟咏的是岐阜长良川的风景,约作于明治六年(1873)。题目中的"竹枝",为唐时刘禹锡所开创的一种歌体,主要表现男女之情,同时也有吟咏当地风俗的内容。作者的这首诗主要表现岐阜的景色和当地的风俗,在句法上也有自己的特色,为春涛的代表性诗作之一。

秋晚出游

三四五里路,六七八家村。西有秋水涧,东有夕阳山。来自黄叶里,身立白云间。去自白云里,路出黄叶前。捕鱼谁家子,黄叶纷满船。负薪[1]何处叟,白云随在肩。相视忽相失[2],古林生夕烟[3]。

【注释】

(1) 负薪:扛着柴草。

(2) 相视一句：比喻遇到了见面机会而又当面错过。

(3) 夕烟：傍晚时的炊烟。

【赏析】

这是一首描写晚秋出游的诗。全诗平铺直叙，风格淡雅，全用白描，极具陶渊明诗歌的意蕴。所写到的景色，重叠回环，自有一番别致的风味。诗中带有的民歌风味，在汉诗中显得比较有特色。

蟹江城址

儿女踏青裙屐[1]香，不知今昔有兴亡。夜来微雨生春水，木末[2]轻帆送夕阳。耕耨地开残镞[3]出，英雄事去古城[4]荒。落花风里催罗绮[5]，又上当年旧战场。

【注释】

(1) 踏青：指春日郊游。　裙屐：指男女衣着。

(2) 木末：植物的树梢。

(3) 耕耨：除草和耕地。镞：箭头。

(4) 英雄事：指曾为统一日本出力的织田信雄。　古城：指蟹江城。

(5) 罗绮：喻繁华。

【赏析】

这是作者于蟹江城所作的一首怀古诗。蟹江城，在今日本爱知县。日本战国时代，将军织田信雄在此筑城扼守，这一时期战争不断，给百姓带来了极大的灾难。作者来到蟹江城，想到历史上的人物，吊古伤今，不禁心有所感怀，于是写下了这首诗。诗中借景抒怀，描写了蟹江城的环境。首尾相接自然，于不知不觉中抒发了自己深沉的感情。

菊池纯(二首)

菊池纯(1819—1891),字子显,号三溪,别号晴雪楼主人,通称纯太郎。纪州(今和歌山县)人。他文采卓绝,以才学卓识被任命为和歌山藩的儒官。明治初年,受历史学家竹中竹香之嘱,侨居东京从事校订日本野史的工作。有《近事纪略》、《续近事纪略》、《国史略》、《晴雪楼诗钞》等。

残月杜鹃

人言(1)声在月,吾疑月有声。月落声还断,一川卯花(2)明。

【注释】

(1) 人言:这里指后德大寺左大臣所作的诗。

(2) 卯花:卯时开的花。

【赏析】

这是一首题画诗。诗题一作《残月杜鹃图》。后德大寺左大臣(藤原实定)曾作过一首类似的诗,但作者另辟蹊径,从另外的角度来写了这首题画诗。全诗平白直叙,不用典故,诗风淡雅,既有汉诗的特点,也有俳句的特色,给人留下了过目难忘的印象。

新凉读书

秋动梧桐(1)叶落初,新凉早已到郊墟(2)。半帘斜月清于水,络纬(3)声中夜读书。

【注释】

(1) 梧桐:一种落叶乔木。

(2) 郊墟:郊外的野山。

(3) 络纬:一种名叫纺织娘的昆虫。

【赏析】

这是一首描写初秋之夜读书情景的诗。诗中表现了在初秋凉爽的夜色下,一边听虫儿的鸣叫一边读书的乐趣。诗歌的内容虽从韩愈《符读书城南》中的"时秋积雨霁,新凉入郊墟。灯火稍可亲,简编可卷舒"几句脱化而来,但阅读起来仍仿佛使人感到了其中的凉爽之气,诗人读书的感觉便也包含于其中了。

草场廉(一首)

草场廉(1821—1889),字立大,号船山,通称立太郎。肥前(今佐贺县)人。初赴江户受学于古贺侗庵,后游学于东京、大阪之间,从梁川星岩等名儒专攻诗文。其后在几所学校任教,颇有诗名。有《船山遗稿》、《船山诗集》等。

樱　花

西土牡丹徒自夸(1),不知东海有名葩(2)。徐生(3)当日求仙处,看做祥云(4)是此花。

【注释】

(1) 西土:指中国。中国在日本的西部,故被称为西土。　牡丹:原本是野生的花种,古代在中国的丹州、延州、越州都有种植,从唐武则天时代开始广为流行,最著名的是洛阳牡丹。洛阳种植的牡丹经过了改良,花形变大,花瓣愈加饱满,品种也增多,其中较有名的有黄芍药、绯桃、瑞莲、千叶李、红叶李等等,真可谓是国色天香,天下无双。　夸:夸耀。

(2) 东海:这里指日本。名葩:名花。这里指樱花。

(3) 徐生:指徐福,也写作徐市。秦始皇时的方士,传说他带领五百童男童女渡东海到日本求仙,在熊野滩附近登陆,后未返回秦朝,成为中日文化交流和开发日本的始祖。徐福的墓现仍在日本新宫市车站附近。

(4) 祥云:这里比喻樱花。

【赏析】

这是一首吟咏日本国花樱花之美的诗。它把樱花与中国的国花牡丹相比,并突发奇想地说当年徐福看到的仙界祥云就是樱花。而把樱花比喻作仙界的祥云,足以看出日本文人对樱花的酷爱之情,从樱花开花时的色彩、形状和气势来看,确实可以作这样神奇的想象。这种大胆的比喻也可以说是日本人在借助樱花来树立民族自信心与自豪感,对樱花的欣赏也是日本人对于自身性格的一种赞美。

斋藤一德(一首)

斋藤一德(1822—1860),号文里,通称监物。常陆(今茨城县)人。年轻时受学于藤田东湖,对其极为钦佩。因长于剑术,一度任弘道馆教师之职。在幕府末年,他曾参与维新运动,为著名的志士之一。后因组织暴力活动,受重伤不治而死。

题儿岛高德书樱树图

踏破千山万岳烟,銮舆(1)今日到何边。单蓑直入虎狼窟(2),一匕深探鲛鳄渊。报国丹心嗟独力,回天事业(3)奈空拳。数行血泪两行字(4),付与樱花奏九天(5)。

【注释】

(1) 銮舆：天皇的车驾。

(2) 单蓑：与下一句的“一匕”，指儿岛高德一人。　虎狼：这里指北条氏的卫兵。　虎狼窟：与下一句的“鲛鳄渊”，指北条氏软禁后醍醐天皇的地方。

(3) 回天事业：这里指讨伐逆贼，迎接天皇复位的事业。

(4) 两行字：指儿岛高德写的“天莫空勾践，时非无范蠡”二行字。

(5) 九天：天皇。

【赏析】

这是根据日本的历史史实而作的一首题画诗。据《太平记》的记载，元弘之乱中，后醍醐天皇武力反抗幕府失败，被流放到隐岐(俗称隐州。现在岛根县之外岛。大化改新时自为一国。明治四年废藩置县后编入岛根县)。途中，备前国的一个武士儿岛高德试图救驾，于是潜入美作国院庄的行在所，但却未能靠近天皇，便在庭前的樱花树树干上刻下了一首十字诗“天莫空勾践，时非无范蠡”而去。据说后来后醍醐看到了这首诗，想到依然有人挂念着自己，脸上露出了会心的微笑。高德引用中国春秋时吴越争霸的故事，将天皇比作勾践，自己及反抗幕府的同志喻为范蠡，鼓励后醍醐天皇不要放弃斗争的信念。这首诗便是为根据这段历史作的绘画而写成的。全诗歌颂了儿岛高德对天皇的忠心，意在激励维新志士抗击幕府的统治。全诗风格豪壮，气势磅礴，充满了血气男儿的悲壮之气，对倒幕志士起到了鼓舞人心的作用。

中内惇(二首)

中内惇(1822—1882)，字五惇，号朴堂。伊势(今三重县)人。

明治时期的文学家。有《朴堂诗钞》等。

溪山春晓

晨光自东至,次第及西峰。晓树犹栖月[1],春云不隔钟[2]。鸟啼山寂寞[3],花落水淙淙[4]。孤杖出门早,樵渔[5]犹未逢。

【注释】

(1) 晓树一句:意思是拂晓树上还挂着月亮。

(2) 春云一句:意思是远处的钟声穿云而来,清晰可闻。

(3) 鸟啼一句:化用了唐代王籍《入若耶溪》诗“蝉噪林逾静,鸟鸣山更幽”两句。

(4) 淙淙:流水声。

(5) 樵渔:这里指砍柴和打鱼的人。

【赏析】

这是一首描写山间景色的诗。在作者的诗中,展现的“晨光”、“晓树”、“鸟啼”等带有特定含义的句子,犹如一幅幅鲜明生动的图画,写足了春天的气氛。而“孤杖”一句,更表现了诗人的隐者情怀。颔联的体物对仗,显出了诗人非凡的炼字功夫,算得上是一幅极有春天特色的佳联。

风雪蓝关图

蓝田山下逢风雪[1],雪虐风饕[2]马骨折。此时恋关又忆家,愁心贮火肺肝热[3]。潮州南去八千里[4],飓风鳄浪[5]冒万死。举世无人怜忠臣[6],惟有侄孙送叔子[7]。岭云关雪本妙联,湘乎安能出此言[8]。吁嗟乎!《青琐高议》妄诞耳,岂有朝论佛骨夕信仙[9]。

【注释】

(1) 蓝田：这里指陕西蓝田。　逢风雪：语出韩愈《左迁至蓝关示侄孙湘》诗“雪拥蓝关马不前”之句。

(2) 雪虐风饕：风雪漫漫，残暴肆虐。

(3) 愁心一句：这里是指韩愈被贬时的心情。

(4) 潮州：今广东潮阳县。　八千里：指潮州与长安的距离。

(5) 飓风鳄浪：形容潮州气候环境险恶。据《旧唐书·韩愈传》载，潮州有鳄鱼为害，韩愈作《祭鳄鱼文》。

(6) 忠臣：这里指韩愈。

(7) 侄孙送叔子：韩湘送韩愈。韩愈在贬谪途中路过蓝关时，作《左迁至蓝关示侄孙湘》诗。韩湘是韩愈侄儿韩老成的儿子。

(8) 岭云二句：意思是韩愈诗中“云横秦岭家何在，雪拥蓝关马不前”一联，构思精妙，韩湘哪能写出这样的佳句。湘，韩湘。

(9)《青琐高议》二句：意思是《青琐高议》所记虚妄荒涎，岂有谏迎佛骨而又随即相信神仙的。《青琐高议》：北宋刘斧撰辑，书中《韩湘子》一条记载，韩湘少有仙道，能使花开冬季，曾在韩愈宴会时聚土开花，花土上呈现小金字：“云横秦岭家何在，雪拥蓝关马不前。”后韩愈贬潮州，经蓝关，见韩湘冒雪而来，谓韩愈：“公忆向日花上之句乎？乃今日之验也。”

【赏析】

这是一首题画诗。画中表现的是唐代大文学家韩愈贬官潮州道中，以及风雪蓝关的内容。据《旧唐书·韩愈传》载，唐宪宗元和十四年(819)，欲迎释迦佛指骨一节，入禁中供养三日，韩愈上《谏佛骨表》，反对此事，触怒宪宗，由刑部侍郎贬为潮州刺史。作者熟读中国历史，对唐代的文人典故极为熟悉，在这首诗中，对韩愈忠于朝廷的精神做了高度赞许，并认为韩愈的精神可歌可泣。整首诗全是从正面对韩愈的行为进行论述，极为传神地表现了韩愈的形象。

山崎吉谦(一首)

山崎吉谦(1823—1896),字士谦,号鲵山,通称谦藏。陆中(今岩手县)人。十七岁时,受学于安积艮斋、佐藤一斋等人,后游学于京都,从梁川星岩学诗。安政年间,因被南部侯聘为侍讲而名噪一时。明治以后,开私塾授徒直至去世。有《英吉利新志》、《鲁西亚史略》、《鲵山诗稿》等。

过不孝岭

身落丹波丹后(1)间,飘零何日慰慈颜(2)。二千里外(3)漫天雪,蓑笠(4)啼过不孝山。

【注释】

(1) 丹波:近畿地区的一个国家。今大部分属京都府,一部分属兵库县。　丹后:近畿地区的一个国家,今归入京都府。

(2) 慈颜:这里指父母亲的容颜。

(3) 二千里外:指离开故乡,在两千里之外的地方。

(4) 蓑笠:蓑衣和斗笠。

【赏析】

这是作者过不孝岭时所作的一首诗。不孝岭,具体位置不详,大约在丹波、丹后之间。作者从青年时便来到了京都,从事尊王攘夷运动,远离了父母和家乡,不能在父母身边尽孝令他不时感到有些愧疚。在过不孝岭时,作者由地名而触景伤情,于是写下了这首诗,借以表达心中的自责。由于是至纯至真感情的流露,此诗一直脍炙人口,就连儿童与下层百姓也对此诗喜爱有加。

铃木元邦(二首)

铃木元邦(1823—1898),一作鲈元邦,字彦之,号松塘,别号东洋钓史、晴耕雨读斋等。本姓铃木,因松塘与铃木和训相同,故又号鲈松塘。安房(今千叶县)人。幼时聪异,及长又长于诗文。天保十年(1839),入梁川星岩门下。学业既成,于明治元年(1868)在东京建七曲吟社,教授诸生,从游者达数百人。虽终生不仕,但却声名远播。有《松塘小稿》、《超海集》、《房山楼集》等。

芳山怀古

青山满目恨难销(1),陵(2)树花飞春寂寥。犹有残僧守兰若(3),御容挂壁说南朝(4)。

【注释】

(1) 销:消散,消失。

(2) 陵:指后醍醐天皇的陵墓。

(3) 残僧:留守居住的僧人。　兰若:梵语,意为空寂之处。

(4) 御容:天皇的画像。　南朝:这里指日本南北朝时期的南朝。时间为1336—1392年,之前为镰仓时代,之后为室町时代。在这段时期里,日本同时出现了南、北两个天皇,并都有各自的承传。

【赏析】

这是游吉野时所作的一首诗。“芳山”一作“芳野”。诗中回忆了南北朝时的历史故事,诉说古今社会的变迁,在今昔对比中,倾吐了自己的思古之情以及无限的感慨。整首诗不像“吉野三绝”那样难懂,但因内容平易,风格朴实,一样成为了脍炙人口的名篇佳作。

落　　花

莫将开落问东皇[1],有限繁华易夕阳[2]。临水难寻当日影[3],倚栏犹唱满庭芳[4]。三春绮梦[5]风前远,十里珠帘雨里凉。纵使红颜空谷[6]弃,宁追柳絮学颠狂[7]。

【注释】

(1) 东皇:亦称东君,即春神。

(2) 易夕阳:很快到了衰落时刻。

(3) 当日影:映在水中当日的丽影。

(4) 满庭芳:词牌名,也是曲牌名。

(5) 绮梦:多彩的幻梦。

(6) 纵使:即使。　空谷:无人之谷。

(7) 颠狂:这里形容柳絮乱飞的样子。

【赏析】

这是一首咏物诗。花开是美丽的,但花落又不免使人产生感伤之情,作者重在吟咏落花,实际上是表现了人生的一种洒脱。虽是咏物,却诗风清雅,托意深远,句句富于变化,被大江敬香评论为“才逼随园(袁枚)”,具有他人所达不到的妙味。

胜海舟(一首)

胜海舟(1823—1899)名义邦,号海舟,通称麟太郎。因曾任安房守,又名安房,后改安芳。江户(今东京都)人。十六岁随岛田虎之助学习剑术,在江户牛岛的弘福寺学习禅学。又从西洋炮术专家高岛秋帆在武州德丸原进行西洋式的火炮发射和枪阵军事演习。后成为一名海军专家,为江户幕府海军负责人。明治维新后,新政府曾任命海舟为参议兼海军卿。但不久他便辞职退隐,在东京的赤坂冰川町的邸宅吟诗作画,为文著书。明治二十年(1887)被授予伯爵。次年为枢密院顾问官。有《开国起源》、《幕府始末》、《海舟日记》、《冰川清话》等。

过远州滩

丹心忧国几艰难(1),西走东奔未处安。大海风波(2)何足恐,一年三过远州滩(3)。

【注释】

(1) 艰难:这里指国家前途令人忧虑。

(2) 大海风波:指幕府末年的黑暗统治。

(3) 远州滩:即远州,是远江的简称,为古地名,在今静冈县。远州滩,是指天龙川河口一带的地方而言,是从江户去京都的必经之地。

【赏析】

这是一首描写经过远州滩时感想的诗。作者当时所处的日本社会,正是德川幕府统治下最为黑暗的时期,处在风雨飘摇的社会动荡之中。一些维新志士为了改变现状,日夜为国家的前途担忧,东奔西走而无安身之地。作者为了实现自己的社会理想,也曾经一年三过远州滩,宣扬个人的政治主张。这首诗便是当时作者社会活动的一个缩影,表现了他为了国家而不怕惊涛骇浪的大无畏精神。

赖醇(二首)

赖醇(1825—1859),字子春,号三树八郎、鸭崖、古狂生等,通称三树三郎。赖山阳第三子。京都人。天保十一年(1840),入大阪后藤松阴私塾,后游学江户,入昌平黉。嘉永二年(1849)返回京都,结交维新志士,终日为国事奔走。日本被美国逼迫开埠之后,他看到了民族危机,后因反对幕府统治于安政六年(1859)被处死。其在狱中与高桥民部、伊丹藏人等唱和赠答的诗歌,后被收录《骨董集》。

春帘雨窗

春自往来人送迎,爱憎(1)何事别阴晴。落花雨是催花雨,一样檐声(2)前后情。

【注释】

(1) 爱憎:爱和恨。

(2) 檐声:雨滴打在屋檐或窗檐的声音。

【赏析】

这是一首表现春日下雨时个人心境的诗。春日无聊,而春日的降雨打在窗户上发出的声音更增添了作者的无限愁绪。这种愁绪,不仅仅是个人的感觉,也是那一时期维新志士共同的感觉。而窗外的雨声,又恰似忧国之士的家国情怀,于绵绵不觉中平添了许多不尽的忧思。整首诗仅选取平常的自然现象,在看似平常的描写中,细腻地刻画了作者当时的思绪。

过函岭

当年意气欲凌云(1),快马东驰不见山。今日危途(2)春雨冷,槛车摇梦过函关(3)。

【注释】

(1) 当年:指作者于天保十四年(1843)游学江户路过函岭的

那一年。 凌云：这里指高远的志向。

(2) 危途：危险的山路。

(3) 槛车：原指关押野兽的车，这里指囚车。 函关：中国函谷关的简称，这里指函岭。

【赏析】

这是作者坐囚车去江户路过箱根的关口函岭时所作的一首诗。安政六年(1859)正月，作者因反对幕府统治而被投入狱中，后被押送至福山藩阿部主计头邸囚禁。在路过函岭时，作者想到当年游学时曾路过这里，现在被囚时又路过了这里。虽然都是经过这个相同的地方，但心境却是完全不同。身虽被囚，但作者在经过一番斗争的洗礼之后，忧国忧民的赤子之心却更加难以禁锢。全诗今昔对比，情景交融，不尽的忧国之思尽在这短短的二十八个字中了。

河野罴(一首)

河野罴(1825—1867)，名维罴，字梦吉，号铁兜，通称绚夫。播磨(今兵库县)人。十五岁时，曾一夜赋诗百首，被誉为神童。初入吉田鹤仙门下，后受学于梁川星岩。嘉永四年(1851)被林田藩主聘为致道馆教授。安政元年(1854)，漫游九州等地，归来后设私塾教授弟子，后不幸英年早逝，时年四十三岁。有《铁兜遗稿》等。

拟 古

生子当如玉(1)，娶妻当如花。丈夫天下志(2)，四十未成家(3)。

【注释】

(1) 如玉：意思是像玉一样的品格。

(2) 天下志：这里指远大的志向。

(3) 四十未成家：在当时日本，四十岁的年纪已步入中老年的行列，渐渐开始考虑归隐的一些事了。

【赏析】

这是一首吟咏个人怀抱的诗。起句源于曹操之语，承句源于汉光武帝刘秀之语。最后两句是说：胸怀天下应当是男子汉大丈夫的志向。题为拟古，实为自己的慷慨激昂之作。诗人名冠一时，一直忙于个人的事业，四十岁时尚未娶妻成家，而四十三岁时就不幸病逝了。诗中谈到的"丈夫志"未能实现，不能不说是人生的一大遗憾了。

鹫津宣光(一首)

鹫津宣光(1825—1882)，字重光，号毅堂。尾张(今爱知县)人。明治时期的文学家。有《迂乔书屋集》、《毅堂丙集》五卷等。

卜　居

黄鸟迎人着意啼，新春恰好寄新栖(1)。片茅盖顶无多地，断木撑门(2)有小溪。咸籍流风联叔侄(3)，机云廨舍占东西(4)。芦帘揭在梅花外，只欠齐眉举案妻(5)。

【注释】

(1) 新栖：新居。

(2) 断木撑门：这里形容新居简陋。

(3) 咸籍一句：意思是与侄儿住在一起。咸籍，阮咸与阮籍，二人为叔侄关系,同属于竹林七贤。

(4) 机云一句:意思是兄弟同住一处。机云,陆机与陆云,二人为兄弟关系,吴亡后入洛,仕于西晋,均有文才。

(5) 齐眉举案妻:据《后汉书·梁鸿传》载:梁鸿"至吴,依大家皋伯通,居庑下,为人赁舂。每归,妻为具食,不敢于鸿前仰视,举案齐眉。"案,即碗,或谓盛食品的托盘。

【赏析】

这是一首新居落成后进行卜居的诗。诗人盖好新居后,心情格外舒畅。住宅虽然简陋一些,但小溪、梅花环绕其间,环境朴素自然,且能够与亲友相聚在一起,心中的喜悦便自然而然地表露了出来。

佐原盛纯(一首)

佐原盛纯(1825—1908),名盛纯,字业夫,号丰山,别号苏楳。会津(今福岛县)人。自幼好学,十八岁时尝游学于江户,受学于仙台藩儒樱田虎门,研究天文、兵法,并提倡开港说,后曾执教于旧制会津中学、私黉日新馆的汉文科。明治维新后,归居乡里任教,门下前后达千余人。

白 虎 队

少年团结白虎队(1),国步艰难戍堡塞(2)。大军突如风雨来,杀气惨淡白日晦(3)。鞳鼓喧阗(4)百雷震,巨炮连发僵死堆。殊死突阵(5)怒发立,纵横奋击一面开。时不利兮战且退,身裹疮痍(6)口含药。腹背皆敌将何行,杖剑闲行攀丘岳(7)。南望鹤城(8)炮烟扬,痛哭饮泪且彷徨(9)。宗社(10)亡兮我事毕,十有九人屠腹僵(11)。俯仰此事十七年(12),画之文之(13)世间传。忠烈赫赫(14)如前日,压倒田横麾下贤(15)。

【注释】

(1) 少年:年轻人。汉语的"少年"与现代日本语中的含义有所不同。 团结:把军队的编制称为结团。特指在藩兵制向洋式兵制转变的军制改革中,按年龄编制白虎队一事。 白虎队:四队中,由最年少的藩士子弟组成的部队。青龙、朱雀、白虎、玄武,是分别归属于东西南北的四神的名称,与实际的防御阵地的位置似乎没有关系。

(2) 国步:国家的命运。 戍:守护(国门)。防卫国境线。 堡塞:城寨。

(3) 惨淡:形容昏暗的形势。 晦:漆黑的样子。

(4) 鼙鼓:骑兵在马上敲打的战鼓。 喧阗:吵闹的样子。

(5) 突阵:这里是"向敌阵突击"的意思。

(6) 疮痍:刀伤。

(7) 闲行:走近道。 丘岳:山冈与高山。这里特指饭盛山。

(8) 鹤城:会津若松城。

(9) 彷徨:流浪,失措。

(10) 宗社:宗庙与社稷之意,代指国家。在这里特指会津藩。

(11) 屠腹:剖腹自杀。 僵:倒伏下。

(12) 俯仰:头垂下又仰起,沉浸于回顾往事的感慨。 此事:会津战争中白虎队最终自杀的事。 十七年:明治维新以来经历了十七年。

(13) 画之:以这个事情为题材作画。 文之:以这个事情为题材作文。

(14) 赫赫:显著繁盛的。

(15) 田横:秦末汉初人。刘邦统一天下后,田横不来臣服。后田横自杀,田横部下五百余人知道田横已死的消息后,也全部自杀了。 麾下:将军直属的兵士。 贤:刘邦对田横麾下的褒扬之词。

【赏析】

这首诗为明治十七年(1884)受日新馆馆长中条辰赖所托创作,当时与剑舞一道作为对逝者的祭品供奉于饭盛山白虎队墓前。白虎队是会津藩的少年队之一。明治元年(1868)三月,会津藩开展军制改革,在实施西式兵制的同时,又将军队按年龄编制为白虎、朱雀、青龙、玄武四队,白虎队是其中之一,系十六至十七岁的少年的编制。戊辰战争时期,倒幕势力和维护幕府的旧幕府势力之间发生战争,危机逼近会津藩,白虎队受命出动到前线。这些少年在户口原一战中被击败,后撤到饭盛山。这时他们看到城下滚滚涌起的硝烟,认为应该与宗庙社稷共命运,二十人遂全体自杀,由此"白虎队"的故事才广为人知。至今饭盛山周边还流传着关于"白虎队"的武士道佳话。作者以秦末汉初齐王田横的麾下五百士为了追随田横而自决殉死的事相比拟,对白虎队的经历予以昂扬的讴歌。以此表彰忠义,告慰同乡的护国英灵,祈祷灵魂的安宁。

杉浦城(一首)

杉浦城(1826—1900),字梅谭,一字求之。江户(今东京都)人。明治时期的文学家,著名汉诗人。有《梅谭文集》等。

移　竹

小园移植碧琅玕(1),闲洒清泉珠未干。疏叶生风遮淡月,新根添石接幽兰。虚心(2)自古医尘俗,高节(3)于今保岁寒。吾聘此君(4)忘有夏,吟窗已觉葛衣单(5)。

【注释】

(1) 碧琅玕:碧玉,比喻美如玉石的绿竹。

(2) 虚心:兼言竹子的中空和人的无成见、不自满的心地。

(3) 高节:兼言竹节和人的品性。竹子与松树,经冬不凋,梅花耐寒开放,古人把它们合称“岁寒三友”,象征着崇高的节操。

(4) 此君:指竹子。

(5) 吟窗一句:意思是窗前吟诗已觉得有森森凉气,葛衣单薄了。葛衣,葛制的夏衣。

【赏析】

这是一首描写移竹的诗。前四句正面写移竹。疏叶生风,新根接兰,表现出一种幽雅高洁的个性。后四句借竹以表示自己的志节,有如苏东坡、郑板桥遗韵,言有尽而意无穷,所包含的意蕴是极为深厚的。

西乡隆盛(二首)

西乡隆盛(1827—1877),初名隆永,明治维新之后改为隆盛,号南洲,通称吉之助。萨摩(今鹿儿岛县)人。明治维新的领导人。和木户孝允、大久保利通并称“明治维新三杰”。自幼修文习武,青年时即开始政治生涯。安政元年(1854)成为开明派藩主岛津齐彬的亲信扈从,随其住江户参与藩政,并为尊王攘夷运动奔走。安政大狱兴起时,两次被流放。元治元年(1864)被召回藩,在京都掌握陆海军实权。同年参与镇压尊王攘夷派的第一次征讨长州藩的战争。后预料幕府将亡,遂积极投身倒幕运动。明治元年(1868)一月三日,与岩仓具视、大久保利通等人发动王政复古政变,推翻了德川幕府的统治,建立明治新政府。在同年的戊辰战争中任大总督参谋,指挥讨幕联军,取得了战争的胜利。因他在倒幕维新运动和戊辰战争中的功勋,在诸藩家臣中官位最高,受封最厚。明治三年(1870),由于与大久保等人在内政方面的分歧,辞职回鹿儿岛任萨摩藩藩政顾问。次年到东京就任明治政府参议、陆军元帅兼近卫军都督。在此前后参与废藩置县、地税改革等新政改革,鼓吹并支持对外侵略扩张。明治六年(1873),因坚持征韩论遭大久保利通等人反对,辞职回到鹿儿岛,兴办名为"私学校"的军事政治学校。明治十年(1877),被旧萨摩藩士族推为首领,发动反政府的武装叛乱,史称西南战争。九月兵败死于鹿儿岛城山岩崎谷。有《大西乡全集》、《南洲翁逸话》等。

偶　　成

几历辛酸[1]志始坚,丈夫玉碎耻瓦全[2]。一家遗事[3]人知否?不为儿孙买美田[4]。

【注释】

(1) 辛酸:这里比喻艰难困苦。

(2) 玉碎耻瓦全:即"宁为玉碎,不为瓦全"之意,是指宁可做玉器被打碎,不愿做陶器完整保全。比喻宁愿保持高尚的气节死去,也不愿屈辱地活着。典出《北齐书·元景安传》:"大丈夫宁可玉碎,不能瓦全。"

(3) 一家遗事:这里指作者的家风。

(4) 美田:肥沃的土地。这里比喻丰厚的财产。

【赏析】

这是作者偶然想到平生的心中之事而作的一首诗。诗中表明了作者的刚毅性格和政治家风度。前两句说明作者为维新变法终日奔走而出生入死的经历,充满了忧国忧民之情。后两句说明作者家风廉洁,不会为儿孙的享受提供方便。这一点不仅是对当时的日本社会而言的,而且在更大范围内和更长的时间里,都是有意义的思想教育。全诗语言质朴,在看似严厉的语气中,表现出作者对子孙长远深沉的爱。

月照和尚忌赋

相约投渊(1)无后先,岂图波上再生缘。回头十有余年(2)梦,空隔幽明(3)哭墓前。

【注释】

(1) 相约投渊:指西乡隆盛与月照和尚相约投水自杀之事。

(2) 十有余年:这首诗作于明治七年(1874)十一月十六日月照和尚逝世十七周年忌日。

(3) 幽明:指人鬼的界域。地下为阴,故称幽;人间为阳,故称明。

【赏析】

这是一首怀旧之作。月照,京都清水寺法性院的和尚。他与西乡隆盛交情深厚,嘉永(1848—1853)年间,他们共同为国事奔走,主张尊王攘夷,反对幕府统治。安政大狱发生时,井伊直弼逮捕维新志士,牵连月照。月照与隆盛商议,相约乘夜在萨摩泻投水自杀,后被渔船救起。西乡隆盛得救而复生,月照则死于水中。事见关机《近世日本外史》。在这首诗中,作者以无限惋惜之情,沉痛地凭吊自己昔日的挚友,感情十分感人。满腔的忠愤,表现出二人之间深厚的死生契阔之情。

堤正胜(一首)

堤正胜(1827—1892),字威卿,号静斋。伊豫(今爱媛县)人。明治时期著名学者、文学家。有《静斋文集》、《日本蒙求》二卷、《日本蒙求续编》二卷等。

国 姓 爷

抵死回天(1)志岂空,移军孤岛(2)气愈雄。中原芳草饱胡马(3),南渡衣冠仍故宫(4)。乞援包胥(5)徒洒泪,渡江祖逖(6)竟无功。偏安八十年神鼎(7),系在一家兴废中。

【注释】

(1) 回天:扭转乾坤。这里指反清复明。

(2) 移军孤岛:清顺治十八年(1661),郑成功率领将士数万人,自厦门出发,在台湾禾寮港(今台南市)登陆,驱逐侵占台湾的荷兰殖民者。第二年(1662),荷兰总督投降,台湾全部收复。孤岛,指台湾岛。

(3) 胡马:泛指产在西北民族地区的马,喻指胡人的军队,这里指荷兰统治者。

(4) 南渡一句:意思是郑成功南渡台湾,依然保持了明代朝廷的正统。

(5) 包胥:申包胥。据《左传·定公四年》记载:楚昭王十年,吴国攻破楚国。申包胥到秦国“乞师”,“立依于庭墙而哭,日夜不绝声,勺饮不入口。七日,秦哀公为之赋《无衣》,九顿首而坐,秦师乃出。”

(6) 祖逖：东晋名将。晋元帝时为豫州刺史,自募军队收复黄河以南地区。但由于统治阶级内部矛盾重重,他得不到支持,终于忧愤而死。事见《晋书·祖逖传》。

(7) 八十年神鼎：八十,当作“四十”。从南明王朝于顺治元年(1644)建立到郑成功孙郑克塽于康熙二十二年(1683)降清为止,时间正好四十年。神鼎：代指国家,这里指南明政权。

【赏析】

这是一首歌颂郑成功事迹的诗。民族英雄郑成功在其父郑芝龙降清之后,继续抗清,南明唐王赐姓朱,人称国姓爷。郑成功母亲是日本人,在南明永历二年(1648)至十二年(1658)的十年时间里,他四次向日本政府请求援兵,以期收复台湾,但都未能成功,最后还是依靠自己的力量收复了台湾。两年之后,郑成功不幸病逝。郑成功被后人看作是真正的民族英雄,其事迹一直鼓励着中国人民收复台湾的决心。在这首诗中,作者不仅对郑成功的事迹做了歌颂,同时也为他的英年早逝感到格外惋惜。偏安不易,光复尤难,或许郑成功的伟大就在于此,他的人格赢得了中日两国有识之士的共同尊重。

重野安绎(一首)

重野安绎(1827—1910),字士德,号成斋,通称厚之丞。萨摩(今鹿儿岛)人。二十三岁时游学江户,幕末曾学习于藩校造士馆及江户昌平坂学问所,后任藩校教员。明治维新后,先后在文部省、修史局等部门工作,负责编修《大日本编年史》,并担任贵族院议员,创建东京大学国史学科,奠定国史学发展基础,担任日本史学会会长,是明治时代著名的汉学家、史学家。有《成斋文集》、《成斋遗稿》、《国史纵览稿》等。

清国公使参赞官陈哲甫明远任满将归,俾小苹女史制红叶馆话别图,索题咏,为赋一律

万里秋风慰倚闾(1),云帆夕日渺蓬壶(2)。锦衣香国荣归客(3),红叶(4)楼台话别图。沾醉华筵(5)忘宾主,喧传盛事(6)满江湖。丹青为倩名姝笔(7),脉脉(8)离情画得无。

【注释】

(1) 倚闾:倚闾门而望,形容父母盼望子女归来时的殷切心情。

(2) 云帆一句:意思是暮色苍茫,张帆远去,日本列岛愈来愈渺茫了。蓬壶,蓬莱和方壶,传说中的海上仙山,这里指日本。

(3) 荣归客:指陈哲甫。

(4) 红叶:指东京的国宾馆红叶馆。

(5) 沾醉:大醉。　华筵:盛大美好的筵席。

(6) 盛事:指这次送别盛会的题咏之事。

(7) 丹青一句:意思是请来名门闺秀画下红叶馆话别图。倩,请。名姝,有名的美女。这里指野口小苹。

(8) 脉脉:含情的样子。

【赏析】

这是作者的一首应酬之作。清朝公使馆参赞陈哲甫在日本时,与不少日本学者交谊深厚,经常互相题诗唱和。在他回国之际,作者在红叶馆为之举行送别宴会,并请著名诗人野口松阳之女野口小苹女士作画留念。整首诗虽是应酬之作,但措辞得体,风格

也较为含蓄典雅。即席出口成章，且应酬得体，作者的诗才确实是出类拔萃的。

副岛种臣(一首)

副岛种臣(1828—1905)，幼名二郎龙种，字苍海，号一一学人。肥前(今佐贺县)人。小时候喜好中国史书，对《三国志·诸葛亮传》等篇章倒背如流，是日本著名汉学家，他的书法也为日本人所喜爱。他是明治维新的功臣，之后任外务大臣，后兼参议。1876至1878年间在中国南北各地漫游，号称“中国通”。在中国时，他和清朝官员进行诗文唱和，与黎庶昌、何如璋等都很有交情，得到他们的高度评价。归国后担任明治天皇的侍讲、宫内卿，讲授《大学》、《中庸》等儒家典籍。有《苍海全集》。

解　　嘲

青年自觉气如虹(1)，老去唯看发若蓬(2)。聊复与人闲作句(3)，屠龙手竟换雕虫(4)。

【注释】

(1) 气如虹：豪气如长虹。

(2) 发若蓬：指头发稀疏蓬乱。

(3) 作句：作诗。

(4) 屠龙一句：意思是徒然有高超的本领却做着辞章之类的小事。屠龙，屠龙术，这里指精湛的技艺。雕虫，雕虫小技，这里指辞章之学。

【赏析】

这是作者晚年所作的一首聊以自慰的诗。作者一生活到了七十八岁,在当时的日本社会,这个年龄算得上是高寿了。他人生的早年,曾为明治维新和日本的扩张费了不少心力。晚年退出政治舞台后,他仍壮心不已,不甘寂寞。这首诗便是当时这种心情的反映,诗中表现出凌云壮志,同时也对现实感到有些不平,心中的豪情的确是不逊色于青年人!

金本相观(一首)

金本相观(1829—1871),字善卿,号摩斋。出云(今岛根县)人。江户末期的文学家、诗人。有《乐山堂诗钞》。

丁巳元旦

厨灯渐灺(1)焰将无,百八钟声(2)彻九衢。一夕寒威避傩母(3),万家香味入屠苏(4)。书童窗下笔新试,贺客门前名自呼(5)。迂性应遭穷鬼(6)笑,朝来未换旧桃符(7)。

【注释】

(1) 灺:灯烛熄灭。

(2) 百八钟声:这里指除夕之夜迎接新年到来时,佛寺撞钟一百零八下以迎接新年。

(3) 一夕一句:意思是在除夕之夜的寒风中,钟声为人们驱走了"邪鬼"。佛家谓人生有三十六种烦恼,去世、今世、来世皆有,故有百八烦恼。除夕之夜撞钟一百零八下,即驱逐引起烦恼的"邪鬼",傩母:阴邪恶鬼。

(4) 屠苏:亦作"屠酥",酒名。古代风俗于农历正月初一饮屠苏酒。日本学习中国风俗,故亦有此类习俗。

(5) 贺客一句:据黄遵宪编著的《日本国志·礼俗志二》载:元日后士庶互相庆贺,各户置白纸簿及笔砚于几上,贺客不通谒,直记姓名或插名刺于簿间去。名自呼,似指书写姓名于簿间。

(6) 穷鬼:相传能使人贫穷的鬼。

(7) 桃符:五代后蜀始于桃符版上书写的联语,后逐渐衍变为春联。这里借此春联。

【赏析】

这是作者于丁巳元旦所作的一首诗。丁巳,即日本孝明天皇安政四年(1857)。中日两国文化交流源远流长,有着很多相同的风俗。这首诗宛如一幅日本的民间风俗画,把日本与中国相同的风俗表现了出来。风格流丽,笔调清新,尾联轻快,兼有谐趣,是少有的一首表现日本民俗的汉诗。

吉田松阴(一首)

吉田松阴(1830—1859),名矩方,号松阴,通称寅次郎,六岁时成为其叔父吉田大助的嗣子,改名大次郎。长州(今山口县)人。江户末期的思想家、教育家、维新志士。幼时学兵学、儒学,尤其是孟子的学说对他的思想乃至整个人生,都产生了很大的影响。后游学长崎、江户等地,深受山鹿素行、佐久间象山的思想影响。嘉永六年(1853),当美国海军少将佩里率舰队进入江户湾逼迫日本开国时,他向幕府和藩府提出防备之策。次年企图登上美舰去欧洲游学时被捕,关进长州野山监狱。出狱后于安政四年(1857)年主办松下村塾,讲授兵学、儒学,评论时事,培养了高杉晋作、木户孝允、伊藤博文等明治维新的中坚人物。两年后死于“安政大狱”,时年三十岁。有《讲孟劄记》、《留魂录》等。后人编有《吉田松阴全集》十一卷。

矶原客舍

海楼把酒对长风(1),颜红耳热醉眠浓。忽见云涛万里外,巨鳌蔽海来艨艟(2)。我提吾军来阵此,貔貅百万发上冲(3)。梦断酒解(4)灯亦灭,涛声撼枕夜咚咚(5)。

【注释】

(1) 海楼:这里指住宿的旅店。　长风:远风。

(2) 巨鳌:巨大的海龟。　艨艟(méng chōng):大型战船。

(3) 貔貅:类似豹子之类的动物。转指勇敢的军队。　发上冲:发上冲冠,形容极度愤怒。出自《史记·廉颇蔺相如列传》:"王授璧,相如因持璧却立,倚柱,怒发上冲冠。"

(4) 酒解:酒醒。

(5) 咚咚:击鼓的声音。

【赏析】

这是作者在矶原客舍住宿时所作的一首诗。矶原,位于茨城县东北,今属北茨城市中心街。嘉永五年(1852),时年二十三岁的作者在日本东北部旅行时,夜宿在矶原的客舍中。时美国已开始觊觎日本的领土,并强迫日本"门户开放",作者对此忧心忡忡,即使听到波涛声,也仿佛觉得是敌舰来袭,忧国之情溢于字里行间。全诗风格豪放,气壮山河,充满了同仇敌忾的振奋激情。

松本衡(一首)

松本衡(1830—1863),字士权,号奎堂。三河(今爱知县)人。

江户末期的文学家、诗人。有《奎堂遗稿》。

芦岸秋晴

鲈鱼(1)风外夕阳斜，十里秋风雪压沙(2)。预卜孤蓬今夜月，出芦花去入芦花(3)。

【注释】

(1) 鲈鱼：这里指海鲈鱼，学名日本真鲈，分布于近海及河口海水淡水交汇处。

(2) 雪压沙：秋月皎浩，沙岸如雪。

(3) 预卜二句：可以料想，今夕明月清辉，将会整夜笼罩着出入于芦荡的孤舟。孤蓬，又名飞蓬，枯后根断，常随风飞旋，常比喻漂泊无定的孤客。

【赏析】

这是一首描写秋景的诗。诗中表现了芦岸秋季的风景，简直是一幅优美的图画。在这幅生动的图画中，也把主人公的情感细腻地传达了出来。全诗用笔不多，却有着极为丰富的思想内涵。

川田刚(一首)

川田刚(1830—1896)，字毅卿，号瓮江，幼名竹次郎，后改刚介。备中(今冈山县)人。自幼与安井息轩等日本名儒交往，幕末为维护幕藩体制而奔走。明治初年受朝廷之诏被任命为大学少博士，明治十四年(1881)出仕宫内省四等，兼大学教授。十八年(1885)授文学博士，二十二年(1889)为贵族院议员，二十六年(1893)为东宫侍读，被推举为学士院会员，二十九年(1896)为宫中顾问官,敕任一等从三位。川田刚所学以朱子学为宗,博通诸子百家,旁及国学,被称为明治汉文坛宗主。有《讲史余谈》、《近世名家文评》、《随銮纪程》等。

偶　　作

性癖恶矫柔(1),同心谁好友。窗前地数弓(2),栽竹不栽柳。

【注释】

(1) 矫柔:做作的神情。

(2) 弓:土地的长度单位。

【赏析】

这是作者偶然所想而作的一首诗。虽然是偶作,但作者"栽竹不栽柳",却显出他对竹子的特殊爱好。作者之所以爱竹,正是因为竹子具有刚直的性格,诗人的品格便也从诗中表现了出来,进而形成了这首诗的显著特色。

三岛毅(一首)

三岛毅(1830—1919),字远叔,号中洲,别号桐南、绘庄等,通称贞一郎。备中(今冈山县)人。明治时期著名的汉学家,曾任明治天皇的教席和大正天皇的侍讲。后又创办了私塾性质的旧式学校——二松学舍。有《论语讲义》、《庄子内篇讲义》、《中洲诗稿》、《中洲文稿》等。

矶滨登望洋楼

夜登百尺海湾楼(1),极目何边是米洲(2)。慨然忽发远征[3]志，月白东洋[4]万里秋。

【注释】

(1) 百尺：这里是形容楼高。海湾楼：这里指望洋楼。

(2) 米洲：米利坚洲。这里指美国大陆。

(3) 慨然：感慨的样子。　远征：远行。

(4) 东洋：东海。指太平洋。

【赏析】

这是作者于矶滨登上望洋楼眺望太平洋时所作的一首诗。矶滨，位于茨城县大洗町，是日本有名的自然公园，东面可以眺望太平洋。在这首诗中，作者描写了登楼眺望太平洋时的愉快心情。写景壮观，意境悠远，表现了波澜壮阔一望无际的海天景色。

安积武贞(一首)

安积武贞(1832—1864)，号东海，通称五郎。下总(今千叶县)人。十一岁时被父亲安排学习经商，后因厌倦此事而归家从父读书，研修《易经》。父亲去世后，他无意继承家业而积极参加倒幕运动。文久三年(1863)组织讨幕活动，失败后被捕，投入京都监狱。次年二月十八日在狱中被处死。其所作诗歌多收入在《殉难前草》、《殉难拾遗》、《近世诗文集》中。

舞　剑　歌

日出国兮有名宝[1]，百炼精铁所锻造。光芒电闪夏犹寒，风萧萧[2]兮发冲冠。请看日出男儿胆，蹈白刃兮犯炮丸[3]。犯炮丸兮陷坚阵[4],纵横搏击山岳震。有死之荣无生辱,不须将台受约束[5]。

【注释】

(1) 日出国:这里指日本。　名宝:这里指日本刀。

(2) 风萧萧:《史记·刺客列传》载,荆轲为刺秦在易水河边与太子丹告别时曾作歌:“风萧萧兮易水寒,壮士一去兮不复还。”这里是有悲凉的意思。

(3) 蹈白刃:踏在刀刃上。这里指不怕牺牲。　炮丸:炮弹。

(4) 坚阵:坚固的阵势。

(5) 将台:将军的点将台。这里是指上级。　约束:控制。

【赏析】

这是一首吟咏日本刀的诗,一作《剑舞谣》。日本刀是日本武士主要使用的武器,也是武士道精神的象征。作者所从事的尊王攘夷事业,是一项非常危险的政治运动,随时随地都有付出生命的危险。在诗中,作者赞颂了日本刀及其所代表的武士精神。这种精神也是大和魂的象征,正是由于有了这种精神,作者才在倒幕运动中表现得坚强无畏。这也正是维新志士最后能够取得胜利的重要原因。

木户孝允(二首)

木户孝允(1833—1877),号松菊,通称小五郎。长州(今山口县)人。明治维新主要领导人之一,与大久保利通、西乡隆盛并称维新三杰。嘉永二年(1849),师事吉田松阴学习兵法,后留意国事。安政六年(1859)开始步入仕途。文久二年(1862),参与藩政,将尊王攘夷确定为长州的藩政方针。庆应元年(1865)得到当权者重用,主持藩政,力主联合强藩,推翻德川幕府。次年与西乡隆盛缔结“萨长倒幕联盟”密约,为全国倒幕运动打下基础。明治元年(1868),推翻德川幕府。明治新政府成立后,位居政权中枢,主持起草《五条誓文》,力主奉还版籍和废藩置县,在实现日本统一及建立近代天皇制政府等方面起过关键作用。明治四年(1871)为岩仓使节团成员,出访欧美,考察西方诸国的教育、法制、政府组织形式和科学。回国后,主张制定宪法,优先内治,反对征韩论。明治七年(1874)兼任文部卿,主张普及小学教育,重视培养人才,提高国民文化水平。因反对大久保利通出兵台湾,辞去参议职务。次年复职,并任第一届地方长官会议议长。同年发生江华岛事件,他又鼓吹对韩强硬论。西南战争爆发后,他既反对旧萨摩藩士族的反政府叛乱和以板垣退助为中心的士族民权运动,同时也对大久保利通在政府中的独裁不满,遂辞去政府职务,改任顾问。明治十年病逝。有《松菊遗稿》等。

偶　成

一穗(1)寒灯照眼明,沉思默坐无限情。回头知己(2)人已远,丈夫毕竟岂计名(3)。世难(4)多年万骨枯,庙堂风色几变更(5)。年如流水去不返,人似草木争春荣。邦家前路(6)不容易,三千余万奈苍生(7)。山堂夜半梦难结(8),千岳万峰(9)风雨声。

【注释】

(1) 一穗:形容灯火的形状像稻穗一样。

(2) 回头:回首。　知己:这里指志同道合的同志。

(3) 计名:计较名利。

(4) 世难：时事艰难。

(5) 庙堂：指朝廷。　几变更：指幕府末年多变的政治形势。

(6) 邦家：国家和个人家庭。　前路：前途。

(7) 三千余万：明治初期，日本人口总数约三千万。　苍生：人民。

(8) 山堂：山庄。　梦难结：指夜里难以入眠。

(9) 千岳万峰：形容很多的山峰。

【赏析】

这是一首偶感于个人心事而写成的诗。明治九年(1876)时，作者在政治上已退居了二线，但他仍关心国家的政治。虽然身体有些欠佳，但仍心系国事，心中想到的是三千万人民和国家的命运。诗中表达的是一位作为明治维新的元勋和国家柱石的责任与抱负，同时也体现了这位政治家的伟大政治气魄。

逸　题

留无补国去非情(1)，孤剑与心多不平。欲诉忧愁美人(2)远，满城梅雨杜鹃(3)声。

【注释】

(1) 非情：不心甘情愿。

(2) 美人：指贤人君子，这里指维新志士。语出《诗经·邶风·简兮》："云谁之思，西方美人。"

(3) 杜鹃：又叫杜宇、子规。它总是朝着北方鸣叫，六七月鸣叫声更甚，昼夜不止，发出的声音极其哀切。

【赏析】

这是一首描写个人忧愁孤独的诗。作者痛恨德川幕府的腐败无能，空怀维新之志，苦于一筹莫展，心情十分忧郁。美人遥远而又闻杜鹃声声，国家笼罩在一片黑暗之中，所有的这一切似乎更表现了日本的维新进行得多么地艰难。

桥本纲纪(二首)

桥本纲纪(1834—1859)，字伯纲、弘道，号藜园，又号樱花晴晖楼。又因仰慕南宋忠臣岳飞，改号景岳。通称左内。越前(今福井县)人。幕府末年的志士之一。初就学于吉田东篁，嘉永二年(1849)赴大阪向绪方洪庵学习医学、西学。安政元年(1854)，赴江户向杉田成卿等人学习兰学、医学。与藤田东湖、西乡隆盛等交游，为藩主松平春岳所器重，曾任福井藩医、藩校明道馆学监等职。安政四年(1857)福井藩实行藩政改革时，他作为松平春岳的心腹而积极活动。主张通过幕政改革实现国家统一、引进西方国家的技术和进行日俄合作。安政大狱时被处死刑，临刑前还在读《资治通鉴》、《汉纪》等中国典籍。有《景岳诗文集》一部。

狱中作(其二)

二十六年(1)如梦过，顾思平昔(2)感滋多。天祥大节尝心折(3)，土室犹吟正气歌(4)。

【注释】

(1) 二十六年：作者作此诗时年二十六岁，故有此说。

(2) 平昔：平生。

(3) 天祥：即南宋忠臣文天祥。文天祥抗元失败后，被捕不屈，从容就义。其在被囚的土室中所作《正气歌》，脍炙人口。日本的藤田东湖、吉田松阴等均有和作。　尝：一作“胸”。　心折：钦佩之意。

(4) 土室:据文天祥《正气歌》序所述,他被捕时,曾被囚于土室。这里是指作者坐牢的地方。　正气歌:即文天祥的《正气歌》。

【赏析】

这首诗一作《囚中作》,是作者于狱中所作。安政大狱时,作为维新人士,诗人被捕入狱。此后,当局对他进行了多次审问。安政六年(1859)十月二日最后一次审问后便把他关进传马町的狱中。此时吉田松阴也在牢中,于是诗人作七绝二首赠予松阴,此诗为其中的第二首。虽然身陷囹圄,但诗人以中国南宋忠臣文天祥为榜样,为了实现维新强国的目的,要保持天地间的大节,坚持实现自己的宏伟目标。全诗力量充沛,气势磅礴,对后来的维新人士起到了极大的鼓舞作用。

杂感二首(选一首)

义愤孤忠(1)世所捐,丹心久许达苍天。眼前坎坷(2)吾无怨,身后姓名谁有传。去国屈原徒著赋(3),投荒苏轼喜谈禅(4)。疏慵非怕先鞭着,午夜闻鸡悄不眠(5)。

【注释】

(1) 义愤:对邪恶之事的愤慨。　孤忠:深藏心底的忠贞之情。

(2) 坎坷:道路不平,比喻人生遭遇挫折。

(3) 去国一句:意思是屈原遭谗放逐,离开郢都,空自作赋抒写满腔的忠愤。事见《史记·屈原列传》。

(4) 投荒一句:意思是苏轼被贬海南,爱好谈禅,借佛家思想排遣心中的苦闷。

(5) 疏慵二句：意思是自己生性疏懒，并不担心别人赶在自己前头，但夜半闻鸡鸣，却不禁想到奋发起舞，难以成眠。 先鞭着：先鞭一着。典出《晋书·刘琨传》。 闻鸡：闻鸡起舞。这里比喻志士的奋发之情。

【赏析】

这是一首感怀之作。幕府末年，内忧外患加剧了日本社会矛盾。作者怀着忠于国家的经世之才却不得施展，于忧愤之下遂作此诗以言志。在诗中，诗人倾吐了有志难申的苦闷之情，并以屈原、苏轼身处逆境仍忧国忧民的事例为榜样，借以排遣内心的忧愁。虽然身处如此逆境，但诗人仍表示要发愤自强，实现建功立业的宏伟抱负。全诗感情激越，风格豪壮，代表了幕府末年维新志士的心声。

前原一诚(一首)

前原一诚(1834—1876)，字子明，号梅窗，别号默宇、椿东等，通称八十郎，后改彦太郎。本姓佐世，长州藩士彦七的长子。七岁入学，二十四岁入松下村塾，师承吉田松阴，参加尊王攘夷和倒幕运动。明治政府成立后，历任越后知事、参议、兵部大辅。因与木户孝允等人政见不合，于明治三年(1870)九月辞官，后成为长州藩反政府士族的领袖。明治九年(1876)十月率众发动武装叛乱。不久即被平定，论罪处斩，时年四十三岁。

逸　题

汗马铁衣过一春(1)，归来欲脱却风尘(2)。一场残醉曲肱(3)睡，不梦周公梦美人(4)。

【注释】

(1) 汗马：汗血马的简称。这里指战马。　铁衣：甲胄。　一春：这里指一年。

(2) 风尘：世间的俗事。又指世俗的世界。

(3) 曲肱：枕着胳膊。

(4) 周公：即周初大政治家周公旦，为孔子心目中理想的圣人。《论语·述而》载："子曰：甚矣吾衰也！久矣吾不复梦见周公。"　美人：美女。这里指贤人。

【赏析】

这首诗的题目一作《残醉梦》，从诗意来看，应为明治三年(1870)辞官后所作。所谓的"不梦周公"之语，表现了作者有志而不能实现的苦闷心情，整首诗风格凄婉，反映了作者为维新变法终日奔走的忘我精神和高尚情操。

儿岛草臣(一首)

儿岛草臣(1837—1862)，字娇，号苇原处士，通称强介。下野(今栃木县)人。早年游学江户，师从藤田东湖、茅根寒绿等儒学大师。文久二年(1862)三月二十四日，日本发生了"坂下门之变"，尊王攘夷派志士击伤了幕府老中安藤信正。由于儿岛草臣因参与了该事件的谋划和组织工作，被捕入狱，同年六月二十五日病死于狱中，时年二十六岁。

狱中作

爱读文山正气歌(1)，平生所养(2)顾如何。从容唯待就刑日(3)，含笑九原(4)知己多。

【注释】

(1) 文山：南宋抗元英雄文天祥的号。　正气歌：即文天祥被元军俘获后拒绝投降而作的《正气歌》。

(2) 所养：指养“正气”。语出文天祥《正气歌》：“天地有正气，杂然赋流形。下则为河岳，上则为日星。于人曰浩然，沛乎塞苍冥。”

(3) 就刑日：指自己被判处死刑之时。

(4) 九原：同“九泉”，原指春秋时晋国卿大夫的墓地，后泛指墓地。

【赏析】

这是作者在狱中作的一首诗。由于参与了“坂下门之变”被投入狱中，作者自知被俘后必死无疑。在狱中，他奋笔疾书写下了这首充满了豪情的诗篇。诗中表达了他以中国南宋的文天祥为榜样，要为天地留下“正气”和个人的坚定信念。由于从事的是正义行动，即使到了九泉之下，作者也会感到有许多的知己。全诗大气磅礴，风格豪壮，是一首振奋人心的不朽之作。

成岛弘(二首)

成岛弘(1837—1884)，字保民，号柳北，本名惟弘，别号何有仙史。江户(今东京都)人。著名的汉学家及随笔家。作诗以清人袁枚为宗，主性灵，重白描，笔致简洁，名列明治“五诗宗”之一，文章多以针砭时弊为内容，语言轻灵诙谐，常寄讥讽于绮语，藏锋芒于诙谐，主办的杂志《花月新志》，与现实结合紧密，形式灵活，内容新颖，在明治汉文学界享有盛誉。庆应元年到四年间参与幕阁，陆续出任外国奉行等职位。幕府瓦解后，隐居于向岛，不再出仕。明治五年(1872)，随东本愿寺法主大谷光莹前往访问欧美，留下《航西日乘》。他一生坚持“狂愚”的性格，自始至终努力保存当时日渐衰微的江户特有的美学意识,对当时肤浅的追求西洋化的风潮加以批判和嘲讽,被视为反近代思想的开端。有《柳北诗钞》、《同遗稿》、《同奇文》等。

香　港

层层巨阁(1)竞繁华,百货如邱人语哗(2)。此际(3)谁来买秋色,幽兰冷菊几盆花。

【注释】

(1) 巨阁:这里指高楼。

(2) 邱:小山。　哗:喧闹。

(3) 此际:此时。

【赏析】

这是一首描写香港风景的诗。香港自开埠以后,在当时的社会环境下,一度出现少有的繁华。作者以一个新闻记者的眼光,在描写香港社会繁华、物质丰富、人声嘈杂的闹市时,也隐约地流露出了个人的闲情逸致。虽然描写很有特色,而热闹与寂静的对比,更显出了诗人宽广的胸怀。

丙子岁晚感怀

隙驹驱我疾于梭(1),四十星霜(2)容易过。文苑偏怜(3)才子句,教坊(4)徒听美人歌。青云黄壤旧知少(5),绿酒(6)红灯新感多。好是寒梅花上月,棱棱(7)风骨奈君何。

【注释】

(1) 隙驹:比喻时间过去得很快。　梭:织布时牵引纬线的工具,两头尖,中间粗,也叫梭子。织布时,梭子飞动,后以此来形容动作很快。

(2) 四十星霜:四十岁。星辰一年一周转,霜每年遇寒而降,故以星霜代指岁月。

(3) 文苑:文坛。　偏怜:偏爱。

(4) 教坊:教习歌舞的场所。这里指花街柳巷。

(5) 青云:这里比喻官场。　黄壤:黄土。这里比喻在野之士。　旧知少:在明治新政府中,当政的高官多为萨摩、长州人士,因而作者感到知音较少。

(6) 绿酒:美酒。

(7) 棱棱:突出的。

【赏析】

这是明治九年(1876)丙子除夕之夜作者四十岁时所作的一首诗。在诗中,作者回顾了前半生的经历,叙述了个人的感怀。在感叹承受孤独的同时,也表示出了自己的傲岸风骨。这首诗是诗人的代表作,从中可以看出他与众不同的高洁人格。

森田居敬(一首)

森田居敬,生卒年月不详,字简夫,号梅磵。土佐(今高知县)人。参加过梁川星岩的诗社。有《梅磵初集》。

新凿小池

小小池成镜样圆,正缘素性(1)爱山川。密篁云合(2)下通径,细笕玉鸣遥引泉(4)。虫隐者(3)游青藻雨,花君子(5)立碧汀烟。太湖三万六千倾,缩在吾家亭槛前。

【注释】

(1) 素性：本性。

(2) 篁：竹子的通称。　云合：像云彩一样合在一起。

(3) 细笕(jiǎn)一句：意思是细长的竹管，引来远处的山泉，发出佩玉叮咚般的声响。

(4) 虫隐者：指鱼。作者原注是："见《易》古注。"按《易·中孚》"豚鲒"王弼注："鱼者，虫之隐者也。"

(5) 花君子：这里指莲花。

【赏析】

这是一首写景的诗。新凿小池之后，作者的欣喜之情溢于言表，不尽的意蕴全部写进了诗中。诗人对小池的描写极为细致，从上到下，从里到外，通过小池的环境，来展现主人公的人格品味。中国宋代诗人陈与义在其《题许道宁画》一诗中曾有"向来万里意，今在一窗间"的名句，诗人的这首诗便也具备了这样的意境。

中井弘(一首)

中井弘(1838—1894)，幼名休之进，号樱州。鹿儿岛(今鹿儿岛市)人。幼时极颖悟，弱冠后就学于藩黉造士馆。在得到维新派坂本龙马等人的赏识后，让他赴英国留学。回国后曾任京都府知事等职，并与伊藤博文、井上馨等政界要人交谊深厚。有《西洋纪行航海新说》、《漫游经程》等。

西都杂诗

奏功英杰半黄土[(1)]，识面[(2)]美人皆白头。佳丽山河仍若昔[(3)]，岿然桓武帝王州[(4)]。

【注释】

(1) 奏功：向皇帝上奏功劳。　半黄土：一半进入了黄土。这里指死亡。

(2) 识面：认识，熟悉。

(3) 仍若昔：仍同以前一样。

(4) 岿然：形容高大独立的样子。　桓武：日本第五十代天皇。他在位时，迁都于京都。　帝王州：天子的建都之地。

【赏析】

这是明治二十七年(1894)于京都祇园中村楼京都美术协会举办的新年宴会上，作者为画伯岸竹堂所画的《东山图》题的一首诗。这一年作者去世，此诗成了他晚年的绝笔之作。正如诗题所说，全诗的主调以怀古为主，但情绪复杂，在感叹了西都的历史变迁之后，于回忆之中增添了不少复杂的感情因素。

宫岛诚一郎(三首)

宫岛诚一郎(1838—1911)，号栗香。岩代(今福岛县)人。四岁时学唐诗，十三岁读《左传》，同年可作汉诗。幕府末年奔走诸藩，进行倒幕运动。明治维新后担任过明治政府宫内省爵位局主事、贵族院议员。宫岛诚一郎曾跟随晚清学者张裕钊学习古文，其后又遣儿子宫岛咏士投其门下就读八年，他本人受桐城派影响极深，诗作在江户末年和明治初年的诗坛上影响很大。有《养浩堂集》。

乙未二月十七日闻丁汝昌提督之死

同合车书防外侮，敢夸砥柱作中流(1)。当年深契(2)非徒事，犹记联吟红叶楼(3)。

【注释】

(1) 砥柱作中流：即砥柱中流之意；比喻能担负重任、支撑危局的人。

(2) 深契：情投意合。

(3) 红叶楼：当时日本东京的宾馆。

【赏析】

甲午战争之前，中日两国之间保持着正常的外交关系。光绪十七年(1891)六月二十六日，清朝北洋海军提督丁汝昌带“定远”、“镇远”等六艘军舰访问日本，先后到达日本的马关、神户、横滨等地。七月九日，日本天皇接见了丁汝昌及各舰管带。七月十日，丁汝昌率各舰将领参加日本外相在东京红叶馆举行的宴会，与日本著名诗人宫岛诚一郎作诗唱和，并成为诗友。丁汝昌对日本官员的汉学功底和文学修养给予了好评。甲午战争以清朝海军的失败而告终，丁汝昌因受投降派的排挤于乙未年(1895)旧历二月十七日自杀殉国。日本的有识之士感其牺牲之壮烈而给予其很高的评价。宫岛诚一郎当时是宫内省爵位局主事，是参与接待丁汝昌的高级官员。诗中引用“敢夸砥柱作中流”七字，正是丁汝昌《赠宫岛栗香》诗中的一句。他的这首诗道出了一些有正义感的日本人的心声，同时也说明了爱国主义英雄会受到不同国家、不同阶层人民的尊敬。

晓发白河城

悲歌(1)一曲夜看刀，风雨灯前鸡乱号(2)。宿酒(3)才醒驱马去，白河秋色晓云(4)高。

【注释】

(1) 悲歌：悲壮的诗歌。

(2) 号：啼叫。

(3) 宿酒：隔夜仍使人醉而不醒的酒力。

(4) 晓云：天亮时的微云。

【赏析】

这是作者在明治维新之前于白河城从事倒幕运动时所作的一首诗。诗题拟李白《早发白帝城》而作。白河城，在今福岛县白河市，西距米泽不远。作此诗时，作者年仅二十七岁。诗中表现了维新志士在困难处境中毫不动摇的决心，体现了他坚定的政治抱负和必胜的决心。诗风慷慨悲壮，鼓舞人心，是激励维新志士的大声疾呼和呐喊。

黄参赞公度君将辞京(1)，有留别作七律五篇(2)。余与公度交最厚，临别不能无黯然销魂(3)，强(4)和其韵，叙平生以充赠言(选二首)

幸有文字结奇缘(5)，衣钵(6)偏宜际此传。霞馆秋吟明月夜(7)，麹街春酌早樱天(8)。佳篇上梓(9)人争诵，新史盈箱(10)手自编。恰爱过江名士好，翩翩裙屐若神仙(11)。

自昔星槎浮海(12)到，看他文物盛京华(13)。将相玉帛(14)通千里，可喜车书共一家(15)。使客纵观新制度(16)，词人争赏好樱花。墨江春色东台(17)景，分与天公(18)着意夸。

【注释】

(1) 黄参赞：黄遵宪(1848—1905)，字公度，广东嘉应(今梅州市)人。清光绪三年(1877)，随何如璋出使日本，为使馆参赞。光绪八年(1882),奉命调任美国三富兰西士果(今译圣弗朗西斯科,即旧金山)总领事。　京:指日本首都东京。

(2) 七律五篇:指黄遵宪《人境庐诗草》卷四《奉命为美国三富兰西士果总领事留别日本诸君子》五首。

(3) 黯然销魂:心神沮丧、丧神失魄的样子。

(4) 强:勉强。

(5) 幸有一句:黄遵宪《留别日本诸君子》:"海外偏留文字缘,新诗脱口每争传。"他在日本任参赞期间,与日本汉诗人龟谷行、重野安逸、冈千仞、森春涛等人均有往来,以诗文会友。与源桂阁、石川英也经常笔谈。

(6) 衣钵:原为佛教僧尼的袈裟和食器,这里指传授的学识、写作诗文的技能。

(7) 霞馆:馆舍名,在东京。　明月夜:指朋友相聚的美好之夜。

(8) 麹街:东京的街道名。　早樱天:指樱花初开的季节。

(9) 上梓:刻版,刻印书籍。黄遵宪作《日本杂事诗》二卷,先由同文馆聚珍版印行,继而王韬在香港循环报馆再版,日本凤文坊重印,深受日本各界人士的欢迎。

(10) 新史盈箱:指黄遵宪编著的《日本国志》,共四十卷。

(11) 翩翩一句:形容黄遵宪仪容秀美,风流倜傥。翩翩裙屐,原指少年服饰华美,风度翩翩。

(12) 星槎:神话传说天河与大海相通,有人曾经乘槎到达天河,遇见牵牛织女。后以星槎比喻贵宾降临。这里指黄遵宪出任驻日本使馆参赞。槎,竹筏。　浮海:乘船而来。

(13) 看他一句:意思是中国使臣带来的汉文化为东京增添了光彩。　京华:日本东京。

(14) 玉帛:宝玉和丝织品,古代祭祀、会盟时用的珍贵礼品。

(15) 车书共一家:指中日两国有共同的文化,亲如一家。

(16) 新制度：指日本明治维新后的一切制度。

(17) 墨江：这里指日本东京都的墨田川，又名隅田川。　东台：指上野。

(18) 分与天公：意为天公所分给的。天公，犹天工，造物主。

【赏析】

这是作者为黄遵宪送别时所作的两首诗。原诗共五首，这里所选为其中的第三、第四首。作者盛赞了黄遵宪在日本时为中日文化交流所做出的贡献，并对其卓越的才华表示了由衷的称赞。阅读此诗可知中日友好往来的传统是源远流长的。中日两国能够世世代代的友好下去，也是两国人民共同的愿望。

龟谷行(一首)

龟谷行(1838—1913)，字子省，号省轩。对马岛人。初入学研习句读，后转研究《史记》。二十四岁时入广濑旭庄门下，深受赞许。维新之前，与倒幕志士交往较多。明治之后，受岩仓具视等财阀的重视，从事汉籍文献等方面的学术研究，取得了不少重要的成果。清使何如璋来日之后，属下诸多文士与之交厚，尤与王韬交谊最深。有《省轩文集》、《释教文范》、《咏史乐府》等。

咏　史

金阁才成又银阁[(1)]，红桃艳李醉芳筵[(2)]。料知经济[(3)]无他术，海外唯求永乐钱[(4)]。

【注释】

(1) 金阁：始建于后圆融天皇康历元年(1379)，原为足利义满将军的山庄,后改为禅寺,因为建筑物外面包有金箔,故又名金阁寺。 银阁:银阁寺建于文明十四年(1482),由室町幕府八代将军足利义政所建,是日本最古老的四层半建筑。

(2) 红桃一句:意思是在桃李树下举行宴会。

(3) 经济:经世济民。

(4) 永乐钱:明成祖永乐九年(1411)铸造的钱币。在足利义满时代,这种钱币大量流入日本。永乐,明成祖朱棣的年号(1403—1424)。

【赏析】

这是一首讽刺足利义满骄奢淫逸的诗。在足利义满时代,日本国家正处在动荡之时,战乱不断,百姓生活于水深火热之中。而足利义满及其后代却不顾百姓的死活,为了满足个人的私欲,仍然大兴土木,搜刮民脂民膏,鱼肉百姓。作者在这首诗中,对足利义满的骄奢无能进行了猛烈的批判。“料知经济无他术”一句,语意深长,含义深刻,具有强烈的讽刺意味。而“金”、“银”、“钱”交错在一起,又具有另外一层对当权者揶揄的意义了。

高杉晋作(一首)

高杉晋作(1839—1867),名春风,字畅夫,号东行,别名谷梅之助,通称晋作。长州(今山口县)人。安政四年(1857),入吉田松阴门下。文久二年(1862)被派赴上海考察,有感于中国的内忧外患,回国后毅然投身于倒幕维新的近代化事业之中。文久三年(1863),在长州组织奇兵队,把这些队伍投入到幕末长州藩的倒幕活动中。元治元年(1864)八月,英法美荷舰队进攻下关时,受藩命出面议和,决定放弃盲目攘夷,实行开港倒幕。次年,发动长州诸队起义,实行强藩割据。后又推动建立萨长同盟。庆应三年

(1867)四月,在倒幕维新运动的高潮中,病逝于下关,死后赠正四位。有《投狱集》、《东行诗文集》等。

狱 中 作

夜深人定[1]四邻闲,短烛光寒破壁间。无限愁情无限恨[2],思君思父泪潸潸[3]。

【注释】

(1) 人定:即夜里的亥时,也泛指夜深人静之时。

(2) 恨:这里指作者的报国之情不能实现而产生的遗憾。

(3) 君:这里指孝明天皇。 潸潸:形容泪流不止的样子。

【赏析】

这是元政二年(1864)作者因参加倒幕运动后被投入监狱时所作的一首诗。作者少有大志,素怀报国之心,但却身陷囹圄,才能得不到施展,遂恨德川幕府之腐朽,愁不能做倒幕维新之壮举,思念天皇及家乡父老,不觉潸然泪下。全诗写得感情真切,语言质朴,虽然只有二十八个字,但却是作者入狱后感情的真切流露。

黑泽胜算(一首)

黑泽胜算(1840—1861),通称忠三郎。水户(今茨城县)人。水户藩士。"安政大狱"发生后,尊王攘夷派异常愤怒,他们在"樱田之变"中,组织刺杀了大老井伊直弼。黑泽胜算作为这次行动的组织者和参与者,后被判处死刑,时年二十二岁。

绝 命 词

呼狂呼贼任他评[1],几岁妖云[2]一旦晴。正是樱花好时节[3],樱田门[4]外血如樱。

【注释】

(1) 任他评:任后人评说。

(2) 妖云:比喻井伊直弼的统治。

(3) 好时节:指樱花盛开的季节。好,表现了作者的喜悦心情。

(4) 樱田门:作者刺杀井伊直弼的地方。

【赏析】

这是作者在临刑之日的辞世之作。诗题一作《走笔作诗》。在樱田门事件发生后,作者自知自己已是必死无疑。为了唤醒更多有识之士参与到政治改革中来,作者早已将个人的生死置之度外,他所想到的更多的仍是国家的未来。正是由于这个原因,这首诗写得慷慨激昂,把舍生取义看成是一件美好的事情。诗的格调全无悲切之意,把自己的慷慨就义看作是如樱花飘落一般,具有真正意义上的悲剧之美。

伊藤仲导(一首)

伊藤仲导,生卒年月不详,字环夫,号兰斋。上野(今群马县)人。有《兰斋先生遗稿》。

秋夜闻雁

塞北风霜急,江南木叶稀[1]。联翩[2]呼月去,断续入云飞。离恨频攲枕[3],愁心堪浥衣[4]。可怜天外客,不与汝同归[5]。

【注释】

(1) 稀：稀疏。

(2) 联翩：鸟飞的样子。

(3) 欹(qī)枕：靠着枕头。

(4) 浥衣：泪湿衣襟。

(5) 可怜二句：意思是可怜自己作客天涯，不能像你一样返回故乡。 汝：指雁。 归：回家。

【赏析】

这是一首描写秋夜闻雁声时个人心情的诗。在深秋的季节里，秋风萧瑟，草木摇落，北雁南飞，大自然充满了悲凉的气氛。听到秋雁的鸣叫声，诗人的心情也不免为之沉重起来，于是提笔写下了这首诗。前四句写雁，后四句写人，过渡自然，如行云流水。特别是诗中的第三、四句，为前人所未能道出之语，构思不凡，是汉诗作品中较为出奇的佳句。

久阪通武(一首)

久阪通武(1840—1864)，幼名诚，字实甫，号江月斋，别号秋湖，后改为义助，通称玄瑞。长州藩士出身，江户末期激进的尊王攘夷派志士。就学于吉田松阴门下，与高杉晋作并称为“松下村塾的双璧”。娶松阴之妹为妻。文久二年(1862)反对长井雅乐的“航海远略策”，从主张公武合体论转为尊王攘夷论，参与了火烧英国公使馆的事件。翌年又参加炮击下关的外国船舰活动。元治元年(1864)进兵京都，参与发动禁门之变，在御所附近激战中负伤，剖腹自杀于鹰司邸内。

失　题

皇国[(1)]威名海外鸣，谁甘乌帽犬羊盟[(2)]。庙堂愿赐尚方剑[3],直斩将军答圣明[4]。

【注释】

(1) 皇国:天皇统治的国家。这里指日本。

(2) 乌帽:普通隐者戴的帽子。这里指一般的读书人。　犬羊盟:指日本与当时外国签订的不平等条约。犬羊,这里是对外夷的蔑称。

(3) 庙堂:指朝廷。　尚方剑:天子所赐的宝剑。

(4) 将军:指当时的幕府将军。　圣明:这里指日本天皇。

【赏析】

这首诗一作《入京师》,从内容上来看,为文久三年(1863)五月十日大和行幸攘夷亲征诏勅宣布之前所作。全诗的内容极为直白,充满了同仇敌忾的斗志。对日本当时所处的危机,作者的心中充满了忧虑,诗中表现的是一位爱国志士的豪情壮志。虽然内容有些偏狭,但其中蕴含的爱国主义激情还是令人感到振奋,对后来的维新志士起到了极大的鼓舞作用。

伊藤博文(一首)

伊藤博文(1841—1909),幼名俊辅,名春亩,别号沧浪阁主人。长州(今山口县)人。早年入吉田松阴创办的松下村塾学习,接受了尊王攘夷思想。安政五年(1858)去长崎,入幕府炮术传习所学习军事。明治维新实行内阁制后,出任首届内阁总理大臣兼宫内大臣,是明治九元老中的一人。主持起草和领导审议旨在确立日本近代天皇制的《明治宪法》及有关法案。在中日甲午战争后,强迫中国清政府签订《马关条约》,索取大量赔款,并割取中国领土台湾,将朝鲜置于日本统治之下,并首任韩国总监。日俄战争后,迫使朝鲜成为日本保护国,在汉城设立统监府。他的功业是建立了一种有生命力的立宪制度,使日本社会能够有秩序地进行和平政治演变,在此种变化中,民众日益得到扩大的参政机会,这是很有意义的。明治四十二年(1909)到中国与俄国谈判时,在哈尔滨车站被朝鲜爱国志士安重根击毙。

日　出

日出扶桑东海隈(1),长风忽拂岳云(2)来。凌霄一万三千尺(3),八朵芙蓉当面(4)开。

【注释】

(1) 扶桑:东方的国名,为日本的别称。　东海隈:东海太平洋一隅。

(2) 长风:远处吹来的风。　岳云:山云。

(3) 一万三千尺:这里极言富士山之高。

(4) 八朵芙蓉:这里指富士山,因其上有八朵类似莲花的火山口,故而得名。　当面:眼前。

【赏析】

这是一首描写富士山日出的诗。富士山不仅是日本的最高山,也是日本的象征,而早晨的日出,又象征着明治维新之后的新兴日本。全诗雄丽典雅,一气浑成,在汉诗文学史上具有不小的影响,同时也反映出了作者作为日本国一代杰出政治家的宏大气派。

大须贺履(二首)

大须贺履(1841—1912),字子泰,号筠轩,又号鸥渚、舟门,通称二郎。盘城(今岩手县)人。早年入昌平黉求学,后游学仙台,和汉典籍兼修,尤其对《孝经》、《二南》及唐诗用功颇深,并以诗才深受大儒大槻盘溪的赏识。明治之后,在仙台等地任教。他工诗善画,作诗以陶渊明、杜甫为宗,有东坡、随园之遗风。有《绿筠轩诗钞》、《绿筠轩文集》、《美术漫录》等。

野狐婚娶图

日光斜斜雨萧萧(1),西家之狐嫁东郊。绥绥成队卤簿簇(2),妖蹢亲迎竹舆轿(3)。中载婵娟阿紫娘(4),一点红粉眉目妆。野花为笄(5)草为服,维尾曳来黄裳长(6)。婿也拥右媒也左,横波一眄增婑媠(7)。傔从(8)陆续及其门,玄丘校尉(9)纷满座。同穴契成合卺杯(10),一死共期首丘来(11)。曾是结缡经母诲(12),肯以赠芍破圣戒(13)?君不见郑姝春心蔑父母(14),白日青天逾墙走(15)。

【注释】

(1) 萧萧:形容雨声。

(2) 绥绥一句:意思是一队队狐狸排成行,扛着仪仗。 绥绥,狐狸雌雄并行的样子。 卤簿,仪仗队。

(3) 妖蹢一句:意思是娶亲的妖狐,前来迎接花轿。妖蹢,犹狐步。

(4) 婵娟:美好的样子。 阿紫娘:指出嫁的狐狸。

(5) 笄:束发的簪子。

(6) 维尾一句:意思是拖着一条黄黄的尾巴。

(7) 横波一句:意思是眼波一转,更增加一种娇媚之姿。婑媠(wǒ tuó),美好的样子。

(8) 傔从：随从之人。

(9) 玄丘校尉：狐狸的别名。典出《海录碎事》。

(10) 成合卺杯：即婚礼中夫妇饮的交杯酒。

(11) 一死一句：传说狐狸将死，头必向着出生的山丘，表示不忘本，永远怀念故乡。

(12) 曾是一句：意思是曾经由母亲结缡，谆谆教诲。结缡，亦作"结褵"。古代嫁女的一种仪式。女子临嫁，母为之系结佩巾，以示至男家后侍奉舅姑，操持家务。

(13) 肯以一句：意思是怎肯赠人以芍药，从而破坏圣贤的教导。赠芍，语出《诗经·郑风·溱洧》："维士与女，伊其相谑，赠之以芍药。"这里指男女青年互赠芍药以定情。

(14) 君不见一句：意思是郑国的姑娘动了春心，蔑视父母的教诲。旧说《诗经·郑风》中多男女淫奔之辞。姝，美女。

(15) 逾墙走：《诗经·郑风·将仲子》："将仲子兮，无逾我墙。"这里反其意而用之。

【赏析】

这是作者根据民间传说而写的一首诗。在日本关于野狐婚娶的传说，既有图画的例证，也有"影绘"(即影戏)的表演，其历史比较久远。黄遵宪作的《日本国志·礼俗志三》就有这方面的记载。从这首诗的内容来看，日本的野狐婚娶传说大概与中国的老鼠嫁女故事相类似，是民间的一种传统旧俗。这首诗与众不同，反映的是日本民间的故事传说，为我们增加了一个了解日本民俗的窗口，是汉诗同类作品中较有代表性的一首。

牛 蛊 行

草木夜眠水声冷，神灯欲死瘦于星(1)。千年老杉半身朽，仄立古庙鬼气腥(2)。缠素娘子(3)蓝如面，头戴银烛手铁钉[4]。长发栉风鬅松[5]乱,石坛无人影伶仃。泣掣铃索[6]拜且诉,此恨不彻神无灵。掾钉[7]响绝夜闲寂,老枭[8]一声山月青。

【注释】

(1) 瘦于星:比星星还小。

(2) 仄立:侧立。仄,同"侧"。 鬼气腥:比喻妖雾弥漫。

(3) 缠素娘子:穿着白衣服的姑娘。

(4) 银烛:这里指洁白的头饰。 铁钉:手上戴的一种饰品。

(5) 栉风:用风来梳头发。 鬅松:头发散乱的样子。

(6) 泣掣铃索:一边哭泣一边拉着铃儿的绳索。

(7) 掾(yuàn)钉:打钉子。

(8) 老枭:猫头鹰。

【赏析】

这是一首描写鬼神的诗。作者曾经对滝川君山老人谈论过此类的传闻,他通过对古庙阴森气氛的刻画,展示了鬼神的恐怖状态。虽吟咏的是日本的一个传说,但作者却有另外的讽喻时事的目的。这首诗别具一格,是作者另外一种风格的体现。

土屋弘(一首)

土屋弘(1841—1926),字伯毅,号凤洲。出云(今岛根县)人。十二岁时开始研修徂徕学,十九岁时从池田草庵转而学习、研究阳明学,后专攻经史。明治维新后,在吉野师范学校、奈良师范学校等各地高校担任教职。他为人谦和,深受学生们的爱戴。有《周易辑解》、《孝经纂释》、《苏诗选详解》、《皇朝言行录》等。

山居雨后

溪流涣涣(1)与桥平,一碧(2)山光雨乍晴。遥见林梢路穷处(3),懒云徐(4)导老樵行。

【注释】

(1) 涣涣:水势盛大的样子。

(2) 碧:青绿色。

(3) 穷处:尽头。

(4) 徐:缓慢地。

【赏析】

这是作者于山中隐栖时所作的一首诗。诗中吟咏了雨后的景色,把眼前的光景犹如一幅画儿一般地描绘了出来。溪流、山光、懒云等沿途所见,即时即物,反映出了幽居的雅趣,犹如天籁之声般流动回响在大自然之间,令人有一种怦然心动的感觉。

佚名氏(一首)

此诗作者不详。一说为大江敬香(1857—1916)所作,但《敬香诗钞》却不载此诗,今未能做出准确判断,暂存疑。虽然作者存疑,但此诗却脍炙人口,故收录于此。

题近江八景图

坚田落雁比良(1)雪,湖上风光此处收。烟罩归帆矢走渡(2),风吹岚翠粟津(3)洲。夜寒唐崎(4)松间雨,月冷石山(5)堂外秋。三井晚钟濑田(6)夕,征人容易惹乡愁(7)。

【注释】

(1) 坚田：地名,位于大津市坚田町,在琵琶湖西岸,从前曾有大雁在此落下。 比良：比良山。在滋贺县西部,位于近江盆地西侧。

(2) 烟罩：一作"风罩",这里指如烟一般的笼罩着。 矢走渡：一作"矢桥渡",渡口名,在今草津市矢桥町。

(3) 岚翠：山间的墨绿色。 粟津：地名,即今大津市的粟津,有俳圣松尾芭蕉的墓地。

(4) 唐崎：地名,在今大津市的湖边。

(5) 石山：即石山寺,位于濑田川右岸。

(6) 三井：即三井寺,位于大津市内。 濑田：地名,在今大津市内。

(7) 乡愁：这里指故乡之思。

【赏析】

这是一首描写近江八景的诗,在日本流传甚广。在中国文化中,许多地方都有不少所谓的"八景",如"潇湘八景"等。"潇湘八景"是：平沙落雁、远浦归帆、山市晴岚、江天暮雪、洞庭秋月、潇湘夜雨、烟寺晚钟、渔村夕照。日本模仿、吸收中国文化,也有自己的所谓"八景",这首"近江八景"便是其中的代表作之一。诗中的八景分别是：坚田落雁、矢走归帆、粟津晴岚、比良暮雪、石山秋月、唐崎夜雨、三井晚钟、濑田夕照。全诗虽然是模仿之作,但却有明显的日本民族特色,较好地突出了近江的风物,是一首介绍地域文化的佳作。

竹添光鸿(二首)

竹添光鸿(1842—1917),字渐卿,号井井、独抱楼。肥后(今熊本县)人。幼读《诗经》、《论语》,明治维新后曾在日本驻天津领事馆任随员、总领事。在华任职期间,游历河北、河南、陕西、四川、湖北等地,后至上海,写下了《栈云峡雨日记》,深得俞樾的赞赏。回国后在东京帝国大学讲授汉学,为日本著名的汉学家。他毕生研究儒学,以“三笺”(即《毛诗会笺》、《论语会笺》、《左氏会笺》)闻名于学界,其中《左氏会笺》是其贯通中日,博涉群籍,搜采历代,汇集众家《左传》注疏成就,精心熔裁而成的《左传》注疏之作,影响极大。有《纪韩京之变》、《左氏会笺》、《毛诗会笺》和《论语会笺》、《孟子论文》等。

送人归长崎

懒云(1)如梦雨如尘,陌路花飞欲暮春(2)。折尽春申江上柳(3),他乡又送故乡(4)人。

【注释】

(1) 懒云:这里指看似不动的云。

(2) 陌路:街道。　暮春:晚春。

(3) 春申江:黄浦江。春秋时,楚国的春申君黄歇封于此地,故而得名。折柳的典故,出自汉朝,长安人送别至灞桥折柳相赠。

(4) 他乡:指中国。　故乡:指日本。

【赏析】

这是作者在上海旅游时所作的一首送别诗。所送的“人”是谁? 尚不十分清楚,一说是福原和胜,另一说是津田静。全诗描写了作者身在异国送别自己同胞回国时依依不舍的心情。不仅写景,也写个人的感受。语言真挚,情意浓烈,具有晚唐的风味与意境。

新乡县阻雨,西风寒甚

征衣敞尽发鬇鬇(1),愁对清樽(2)独自倾。乱后中原多战骨,眼中宿莽是荒城(3)。驿窗有梦寻乡梦(4),灯火无情照客情[5]。记取今夜新乡雨,西风匝屋作秋声[6]。

【注释】

(1) 征衣:这里指旅行的衣服。 发鬇鬇(zhēng):头发蓬乱的样子。

(2) 清樽:清酒。

(3) 乱后二句:这里是指从同治元年(1862)到同治七年(1868)期间,清军在镇压太平军、捻军的过程中,新乡一带受到浩劫后的荒凉景色。作者的这首诗,作于同治十三年(1874),但所见到的仍是残破不堪的景象。 中原,中国的中部,这里指作者到访的河南一带。 宿莽,这里泛指野草。

(4) 乡梦:在异乡所做的梦见故乡的梦。

(5) 客情:羁旅之情。

(6) 匝屋:绕屋。 秋声:这里指寂寞的声音。

【赏析】

这是作者于明治九年(1876)在新乡时所作的一首诗。当时作者为了研究中国各地的风俗而赴河南、四川、陕西等地,时因雨而滞留在了新乡。经过太平军、捻军的战乱之后,新乡一带已残破不堪。诗中描写的乱后景象,更增添了作者的异国他乡之感。“乱后”二句,以写实的笔法,表现当时新乡的现实,可以说是外国人眼中的“实录”了。全诗的内容极为沉重厚实,虽是一位外国人所作,但反映的现实却极为深刻,尤其以“西风匝屋作秋声”作结,更给读者留下了不尽的回味。

云井龙雄(一首)

云井龙雄(1844—1870),本姓中岛,名守善,字居贞,号枕月,又号湖海侠徒。奥州(今岩手县)人。少年时以苦学著名,八岁就学于乡里的私塾,十四岁进入藩校"兴让馆"学习,感悟到盲信朱子学的弊病,思想上逐渐倾向于阳明学。二十二岁时任职于江户。后参加倒幕维新运动,是幕末和明治初期的一名杰出的政治和文学人物,他胸怀天下,忧国忧民。后一心追求强国富民之路而对抗政府,被捕入狱,于明治三年(1870)被枭首,时年二十七岁。在幕末众多志士中,云井有着独特的政治思想和行动轨迹,为后世留下了宝贵的精神财富。

雨中观海棠有感

绿湿红沉(1)悄无力,恰是杨妃(2)啼后色。花容如愁何所愁,我对花间花默默。忆昔滨殿(3)殿南庄,把酒赋诗赏海棠。当时同盟今四散,或为鲁连或张良(4)。不将水火挫其志,往往暴冯(5)就死地。死者函首送贼庭(6),生者海岛犹唱义(7)。嗟吾赤城仅脱身(8),再举无策久逡巡。今对此花思往事,血泪和雨红湿巾。

【注释】

(1) 红沉:形容雨中海棠花的颜色。

(2) 杨妃:指中国唐朝的杨贵妃。

(3) 滨殿:指米泽藩的下屋敷。为作者与同志们的联络场所。

(4) 鲁连:战国时齐国的高士鲁仲连。赵国在长平之战(前260年)惨败后,秦军围困赵都邯郸,魏安釐王派新垣衍进入邯郸游说平原君,劝平原君说服赵王尊秦王为帝。鲁仲连知道此事,便请平原君安排他与新垣衍会面,令新垣衍放弃原来的意见。秦军闻知此事,便退兵五十里。这时候信陵君率魏军击秦,秦军便撤围而去。事后平原君欲封赏鲁仲连,鲁仲连始终不肯接受。十余年后,齐国攻聊城,两年来久攻不下,死伤惨重。鲁仲连致书守将,劝他弃城归燕或齐,守将未能做出抉择,自杀而死,聊城便被齐军占领。鲁仲连不愿接受齐国的封赏,又逃隐起来。 张良:秦末汉初城父(今亳州市)人,字子房,祖先五代相韩。秦灭韩后,他在博浪沙狙击秦始皇未中。逃亡至下邳时遇黄石公,得《太公兵法》,深明韬略,足智多谋,为刘邦主要"智囊"。楚汉战争中,提出不立六国后代,联结英布、彭越,重用韩信等策略,又主张追击项羽,歼灭楚军,为刘邦完成统一大业奠定坚实基础。汉朝建立时封留侯,后功成身退。

(5) 暴冯:暴虎冯河的略语。语出《论语·述而》:"暴虎冯河,死而无悔者,吾不与也。"这里比喻无谋略的冒险。

(6) 贼庭:指萨摩、长州的地方政府。

(7) 海岛:指在北海道的榎本武扬、人见胜等同志。 唱义:指为推翻幕府的正义事业而牺牲。

(8) 赤城仅脱身:指作者在赤城遭遇前桥、小幡、沼田三藩伏兵的埋伏,仅一人逃回之事。

【赏析】

明治维新开始之后,日本各地的政治形势并不稳定,一些旧势力仍然暗中蠢蠢欲动,作者看到雨中的海棠,不禁若有所思,于是写此诗以抒怀。诗中回忆了自己在维新运动中的经历,感叹事业仍未取得最后的成功,因此还要继续为之努力。全诗悲壮淋漓,充满了慷慨之气,是一首勉励后人完成未竟事业的鼓劲之作。

桥本宁(一首)

桥本宁(1845—1884),字静甫,号蓉塘。京都人。明治时期的文学家,著名汉诗人。有《蓉塘诗钞》等。

感　事

感事秋来易怆情,疏慵[1]不点读书檠。云间月似强留客,雨后暑如将溃兵。奇梦连宵落鲸海[2],壮心万里托鹏程。忽疑杀气鞘中动,三尺蛟龙[3]吼有声。

【注释】

(1) 疏慵:懒怠。

(2) 鲸海:大海。

(3) 三尺蛟龙:这里是剑的代称。

【赏析】

这是作者有感而作的一首诗。作者身怀经世之术而不得用,心中不免有些郁郁不平,然个人的豪情不减,却又显得难能可贵。而颔联的新警,却与南宋陆游、杨万里的诗作有着不少的相通之处。

释大俊(一首)

释大俊(1846—1878),明治时期东京增上寺的僧人。曾参与过维新运动,被捕入狱,后遇赦放还,回到增上寺,三十三岁时得肺病而死。

蚕　妇

终身不着绮罗[1]香,辛苦蚕桑供御裳[2]。闻说长安金屋女[3],画眉傅粉[4]侍君王。

【注释】

(1) 绮罗：这里指华丽的服装。

(2) 御裳：天子的衣服。

(3) 长安：唐朝的首都。这里指都城。　金屋女：这里指贵族妇女。

(4) 傅粉：用白粉化妆。

【赏析】

这是一首描写蚕妇生活的诗，为模仿中国宋代诗人张俞《蚕妇》而作。诗中对蚕妇的辛苦表现了同情之意，同时也对富家女的奢侈进行了讽刺。作者采用现实主义的表现手法，模仿晚唐现实主义诗风，揭露社会现实，反映社会矛盾，对下层百姓的遭遇充满了同情，具有一定的积极意义。

丹波贤(一首)

丹波贤(1846—1878)，字大受，号花南。尾张(今爱知县)人。初受学于藩儒奥田莺谷，后入森春涛门下，在茉莉吟社中与永坂石埭、奥田香雨、桥本蓉塘并称为四天王。有《花南小稿》，但未刊行。

偶　咏

性命高淡各擅名(1)，一朝其奈渡河声(2)。诸儒不救宋天下，蔓草寒烟五国城(3)。

【注释】

(1) 性命：这里指程朱理学中关于性命的一些观点。　各擅名：各以自己的学术观点扬名。

(2) 渡河声：指宋徽宗时，金兵南下渡过黄河攻打北宋的战争。

(3) 五国城：所在地说法不一，今多认为在黑龙江省依兰县一带。北宋徽、钦二帝曾被金兵俘虏后囚禁于此。

【赏析】

这是一首偶然的即兴之作。宋代的读书人多喜谈程朱理学，但在国家危难，遭受到外敌侵略时，这些空洞的理论起不到任何有效作用，也不能挽救国家的危难。诗人有感于北宋这一历史现象，对宋儒的行为做了辛辣的嘲讽。同时，诗人所谈到的问题也为后人留下了更多的思考。作者去世时年仅三十三岁，但对中国历史问题的深思，却到达了一般日本学者所不及的地步。

乃木希典(三首)

乃木希典(1849—1912)，号石樵，别号静堂，幼名无人，后改为文藏，明治四年(1871)以后改称希典。长州(今山口县)人。日本陆军上将，是日本对外侵略扩张政策的忠实推行者。明治元年(1868)随山县有朋参加日本戊辰战争。明治十年(1877)参加平息西乡隆盛挑起的日本西南战争。明治十七年晋少将，任第十一步兵旅旅长。明治十九年(1886)赴德国研究军事。归国后历任近卫第二步兵旅旅长、驻名古屋第五旅旅长。中日甲午战争时任第二集团军第一旅旅长，率部侵占中国旅顺、辽阳，是旅顺大屠杀的积极策划者。明治二十九年(1896)，他率第二师入侵台湾。翌年任台湾总督，血腥镇压台湾人民。明治三十七年(1904)日俄战争爆发后任第三集团军司令，晋升上将，以“肉弹”战术攻克旅顺。次年参加奉天之战。战后任军事参议官。大正元年(1912)明治天皇病逝后，同其妻剖腹殉节，成为日本武士道精神的典型代表。其汉学功底深厚，遗著有《乃木希典日记》。

咏富岳

崚嶒富岳(1)耸千秋，赫灼朝晖照八洲(2)。休说区区风物(3)美，地灵人杰是神州(4)。

【注释】

(1) 崚嶒：山势高峻重叠的样子。　富岳：富士山。

(2) 赫灼：闪闪发光的样子。　八洲：指日本。

(3) 区区：小的，不重要的。　风物：风景，景物。

(4) 神州：神国之意，为日本的美称。

【赏析】

这是一首吟咏富士山的诗。作者以“富岳”、“神州”为题，表现了对日本风土和人物的喜爱之情。吟咏富士山的诗歌虽然数量众多，但像这样带有民族感情来描写富士山的诗歌却不多，诗中充满了作者作为一个日本人的自豪感，富有极强的民族自信心，因而成为了日本人民喜爱的一首诗。

金州城下作

山川草木转(1)荒凉，十里风腥(2)新战场。征马(3)不前人不语，金州(4)城外立斜阳。

【注释】

(1) 转：更加。

(2) 风腥：腥风的倒装句。风里夹着腥味，雨点带着鲜血。形容疯狂杀戮的凶险气氛或环境。

(3) 征马：军马。

(4) 金州：地名，在今大连东北部，是日俄战争的主战场之一。

【赏析】

这是日俄战争时作者所作的一首诗。是狂热军国主义分子的

"不朽作品"。

乃木希典作为日俄战争中日本陆军指挥官,为了攻取俄军坚固的要塞,乃木希典与其子乃木胜典、乃木保典一起参战,狂热地不惜使用"肉弹"战术,叫嚣着"但求三典同葬",打算凭着所谓的"皇军决死突击"来攻克俄军重兵把守的旅顺。结果最后以超过六万人伤亡的代价勉强达到了目的,其子乃木保典也于是役阵亡。可以说乃木希典诗中的每一个字都是用日本士兵的鲜血写成的。

凯旋有感

王师百万征强虏(1),野战攻城尸作山(2)。愧我何颜见父老,凯歌今日几人还(3)。

【注释】

(1) 王师:这里指日本军队。　强虏:这里指俄国军队。

(2) 尸作山:尸体堆得像山一样。

(3) 几人还:有几个人能回来呢?日俄战争期间,日军有十二万军人战死,其中近半数是在进攻旅顺的战争中伤亡的。

【赏析】

这是日俄战争结束后,作者率领日军打败俄军取得胜利后所作的一首诗。在这次战争中,日军虽然取得了胜利,但付出的代价却是极为惨重的。在得胜回来之后,面对阵亡者的家属,作为胜利者的指挥官,乃木希典一直闭门谢客,不敢参加任何的"庆功"活动,作者感到了有一种所谓的"愧"。虽然说是"凯旋",殊不知其所谓的"凯歌今日几人还"恰恰就是日本军国主义分子穷兵黩武的必然结局。

永井温（一首）

永井温（1851—1913），字伯良，号禾原，通称久一郎。尾张（今爱知县）人。明治时期的文学家。

雪晓骑驴过秦淮

满江飞絮(1)不胜寒，绣阁(2)无人起倚栏。只有风流驴背客(3)，秦淮晓色(4)雪中看。

【注释】

（1）飞絮：这里指飘舞的雪花。

（2）绣阁：犹言绣房，妇女所居华丽的房间。

（3）驴背客：这里是诗人的自称。此处暗用郑綮事。据宋代孔光宪的《北梦锁言》载：有人问郑綮："相国近有新诗否？"对曰："诗思在灞桥风雪中驴子上，此处何以得之？"

（4）晓色：拂晓时的天色，晨曦。

【赏析】

这是作者在冬日南京秦淮河畔所作的一首诗。作者跨驴赏雪，诗情无限，诗歌的构思在风雪中的驴背上，给人以风流洒脱的感觉。全诗犹如一幅雪中的风流画，充满了无限潇洒的意境。

岩溪晋（一首）

岩溪晋（1852—1943），号裳川。但马（今兵库县）人。大正、昭和时期的文学家。早年师从森村涛学诗。晚年与国分青厓并称为两大诗宗。诗宗杜甫、白居易，造诣颇深。在二松学舍任教授，兼艺文社顾问。有《诗学初楷》、《裳川自选稿》等。

松　岛

水寺[1]茫茫日暮钟，惊涛万丈荡诗胸[2]。海龙归窟金灯[3]灭，雨送余腥[4]入乱松。

【注释】

(1) 水寺：水边的寺庙。这里似指瑞岩寺。

(2) 诗胸：诗心，诗情

(3) 窟：岩穴。　金灯：这里指龙宫之灯。

(4) 余腥：这里指山间飘来的腐叶之味。

【赏析】

这是作者在松岛所作的一首诗。松岛，位于宫城县宫城郡，为日本的三景之一。诗中描写了松岛日暮的景色，既有激动之情，又有凄凉之色。内容不长，但却把风雨与波涛合在了一起进行描写，笔力矫健，具有入神之妙，达到了一种高超的境界。

国分高胤(三首)

国分高胤(1857—1944)，字子美，号青厓，别号太白山人。仙台人。大正、昭和时期的文学家。早年就读于在藩校养贤堂，师从国分松屿学习汉籍，后曾任新闻记者、大东文化学院教授、《昭和诗文》主编等职。其作诗以杜甫为宗，兼学元遗山，可惜未能有诗集刊行。其书法老劲苍硬，自成一家，深受后人的喜爱。

芳野怀古(一)

闻昔君王按剑崩[1]，时无李郭奈龙兴[2]。南朝天地(3)臣生晚,风雨空山谒御陵(4)。

【注释】

(1) 按剑崩:这里指后醍醐天皇的驾崩。

(2) 李郭:中国唐代的李光弼和郭子仪。安史之乱时,李郭二人率领唐军扫平了叛军之乱,为大唐中兴做出了贡献。 龙兴:指成就中兴之业。

(3) 南朝天地:指日本的南朝之时。

(4) 御陵:这里指后醍醐天皇的陵墓。

【赏析】

这是作者参拜位于吉野的后醍醐天皇陵墓时所作的一首诗。诗中回忆了日本南北朝时的历史,并以中国唐代的李光弼和郭子仪为例,感叹后醍醐天皇的个人遭遇,并对他的不幸表现出深刻的同情。全诗风格凝重,语气低深,在无限的惆怅中,充满了个人的幽深怀古之情。

芳野怀古(二)

中原(1)父老望龙旗,魏阙浮云事已非(2)。千载皇陵(3)雷雨夜,剑光犹向北方(4)飞。

【注释】

(1) 中原:这里指日本的中部。

(2) 魏阙:古代宫门上巍然高出的观楼,其下常悬挂法令,后用作朝廷的代称。有时也指高大的门。 事已非:指社会和历史发生了巨变。

(3) 皇陵:这里指后醍醐天皇的陵墓。

(4) 北方:这里指京都地区。

【赏析】

这也是作者参拜吉野后醍醐天皇陵墓时所作的一首诗。诗中感叹后醍醐天皇的时代已经物是人非,只有他的陵墓经历了数百年风雨仍旧静静地躺在那里,给后人以无限惆怅的感觉。全诗风格凄绝,苍凉古朴,极具怀古诗的特色,较好地表现了作者的诗歌创作风格。

游严岛

百重宫殿跨金鳌(1),山色苍苍照客袍。所过径多麇鹿迹,相逢人尽钓渔曹(2)。画桥落水龙姿(3)涌,华表凌云鹤唳高。少女不知衣袂(4)湿,彩笼捞贝步银涛(5)。

【注释】

(1) 金鳌:传说海中有金鳌,这里指代仙岛,即严岛。

(2) 钓渔曹:钓鱼、捕鱼的一群人。

(3) 龙姿:形容长桥的雄姿。

(4) 衣袂:衣袖。

(5) 步银涛:这里指踏着海浪。

【赏析】

这是作者游严岛时所作的一首诗。严岛,是广岛湾西南的一个小岛,景色秀丽,是日本著名的三大风景区之一。岛上有著名的严岛神社,最高处为弥山,登上山顶可眺望全岛的景色。在这首诗中,诗人描写了严岛的秀丽景色,用了种种不同的比喻和传说,把严岛的风景细致地刻画了出来。全诗通篇比喻恰当,把传说和写景巧妙地结合起来,描绘了美丽的海岛风光,给人以身临其境的美感与享受。

井上灵山(一首)

井上灵山(1859—?),名经重,字子常,福岛(今福岛县)人。明治时期的诗人,生平事迹不详。

寄吴昌硕

君家妙墨足千古[1],遐龄只应学彭祖[2]。海上仙山[3]药草肥,为君我作东道主[4]。

【注释】

(1) 妙墨:这里指吴昌硕的绘画佳作。 千古:流传长久。

(2) 遐龄:高寿。 彭祖:传说中的长寿人物,据说他活到了八百岁,旧时以彭祖作为长寿的象征。

(3) 海上仙山:这里指日本。

(4) 东道主:原意为东方道路上的主人。这里指接待吴昌硕的主人。

【赏析】

这是作者寄给中国清末画家吴昌硕的诗。吴昌硕(1844—1927),中国近代著名画家、篆刻家,其绘画以山水见长。日本篆刻家河井荃庐从1898年开始就向吴昌硕请教,并向日本篆刻界介绍吴昌硕的艺术成就,产生极大的影响。全诗构思新颖,自然明快,字里行间充满了对吴昌硕浓厚的友情,表现了中日两国艺术家亲密无间的深厚情谊。

本田秀(二首)

本田秀(1862—1907),字实卿,号种竹,通称幸之助。阿波德岛(今德岛县)人。初受业于藩儒冈本午桥,后学诗于谷太湖、江马天江等人,善诗文。明治三十一年(1898)游历中国,与当时的中国官员多有交往。著有《戊戌游草》一书。另有《怀古田舍诗存》六卷。

饶州绝句(选一首)

沙湖秋水长兰苕(1),玉马山云薄似绡(2)。不见风流姜白石(3),红楼小女坐吹箫(4)。

【注释】

(1) 兰苕:兰花。

(2) 玉马山:在鄱阳。 绡:采用桑蚕丝为原料以平纹或变化平纹织成的轻薄透明的丝织物。适宜制作披纱、头巾等。

(3) 姜白石:姜夔,字尧章,别号白石道人,江西鄱阳人,南宋著名词人。

(4) 红楼一句:意思是只有红楼中的女子在那里吹箫。据元代陆友《砚北杂志》载:南宋绍熙二年(1191),范成大以家妓小红赠姜夔,姜夔"大雪载归,过垂红桥,赋诗有'小红低唱我吹箫'句。"

【赏析】

这是作者在中国饶州时所作的一首绝句,原诗共二首,这里所选为其中的第二首。饶州,今江西鄱阳。诗中描写了饶州的风光以及与此相关的历史人物,联想丰富,诗风雅致,达到了温文蕴藉的境界。

川 中 屿

越奇甲正互争筹(1),垒壁江山(2)拥剑矛。剽骑牙营窥老虎(3),惊沙斗帐走长虬(4)。两雄(5)自昔不并立,二水(6)于今分派流。寂寞恩仇同一梦,川原草木乱虫秋。

【注释】

(1) 越奇:越后(新潟县)上杉谦信所用的奇谋。 甲正:甲斐(山梨县)武田信玄所用的正攻之法。 筹:谋略。

(2) 垒壁江山:这里指上杉谦信与武田信玄之间的对垒。

(3) 剽骑:这里指上杉谦信的轻骑兵。 牙营:插着牙旗的将军阵营。 老虎:这里比喻上杉谦信。

(4) 斗帐:小的方帐。 虬:小龙。

(5) 两雄:这里指上杉谦信和武田信玄。

(6) 二水:两条河流。这里指千曲川和犀川。

【赏析】

这是作者于明治二十八年(1895)访问信州中岛时所作的一首诗。信州是上杉谦信和武田信玄于永禄四年(1561)进行决战的地方,相关的古迹较多,川中屿便是其中的一处。作者在这首诗中,回忆了历史上双雄争霸的英雄故事,看到他们的所谓霸业已成往事,只有千曲川和犀川仍然川流不息,不禁内心充满了感慨。在怀古的思绪中,抒发了个人内心的淡淡哀愁。全诗豪放与婉约并存,风格独特,是作者极有代表性的名篇之一。

森大来(三首)

森大来(1863—1911),名公泰,字大来,号槐南,别号说诗轩主人,通称泰二郎。尾张(今爱知县)人。著名汉诗人森鲁直的儿子,明治时期著名的汉学家,为明治汉诗坛十二诗宗之首。曾任太政官、宫内大臣秘书官等职。他博古通今，诗才卓荦，与本田种竹、国分清厓并称为当时的“诗坛三大家”。有《唐诗选评释》、《杜诗偶评讲义》、《槐南集》。

夜过镇江(选一首)

他日扁舟(1)归莫迟，扬州风物最相思。好赊京口斜阳酒(2)，流水寒鸦万柳丝。

【注释】

(1) 扁舟：小船。

(2) 好赊一句：意思是趁斜阳未落，可以赶到京口去买酒。京口，镇江的古称。赊，买东西延期付款，这里是购买的意思。

【赏析】

森大来曾到中国游历，《夜过镇江》便是他到中国南方游览观光，夜过镇江时所作。原诗共三首，这里所选为其中的第三首。诗人不直接描写夜过镇江时所看到的风物，而是说下一次不要回来得太晚了，在看完扬州的景物后，还可以在镇江吃杯老酒，同时一览大江南岸的美丽风光。“赊”字用得最妙，表现了作者与镇江亲如朋友的关系。整首诗典雅、婉转，表现出日本民族所特有的含蓄。

湖 上 次 韵

雨过池塘绿骤加(1)，好移渔艇占鸥沙(2)。更须棹(3)入荷花去，风有清香露有华。

【注释】

(1) 骤加：急速增加。

(2) 渔艇：渔舟。 鸥沙：鸥鸟栖息的沙洲。亦指隐者居处。

(3) 棹：船桨。这里指划船。

【赏析】

这是一首描写夏日湖中赏荷的诗，也可能是对某位诗人诗作的次韵。全诗表现了诗人心情愉快的感觉，以及超然自适的恬淡心态。整首诗的风格极为轻快，尤其是第三句中的一个“更”字，更显示出诗人的炼字功夫达到了他人不易企及的地步。

鹃 声

千声仿佛度嶙峋，似道空山是帝闉[(1)]。血污[(2)]谁危唐社稷，魂归仍恨蜀君臣[(3)]。冬青半树园陵雨，金碧南朝野寺春[(4)]。终古自关家国事，诗人[(5)]再拜独伤神。

【注释】

(1) 千声二句：意思是杜鹃鸟千声万声的啼叫回荡群山，好像在思念过去的宫阙。嶙峋，突立高耸的山峰。帝闉(yīn)，帝王之城，指望帝的宫阙。

(2) 血污：指安史之乱时杨贵妃身死马嵬坡之事。

(3) 蜀君臣：即望帝君臣，实指唐明皇君臣。

(4) 冬青二句：指南宋灭亡。据《宋史》载，南宋将亡，唐珏、林景熙将在杭州的南宋皇陵移葬会稽(今浙江绍兴)，并求取故宫前的冬青树栽上。“冬青”一句，其意指此。南宋灭亡后，谢枋得在古寺为文天祥等人招魂。“金碧”一句，其意指此。

(5) 诗人：这里指作者自己。

【赏析】

这是一首作者在中国所作的伤今吊古之作。诗人从唐宋历史上与杜鹃啼叫之声有关的事件入手，通过杜鹃声来表达唐宋历史人物的命运，言近旨远。起联意境阔大，突兀可喜。全诗首尾呼应，连贯自然。较好地表现了吊古伤怀之作的特点，也体现了汉诗作者对中国文化的特殊理解。

松平康国(一首)

松平康国(1863—1946)，字子宽、天行，号破天荒斋。江户(今东京都)人。早年入东京大学学习英语，二十五岁时留学美国，获法学学士学位。回国后任《读卖新闻》记者，后到中国受直隶总督袁世凯聘请，任报纸主笔，又受聘于张之洞为政治顾问。晚年任早稻田大学教授。一生著作丰富，主要有《日清对译编》、《韩非子国字解》、《诗赋必读》、《天行文钞》、《天行诗钞》等。

古　意

路与故人(1)逢，呼之欲相语(2)。驱车如疾风(3)，滚滚扬尘去。

【注释】

(1) 故人：旧友。

(2) 相语：这里指打招呼。

(3) 疾风：形容“故人”的车速很快。

【赏析】

这是一首感叹友情渐疏的诗。似模拟唐代张谓《题长安主人壁》和杜甫《贫交行》而作。诗中表现了由于地位的差别而失去友情的题意，“驱车”二字感叹友人取得富贵后绝情之态。身既富贵，难免得意忘形,可能已不记得旧友的容貌了,这大概作者的感叹吧!

德富正敬(一首)

德富正敬(1863—1957),号苏峰,通称猪一郎。肥后(今熊本县)人。十二岁时入熊本洋学校,接受基督教教育,后转学京都的同志社。明治十三年(1880)退学,在家乡经营大江义塾。明治十九年(1886)在东京发表《将来之日本》,名噪一时。翌年创办民友社,发行《国民之友》,鼓吹平民主义和自由主义。甲午战争后,转向国家主义立场。大正年间,标榜皇室中心主义。"九·一八"事变后,与军部接触甚密。昭和十九年(1943),获文化勋章。战后一度被褫夺公职,后专门从事著述活动。有《近世日本国民史》、《苏峰自传》、《杜甫与弥耳敦》等。

京都东山

三十六峰云漠漠(1),洛中洛外雨纷纷(2)。破簦短褐(3)来挥泪,秋冷殉难烈士坟(4)。

【注释】

(1) 三十六峰:京都东山的别称。 漠漠:云雾低垂的样子。

(2) 洛:本意指洛阳,这里指京都的街道。 纷纷:细雨蒙蒙的样子。

(3) 簦:古代有柄的笠。 褐:粗布衣服。

(4) 烈士:指有抱负有才干的人。 坟:这里指东山一带的烈士墓。

【赏析】

这是明治十七年(1884)作者凭吊京都东山维新志士墓时所作的一首诗。东山一带有埋葬着许多维新志士的陵墓,作者到此想到先烈们的事迹,不禁感慨无限,浮想联翩。诗中表现了对那些先天下之忧而忧、挺身殉国的维新志士们的满腔同情和无限怀念之意,是作者国家主义贯穿于一生的具体体现。

田边华(一首)

田边华(1864—1931),字秋谷,号碧堂,通称为三郎。备中长尾(今冈山县)人。明治、大正时期的汉诗人。曾两次当选众议院议员,访问过中国。晚年从教,任大东文化学院、二松学舍大学教授,兼任大东美术振兴会顾问。因其长于七言绝句,有"绝句碧堂"之称。有《凌沧集》、《衣云集》、《碧堂绝句》等。

万里长城(选一首)

雄关北划古幽州(1),浩浩风沙朔气遒(2)。不上长城看落日,谁知天地有悲秋。

【注释】

(1) 古幽州:幽州传说为中国古代舜所设置的十二州之一,主体在今天的河北、辽宁一带。

(2) 浩浩:广大的样子。　遒:强劲。

【赏析】

这首诗是作者访问中国登上万里长城时的怀古之作。原诗共三首,这里选了其中的一首。诗中描写了长城的雄伟气势,同时借长城的衰落,也哀叹了中国的衰落。一个外国人登上长城能有如此深邃的沉思,其中的思想不能不引起国人的进一步深思。

市村瓒次郎(一首)

市村瓒次郎(1864—1947),字圭卿,号器堂,别号筑波山人,后改月波山人。常陆(今茨城县)人。日本现代著名史学家,东京帝国大学教授,东洋史学泰斗。曾多次到中国旅行考察,与当时不少中国学者有着深厚的交谊。有《东洋史统》等多部史学巨著传世。

山中即事

云来千嶂(1)合,云去万峰(2)分。青山元(3)不动,一任去来云。

【注释】

(1) 千嶂:像屏风一样相连的众多山峰。

(2) 万峰:众多的山峰。

(3) 元:原来,本来。

【赏析】

这是一首吟咏山中云来云去的即事、即兴之作。表现的虽是眼前的事实和风景,但诗中却有着另外的一番寓意,似乎禅家的悟境也包含于其中了。诗中的三昧,也只能靠读者去细细地品味了。

石田羊一郎(一首)

石田羊一郎(1865—1934),号东陵。仙台人。初入藩学养贤堂研修朱子学,明治十六年(1883)入共立学校(今开成高等学校),学习英国文学和汉学。后在大东文化学院、东京文理科大学等高校任职。其人温厚敦实,有古君子之风;其诗富有汉魏古调,不逐时流,蔚然成家,不仅在日本汉诗享有盛誉,也为中国人士所看重。有《大学说》、《老子说》、《东陵诗》等。

猛虎行

南山高且深,中有猛虎栖息(1)。千年爪牙锐,飞走如有翼。自称上帝(2)命,出没田野攫人(3)而食。我告猛虎,在都市者肥。田父野人蚕女(4),其身寒贱血肉微(5)。尔胡为不袭肥者,却向寒贱者振威(6)。虎云都市人,多食肉饮膏血。心无仁慈,常怀诡谲(7)。是固我属(8),何遽忍殄灭(9)。彼田父与野人,茹草之美兮歃(10)水洁。存廉耻,不饕餮(11)。与我不同类,乃可以剥裂(12)。仁人闻之怒,君子闻之悲。上帝虽眷(13)虎,岂许有此私。乃将欲缚猛虎,张弩伏机俟(14)其来。黄狐本奸猾,媚虎睗睒(15)奔驰。窃希(16)饱余肉,夜潜为发弩机。猛虎依之益跋扈,黄狐侁侁(17)其后随。百姓零丁(18)无穷已,仁人君子多苦思。盛者常不盛,天道有盈亏(19)。猛虎今虽猛,自有死灭时。

【注释】

(1) 栖息:停留,休息。

(2) 上帝:天帝。

(3) 攫人:抓人。

(4) 田父一句:泛指下层贫苦百姓。田父,农夫。野人,乡下人。蚕妇,养蚕的妇女。

(5) 微:少。

(6) 振威:抖威风。

(7) 诡谲:诡诈。

(8) 我属:与我是一类的人。

(9) 何遽:为什么?表示疑问。　殄灭:灭绝。

(10) 茹:吃。歠:饮。

(11) 饕餮:传说中一种凶恶贪食的野兽。这里比喻凶恶贪婪的人。

(12) 剥裂:剥皮裂肉。这里指杀死。

(13) 眷:眷顾。

(14) 弩:一种大型弓箭。　俟:等候。

(15) 睗(shì)睒(shǎn):疾视的样子。

(16) 窃希:内心的想法。

(17) 侁(shēn)侁:争先奔走。

(18) 零丁:孤立无援。

(19) 盈亏:原指月亮的圆缺。这里指事物有盛有衰。

【赏析】

这是作者所作的一首乐府体诗。"行",指乐府的体裁,句式长短不一。诗中虽描写的是猛虎的跋扈,但实际上是对社会黑暗的讽刺。作者以猛虎比喻贪婪的统治者,对他们的暴行给予了深刻的揭露。同时也对社会下层贫苦百姓的命运,表示了极大的同情。全诗苍凉悲壮,有汉乐府遗风,在激愤的诉说中带有不少令人深省的内容。

内藤虎次郎(一首)

内藤虎次郎(1866—1934),字炳卿,号湖南。羽后(今秋田县)

人。毕业于秋田师范专科学院,曾为《日本人》、《朝日新闻》、《台湾日报》等报的记者。明治三十二年(1899)到中国游历,著《燕山楚水》。后在京都帝国大学任教,讲授东洋史。与罗振玉相识后,在大阪《朝日新闻》上发表《敦煌石室发现物》等文章,首次向日本学界介绍敦煌文书的发现及其价值。在获知中国官府已将藏经洞所剩文书全部运抵北京后,与狩野直喜、小川琢治等人奉京都帝国大学之命,于明治四十三年(1910)八月至十一月到北京调查敦煌文书。翌年写出《清国派遣教授学术视察报告》,并将所获资料展览。其一生研究中国文献和文物,著述甚丰,有《近世文学史论》、《诸葛武侯》、《清朝衰亡论》、《日本文化史研究》等。

过江北古战场

玄黄龙血(1)已依稀,成败英雄两见机(2)。日暮余吾湖(3)畔过,萧萧芦荻(4)水禽飞。

【注释】

(1) 玄黄龙血:指当时群雄混战而引起的天下大乱。玄黄,黑色与黄色。这里形容血的颜色。典出《周易·坤》:“上六:龙战于野,其血玄黄。”

(2) 机:机会。

(3) 余吾湖:湖名,在滋贺县伊香郡西南。

(4) 萧萧:这里形容风声。 芦荻:指芦苇。

【赏析】

这是作者经过江北余吾湖畔所作的一首怀古诗。天正十一年(1583),丰臣秀吉与柴田胜家曾在此进行过一次激烈的决战。诗人在路过此地时,想到昔日的英雄人物今日已灰飞烟灭,不禁产生了一种复杂的情感。诗中在议论这一段史实时,抒发了个人的无限感慨。虽是咏史,但所包含的感情却是极为深沉的。

夏目漱石(三首)

夏目漱石(1867—1916),原名夏目金之助,别号漱石。江户(今东京市)。日本著名作家,被称为"国民大作家"。漱石中小学时代学习汉语,熟诵唐宋诗词,擅长写汉诗。明治二十三年(1890)进东京帝国大学攻读英国文学,写有《英国诗人的天地山川观念》等文章。毕业后先后在东京高等师范学校、爱媛县松山中学和熊本第五高等学校任职。后在英国留学三年。回国后转到东京第一高等学校、东京大学任教,并开始业余创作,相继发表《我是猫》(1905)、《哥儿》(1906)和《旅宿》(1906)等杰作。明治四十年(1907)辞去教职,进《朝日新闻》社当专业作家,在该报发表了《虞美人草》(1907)、《三四郎》(1908)等长篇小说以及《玻璃窗内》、《回忆种种》等散文、游记和评论。有《夏目漱石全集》十四卷。

山路观枫

石苔(1)沐雨滑难攀,渡水穿林往又还。处处鹿声寻不得,白云红叶满千山。

【注释】

(1) 石苔:这里指石板上的青苔路。

【赏析】

这首诗作于明治二十二年(1889),描写了作者雨中经过山路欣赏枫叶时的情形。全诗通俗易懂,明快自然,反映了作者登山的愉悦心情,是作者诗歌风流蕴藉的代表作之一。

无　　题

何须漫说布衣(1)尊,数卷好书吾道(2)存。阴尽始开芳草户,春来独杜(3)落花门。萧条古佛风流寺(4),寂寞先生日涉园(5)。村巷路深无过客,一庭修竹掩南轩(6)。

【注释】

(1) 布衣:即布衣之士,指知识分子。

(2) 吾道:指作者的志向。

(3) 杜:关。

(4) 风流寺:意为寺庙风貌犹存。　风:风流遗韵,这里指当年的规模和气派。

(5) 日涉园:意为每天在园中散步。

(6) 南轩:南窗。

【赏析】

这首诗作于大正五年(1916),为作者在家中所作。诗中描写了作者闭门吟读,乐在其中的愉悦心情,同时也在平凡的描述中,表达了个人的读书问道志向。诗风朴素,风格淡雅,较好地体现了作者的思想个性。

春　　兴

出门多所思,春风吹吾衣。芳草生车辙(1),废道(2)入霞微。停筇(3)而瞩目,万象带晴晖。听黄鸟宛转(4),睹落英纷霏(5)。行尽平芜(6)远,题诗古寺扉。孤愁高云际,大空断鸿(7)归。寸心何窈窕(8),缥缈(9)忘是非。三十(10)我欲老,韶光(11)犹依依。逍遥(12)随物化,悠然对芳菲(13)。

【注释】

(1) 车辙:车轮辗出的沟。

(2) 废道:荒废的田间小路。

(3) 筇(qióng):竹杖。

(4) 黄鸟:黄莺。　宛转:这里形容鸟鸣的声音圆润柔媚,悠扬动听。

(5) 落英:落花。　纷霏:形容落花纷纷飞散。

(6) 平芜:平坦的草原。

(7) 断鸿:失群的孤雁。

(8) 窈窕:深奥的样子。

(9) 缥缥:与缥缈意同。这里指遥远的样子。

(10) 三十:时年作者三十二岁。

(11) 韶光:常指美好的时光。

(12) 逍遥:逍遥自在、无拘无束的样子。

(13) 芳菲:芳香。

【赏析】

这是一首春日感兴之作。时间是在明治三十一年(1898)三月,时作者在熊本第五高等学校任职。作者在诗中描写了春日的美景,以及在春天阳光下的愉悦心情。在细致的体味中,传达出了作者对大自然的热爱。全诗多用白描,感情亲切,写景直观,颇见汉文的功力。

服部辙(一首)

服部辙(1867—1964),字子云,号担风。爱知县人。一生致力于汉诗学的研究与指导工作,曾负责《新爱知新闻》汉诗专栏的评选工作,先后主持佩兰吟社、清心吟社、丽泽吟社、含笑吟社的汉诗工作,其书法也颇有造诣,昭和二十八年(1953)获日本艺术院颁发的艺术学院奖。有《担风诗集》等。

郁达夫寄示近作即次其韵却寄

万里悲哉气作秋(1),怜君家国有深忧(2)。功名唾手抛黄卷(3),车笠论交抵白头(4)。鲈味何曾慕张翰(5),鹏图行合答庄周(6)。略同宗悫(7)平生志,又上乘风破浪舟。

【注释】

(1) 万里一句:语出宋玉《九辩》:"悲哉!秋之为气。"又,杜甫《登高》:"万里悲秋常作客,百年多病独登台。"

(2) 怜君一句:见郁达夫1918年《病后访担风先生有赠》:"烽烟故国家何在?知己穷途谊敢忘。"

(3) 功名一句:意思是郁达夫才华盖世,功名唾手可得,而他现在却抛弃旧学,转攻经济。黄卷,这里指书籍。

(4) 车笠一句:意思是两人交谊深厚,一直到老。车笠论交,指不因贵贱而改变的好友。典出周处《风土记》。

(5) 张翰:字季鹰,西晋人,据《世说新语》记载,张翰"在洛见秋风起,因思吴中菰菜羹、鲈鱼脍,曰:'人生贵得适意尔,何能羁宦数千里以要名爵!'遂命驾便归。"后来被传为佳话。这里是形容郁达夫的思念故乡之情。

(6) 鹏图一句:意思是像《逍遥游》中的大鹏一样,施展宏图。典出《庄子·逍遥游》。庄周(约公元前369年—公元前286年),即庄子,字子休,战国中期宋国蒙人。中国古代著名的思想家、哲学家和文学家,道家学派的主要代表人物。所著《庄子》一书,对后世影响很大。

（7）宗悫：南北朝时人，他从小就有远大的志向，其叔问其志，悫曰："愿乘长风破万里浪。"

【赏析】

这是作者为郁达夫所作的一首诗。郁达夫是中国现代著名文学家，他早年在日本名古屋读书时，曾在作者主办的《新爱知新闻》汉诗专栏发表诗作。后郁达夫拜访作者，二人成为了忘年之交。在1919年10月的《新爱知新闻》中，郁达夫发表了《新秋有感》一诗，作者遂次韵而作此诗。诗中高度赞扬了郁达夫的文学成就，对郁达夫的才华给予了极大的赞许。当时的郁达夫，还是个初出茅庐的青年，能获得作者如此高的评价，也确实是一件很难得的事。

森川竹溪（一首）

森川竹溪（1871—1919），名健，字云卿。东京人。明治、大正时期的文学家。有《梦余稿》等。

病中偶题

一柱沉香(1)一桁帘，年年三月病恹恹(2)。可怜夜夜潇潇雨(3)，听向枕边愁更添。

【注释】

（1）沉香：一种名贵的香料，点燃后能调节房间内的气味，这里也含有焚香祈祷的意思。

（2）恹恹：生病时懒洋洋的样子。

（3）潇潇雨：这里指夜里淅淅沥沥的小雨。

【赏析】

这是作者在病中所作的一首诗。诗中表现了他久病不愈的苦闷心情，细雨连绵时的愁绪又使得这种心情显得格外沉重。整首诗既写病情，又写心情，二者交织在了一起，使人感到更加压抑。尤其是重叠字的使用，更使读者的心情也为之沉重起来，有一种心忧其人的感觉。

久保天随(三首)

久保天随(1875—1934)，名得二，号天随，字长野，又号默龙、青琴、秋碧吟庐主人。东京人。就读东京帝国大学汉学科时期，曾经发表汉诗及论文。毕业后，在《帝国文学》等杂志发表作品，以汉式古风的文笔驰名文坛。先后担任法政大学讲师、图书寮编修官、大东文化学院讲师等职。昭和二年(1927)以《西厢记之研究》取得文学博士学位。昭和四年(1929)三月出任台北帝国大学文政学部东洋文学讲座教授，讲授《中国文学史》、《桃花扇》等课程。昭和七年(1932)辞去教职。病逝后遗留藏书悉数转入台北帝国大学图书馆，包含诗集、善本戏曲多种，资料极为珍贵。久保汉学根底深厚，为日本明治、大正、昭和三代著名的诗翁。有《秋碧吟庐诗抄》、《闽中游草》、《琉球游草》、《澎湖游草》等。

耶马溪

松风度水韵于箫(1)，目断峡天秋色遥。斜照乱山高下路，一肩黄叶有归樵(2)。

【注释】

(1) 箫：这里指箫声。

(2) 归樵：打柴归来的樵夫。

【赏析】

这是一首描写耶马溪秋日晚景的诗。耶马溪位于日本九州大分县中津市，地处山国川的中上游溪谷处，获选为新日本三景之一，1923年日本政府将此地指定为名胜，1950年，进一步将附近区域划为"耶马日田英彦山国定公园"。诗中的第一句写在耶马溪听的声音，第二句写看到的耶马溪景色。后两句由远而近则具体地写到夕阳的余晖斜照在崎岖的山路上，一个樵夫担着一担刚打的带着霜叶的柴禾回家时的情景。全诗淳朴自然，语言流畅，给人以身临其境的感觉。

那　须　野

浮云直北接三陆(1)，乱水正南趋两毛(2)。何草不黄风浩浩(3)，平原落日马嘶高(4)。

【注释】

(1) 三陆：指当时的陆前、陆中、陆奥三个国家，大部分在今岩手地区。

(2) 乱水：乱脉川一带的河流。　两毛：指上毛、下毛两个国家。上毛国在今群马县，下毛国在今栃木县。

(3) 浩浩：广大深远的样子。

(4) 马：这里的马似指牧马。　嘶：鸣叫。　高：这里指马的嘶鸣高亢洪亮。

【赏析】

这是作者游那须野时所作的一首诗。那须野，位于栃木县北部，面积约四百平方千米，大部分为草原，仅适合种植一些荞麦、烟草之类的农作物。在这首诗中，诗人描写了那须野地区的壮美。前两句写出了那须野地域的广袤，后两句流露出了秋季的寥落，进而流露出了对人生的无限感慨。诗中的不尽之妙，尽在绵延不绝的余韵之中。

方广寺古钟

国家安康(1),是截我名。君臣丰乐,是欲兼并。铭辞容易供口实,两年(2)连动十万兵。可怜金汤(3)化焦土,乃道偃武(4)致太平。欺人寡妇孤儿,狐媚以取天下(5)。昔者石勒(6)尚羞之,照祖老猞(7)胡为者。三百星霜(8)梦里过,将军势焰(9)竟如何。于今巨钟晨夕响,偏为丰家(10)诉冤多。

【注释】

(1) 国家安康:与下文的“君臣丰乐”,均是方广寺钟铭的句子。

(2) 两年:指长庆十九年(1614)和元和元年(1615)的两年。

(3) 金汤:这里比喻坚固的城池。

(4) 偃武:这里指停止战争。

(5) 欺人二句:这是《晋书》中石勒评论曹操、司马懿的话。

(6) 石勒:后赵开国皇帝。原本一介布衣,后趁乱起事,建立政权,在位十五年而卒。

(7) 照祖:指德川氏的始祖东照公德川家唐。　老猞:老于世故的人。

(8) 三百星霜:三百年。

(9) 势焰:威势。

(10) 丰家:指丰臣秀吉家族。

【赏析】

这是作者所作的一首怀古诗。诗中的主题围绕方广寺的古钟展开,并就古钟的铭文所记发表了个人的看法。三百年来,古钟目睹了日本社会的沧桑巨变,默默无闻地看着人世间的炎凉冷暖。诗中虽引用中国历史上的典故,但展开议论的史实却是日本的。

比喻贴切,议论得当。话题虽少,所包含的思想寓意却极为深刻。

铃木虎雄(一首)

铃木虎雄(1878—1963),号豹轩。新潟县人。日本中国古典文学家。毕业于东京大学,获文学博士学位。曾任京都大学名誉教授。在对中国古典文学的研究方面,颇有造诣。有《禹域战乱诗解》、《陶渊明诗解》、《白乐天诗解》、《陆放翁诗解》等。

癸巳岁晚书怀

无能短见愍操觚(1),标榜文明紫乱朱(2)。限字暴于始皇暴(3),制言愚驾厉王愚(4)。不知书契垂千岁(5),何止寒暄便匹夫(6)。根本不同休妄断,蟹行记号但音符(7)。

【注释】

(1) 愍:怜悯。 操觚:这里指写文章。

(2) 紫乱朱:这是《论语·阳货》中的话:"子曰:'恶紫之夺朱也,恶郑声之乱雅声也,恶利口之覆邦家者。'"这里意为混淆是非。

(3) 始皇暴:这里指秦始皇焚书坑儒的暴行。

(4) 制言:限制言论。 厉王愚:指周厉王限制百姓言论自由的愚蠢之举。

(5) 书契:文字。 垂千岁:经历了千年以上的岁月。

(6) 便:方便。 匹夫:独夫,多指有勇无谋的人,含轻蔑意味。

(7) 蟹行记号:这里指像螃蟹一样从左向右书写的文字。

音符：音符文字。

【赏析】

这是作者批评当时政府限制汉字使用而作的一首诗。是否限制汉字或废止汉字的观点在明治初年便开始产生了，日本战败后官方不顾国民的意见和学者的建议，对汉字的使用进行了一些限制。作者有感于对青少年的教育和当时的社会环境而作了这首诗。在表现个人忧虑的同时，也反映了作者的远见卓识，这是对当时限制汉字教育的愚蠢之举进行的有的放矢之作。

大正天皇(二首)

大正天皇(1879—1926)，名嘉仁。日本第123代天皇，1912年7月30日至1926年12月25日在位。大正天皇年轻时身体健康状况不佳，大正十年(1921)由皇太子裕仁(即后来的昭和天皇)摄政，五年后病逝于东京。大正天皇精通汉诗创作，《大正天皇御制诗集》收录其汉诗作品250余首。

西　瓜

濯得清泉翠有光(1)，剖来红雪(2)正吹香。甘浆滴滴如繁露，一嚼使人神骨(3)凉。

【注释】

(1) 翠有光：这里形容西瓜外表青翠光滑。

(2) 红雪：这里形容西瓜瓤红多汁，颜色如红雪一般。

(3) 神骨：身心。神，精神。骨，骨肉，指身体。

【赏析】

这是大正天皇所作的一首咏物诗。诗风比较淡雅，不仅写到了西瓜的外在形象，而且也对西瓜的味道做了描写，并进一步表达了吃到西瓜之后的感觉。在看似普通的咏物中，于不经意间表现了西瓜的特点和吃西瓜的感受，情感细腻，别具一格。

吾妃采松露于南邸，供之晚餐，因有此作

新晴[(1)]催暖寒已尽，吾妃步向南邸[(2)]行。宫女如花共随伴，手采松露[(3)]笑语倾。还供晚餐风味好，一案聚首啜美羹[(4)]。

【注释】

（1）新晴：雨后的晴天。

（2）吾妃：即大正的太子妃九条节子（后来的贞明皇后）。南邸：指叶山御邸，原是德川茂承侯爵的别邸。

（3）松露：通常是一年生的真菌，生长在松树之下，大约有10种不同的品种。松露气味特殊，含有丰富的蛋白质。

（4）一案：一张桌子。　美羹：美味的汤。

【赏析】

这是大正天皇为皇太子时所作的一首诗，诗中的“妃”即九条节子，亦即后来的贞明皇后。诗中描写了在叶山御邸居住时，节子妃采摘松露让家人在晚餐时品尝的生活情景。一、二句写天气转暖，节子妃采摘松露之事；三、四句吟咏了节子妃和宫女们采摘松露时的欢乐场景；五、六句表现了采摘的松露使晚餐更加丰富，家人在餐桌上品尝松露的情景。全诗表现的是皇族之家的一种祥和氛围，体现的是一种雍容之气，并无太多的实际意义。

土屋竹雨(四首)

土屋竹雨(1887—1958),名久泰,字子健,号竹雨。山形县鹤岗人。东京帝国大学法学部毕业,曾任大东文化学院教授、院长等职。诗书画均有极高的造诣,有诗歌万余首,自选五百首,编入《猗庐诗稿》二卷。

芳山怀古

天子当年驻翠华(1),故宫(2)啼老白头鸦。青山长是伤心地,辇路(3)春风又落花。

【注释】

(1) 天子:这里指后醍醐天皇。　翠华:用翡翠羽毛装饰的旗帜。这里指皇帝用的物品。

(2) 故宫:这里指当时的宫殿。

(3) 辇路:这里指后醍醐天皇当年行走的路线。

【赏析】

这是作者于昭和七年(1932)游吉野行宫时所作的一首怀古诗。原诗共十首,这里所选为其中的第一首。作者是明治维新之后出生的,虽然没有后醍醐天皇时代的经历,但作品反映了大正、昭和时代的诗人对后醍醐天皇的怀念。这首诗与国分青厓、加藤虎之亮的同题之作并称为《后吉野三绝》,是一首余韵袅袅的佳作。

山海关

长城北与乱山(1)奔,远势盘天限朔藩(2)。谁倚雄关(3)麾落日,风云暗淡古中原(4)。

【注释】

(1) 乱山：重重叠叠的群山。

(2) 朔藩：这里指北方的边境。

(3) 雄关：雄伟的要塞。这里指万里长城。

(4) 古中原：这里指黄河以北的古代中原之意。

【赏析】

这是作者在山海关时所作的一首诗。昭和八年(1933),作者来到了山海关。在登上万里长城向北远眺时,写下了这首充满怀古韵味的诗作。山海关是万里长城的东起点,号称天下第一雄关。作者围绕着万里长城和山海关有关的历史故事入手,用“长城”、“远势”、“朔藩”、“雄关”、“古中原”等具有代表性的文字,来展现在山海关所发生的历史,抒发了个人深沉的幽古情怀。全诗雄怀、悲情、羁心浑然一体,构思严密,是一首大气磅礴的怀古之作。

山楼即事

远涧(1)鸣如地底雷,山楼独夜峭凉催(2)。奇云不夺松头月,流自阴崖(3)飞雨来。

【注释】

(1) 远涧：远处的河流。

(2) 峭凉催：这里指寒气沁人肌肤。

(3) 阴崖：山北侧的崖。

【赏析】

这是昭和十二年(1937)作者游清川(在山形县东田川郡立川町东北部)时所作的一首诗。诗中描写了在山中旅馆住宿时所看到的景象。作者笔下的景物,动静结合,视听结合,所描写的景物构成了一幅完整的山中自然风光画面。全诗风神潇洒,气象高浑,有魏晋诗风的遗韵。

原爆行

怪光一线下苍旻[1],忽然地震[2]天日昏。一刹那间陵谷变[3],城市台榭归灰尘[4]。此日死者三十万[5],生者被创[6]悲且吟。死生茫茫不可识,妻求其夫儿觅亲。阿鼻叫唤[7]动天地,陌头[8]血流尸横陈。殉难殒命非战士,被害总是无辜民。广陵[9]惨祸未曾有,胡军更袭崎阳津[10]。二都荒凉鸡犬尽,坏墙坠瓦不见人。如是残虐[11]天所怒,骄暴更过虎狼秦[12]。君不闻啾啾[13]鬼哭夜达旦,残郭雨暗飞青磷[14]。

【注释】

(1) 苍旻:碧空。

(2) 地震:这里形容原子弹爆炸像地震一样。

(3) 陵谷变:这里指由于原子弹爆炸,山冈和低谷都发生了巨大的变化。

(4) 台榭:这里指高大的建筑。　灰尘:这里指房屋住宅被夷为平地。

(5) 三十万:这里指在长崎、广岛原子弹爆炸中死亡的人数。

(6) 被创:受伤。

(7) 阿鼻叫唤:转指在地域痛苦不堪,陷入难以忍受的地步。阿鼻,梵语 Avlci 的音译,一般译作“无间”或“无间地域”。凡造五逆罪(即:杀母、杀父、杀阿罗汉、破和合僧、出佛身血等)之一者,死后必坠于此。

(8) 陌头:街头。

(9) 广陵:原指中国的广陵,即今江苏省江都县,历史上曾遭到几次大规模的浩劫。这里指日本的广岛市。

(10) 胡军:异族的军队。这里指美国军队。　崎阳:这里指长崎。　津:港口。

(11) 残虐:残酷狠毒。

(12) 虎狼秦:原指战国时残暴的秦国军队,见《史记·苏秦传》。这里指美国军队。

(13) 啾啾:幽灵发出的哭声。

(14) 残郭:被毁坏的墙壁。　青磷:青白色的鬼火。

【赏析】

这是作者用歌行体所作的一首诗。昭和二十年(1945)8月6日,美国在广岛投下了第一颗原子弹,二十万平民百姓死于无辜。三天后美国又在长崎投下第二颗原子弹,数万生灵惨遭涂炭。诗人以原子弹爆炸为题,强烈谴责了美国军队的残暴罪行,对无辜百姓的悲惨遭遇表现了深切的同情。这首诗也是用汉诗写时事的代表作。

阿藤伯海(二首)

阿藤伯海(1894—1965),名简、大简,号虚白堂。备中(今冈山县)人。京都帝国大学毕业,师从中国学专家狩野直喜教授学习经学。其后,任教于法政大学、第一高等学校。被称为最后的汉诗人。

阿藤先生的人格魅力影响了很多门生,一般人们在说到他时,都说他是"汉诗人教育家"。1944年,阿藤先生辞职归乡,以汉诗创作为生活重心。著有汉诗集《大简诗草》。

松

百尺重阴压故鄘(1),千秋寿色宿苍烟(2)。晚来风起云涛涌,疑见老龙[3]飞上天。

【注释】

(1) 故廛(chán):故宅。廛,里居房舍。

(2) 苍烟:苍茫的云雾。

(3) 老龙:这里指粗大的松枝犹如老龙一般。

【赏析】

这是一首吟咏古松的诗。这棵古松高有百尺,庞大的枝叶遮住了老宅,在暮色下犹如苍烟一般。晚风吹过,又如龙飞上天,给人以厚重的感觉。全诗通过对松树的描写,表达了自己老而弥坚的志向。虽是咏松,实则言志,体现了作者如松柏一般的高尚人格和品质。

右相吉备公馆址作

往学盈归[1]日,昭昭[2]长德音。礼容明两序,文字迄当今。衔命扶桑[3]重,顾恩沧海深。规模[4]遵圣训,吁咈靖宸襟[5]。大节绛侯[6]业,中兴梁国[7]心。上天无忒道,众口欲销金[8]。宠辱岂须说,风怀久更寻。宫梅[9]贤士笔,涧月逸人[10]琴。旧馆浮云静,遗墟[11]乔木森。饥鹰伏祠屋,狡鼠窜丛林[12]。花落孤村夕,草生华表[13]阴。兔册[14]幼童集,时祭野翁[15]临。想见三朝政,谁疑右相忱[16]。我生千岁[17]晚,掩泪对苍岑[18]。

【注释】

(1) 盈归:指吉备真备从唐朝留学学成之后满载而归。

(2) 昭昭:明亮,光明。

（3）扶桑：指日本。

（4）规模：制度，程式。

（5）吁咈：谓君臣和洽。　宸襟：帝王的思虑、判断。亦借指帝王。

（6）绛侯：指中国汉代的周勃。他在吕后死后，与刘邦旧臣一起清除吕氏势力，恢复了刘家天下。这里比喻吉备真备镇压藤原仲麻吕的叛乱，如同周勃的功劳一样。

（7）梁国：这里指西汉梁国国君刘武。在汉初“吴楚七国之乱”时，刘武站在朝廷一边，积极参与平叛活动。

（8）众口欲销金：众人的言论能够熔化金属。比喻舆论影响的强大。亦喻众口同声可混淆视听。这里是指吉备真备曾经受到过不公正的待遇。

（9）宫梅：皇宫中栽植的梅花。

（10）逸人：隐逸之士。

（11）遗墟：指吉备真备故居的遗迹。

（12）饥鹰二句：这两句是说吉备真备的故居由于有些衰败，饥鹰和狡鼠上下往来，窜于其间。

（13）华表：是古代宫殿、陵墓等大型建筑物前面做装饰用的巨大石柱，是中国一种传统的建筑形式，后日本也有此类建筑物。

（14）兔册：也称“兔园册”。本是唐五代时私塾教授学童的课本。因其内容肤浅，故常受一般士大夫的轻视。后指读书不多的人奉为秘本的浅陋书籍。

（15）野翁：犹野老。

（16）忱：真诚的情意。

（17）千岁：指吉备真备去世的宝龟六年（775）到作者拜谒吉备真备公馆约一千多年的时间。

（18）苍岑：青山。

【赏析】

这首诗作于昭和四十年(1965)乙巳三月,为作者拜谒吉备真备公馆遗址时所作。吉备真备(695—775),原名下道真备,出生于备中国下道郡也多乡(八田村)土师谷天原(现在的冈山县仓敷市真备町箭田)的一个下级武官之家。他自幼异常勤奋,是大学寮中的优秀生。也是日本奈良时代的学者、政治家(公卿),曾两次出任遣唐使,在大唐近19年。回国之后,官至正二位右大臣,明治时期被追赠为勋二等,著有《私教类聚》50卷。吉备真备研究唐代的天文、历法、音乐、法律、兵法、建筑等知识,并均有较深的造诣。

作者对吉备真备极为崇拜,在诗中对吉备真备的功绩给予了高度的赞许。不仅称赞了他的才华,也对他为国家做出的成就表现出极大的钦佩。全诗用典贴切,没有华丽的语言,全是用史实说话,不事雕琢,感情真挚,可以看作是一篇对吉备真备全面评价的诗作。

矶部觉太(一首)

矶部觉太(1897—1967),号草丘。群马县人。日本著名画家,被誉为"画坛鬼才"。他善俳句,好汉诗,且都造诣颇深,名重一时。有《尺山丈草居诗钞》等。

屋岛怀古

千年一梦一恩仇,往事(1)茫茫春复秋。前浦堪看呜咽水(2),落花红白(3)与同流。

【注释】

(1) 往事:这里指发生在源平屋岛的战争。

(2) 呜咽水:形容水流的声音犹如哭泣一般。

(3) 红白:原指花的红白颜色,这里指联想到了源氏的白旗和平家的红旗。

【赏析】

这是作者游屋岛古战场时所作的一首诗。诗中回忆了在日本历史上源氏与平家在此地发生过的激烈战斗,心中充满了不尽的感慨激愤之情。全诗忧古抒怀,抒发个人情感,不作难语,不用奇字,即事即物,景中抒情。"一恩仇"与"与同流"互为照应,收束自然巧妙,具有体会不尽的韵味。

吉川幸次郎(一首)

吉川幸次郎(1904—1980),字善之,号善乏,又号宛亭,兵库县人。文学博士。曾在1928年赴中国北京大学留学三年。回国后任东方文化研究所所员,从事《尚书正义》与《毛诗正义》的校定工作,并从事元曲校注。曾任京都大学教授、东方学会会长、日本外务省中国问题顾问等职。参加编写过《世界大百科事典》中国文学部分,编译过《中国古典文学全集》等。1975年任日本政府文化使节团团长访华。有《唐宋传奇集》、《胡适传》、《唐代的诗与散文》、《中国文学与社会》、《中国散文论》、《杜甫笔记》、《新唐诗选》、《唐代文学钞》、《汉武帝》、《中国的宋元画》、《三国志实录》、《元明诗概论》、《论语译注》、《中国散文选》、《中国文学论集》、《中国诗史》、《中国文学史》、《陶渊明传》、《吉川幸次郎全集》(二十四卷)等。

南座观剧(选三首)

一

锣鼓喧天歌绕梁[1],重来三岛问沧桑[2]。人民中国乾坤[3]阔,齐放百花争艳芳。

二

歌声当日彻云霄,旧梦宣南[4]魂可招。铜狄[5]堪摩人未老,梅郎[6]风骨愈迢迢。

三

何如唐代踏谣娘[7],鱼卧衔杯[8]亦擅场。莲步[9]蹒跚尤夺魄,可怜飞燕醉沉香[10]。

【注释】

(1) 绕梁:语出《列子·汤问》:"韩娥东之齐,匮食过雍门,鬻歌假食,既去而余音绕梁三日不绝。"音乐演出之后乐声好像还留下来围绕着屋梁打转,形容歌声优美动人,使人回味。

(2) 重来:指梅兰芳第二次访问日本,他第一次访问日本是在1919年。　三岛:指日本。这里指日本的本州、四国、九州三岛。沧桑:沧海桑田的合称。比喻时势发展变化迅速。

(3) 乾坤:天地。

(4) 旧梦:指当年作者在北京留学时曾经看过梅兰芳的演出。宣南:指北京宣武门南。

(5) 铜狄:即铜人。中国古时于宫门外所立的铜人像。

(6) 梅郎:即梅兰芳。

(7) 踏谣娘:唐代散乐。据《唐音癸签》载:"北齐有人姓苏,嗜饮酗酒,每醉,辄殴其妻,妻衔非诉于邻里,时人弄之,丈夫著妇人衣,徐步入场行歌,每一叠,旁人齐声和之云:'踏谣和来,踏谣娘苦和来!'以其且步且歌,故谓之'踏谣'。以称其冤,故言苦,及其夫至,则作斗殴之状以笑为乐。"

(8) 鱼卧衔杯：这里指梅兰芳演出《贵妃醉酒》时的一组动作。两腿交叉侧身卧倒的叫“卧鱼”，因平仄关系，写作“鱼卧”。衔杯，《贵妃醉酒》中杨贵妃头向后弯起腰从高力士手中衔酒杯喝酒的动作。

(9) 莲步：这里指美人之步。

(10) 可怜一句：化自李白《清平调》第三首：“名花倾国两相欢，常得君王带笑看。解释春风无限恨，沉香亭北倚栏杆。”可怜，可爱。飞燕，西汉成帝皇后赵飞燕，李白在这里把杨贵妃比喻成了赵飞燕。沉香，指唐代长安兴庆宫里的沉香亭。

【赏析】

这是作者于1956年在京都观看京剧艺术表演大师梅兰芳演出的京剧后所作的一首诗。原诗共五首，这里所选为其中的三首。第二次世界大战结束之后，中日往来曾一度中断，从20世纪50年代开始，民间交往开始恢复。1956年，梅兰芳率中国京剧团访日，在京都演出了传统京剧《贵妃醉酒》，由此勾起了作者当年在北京大学留学对观看京剧的美好回忆。演出结束后，作者欣喜若狂，当即写下了这组诗。诗中表达了他对新中国的友好情谊和对京剧表演艺术家的无限钦佩之情。这三首诗写得热情奔放，作为一个日本人，能把中国的典故运用得如此得心应手，读来使人感到格外亲切。

猪口笃志(二首)

猪口笃志(1915—1986)，号观涛。熊本人。昭和元年(1925)毕业于大东文化学院，师承国分青厓、土屋竹雨专攻汉学。曾任大东文化教授等职，为日本现代著名的汉学家之一。有《孟子研究》、《新汉诗选》、《日本汉诗鉴赏辞典》、《日本汉诗》(上下集)等。

山　居

萧然结屋倚林皋(1)，数卷诗书世外逃。休道家无儋石(2)蓄，满山春色属吾曹(3)。

【注释】

(1) 林皋：树林的旁边。

(2) 儋：同“担”。　石：十斗米为一石。

(3) 吾曹：我们。

【赏析】

这是一首描写山居生活的诗。诗中表现了作者隐居深山的休闲之乐，心态平和，笔触自然，风格雅致，于不经意间表现出了一种恬淡之志，诗风与近代江户时期的汉诗作家极为相近。

春　兴

中庭经雨雪初消，渐见东风上柳条。袖诗(1)欲访溪南友，缓缓看云渡野桥(2)。

【注释】

(1) 袖诗：这里指写好后藏在袖子里的诗。

(2) 野桥：郊外不知名的桥。

【赏析】

这是一首表现春日之兴的诗。东风拂煦，春日初来，作者的笔下一派春意盎然的景象。全诗清隽淡雅，字句浅易而意境深远，平淡而耐人寻味，堪称是老成之作。

村山吉广(一首)

村山吉广(1929—),号流堂、芦城。书斋号“冬藏书屋”、“面壁山房”。琦玉县人,任教于早稻田大学文学部。现为早稻田大学名誉教授,著有《杨贵妃》、《诗经鉴赏》、《藩校》、《龟田鹏斋碑文及序跋译注集成》、《村山吉广教授古稀纪念集》(李寅生译)等。

游悬空寺

浑源城北雁门(1)中,栈道危楼(2)挂碧空。人说鲁班(3)能致处,诗思只听绿阴风(4)。

【注释】

(1) 浑源:地名,因浑河发源于该县境内,故名浑源县。 雁门:关名,位于山西代县。

(2) 栈道:这里指悬空寺中相互连通的木制通道。 危楼:高楼。这里指悬空寺。

(3) 鲁班(前507—前444):姓公输,名般。春秋末期鲁国人。出身于世代工匠的家庭,从小就跟随家里人参加过许多土木建筑工程劳动,逐渐掌握了生产劳动的技能,积累了丰富的实践经验。是中国古代的一位出色的发明家,被后世的土木工匠们尊称祖师。

(4) 绿阴风:从绿色树阴中吹来的风。这里指夏天的风。

【赏析】

这是村山吉广教授游山西悬空寺写的一首诗。悬空寺又名玄空寺,始建于一千四百多年前的北魏后期,是中国少有的佛、道、儒三教合一的独特寺庙。古代工匠根据道家“不闻鸡鸣犬吠之声”的要求建造了悬空寺,是中国古代建筑精华的体现。悬空寺共有殿阁四十间，利用力学原理半插飞梁为基，巧借岩石暗托梁柱上下一体，廊栏左右相连，曲折出奇。寺内有铜、铁、石、泥佛像八十多尊。全诗把悬空寺的地理位置和历史传说以及诗人的想象结合在了一起，突出了这座千年古刹的外在特点。在诗人看似随意的描绘中，悬空寺的风格极为自然地凸显了出来。

石川忠久(二首)

石川忠久(1932—)，字岳堂。东京人。现任东京大学中国文学哲学事务局委员长、二松学舍大学校长、日本汉诗联盟总会会长、世界汉诗协会名誉会长等职。为日本著名的中国古典文学研究专家。有《汉诗的世界》、《汉诗的风景》等。出版了诗集《长安好日》、《桃源佳境》。

龙　门

气霁(1)冰融杨柳烟，龙山(2)伊水是春天。温泉涌处群村女，笑洗寒衣石窟前。

【注释】

(1) 气霁：水蒸气形成的轻雾。

(2) 龙山：这里指洛阳龙门山。

【赏析】

这是一首吟咏龙门的诗。龙门，在河南省洛阳城南二十五里处，伊河北流，河西是龙门山，河东是香山，两山对峙，伊水中流，如一座天然门阙，故又称伊阙，山下有温泉。北魏至唐代在东西两山凿石建窟，称龙门石窟。这首诗是作者在早春时节游龙门过温泉见村妇洗衣有感而作,全诗以白描的手法,笔调自然,意趣横生,展示了龙门附近农村的一幅乡间风俗画,具有极为浓厚的生活气息。

秦兵马俑坑

秦山之北灞(1)之东,嬴政(2)陵前黄土中。不见太平开朗世(3),八千兵马(4)为谁雄。

【注释】

(1) 秦山:指骊山,是秦岭的一条支脉,也是秦始皇陵墓所在地,故称秦山。 灞:灞水,在西安城东。

(2) 嬴政:秦始皇的名字。

(3) 太平开朗世:指中国改革开放之后的大好形势。

(4) 兵马:指秦始皇兵马俑中陪葬的陶俑,当时的三个坑共有八千件兵马俑。

【赏析】

这是一首吟咏秦始皇兵马俑的诗。秦始皇在位时,曾派七十万民伕为自己修建了规模宏大的陵墓,兵马俑坑便是其中最大的一个陪葬坑。埋葬的兵马俑在沉睡了两千多年之后,终于以“世界第八大奇迹”的面貌展现在了人们的面前。作者在游览秦始皇兵马俑时,也不禁为其强烈场面所震撼,于是有感而作了这首诗。全诗俯仰古今,由历史而现实,主旨歌颂了中国进入新时代的新气象,是用汉诗而写中国现实的典范之作。

主要参考书目

《日本史》 吴廷璆 主编
南开大学出版社 1994 年 7 月出版

《日本国志》 黄遵宪 编著
上海图书集成印书局 1898 年出版

《日本文化的历史踪迹》 王勇、王宝平 主编
杭州大学出版社 1991 年出版

《日本中国学史》 严绍璗 著
江西人民出版社 1991 年出版

《中日文化交流史论文集》 北京市中日文化交流史研究会编
人民出版社 1982 年出版

《日本史论文集》 中国日本史研究会编
三联书店 1982 年出版

《日本词选》 彭黎明、罗姗 选著
岳麓书社 1985 年 11 月出版

《日本填词史话》 神田喜一郎 著 程郁缀、高野雪 译
北京大学出版社 2000 年 10 月出版

《唐代中日往来诗辑注》 张步云 著
陕西人民出版社 1984 年出版

《日本汉诗选评》 程千帆、孙望 选评 吴锦、严迪昌、屈兴国、顾复生注释
江苏古籍出版社 1988 年 6 月出版

《日本历代名家七绝百首注》
黄新铭　选注
书目文献出版社 1984 年 9 月出版

《日本文化史略》　于长敏　著
吉林教育出版社　1991 年 12 月出版

《中外历史年表》　翦伯赞　主编
中华书局　1962 年出版

《中日古代帝王年号及大事对照表》
李寅生　编著
四川辞书出版社 2004 年出版

《日本史辞典》　吴杰　主编
复旦大学出版社 1992 年 10 月出版

《日本文化史》　家永三郎　著
筑摩书房 1972 年出版

《完全整理日本史》　毛利和夫　著
日本旺文社 1980 年出版

《历代天皇年号事典》　米田雄介　编
吉川弘文馆 2003 年出版

《日本历史年表》(整补第 4 版)
东京学艺大学日本史研究室编
东京堂 2007 年出版

《日中文化交流史》　木宫泰彦　著　胡锡年　译
商务印书馆 1980 年出版

《日本汉文学大事典》　近藤春雄　著
日本明治书院 1993 年出版

《日本汉诗》　猪口笃志　注
明治书院 1972 年 9 月出版

《日本汉诗集》　　菅野礼行　校注　德田武　译
小学馆 2002 年 11 月出版

《五山汉诗集·江户汉诗集》
山岸德平　校注
岩波书店 1966 年 2 月出版

《五山文学集》　　入矢义高　校注
岩波书店 1990 年 7 月出版

《汉诗与日本人》　　村上哲见　著
讲谈社 1994 年 12 月出版

《江户汉诗》　　中村真一郎　著
岩波书店 1985 年 3 月出版

后　记

中国人学习日语和日本文学的时候，会偶尔接触到日本汉诗，可能当时并无太深的体味，只是觉得很有意思。到了后来，随着对日本文学进一步深入了解，对汉诗的思想内容和艺术特色有了更为深入的认识之后，才会体会到汉诗的魅力。众所周知，海外研究中华诗歌成就卓著者，当首推日本。而在研究中国诗歌之后又能积极吸收并创造出新的诗歌的，亦当属日本。由于中日两国文化交流密切并且历史悠久，因而两国诗歌在很多方面有着密切的联系。在翻译、研究中日两国诗歌过程中，我们萌发了要编一本《中日历代名诗选》的念头。当这个想法提出后，得到了一些对中日文化研究感兴趣的专家、学者的大力支持。经过五年多的资料收集后，书稿终于完成。在编写过程中，日本早稻田大学村山吉广教授、高桥良行教授、西口智也博士，日本宫城学院女子大学田中和夫教授等日本专家学者专门帮助从日本搜集资料；广西大学校领导和文学院的领导也对本书的出版提供了很多方面的支持。上海古籍出版社的编辑们为本书的出版提出了很好的建议并付出了艰辛的劳动。本书的出版是与他们的支持分不开的，笔者谨在此对他们表示衷心的感谢。

本书在编写的过程中，参考了程千帆、孙望、吴锦、严迪昌、屈兴国、顾复生、张步云、黄新铭、猪口笃志、菅野礼行、德田武、山岸德平、入矢义高、村上哲见、中村真一郎等中日诸位专家学者的研究成果，在此向他们致以诚挚的谢意。中日两国的诗歌从产生到现在,历史悠久,在这漫长的岁月中,两国诗人创作的诗歌浩如烟海,其中的精品也难以计数。由于篇幅所限,本书共选编了中日两国数百位作家的各四百余首诗歌进行了注释和赏析。所选的诗歌大体上能反映出中日历代诗歌的发展脉络,并由此使读者对中日历代诗歌的发展有一个大致的了解。倘若能从中得到一种文学上的审美愉悦或对中日历代诗歌产生出兴趣,则笔者会深感欣慰。收集、整理、编写中日历代诗歌,是一项极为艰辛复杂的劳动,由于编者才疏学浅,水平有限,对日本学者的汉诗理解还存在着一定的局限性,加之对汉诗作者的学问功力理解得尚不十分透彻,其中的不妥之处,还望中日两国的学者多多予以批评指正。

李寅生　宇野直人

2014 年 5 月 14 日